孙大光 著

我的奥林匹克

情缘故事

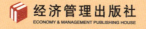

经济管理出版社
ECONOMY & MANAGEMENT PUBLISHING HOUSE

图书在版编目（CIP）数据

我的奥林匹克情缘故事/孙大光著 . —北京：经济管理出版社，2024.5
ISBN 978-7-5096-9657-6

Ⅰ. ①我…　Ⅱ. ①孙…　Ⅲ. ①纪实文学—中国—当代　Ⅳ. ①I25

中国国家版本馆 CIP 数据核字（2024）第 068935 号

组稿编辑：申桂萍
责任编辑：谢　妙
责任印制：黄章平
责任校对：陈　颖

出版发行：经济管理出版社
　　　　　（北京市海淀区北蜂窝 8 号中雅大厦 A 座 11 层　100038）
网　　址：www.E-mp.com.cn
电　　话：(010) 51915602
印　　刷：唐山昊达印刷有限公司
经　　销：新华书店
开　　本：720mm×1000mm/16
印　　张：23.75
字　　数：426 千字
版　　次：2024 年 5 月第 1 版　　2024 年 5 月第 1 次印刷
书　　号：ISBN 978-7-5096-9657-6
定　　价：98.00 元

写书，于我而言，

不仅是进行文字创作，

更是在履行自己生命的一部分……

　　21 世纪初，奥林匹克来到中国，并且迅速在中华大地上开花、结果，这是一件具有深远历史意义的大事。从 1991 年中国第一次申奥，到 2001 年北京申奥成功，再到 2008 年北京奥运会开幕；从南京 2014 年青奥会到北京 2022 年冬奥会，再到北京成为世界上第一个"双奥之城"，"奥林匹克"已成为中国社会发展中的重要内容和人民群众生活中不可缺少的部分。奥林匹克与 14 亿中国人的结缘，也使世界奥林匹克运动进入了一个崭新阶段，开辟了奥林匹克运动的新纪元。

　　奥林匹克是一个奇特的历史文化现象。古代奥运会存在了 1170 年，从公元前 776 年到公元 394 年，共举办了 293 届，对人类社会发展的影响是巨大的。但古代奥林匹克的圣火从未离开过欧洲。而现代奥运会在恢复一百多年的时候，就来到了中国，这是奥林匹克历史上一个开天辟地的事件，对中国乃至整个人类社会都产生了深远的影响。

　　但是，奥林匹克来到中国是十分不易的，它不是别人恩赐给我们的，而是中国人经过多年的企盼、奋斗和斗争才获得的。人们往往容易记住那些风风光光、热热闹闹的时刻和辉煌闪光的成功，却容易忽视成功和辉煌背后那些默默无闻、艰苦奋斗的人们，以及他们充满坎坷的艰辛过程和他们付出的汗水、泪水甚至是血水。我们不能忘记那些无私奉献的人们，他们是赢得辉煌、取得胜利的真正英雄！他们背后蕴藏的那些深刻的内涵和精彩真实的故事是中华文化的宝贵财富！

中国人的奥运梦想成真经过了整整100年，饱含了几代人的心血。几代人前赴后继，经过风风雨雨，最终才得以实现。北京2008年奥运会经过两次申办、前后10年的艰苦工作和坚决斗争才获得最后胜利；北京2022年冬奥会也是中国经过两次申办、前后14年的努力才获得举办权，并且还是在全球新冠病毒感染严重的情况下，克服了艰难险阻后才成功举办的。

本书从一名外语骄子"误入"体育事业开始，讲述了笔者经历从大城市到"北大荒"，再从"北大荒"到首都北京，又从"回归"体育，并结缘奥林匹克，再到打开人生的另一扇大门，最终"一发不可收"的多年曲折而离奇的真实故事。在中国改革开放的大潮中，笔者从学习"游泳"，到"畅游奥林匹克之海"；从"不为当官，只为追求"，到参与并策划中国奥运的大战略，为中国人实现百年奥运梦想和北京成为世界上第一个"双奥之城"做出了重要贡献，充分体现出一位普通中国人努力奋斗、不懈追求的精神和中华儿女所具备的优秀品质。

笔者以亲身经历和体会记录了一段特殊的历史，从个人视角反映了一代中国人的奋斗精神和无私的家国情怀，也是共和国坎坷而曲折历史的鲜明写照。

此书是笔者以亲身经历为基础撰写的有关奥林匹克的第三部专著。第一部是《中国申奥亲历记——两次申奥背后的故事》（人民文学出版社2007年出版，33.5万字，在国内外影响较大，获得第五届正泰杯全国报告文学大奖）；第二部是《中国奥运智慧——100个精彩启迪》（国家行政学院出版社

2019 年出版，31.5 万字，获得普遍好评）。这"三部曲"在国内文学界和世界奥林匹克发展史上实属少见。

孙大光

2023 年 12 月

目　录

开篇　见证辉煌　001

第一章　莫斯科的不眠之夜　003

1　见证辉煌　003

2　电话情思　006

3　"外语骄子"的夭折　009

4　寻找"诗和远方"　010

上篇　青春变奏曲　013

第二章　"误入"体育　改变一生　015

5　柴油灯下的神圣民主　015

6　连长的通知　018

7　夜半电话　024

8　徘徊在团部干部股　027

9　宝泉岭奇遇　030

10　一念之差痛失"北外"　033

11　离开北大荒的日子　035

第三章 美丽的童年梦想 040

12 家乡的味道 040

13 儿童公园的记忆 042

14 幸运之神降临 047

15 豪华的"贵族"学校 051

16 哈外校老师的风采 056

17 外交官理想破灭 062

18 风雨夜归人：告别外语学校 067

第四章 青葱岁月 072

19 进入"广阔天地大学校" 072

20 北大荒的第一课 077

21 火红的"见面礼" 081

22 我的人生"成人礼" 090

23 小镰刀刻下的记忆 095

24 北大荒的"四季歌" 101

25 "北大荒大学"的专业课 108

26 大土炕上的大学梦 118

27 知青上大学的"五道关" 120

28 禁锢的爱情 123

29 我的知青浪漫曲 129

30 北大荒知青夜校 136

第五章 体育最高学府里的"另类" 141

31 第二次握手：无缘"小碧池" 141

32 北体芳华 145

33 一纸之差：再别"燕园" 150

34 聆听"南开校钟"：我的第二次大学生活 152

35 "孙氏教学法" 156

目　录

36　"不屈不挠"的工农兵大学生　160

37　情缘"明德楼"：我的第三次大学生活　163

38　与"克格勃"的斗争　165

下篇　奥林匹克交响曲　169

第六章　重回体育　结缘奥林匹克　171

39　又一次艰难抉择　171

40　如鱼得水　175

41　不为当官，只为追求　178

42　跳出体育规划北京亚运　180

43　受到党和国家最高领导人的表扬　183

44　北京亚运会指挥室的年轻人　189

第七章　在奥林匹克大海中学习游泳　194

45　受命组建北京 2008 奥申委　194

46　为中国两次申奥做规划　198

47　《北京 2008 年奥林匹克运动会申办报告》的背后　205

48　IOC 考察团的奇遇　214

49　考察美国的收获　216

50　知己知彼，深入虎穴　219

51　第一次申奥档案解密　224

52　决战莫斯科前夜的我　234

53　从摩纳哥到北京　238

54　"准外交官"也精彩　244

55　奥林匹克友谊长存　250

第八章　"双奥"情怀　259

56　我的冰雪"童子功"　259

57　曲折的中国申冬奥之路　262

58　助力北京申冬奥　265

59　为张家口"开小灶"　269

60　为办好北京冬奥会尽微薄之力　272

61　与全球华人心连心　282

62　中国冬奥路上的闪光点　287

63　讲好中国"双奥"故事　290

64　我的金陵青春梦　294

65　对"和商"的再研究　298

66　从"双奥之城"到"全奥之国"　302

第九章　践行系统科学与体育结合　306

67　开创奥运"总体部"　306

68　在钱学森的指导下　309

69　实践系统科学与体育结合的第一人　311

70　开拓体育系统信息化建设　313

71　规划国家体委全年工作　316

72　第一张国家大型赛事网络图　320

第十章　体育·奥林匹克与文学　325

73　情系国家行政学院　325

74　"熬"出来的奥林匹克文学精品　332

75　登上全国文学大奖台　336

76　站上中央党校的讲台　346

77　体育：呼唤生命的哲学　351

78　一切为了娃儿们　353

79　回归：一条鱼儿的启示　359

尾　声　363

后　记　367

开
kaipian
篇 见证辉煌

第一章
莫斯科的不眠之夜

1 见证辉煌

2001 年 7 月 13 日，位于莫斯科 UL. DRUZHBY 大街 6 号的中国驻俄罗斯大使馆格外热闹，我在那里度过了一生中最难忘的一天。

那天下午，我带领北京 2008 年奥运会申办委员会工作团部分人员按时来到中国驻俄大使馆。自大使馆建馆以来，第一次来了这么多人，很多来自国内和世界各地的华人聚集在大使馆门口，都想进去见证一个重要时刻。大使馆内大礼堂的大屏幕上正在播放国际奥委会第 112 次全会现场，会议将投票决定 2008 年奥运会的举办城市。

下面是我在《中国申奥亲历记——两次申奥背后的故事》一书中，对当时情况的记载：

自从我们进入大使馆的大礼堂后，这里就一直笼罩在紧张、兴奋的气氛之中。国际奥委会投票的程序极为严格，甚至细致到让人感觉有点繁琐。投票前的"准备活动"很多，有的人已经开始着急了。

屏幕上，评估委员会的报告讲完了。按照程序，下面就该投票了。

这时，大礼堂里的气氛越来越紧张，整个大礼堂里异常安静。人们的表情越来越严肃，两眼一刻不离地盯着大屏幕。

上海通用汽车公司派来参加声援的代表小沈悄悄来到我旁边："太紧张了，

我的心都要蹦出来了。"

投票终于开始了。

第一轮投票结束后，负责计票的是塞内加尔的委员姆巴依（他是个大法官，多年来对中国很友好，北京申办 2000 年奥运会时他就非常支持我们），我仔细看着他的每个动作，他认真核对后，拿起一张纸——第一轮投票结果，站起来，走向主持人，把那张纸送给了主持人，然后，回到自己的座位上。主持人宣布日本大阪被淘汰。这是预料之中的。

紧接着开始第二轮投票。

第二轮投票结束了，我两眼紧盯着姆巴依。

他反复进行核对。

然后，他拿起了一个信封……

啊，我的心动了一下。

他把一张纸——肯定是第二轮投票的结果，装进信封……

啊！他把信封封上了……

"我们成功了！"

我镇静地、一字一句地脱口而出。

多年的申办经验告诉我：我们已经成功了！我已经看到：投票已经结束了，否则，姆巴依不会把信封封上；我已经看到，姆巴依脸上露出了轻松的感觉；这感觉告诉我，结果已经出来了，不需要再进行投票了，投票结束了。能在第二轮就胜出的只有中国北京！除北京外，没有任何一个城市有这个可能，巴黎不可能！多伦多更没可能！

"我们成功了！"

虽然我的声音不大，但旁边的人几乎都把眼睛转向了我。我的话使他们无比兴奋、激动。小沈悄悄过来，用力摇着我的胳膊，小声而急切地问："真的吗？真的吗？我们真的成功了吗？"

"真的，我们成功了。"我一动没动，两眼直视前方。

随即，大家又把目光迅速转向大屏幕……

这时，姆巴依站起身来，拿着信封，走向萨马兰奇，把信封交给了萨马兰奇……

我知道，孕育了 10 年的"火山"就要爆发了。

萨马兰奇带着他那一贯稳重的表情，慢慢地拿过信封，慢慢地拆开信封，慢慢地从里面拿出一张纸，慢慢地把这张纸打开，看了一眼。然后，这位瘦瘦的、慈祥的西班牙老人开始慢慢地宣布：

"获得 2008 年奥运会举办权的城市是：北京！"

整个大礼堂沸腾了！整个大使馆沸腾了！

无论是奥申委的工作人员，还是来自祖国各地的各界人员；无论是体育明星、文艺明星，还是政府官员、企业家；无论是男的，还是女的；无论是认识的，还是不认识的……，相互祝贺、拥抱。呼喊、哭笑、雀跃、拍照，人们暂时忘记了这是在哪里，忘记了烦恼，忘记了生活中或工作中的困难，忘记了一切！中国驻俄罗斯大使馆第一次沸腾了！

中国人在异国他乡第一次像在国内一样地沸腾了。大使馆里的每个人，都在尽情地释放自己。每个角落都散发着激动的空气，到处是中国国旗，到处都是一片红……

莫斯科沸腾了！

世界沸腾了！

这一刻属于北京！

这一刻属于中国！

而此时此刻，整个大礼堂里只有一个人异常冷静，他坐在前排的一个座位上一动没动。没有喊，没有叫，直到大家纷纷过来与他拥抱，拉他起来又跳、又叫、又拍照。

这个人就是我。

不知为什么，我喊不出来，叫不出来；也哭不出来，笑不出来。我只是感到好累、好累。好像跑了十年的长跑，终于跑到了终点。时间停滞了，思维停滞了……

忽然，我的脑海里闪现出八年前摩纳哥体育馆里那"一片黄"的澳大利亚人狂欢、喊叫的场面……

我使劲睁了睁眼睛：那"一片黄"已经变成了"一片红"！整个大礼堂里到处都是人们高高举着的中华人民共和国的五星红旗和北京申奥的旗子……

2 电话情思

几秒钟后，我不知被谁拉起来，与大家拥抱、握手、拍照。

在一片欢腾的声浪中，我隐约听到手机在响。拿起手机一看，已有好几个未接电话了。我接通手机，话筒里立刻传来与这里一样嘈杂的声音和激动的声音："孙秘书长，我是广西贺州市的孙××啊，我们市里的四大班子和各方代表100多人都在大礼堂看电视转播呢，我们代表贺州市200多万人民，向您和北京奥申委的全体同志表示由衷的感谢！历史会记住你们！人民会给你们记功！我们为您在广西工作过而感到骄傲！希望您注意身体，顺利凯旋，再来贺州看看！……"

紧接着，电话里不断换着人说话，声音越来越激动。

打来电话的是时任广西贺州市孙副市长和当地各行业的代表，他们很多人都是我在广西工作时的同事和好友。

我嘴里不断说着："谢谢！谢谢广西人民！……"

从那一刻起，来自国内和世界各地的电话就没有停过，每个电话都让我万分激动。虽然有的电话根本听不清楚，但我能明显感觉到，电话那头比这里还要疯狂、兴奋。他们有的是多人聚在一起，喝酒、唱歌，有的是跟着众多市民一起跑到街上庆祝、狂欢！

我中学时期的哈尔滨外国语学校的同学从哈尔滨、沈阳、北京、天津、珠海、香港等地打来电话，他们都不约而同地说："北京申奥成功是中国外交史上的一次重大胜利！你能亲身参加这一伟大的工作并做出重要贡献，是我们哈外校全体同学和老师的荣耀！你这个'准外交官'功不可没！不愧是哈外校出来的人！"此时此刻在异国他乡听到他们的声音，我感到格外亲切，35年前那96名青春靓丽的少男少女和朝气蓬勃的外语老师们的脸庞，清晰地浮现在我的眼前：刘丽丽、李宏锦、全锦红、玉红、高红、李秀华、王阿双、朱伟、王晓业、王来生、王谊、佘清、杨惠新、王岐虹、刘南凯、郭文斌、门玲玲、于静环、王小青、徐桂清、孔宪倬、刘正玲、董飞、杨亚平、甄诚、陈德伟、赵诒亭、马永利、刘庆岩，还有吴云清、刘淑英、李杰尔、沈春萍、王萍、林森、尹桂芳……

电话不断地打来……

突然，电话里传来一阵很大的声音："快回来吧，咱们一起回'北大荒'去喝酒庆祝！咱兵团战友给你记特等功！现在，咱一连的哈尔滨战友都在一起喝酒庆祝呢！大家都想和远在莫斯科的你说句话……"紧接着，电话里传来一个比一个大的声音："我是王天喜……我是刘仁雅……我是马林……我是傻平平！我是邵继群！宋就哲！马建梁！谢洪竹！邹庆生！小刁！马强！陈盛云！小石子！刘波！张成鑫！刘江！王乐华！傅绍忠！张利明！康柏芝！苑凤芹！周玉琴！刘玉秋！邵舒雅！杨丽华！方丽霞！李群！张海燕！小果子！孟贤！孟慧！谷绪兰！刘艳！小不点！刘松敏！张淑贤！小月箫！舒凯军！孙丽霞！杨金玲！李秀玲！王莉……"电话里变成了逐个报名。

我被战友们那似火的热情和真挚的友谊所感动。一个个战友那熟悉的声音在耳边回响，一个个熟悉的身影在眼前浮现，一幕幕在北大荒日夜奋斗的情景涌入脑海……

我再也控制不住自己的眼泪，让它流吧！平时很少流泪的我，在那个晚上似乎把抑制了多年的泪水都倒了出来。

那一晚，电话一直不停地响起：

"我是国家行政学院的同学老朱……"

"我是广西梧州市的陈立清……"

"我是天津战友晁振杰……"

"我们是杭州的战友许传珠、赵健……"

"我们是深圳雅昌彩印集团的万捷、何曼玲……"

"我是理想公司的邵新……"

"我是西藏体育局的姬嘉……"

"我是广西北海的老同学张生杰……"

"我是在美国的老同学王忠安……"

"我是甘肃体育局的老同学大梅……"

"我是黑龙江省体育局的老李……"

"我是在澳洲的好朋友高莉……"

"我是在德国的全球华人联合会的老陈……"

……

打来电话的，有奥申委留守北京的同志，有国家体育总局的同事们，有在北京亚运会组委会和第一次申奥一起工作过的战友，有为《北京 2008 年奥林匹克运动会申办报告》出过力、流过汗的国家各部委、各单位的同志，有北京体育大学、南开大学、中国人民大学的老师和同学，有上海世博会的同志，有各省区市体育局的同事，有在法国、德国、英国、美国、澳大利亚、加拿大、日本等世界各地的同学和朋友，还有在世界各地的海外华人华侨朋友们……

我的手机已经发烫，不敢贴着耳朵听，换上的备用电池也快耗尽电量。每通电话都传来无比激动的声音，每通电话都毫无保留地展现出人类最纯真、最美好、最善良的本性和情感，每通电话都像一团火，不断燃烧着我的心，让我无比激动。

好像大地在颤抖，仿佛地球在燃烧。我似乎看到，全球的炎黄子孙在世界各地，同时迸发出震天的吼声："风在吼，马在叫，黄河在咆哮，黄河在咆哮……"，"我们走在大路上，意气风发斗志昂扬……"，"起来，不愿做奴隶的人们，把我们的血肉筑成我们新的长城……"，13 亿多人的大合唱响彻五洲四海，似乎在小小的地球上形成"共震"，惊天动地，冲向云霄！

我从心底发出呼喊：亲爱的朋友、美好善良的人们啊，我爱你们！我甘愿为你们而奋斗！为你们而奉献！为了你们，我要生命不息，奋斗不止！

那个夜晚，我和同事们一起喝了很多酒，奇怪的是竟然一点也没有醉，我的脑子异常清晰、冷静。耳边听着电话里传来的来自祖国和世界各地的欢呼雀跃、推杯换盏的庆祝声，看着眼前在异国他乡载歌载舞的同事们，每个人都沉浸在纯洁、真挚、善良的情感之中。时间似乎停滞了。

那一刻，似乎世上已无憾事，人与人之间已无隔阂，世界是多么美好啊！

我任由自己的思绪放飞、驰骋……

我突然意识到：

我们正在见证一个伟大而辉煌的历史时刻！

我们正在经历一个伟大而辉煌的历史时代！

在这个不眠之夜，我不由地回首往事，感慨万千！像是冥冥之中的命运安排，我庆幸自己当初"阴差阳错"，"误入"了体育的大门，让我走进奥林匹克这座神圣殿堂，并与它结下不解之缘。

那一晚，几十年来的坎坷经历好像就在眼前，一幕幕鲜活的画面不断地在我脑海里翻滚……

3　"外语骄子"的夭折

我出生在20世纪50年代松花江畔的哈尔滨，那是一个美丽而充满东西方文化交融的城市，我在那里生活了16年，留下了许多美好而难忘的回忆。严格的家庭教育，让我从小形成了踏实严谨的性格；正规的学校学习，让我树立了热爱人民、报效祖国的远大抱负；哈尔滨特有的夹杂着西味儿的文化氛围，培养了我爱学习、爱动脑，爱好广泛，追求新事物的习惯。我学习一直很好，上小学时，每学期各科考试，我都是班里的前几名。有一次数学考了第三名，我就像打了败仗似的，几天情绪不高。记得五年级时，有一次老师留了一项语文作业，让仔细观察"十一"国庆节的夜晚，然后写一篇作文。我写的作文题目是"国庆之夜"，老师破天荒地给我打了满分，并在全年级宣读。那是我在小学最荣光的一件事。我一直忘不了当时同学们那种羡慕的眼光和谭喜奎老师那慈祥而充满希望的笑容，那些眼光和笑容一直激励着我，伴随着我的成长。

上中学后，我幸运地考上了一所被称为"外交官摇篮"的哈尔滨外国语学校，成为一名令人羡慕的"外语骄子"。那是一所国家投资兴建的、由教育部和外交部指导的、软硬件超一流的重点学校，由哈尔滨市教育局的一位副局长专门分管。听说当时在北京、上海、哈尔滨、杭州等六个城市各建了一所。当年，学校只招收96名学生。那是在全市成千上万名学生中，经过层层选拔、推荐、考试，最后面试录取的。用时任哈尔滨市教育局朱其虹副局长的话说就是："你们是哈尔滨的96个宝贝疙瘩。"后来这"96个宝贝疙瘩"成了全市的宠儿。所以从那时起，我就确立了自己的人生目标和理想——做一名光荣的外交官，为国家的外交事业做贡献。

然而，两年多后，我和我的同学们不得不怀着恋恋不舍的心情，离开了外语学校，响应国家"上山下乡"的号召，去了遥远的北大荒，成了一名"知青""农工""兵团战士"。我的外交官理想破灭了。哈尔滨外国语学校这所闻名全市的"贵族学校"几经波折，终究还是解散了，成为哈尔滨教育历史上昙花一现的美好回忆。

从此，也注定了我后来多年不平坦的求学之路，让我一次次品尝到人生五味。

4 寻找"诗和远方"

我"下乡"的地方是原黑龙江生产建设兵团独立一团（现黑龙江省嘉荫农场），我在那里生活了整整六年，跨过了七个年头。我当过兵团战士、农工，担任过统计、团支部副书记等职务，干过当时北大荒大部分繁重的体力劳动。

黑龙江生产建设兵团所在地是著名的"北大荒"。资料显示，"北大荒"总面积5.53万平方千米，它的北部是小兴安岭，西部是松嫩平原，东部是著名的三江平原。"北大荒"是世界三大黑土带之一，土质肥沃，有"捏把黑土冒油花，插根筷子也发芽"的美誉。半个多世纪以前，这里荒野茫茫、人烟稀少、沼泽遍布、森林茂密，"林间野兽出没，低空百鸟飞翔""棒打狍子瓢舀鱼，野鸡飞进饭锅里"。20世纪50年代至60年代末，先后有十几万名部队转业官兵、数千名农业技术人员、数千名现役军人和几百万名知识青年来到这里。他们开垦荒地、改造沼泽，历经几十年的千辛万苦，终于把荒无人烟、条件恶劣的"北大荒"建设成了良田千里的"北大仓"，为国家的生产粮食和保卫边疆做出了突出的贡献。

说起当年我所在的独立一团，还颇有几分自豪感，在庞大的黑龙江兵团系统中，独立一团是当之无愧的排头兵。我们团是兵团直属独立第一团（后来划归兵团二师管辖，但番号不变），我们连是第一连，全称是"中国人民解放军沈阳军区黑龙江生产建设兵团独立第一团一连"。记得当时在文艺宣传队外出表演时，最自豪的就是报幕员报出全称头衔的时候。兵团属于军队序列，我们的通信番号是"黑龙江省嘉荫县加字×号信箱××分队"。在黑龙江生产建设兵团各师团的番号（加字、强字、建字、设字、钢字、铁字、边字、防字）中，"加字"也是排头的。兵团担负着"屯垦戍边"的任务。我们团所在地是嘉荫县界内，位于黑龙江省东北部，小兴安岭东北麓，黑龙江中游南岸，与俄罗斯隔江相望。站在江边可以清楚地看到两国边防军的瞭望塔上的哨兵。每当夜晚，俄罗斯边防军瞭望塔上的高倍探照灯就会在我们连队的上空交叉来回扫来扫去，把我们的屋顶看得清清楚楚。白天，两国全副武装的军人会定时沿着江边巡逻，江上也有巡逻艇，在主航道两侧各自领域内来回巡逻。但到了冬天，则是另一番景象。黑龙江的江面会结成一米厚的冰，把两国边境变成了"陆地接壤"，汽车、拖拉机，甚至重型坦克都可以在上边随便跑，好像把两边的距离一下子拉近了许多。

那里的冬天寒冷，气温经常在零下30℃~40℃，据资料记载，嘉荫地区历史最低温度达-51.6℃。最近我看到资料记载，2022年春节期间，1月22日嘉荫地区白天最高气温-32℃，晚上最低气温-47℃。我当年亲身经历过最冷的一次是-42℃。那天清晨，我在棉袄外边还套了一件军大衣，头上戴着羊绒帽子，脸上戴了两层口罩，蜷缩在一辆解放牌大卡车的露天车厢里。汽车顶着寒风行驶在北大荒的原野上，实际体感温度会更低。下车时我的两条腿已经不能动弹了，司机和几个战友把我抬下车，帮我活动了好半天才站起来。我随身携带的人造革旅行包，从车上拿下来，往地上一放，就"四分五裂"了。

北大荒的冬天，夜里起来小便是一项艰难而又复杂的"系统工程"——夜里让尿憋醒后，要先在脑子里斗争半天，要不要冲出去解决？能否憋到早上起床后一并解决？如果要冲出去解决，就要想好每一个步骤，要用最短的时间、最高的效率解决完。时间要精确到用秒来计算。每次都要经过一番认真的思想斗争后，直到憋到最后几秒钟，才下决心掀开被窝下炕，披上棉大衣，走到门口，做好准备动作，大吸一口气，然后使劲推开门，低头迅速冲出去，站在门口朝前方快速解决，一气呵成，完美收兵。但如果遇到迎风时，就必须立刻侧过身体，转向背风方向。等到尿完时，已经冻得直打哆嗦了。带着体温的尿液还没到达地面就骤然失去了温度，到了地面就立刻结成了冰。没过几天，宿舍门前就形成了一座金黄色的小冰山，白天在阳光的照耀下，晶莹剔透，竟有一种神奇的美丽。只是人走到上面要格外小心，稍不留神，就会摔个"大仰八叉"。搞得连长经常会严肃批评："成何体统！赶快把宿舍门口那座'金山'刨掉！"

让男生们不解的是，没过几天大家看到，女生宿舍门前竟然也出现了一座"小金山"，真是难为这些天南海北来的姐妹们了。

嘉荫地区无霜期仅为90天左右，是国家的九类地区，当时享受30%的地区津贴。所以，我所在的独立一团知青的工资比内陆高，内陆知青最多是每月 32 元，而我们的工资是每月 50.84 元。这个收入水平在当时可是很不错的，相当于一个内陆成人的工资，可以养活一大家子人。我们的工资都用不完，每月我都给家里寄上二三十块钱。那时人们对金钱的概念不像现在这么强烈。在我的印象里，大家从未讨论过有关工资或待遇的话题，互相之间也很少有金钱方面的往来。

团里的知青主要来自哈尔滨、天津、杭州和佳木斯四个城市。由于独立一团所在地理位置的特殊性，属于边境地区，实行半军事化管理，所以当年独立一团成为各地知青追捧的地方，能被批准到嘉荫独立一团的人都很自豪，甚至有几个杭州知青当时是写了血书报名才被批准的。

我是 1968 年 9 月从哈尔滨来的第一批知青。我们一连前后共有各地知青近 200 人，毫不夸张地说，这些人个个都是好样的，用北大荒的话说，就是没有一个孬种！他们不仅下地割麦子、割黄豆一个赛一个，扛麻袋、上跳板一个追一个，上山救火一个比一个勇敢；而且他们都是有理想、有追求的青年。他们没有一个人不想上大学，没有一个人不渴望学习更多、更新的知识。当他们在那一眼望不到头的黑土地里，撑着那单薄的、还没有完全发育成熟的身躯，拼命地挥动着手里的镰刀割地时；当他们扛着几乎超过自己体重一倍的粮食，颤颤巍巍走上那一尺多宽、四五米高、上下晃动的跳板时；当他们从大货船底舱驮着半麻袋黑煤跑着上岸，每个人脸上只露出黑白相间的两只眼睛和一口白牙，你追我赶时；当他们在零下三四十摄氏度的寒冬里，坐在小兴安岭原始森林的雪地上，就着白雪一口一口啃着像石头一样硬的馒头时……他们从心底迸发出来的对人生的体会，比任何人都深刻！

当夜里几十个人挤在一个宿舍的大土炕上，透过没有窗帘的窗子，望着遥远的星空和无际的原野，无奈的泪水流进自己心里时，那种渴望坐在教室里汲取知识的梦想，比任何人都强烈！

我"误入"体育的故事也要从北大荒说起。

上
Shangpian

篇 青春变奏曲

第二章

"误入"体育 改变一生

5 柴油灯下的神圣民主

1974 年初秋，北大荒一个普通的晚上，天气已略带寒意。在黑龙江畔的兵团独立一团一连大食堂里，黑压压地坐满了人，正在召开全连大会。

屋内，一排排用小兴安岭的红松木搭起的长条饭桌上，散落地摆放着十几个土油灯。那是北大荒人自制的最简单的油灯——用一个饭碗，装上半碗柴油，用麻绳做个捻子，麻绳大部分浸泡在柴油里，露出捻头搭在碗边，用火柴点着，就是一个很实用的油灯，但烧一会儿就需要有人用剪刀把烧黑的捻子剪掉一点。兵团不缺柴油，每个连队都有一个"油库"，其实就是露天放在地上的一两个大油罐，四周用简单的木板做成围栏，那也是连里的安全"重地"。每当停电时，这种油灯就开始发挥作用，虽然不如电灯明亮，但很实用。只是这种油灯有一个缺点——油烟较大，坐在油灯附近的人，时间长了，鼻子里会被吸入的油烟熏黑。回到宿舍要用水好好洗几遍，才能把鼻腔里的黑灰洗出来。虽然赶上了停电，条件又很简陋，但这天的会场秩序井然、鸦雀无声，整个会议程序和组织都非常严谨。北大荒人已经习惯了，没有人介意会场的昏暗和油灯散发出来的油烟味，这反而增加了几分神秘和庄严感。

会场前面放了一块大黑板，一个人在忽明忽暗的光线下，一边认真听着旁边唱票人念出的名字，一边用粉笔不停地在黑板上候选人的名字下面画"正"

字。旁边还有两个监票人和两个帮忙的人，所有人都聚精会神地盯着大黑板。

这里正在进行全连民主投票选举大会。每个人都很重视自己那神圣的一票，那种专注的精神状态跟选举全国人大代表没有本质区别。这是一种最原始的民主仪式，也是北大荒人最简单、最直观的民主方式——无记名投票选举。北大荒人用这种最普通的方式，行使着自己神圣的民主权利。

这次民主投票，是按照上级的要求，在全连选出 3 人上学，其中，第一、第二名上大学，第三名上中专。候选人一共有 5 位，是在前一天每个排投票选出 3 名候选人的基础上汇总排名出来的。可以想象，每位候选人心里都很紧张。黑板上，5 个名字下面的正字在慢慢增加。最左边那个名字下面的正字遥遥领先，后面四个名字下面的正字互相交替上升，相差无几，竞争异常激烈。而最左边那个是我的名字。

我坐在前排右侧，靠近一盏油灯。我两眼紧盯着黑板，心里激动得扑通扑通直跳，手心里微微出了汗，但脸上故作平静，不让别人看出来。

随着唱票的结束，选举大会接近了尾声。我的票数一直领先到最后，并且几乎是满票。之所以是"几乎"，是因为有一个人没有投我的票，那个人就是我自己。虽然我是那么迫切渴望上大学，但那时在知青的思想认识中，是不能投自己票的，要谦虚谨慎、戒骄戒躁，要谦让，要把鲜花和荣誉让给别人，投自己的票就是不谦虚的表现。

投票结束后，我成为当之无愧的第一名。

指导员宣布投票结果后，大声地说："请三位被推荐上大学的战友到前面来。"会场内响起了热烈的掌声。

我怀着激动的心情和另外两位战友马上站起来，在大家的簇拥下走到了前面，面对着大家。

指导员又说："知青上大学是党和国家对我们知青的关怀！今天，你们三人被推荐上学，是我们一连全体指战员的光荣，也是我们一连全体知青的光荣！希望你们三人不辜负全连战友的嘱托，不忘北大荒的哺育，到学校后好好学习，毕业后为国家、为人民作出更大的贡献！"

会场又响起了长时间的掌声。

会后，大家都过来向我祝贺，我无比激动。能够被推荐上大学，我是胸有成竹的，几年的努力终于获得了回报。但能够得到全连满票的结果，是我未曾想到的。一连的战友太好了！我真心感谢全连战友对我的厚爱！

那天晚上，我兴奋得一夜没怎么睡觉。第二天一大早我就起来继续履行我每天的第一个职责——敲钟，让全连起床、吃饭，饭后按照头一天晚上与连长一起研究后的安排，给各排和各拖拉机手、收割机手分配任务。

那几天，我沉浸在无比幸福和喜悦之中。我是当之无愧的第一名，我要上大学了，我的美梦就要实现了！这六年的努力没有白费，我的汗水没有白流！

我按照团招生办发的各大学的名录和规定填报了志愿。美中不足的是，这一年招生分配给我们团的名额中，一个外语专业都没有，这对我来说是很遗憾的，我做梦都想重返外语学校继续学外语。但世上哪有十全十美的事呢？对于我们知青来说，能上大学就已经是一步登天了，就别再抱怨专业了。那时不太懂如何报志愿，既然没有外语专业，那就选北京的最好学校。我第一志愿报了北京大学，专业是核物理。其实，那时根本不知道核物理是什么性质的专业，我只知道北大是最好的学校。第二志愿填的是中南矿冶学院。

就要上大学了，我的心情格外好。那些天，我工作更加卖力了，想最后为连队尽量多做些贡献。我是连队的统计，每天全连第一个起床的是我，最后一个回到宿舍的也是我。每天都是一整天在地里，到所有拖拉机作业的地号和各排作业点转一圈，跟大家一起，边干活边了解各种生产情况，中午在地里吃炊事班送来的饭，晚上跟最后一台拖拉机回来，一般都要到夜里 10 点以后，到食堂有什么就吃点什么。每天如此，但一点也不觉得累。

几天后，团部政治处的战友小朱来到我连办事，他把我拉到一边说："大光，请客吧。"我说："好，等我拿到录取通知书后一定请大家好好撮一顿。"他看着我，故作神秘地说："今天晚上就要请。"然后他告诉我："团干部股已经审查通过了全团上大学的方案，你已被确定上北京大学了，只剩最后上团党委会了，不会有问题，你就安心地等着接北京大学的录取通知书吧。"

那天晚上，我到小卖店买了几瓶啤酒和几个猪肉罐头，又叫了几个战友一起在连部喝酒、吃肉，为我庆祝。我们举起啤酒瓶干杯，下酒菜就是那种"矮、粗、胖"的玻璃瓶装的猪肉罐头，打开后，上面是一层厚厚的白油，下面是大肉块，特别好吃。只是打开时有点费劲，需要用刀划开铁皮盖，弄不好就会划破手指。虽然啤酒、罐头都是凉的，但那时年轻胃口壮，大家举瓶痛饮，一直聊到深夜。

夜里大家走后，我一个人躺在连部的炕上，憧憬着未来美好的大学生活。借着酒劲，很快就睡了过去。我好像看到自己已经坐在了北大的教室里，老师在黑板前讲课，我在聚精会神地听课，心里美滋滋的⋯⋯

可是，意想不到的事情发生了。

6 连长的通知

那些天，我满怀欣喜盼望的北京大学录取通知书却迟迟未到。几天过去了，一个礼拜过去了⋯⋯还是没接到通知书。眼看着其他连被推荐上大学的战友一个个都接到了相应学校的录取通知书，高高兴兴地准备去学校报到了，而我的通知书仿佛石沉大海，杳无音信。我开始有些着急，感到有一种不祥之兆。

终于，有一天等来了消息，连长找我谈话。他说得很简单，却把我的欣喜和憧憬砸得粉碎。他说："大光同志，由于工作需要，连党支部开会决定并已报团党委批准，今年你还是不能去上大学，因为你要是走了，现在没有人能接替你的工作，连里损失太大。团里还是准备让你当副指导员或者副连长。一连需要你留下，北大荒需要你留下。今天正式通知你，留下扎根北大荒，这是团党委的决定。"最后，他又语重心长地说："大光啊，你是党员，又是干部，相信你能够正确对待，能够听从组织的安排。"

连长的话就像是一根蘸了凉水的细麻绳勒住了我的脖子，卡住了我的喉咙，想叫却叫不出来，想喊也喊不出声，憋得我脸通红，两眼冒金星，浑身出虚汗，我的脑子一片空白。我不记得当时自己对连长说了什么，也不知道连长何时走的。我整个人傻傻地呆住了，站在那里不会动了，好长时间才醒过神来。是真的吗？真的又不让我上大学了？一年来，我心里隐约担心的事真的又发生了？

我仰望北大荒空旷的天空，欲哭无泪；想骂人却没有勇气；想找人评评理，却找不到评理的大门。老天啊，帮帮我呀！为什么不让我上大学？为什么全连满票推荐我却不让我上大学？为什么啊？去年不是都说好了吗？只要我被推荐上，就一定让我上大学，为什么变卦呀？为什么?!我想不通！真的想不通！连长啊，你要说话算话呀！怎能出尔反尔?!

我不知道该怎么办……

连长姓庄名伟，农场的老职工，是北大荒有名的劳动模范，有能力、有魄力，生产经验丰富，曾经到北京参加过劳模表彰大会，受到过党和国家领导人的接见，与党和国家领导人合影的长幅大照片就挂在家里最显眼的地方，令所有人羡慕。他是一位特别严厉的连长，在连里说一不二，很多知青都怕他。因为其貌不扬，脸有点长，眼睛有点小，有个知青背后说他太丑了，结果传到他的耳朵里，他很生气，在一次全连大会上说："有人说我丑，怎么着？我爹妈就给我凑成了这个样子，你还能给我咔拾咔拾？"东北话的"咔拾咔拾"，就是拿刀刮一刮的意思。那个知青吓得不敢抬头。知青们背地里给他起了一个不雅的绰号——"庄老狗"。因为他走路的姿势很特别，右手背在后面，左手前后斜着甩，身体一歪一歪地走，身后总是跟着一条大黄狗，在田野里，离老远就能看出来是他。每到这时，总会听到有人说："庄老狗来了。"这条大黄狗就像是老庄的半个儿子，人们都说，大黄比他亲儿子还亲。他有个儿子，名字也很有意思，叫庄甲兵（多年后，在嘉荫县工作，和我们这些知青关系都很好），但当时我们很少见到他儿子。反而是他的大黄，整天跟他形影不离。

可是有一天，大黄突然不见了，急得老庄团团转，吃不下、喝不进，整天愁眉苦脸，着急上火。几天后的一个下午有人告诉他，六连知青好像前几天有人吃狗肉。他听到以后，二话没说，抄起一个大棍子就朝六连一步一歪地走去。好在六连不太远，天还没黑就到了。离很远他就看见男知青宿舍门前的墙上挂着一张黄色的狗皮，走近一看，他简直要气炸了肺，那正是他的大黄。他一脚踹开宿舍门，抡起手里的大棍子，见到人就打。一边打嘴里还一边骂着："让你们吃大黄！""让你们嘴馋！""我打死你们这帮兔崽子！"知青们吓得捂着脑袋到处躲着跑出了宿舍。老庄坐在屋里大骂了一通，然后，抱着大黄的毛皮，流着眼泪走回了一连的家里，把大黄的毛皮铺在炕上当褥子。从此，"大黄"就每天陪着他度过夜晚。又过了些日子，我们看到老庄的身后，又有了一条小黄狗跟着，形影不离。

这是当年在一连留下的珍贵照片，身后是一连的家属区，
大门里第一家就是连长庄伟的家
左起：孙大光、邹庆生、马林、刁尚武

　　有关老庄的故事很多，这里就不多讲了。作为全团排头连的连长老庄很称职，一连在他的带领下，工作有声有色，在全团很有名气。他在工作上对我十分信任，我作为统计，在连里是个很重要的角色，我熟悉全连的生产、生活等所有情况。由于我工作努力并对全连情况了如指掌，我已成为他工作上的得力助手。他一直推荐我当副连长或副指导员，但我不想干，千方百计地推辞，因为我想上大学，担心当上副指导员、副连长就更走不了了。有一天听说团肖副政委要到连里来找我谈话，我早早地就跟着拖拉机跑到远处地里干活，一整天没回连队，让肖副政委白跑了一趟。

　　就在一年前，知青终于等到了国家正式恢复大学招生后的第二年，并从工农兵中招收大学生。程序是群众推荐、领导批准、统一考试、学校录取。当时我在连里的群众基础非常好，威信很高，在各排酝酿的候选人名单上我都名列前茅，被推荐上大学是没有问题的，我心里很高兴。而且听说给我们团分了两个外语专业的大学名额。一个是北京第二外国语学院的西班牙语专业，另一个是黑龙江大学的日语专业。虽然没有英语专业有点遗憾，但只要能上大学学外语就已经实现了我的外语梦想。我满怀信心等待着。没想到，有一天庄连长找我谈话，像一桶凉水从我的头上浇了下来。他说："大光啊，今年你不能上大学，你走了谁来接替你的工作？连里工作生产都会受到影响。你要以大局为重，要为北大荒做更大的贡献。团里已经决定提你当副连长或副指导员，你要继续好好干。"又说："明年吧，明年只要你能被推荐上，一定让你去上大学。"

对于我这样的小知青来说，连长的话就是命令，我根本无言以对，更无法反驳。我把眼泪流在了肚子里，咬着牙，默默地又拼命干了一年。

可是，没想到一年后故伎重演，"可敬可爱"的连长大人又带来了党支部的决定，而且是经团党委批准的。这可不是闹着玩的，党组织的决定是不可更改的！

我万箭穿心，彻底绝望了。

从那天起，我连续几天很少说话，也很少吃饭，每天用下地干活麻醉自己，干！干！干！拼命地干！照样每天早上跟着拖拉机下地干活，中午也不回连里吃饭，在地里吃一点炊事班送来的饭。拖拉机手可以换班，但我每天都一直干到晚上十点半左右，跟着最后一台拖拉机回到连队。战友们都非常关心我，看到我日渐消瘦的憔悴样子，纷纷为我抱不平，可是谁都无能为力。炊事班的战友知道我爱吃糖饼，每天晚上烙好糖饼放在大锅里热着，几个要好的战友等着我回来。可是我连糖饼都吃不下，因为嘴里起了好几个大泡，嘴唇干裂得像是刚从沙漠走出来一样，一动就钻心疼。但我一直挺着，没有当战友的面流过一滴眼泪。可是到了夜晚，一个人回到宿舍，裹着棉被躺在土炕上时，那种无助的感觉涌上心头，眼泪就止不住地流出来。为什么会这样？我怎么也想不通。

多年后，有战友帮我分析，我才似乎明白了其中的道理。

主要是，我工作干得太好了，连长真的舍不得我走。如果我走了，一时半会儿没有合适的人接替我的工作。到北大荒后，虽然我年龄最小，但我一直默默地工作，从不计较个人得失，我勤奋好学、群众关系好，没有多久就入团、入党了，后来被任命为一连的统计。那些年，我一心扑在工作上，身兼数职，根本不知道苦和累。细数一下，我一人干了好几摊儿的工作：按照规定，连里可以设两个统计，一个是农业统计，另一个是机务统计。而我就是一个人，既是农业统计，又是机务统计。我每天还要早起敲钟，并且在早上 8 点，准时按照连长的指示，给全连各排和各拖拉机手、收割机手分配工作任务。每天晚上，要把全连的生产进度和生活情况统计清楚，并用电话向团生产股报告当天全连情况。从地头到房头，从人头到猪头（猪号、马号、牛号等存栏数的变化），每天都要详细报告一遍。所以，连里的家底、人员变动情况、生产情况及变化、连里各种作物的产量及生产计划，等等，都在我脑子里。

为了便于掌握全连情况，更好地协助连长统筹安排全连生产，我徒步走遍了全连八百多公顷的每一片土地，用自己制作的 1.5 米的拐尺，一步一步丈量，计算出每块地号里的"塔头"和沼泽地、水坑等不能种粮食的土地面积，精确计算出每个地号的实际面积，最后得出全连实有土地面积 878.60 公顷（当地北大荒人把公顷叫晌）。所以，一连号称 800 多晌地，共 30 多个地号，每个地号平均 23 晌地。同时，我画了一张彩色的全连平面图，近 1.5 米高、1 米宽。图上的每个地号都清楚地画出"塔头"、沼泽地和水洼的位置、面积，标出每个地号的实际面积等。这样可使全连的生产、管理运行更加直观、简单且有效。

这件事得到了连长、指导员的表扬和全连战友的肯定，并受到团领导的赞扬，为其他连的生产、管理树立了榜样。有的连的统计还来参观、学习（多年后，我为北京亚运会和北京奥运会制订总体规划并编制工作计划网络图等获得成功，不能不说有在北大荒时的影子）。还有，连里已经一年多没有配副指导员了，也就没有团支部书记。所以，我这个团支部副书记实际上把副指导员的大部分工作都做了。组织宣传报道、节日联欢会、体育比赛、办知青夜校等，深受知青们的欢迎。多年来，我还一直是连里的报道组组长，每周要定期写稿子并亲自制作黑板报，还要经常给团宣传股投稿，把连里的生产情况和好人好事等及时报上去。

还有一段时间，连里小卖部的售货员王圆圆在上山时被拖拉机压断了脚踝，回杭州治脚养伤，连里又让我兼管小卖部，用业余时间卖货，每天晚上要结账、算账，星期天还要到团部商店进货。我坚持了半年多。小卖部就在连部隔壁，不管什么时间有人来买东西我都随叫随到。那半年多，我也学到了不少新知识和本领。比如，用纸包白糖，那是个不起眼却很有技巧的小技术活。否则，卖糖的只会称斤不会包，也是挺尴尬的事。

另外，由于工作的需要，我一个人住在连部，每天晚上值班，要接听来自各方面的电话，随时处理或登记有关情况，第二天向连长、指导员报告。所以，我每天24小时似乎都处于"工作状态"。正因如此，我在全连的威信很高，大家都喜欢我、相信我，支持我的工作，我成了连队的"重要"人物。可没想到，这也许是好事变成了"坏事"，干得太好反而离不开了。

经战友帮我这样一分析，我似乎恍然大悟。但这都是后话，且不一定准确。

但在当时，我的脑子已经乱了，什么也不想了，我一个人在北大荒，谁也帮不了我。我也没有写信告诉父亲，因为他刚刚从"柳河五七干校"劳动、学习回来，很难帮上我，并且我不想给他添麻烦。

我只能祈求老天开眼，听天由命吧！

说来很有戏剧性，"老天"真的开眼了，命运的转机来了。

2008 年笔者与哈尔滨知青一起回北大荒时，专程去嘉荫县看望老连长庄伟。
前排左起：国英桥、全锦红、庄伟（连长）、孙大光、邵继群、张成鑫，
后排左起：孙桂琴（副营长）、谢洪竹、尹英祥、王天喜（指导员）、王运平

7　夜半电话

说来很有戏剧性，"老天"真的开眼了，命运的转机来了。

党中央、国务院的一个文件给我带来了转机，改变了我的命运，让我——在远离中央几千里之外的北大荒的一个小知青重新燃起了希望。

我清楚地记得那天晚上的每一个细节。

那几天，是我人生中最痛苦、最暗淡、最无助的日子。就在我几乎要崩溃的时候，有一天，同往常一样，我一整天在地里跟大家一起干活、检查工作质量和进度，中午在地里吃了几个炊事班送来的包子。直到晚上十点多钟，我跟着最后一台拖拉机回到连队，向食堂走去。我知道几个战友在我回来之前不会关上食堂的大门，并且肯定有烙好的糖饼在锅里热着。那些天，战友们为了我不能上大学的事都愤愤不平，对我更是格外关心、照顾。我老远就闻到了香喷喷的糖饼味儿，可进屋后感到有点不对劲。屋里的人比往日多，而且大家脸上都带着一种神秘的微笑，好像正在议论什么高兴的事。

进屋后，大家都看着我笑，不说话。我心想，这几天我都快要挺不住了，你们竟然还开心地笑，真没良心！我带着一脸疲惫，面无表情地走到大面案旁坐下来，对旁边的人说了一句："快给我舀点水来，渴死我了。"那人居然没动，看着我，脸上还在傻笑。我刚想重复一遍刚说的话，忽然听到那人嘴里发出一句微微的声音："大光，你可以上大学了。"我看了他一眼没有理会，端起旁边一个人喝剩下的装着凉水的大碗，咕嘟咕嘟喝了下去。这时，大家都围了过来，七嘴八舌地说："真的，大光，你可能真的可以上大学了。""是的，我们没有骗你。"他们说："今天下午有两个人坐着团长的吉普车来到咱连，专门调查你上大学的事。说是省招生委员会的，还说是要落实中央文件的精神。"

听着大家的话，我的情绪好多了，也不顾嘴疼，吃了两张糖饼。但我还是不太相信我能上大学，因为那时招生工作已经接近尾声，很多学校的录取通知书都已经发完了，已经有人离开去学校报到了。我感谢大家的关心，劝大家不要抱什么希望了，我上大学的心已经死了。上不了大学也一样要为祖国的事业奋斗一生，我会和大家一起，安心扎根边疆、保卫边疆、建设边疆。能有这么好的战友，我知足了。那天夜里回到宿舍，我也没多想，洗漱完就上炕睡了。也许是因为连续多日没睡好觉，那天倒下就睡着了。

没睡多久，一阵电话铃声把我吵醒了。

我迷迷糊糊起身，伸手从桌子上把电话拿过来，也没开灯，闭着眼睛问了一句："你好，谁呀？"

只听见电话里大声地反问我一句："你是谁呀？"

我说："我是孙大光。"

只听对方说："好小子！你就是孙大光，看来你睡得挺香啊！为了你的事我们刚开完会，我是团部肖副政委。"

我立刻睁开眼睛，打起精神，马上回答了一句："是！肖副政委请指示。"

"你马上起来，通知你们指导员，立刻召开党支部委员会，把关于孙大光上大学的决议重新做一下，按照原来的投票结果和连党支部的决议，让孙大光上大学，并派人把孙大光的档案材料，在早上八点以前务必送到团干部股，过期作废！把×××（第四名）的档案材料取回。立即执行吧！"

"是！"我放下电话，围着被子坐在炕边，两眼发直，似乎有点不相信这是真的。

是不是在做梦？

我打开灯，看了看电话，想了想，睡觉前电话应该是在桌子的那头，现在电话是在桌子的这边。摸了摸电话，是温乎的，应该是刚接过电话，我又掐了掐自己的大腿，疼！不是做梦！想想晚上吃糖饼时战友们跟我说的话……啊！是真的！

我一骨碌爬了起来，穿好衣服，看了看墙上的表，刚好是夜里1点钟。我飞快地跑去叫醒指导员，向他传达了肖副政委的指示，又跑去分别通知另外四个支委。连队党支部有五名支委，指导员王天喜是书记，是个老高三的哈尔滨知青，庄连长是副书记，还有三名老战士是支委。等他们五个人到齐后，我说："你们开吧，我到男生宿舍等着。"

很快，指导员就来到男生宿舍找我："大光，会开完了，你等天快亮时早点叫醒文书，让他带着你的档案材料，八点以前务必送到团干部股，千万别晚了。"我说："好。"指导员又说了一句："祝贺你啊，大光。"我说："谢谢你！"他就去休息了。

我一个人回到连部，坐在炕边发呆，这时一点睡意都没有了。我真的又能上大学了？不会再有什么变化吧？我怎么也高兴不起来，我已经被折腾怕了，我一个16岁时就来到北大荒的知青，无亲无故，一个人在北大荒奋斗了整整六年，没有靠山，爸爸这两年一直在"五七干校"，也帮不了我，全靠战友们的帮助和支持。想到这儿，我鼻子有点酸，赶紧爬到炕上，蒙上被子。

六年来，我好像没有流过眼泪，无论遇到什么样的困难我都没有哭过。过了一会，我坐了起来，想了想，不应该哭，应该高兴才对，应该感谢才对。要感谢英明的中央文件！竟然为我这样一个小知青解决了上大学的问题；也要感谢黑龙江省招生委员会调查组的两位同志，他们认真负责的工作态度，如此之高的工作效率，让我佩服至极；还要感谢团党委一丝不苟地落实中央文件，连夜开会，改变决议，这是我根本不敢想的事；更要感谢全连战友的信任，全票推荐我，否则，不可能有现在这个结果；也应该感谢庄连长，我从他身上学到了很多农业知识和技能，是他的信任和重用，才让我得以发挥主观能动性以干好工作，取得成绩，获得大家的认可；最后还要感谢父母从小对我的教育培养，给了我一个坚韧的品格。

我一个人在屋子里"翻江倒海"，任凭思绪放飞。好不容易熬到了天快亮时，我去叫醒了连队的文书："赶快起床，有紧急任务！"文书快速穿好衣服来到连部，我向他简单清楚地说明了情况，让他带着我的档案马上出发，八点前务必送到团部干部股。文书听后很替我高兴："你放心吧，一定不能误了你上大学。"我看见他走到我住的屋子窗户下边那个我每天在上面放碗筷的大木箱子旁边，掏出钥匙，打开上面的大锁头。这时我才知道，原来这个每天和我朝夕相处的大木箱子如此重要，里面整整齐齐放的竟然是我们全连人员的档案。要知道，那时的档案可是个挺神秘的东西！文书取出我的档案袋，我看到档案袋很薄，估计里边也没有几页纸，但那可是我们的政治生命，万一丢失了会很麻烦的。他把我的档案袋装在一个军用书包里，背在身上。

然后，我陪着他到马路边，截到了一台尤特拖拉机，就是那种前面两个小轮子、后面两个大轮子的拖拉机，尾部挂了一个拖车。文书爬上拖车的时候，我看见他的书包有一个带子开了，我的档案露出来一大块，他没有发现。我很着急，怕万一我的档案掉出来弄丢了就麻烦了，我急忙向他挥手喊道："书包！带子开了，档案别掉下来！"他听不清我喊什么，也着急地向我喊着"什么？"我一边追着车跑，嘴里大声喊着，一边用手比画。终于，他低头看见了书包带子开了，用手把档案装好，把书包带子系好了。我这才松了口气。

回到连部，我洗漱完后，看时间还早，就走出屋子。天已发亮，空气格外新鲜，只有我一个人在连队空荡的小路上慢慢地走着。虽然这条小路已经走了整整六年，但我好像是第一次在这里悠闲地散步。

北大荒的早晨有一种安静的美，朝霞映红了东方的地平线；东北方不远处黑龙江上飘着一层柔曼的轻纱，江对岸那些小白房子上空升起一缕缕炊烟，偶尔传来几声鸡鸣、犬叫；北面江边的老团部一片烟雾缭绕，虽然前些年团部搬走了，但远远望去，它依然保持着往日的威严耸立，不失为独立一团的一块瑰宝；西边的小兴安岭山脉还没有完全苏醒，被一片晨雾笼罩着；南边一望无际的黑土地上开始泛起一层灰白色的地气，向空中散去。北大荒的清晨像是一幅美丽动人的大型立体油画，让人遐想。但每天生活在这美景之中的知青们却很少认真欣赏过它，因为起床号吹响前，正是他们沉醉在美梦之中不想醒来的宝贵时刻。

早饭后，我按照头一天与连长商量确定的全连工作安排，向各排分配工作后，上了一台拖拉机，正准备跟着大家一起下地干活，就看见出纳王佩霞从连部向我这边跑来，一边挥手一边向我喊着："大光，团部来电话，让你立刻到团部干部股找史股长，越快越好！"

我心里一动，马上跳下拖拉机。

我知道，好事来了，心里一阵高兴又紧张。

但我还是低估了情况的复杂和变化，我上大学的曲折之路还仅仅是刚拉开序幕。

8 徘徊在团部干部股

那时，团里没有固定的交通车，出去办事都是到马路边拦车，拦到什么车就坐什么车，能拦到团部的解放牌大卡车就是最好的了，很多时候只能拦到各连队的拖拉机。那天我很幸运，拦到了一辆团部汽车队的解放牌卡车，并且只有一名司机，我还幸运地坐到了驾驶室里。一路上看着外面路旁一闪而过的树林，一望无垠的黑土地上还有拖拉机在作业，再往远看，是巍峨的小兴安岭山脉。多么美丽、富饶的北大荒啊！想到就要离开了，心里有点酸酸的。能上哪所大学呢？外国语大学就不要想了，北京大学也没有了，听说北京大学的通知书都已经发了，不知道是哪个幸运的战友去了北京大学。清华大学肯定也不行了，中国人民大学？北京钢铁学院？北京邮电学院？……我心里在不断憧憬着。司机是一位转业战士，听说我是要上大学的，高兴地和我聊了起来。临下车前还真诚地对我说："你是国家的栋梁，今后可别忘了北大荒啊！"他那真挚的表情让我难忘。

下车后我径直来到团部干部股。史股长的个子不太高，但身体很结实，穿着四个口袋的军装，戴着"三块红"的领章帽徽，显得既稳重又随和。和我握过手后让我坐在他办公桌对面的办公桌前，然后认真地说："大光同志，祝贺你能上大学，团领导非常重视你上大学的事情。为落实中央文件精神，保证为国家输送优秀人才，昨夜里连续召开团党委会和团招生委员会议，到很晚才结束。因为现在招生已经接近尾声，本来确定你是去北京大学的，但现在已经来不及了，北京大学的通知书都已经发了。现在大部分学校的通知书也都发了，学生都陆续去报到了。剩下的学校不多了，时间很紧，所以这么急着让你过来，就是请你赶快选择学校。"

我心里既高兴又紧张。嘴里说着："谢谢史股长，谢谢团党委。"

史股长拿着一沓有十几页的学校名录，慢慢对我说："你是大学名额，现在还有四所大学可选。"

停了一会他看着学校名录读道："一个是鞍山××大学，一个是阜新××学院，一个是扎兰屯×校，还有一个是兵团的'八一农大'，你可以在这四个里面选一个。"

听完史股长的话，我一下子就傻了。

"只有这四所大学？"我不敢相信自己的耳朵，一路上的兴奋劲和憧憬一扫而光。不是对这四所大学有偏见，而是我根本就没有想到过只剩下这四所大学，甚至有的我都没听说过。太突然了，没有思想准备，我一时转不过弯来。在我的脑子里，上大学就要去北京，起码也要去个省会城市呀。我翻看着史股长递给我的学校名录，每个学校最后一栏都标注"已发"两个字，只有史股长说的那四所学校还空着。这下我真的有点蒙了，我不由自主地站起来在屋子里来回走，嘴里不自觉地带着颤音叨叨着："我就想上北京，就想上北京……"

史股长拿过学校名录："大光同志，你不能再犹豫了，赶快决定，否则就更晚了，你看这上面的学校都已标注发过录取通知书了，只能在这四个未标注的学校里选择，没有办法了。"他一边说，一边把学校名录放回自己办公桌上，把名录合上。

我一个人走到窗子前面，望着窗外来回走动的人，心里又一次感到无助，我的脑子在飞快地转动。

怎么办？怎么办?！嘴里还在叨叨着："我就想上北京……"

突然，我听到背后的史股长大声说："北京，北京！大光同志，快过来，这还有一个北京的！"

我惊了一下，赶紧跑过去。

紧接着听到史股长念到："北京……体育学院"。

刚听到"北京"两个字，我很惊喜，可刚要兴奋，就听到后面的"体育学院"四个字，我的心又凉了。我看到史股长指着刚刚合上的学校名录第一页上的第一个学校的后面一格还空着。

史股长高兴地说："刚才忘了，因为北京体育学院（以下简称北体，1993年更名为北京体育大学）排在第一位，还附加了四个条件，除政治条件、年龄条件外，还有身体健康和体育特长的要求，而且必须经过北体老师面试才能录取，其他学校都不用面试。所以，现在还没有确定人选，准备退回去，北体的老师就不来咱们团了。"

六年来，我有过无数次上大学的梦想，幻想过无数次各种大学的校园，可从来也没有想过上"体育"大学。体育对我来说就是锻炼身体和娱乐，还需要上大学？我虽然也喜欢打打乒乓球、投投篮球、跑跑步，可是要我上大学专门学体育，不可想象。我这颗悬着的心刚被"北京"两个字惊喜地拉了起来，又一下子被"体育"两个字猛击了下去。我又不知所措了，又在屋子里面来回走，嘴里不断地念叨："体育学院？体育学院？……"

我的脑子里又是一片空白，什么专业都行，可为什么偏偏是体育呢！体育还需要上大学？上大学去学体育？我从来没有想过这个问题。老天爷怎么这么折腾我！急得我脑袋有点发麻。

看到我着急的样子，史股长站了起来，语重心长地说："大光同志，团党委对你的事非常重视，你在知青中表现很优秀。我们知道你原来是外语学校的，应该去外国语大学，但今年咱们团没有外语大学的名额，所以本来确定你上北京大学，但由于一连党支部认为你走了对连里的工作影响较大，并给团党委打报告要求把你留下来，培养你当领导干部，团党委也同意了。现在为了落实中央文件的精神，保证为国家输送高质量人才，团领导也是忍痛割爱。但现在只剩这几所大学了，你必须马上决定，否则就来不及了。"

他又说："如果选这四所学校其中的一所，现在就可以定下来，你可以等一下，今天就可以拿到通知书。如果你想去北京，只有北京体育学院还可以争取，但你必须立刻坐火车去宝泉岭，到师部去面见北体的老师，要通过考试才行。北体的招生老师现在应该还在师部，再晚恐怕来不及了。""我看你去北体也挺合适，你做了多年的团支部工作，经常组织参加文体活动和各种比赛，身体也不错，肯定能通过。"

史股长的话让我逐渐冷静下来，已经没有更多选择了，只能面对现实，必须立刻作出决定——要么在那四所学校里选择一个，拿着通知书回连队；要么去师部见北体老师考试，争取去北京。

我镇定了一下，迅速作出决定："去师部！见北体老师，考试，争取去北京！"

9　宝泉岭奇遇

兵团二师师部在宝泉岭，那时我们独立一团已经归二师领导。宝泉岭地处鹤岗市界内，从地图上看，嘉荫离宝泉岭直线距离并不太远，但交通很不方便，坐火车要走一个"V"形的路，要到南岔转车，10多个小时才能到。我顾不上那么多了，史股长给我开了一封介绍信，我拿上介绍信立刻去了团部车队，搭便车到汤旺河，然后连夜坐火车，到南岔转车，第二天早上到了宝泉岭师部。

早上在师部招待所食堂吃完饭，就去见了北体两位让我终生难忘的招生老师——年龄大一点的姓吴，叫吴柱忠，是教运动医学的老师，广东人，身材不高，非常和蔼，那种慢慢的广东普通话听起来很舒服。他爱人是校医院的大夫。几年后他们去了香港，后来在香港定居，以后再也没有见过，听说在香港开了一个诊所，生意还不错。年纪轻一点的姓赵，叫赵秀忠，是刚毕业留校任教的老师，内蒙古人，说话也非常和气，带有明显的内蒙古普通话口音。后来他去日本留学学习日语，回国后在北体做外事工作，并且一直和我保持联系。两位老师都对我很好，看到我风尘仆仆、一脸疲倦的样子，关切地说："今天好好休息一下吧，明天再考试，然后体检。"我说："没事，老师我不累，今天就考吧。"看我的精神头挺足，吴老师说："那好吧，正好明天我们就可以赶回北京了，不过你一定要做好准备活动，千万不要受伤。"

两位老师在房间里问了我一些问题，了解了一些情况，又看了看材料，然后带我来到宝泉岭体育场。我有点紧张，不知道要考什么，也不知如何做准备。两位老师耐心地辅导我，让我跟着他们的动作学着做。我没有学过任何专项体育，但身体素质还不错，身材也比较匀称，协调性比较好，老师的示范动作我一学就会。我记得测试了四个项目：一百米跑、立卧撑、引体向上和三千米跑。每项测试后，就让我好好休息一下，调整好，再考下一项。考试结束后，两位老师都很高兴。赵老师拍着我的肩膀："不错，你的身体素质挺好的。下面就要看体检情况如何了。"他们又带我到师部医院做体检，结束时已经临近中午了。

整整一上午，两位老师一直陪着我，我感到很亲切。最后吴老师郑重地对我说："孙大光同学，我现在正式通知你，经考试通过，体检合格，你被录取为北京体育学院体育系 1974 级学生，录取通知书会很快寄到你们团里，你回去等着，做好上学的准备吧。"这时，我已经不紧张了，心情也平静了。终于要去北京上大学了，可是不知为什么却没有像多少次梦里上大学那般激动，那么憧憬，总是觉得少了点什么。两位老师这么负责任，对我这么好，我很感激他们。但他们不知道，吴老师最后又说了一句话，让我改变了自己一生的命运。

吴老师最后说："大光同学，祝贺你成为北京体育学院的学生，希望你今后能为中国体育事业做出重要的贡献。今天就是正式通知你，我们在北京等着欢迎你。"他看着我的眼睛，又认真地说："你可不要到其他学校去呀。"我当时没有明白吴老师这句话的含义，我也想不到有什么更多的含义。

我马上说："谢谢吴老师、赵老师，能成为北体的一名学生，我感到很光荣。你们放心吧，我不会到其他学校去的。我明天就回团里等通知书。"其实，当时我根本没有明白吴老师说话的含义，我怎么还能到其他学校呢？不可能呀。

日后我才明白，当时学校招生也是有一些竞争的，由于招生制度的限制，有的学校没有完成招生指标。可是，那时的我是多么幼稚、多么天真！我的这一小小承诺，为自己系上了一个一生难以解开的命运之结。

命运又一次捉弄了我！

实际上，吴老师的这句话直接击中了我的命门，成为我无法越过自己心里那道鸿沟的"紧箍咒"。仅仅过了一顿饭的工夫，一个命运的大岔路口就来到了我面前。而我却仅仅因为这一句话的承诺，毅然背过身去，放弃了那个自己多年来为它爱得发狂、梦寐以求的理想之路，走向了一条自己并不喜欢的、前途未卜的人生路。

午饭是在师部招待所食堂吃，我看到很多来自全国各地的大学招生老师都在这里就餐。吃完饭后，我一个人走出食堂朝招待所走去。招待所离食堂很近，也就几十米的距离，路上三三两两的人和我一样从食堂出来，向招待所走去。

刚出食堂大门，就听见旁边有人在说："这位同学，你是哪个团的？"

我四下看了看，原来是在和我说话。说话的是一个戴着眼镜、个子略高的中年男人，一看就是某个大学的招生老师。我马上礼貌地回答道："老师好，我是独立一团的。"

他看了看我又随便问了一句："独立一团，你叫什么名字呀？"

"我叫孙大光。"我回答。

"孙大光，"他随口慢慢地重复了一遍："你叫孙大光？"

我说："是的。"

他停了一下，马上又说："孙大光，很好，你跟我来一下。"

只见他加快了脚步，朝招待所走去。我莫名其妙地跟在他后面，到了招待所，跟着他走进了一间普通的房间。那时的招待所大都是一样的布局，门在中间，进门正对面是窗子，窗子下面有一张桌子，屋子两边各放两张床，两张床中间是一个床头柜，可以住四个人。屋里没人，进屋后，他走到右边最里面靠窗子的床边坐下后，叫我也坐到他的床边。

就见他从枕头边的一个黑色公文包里，拿出一个牛皮纸封面的小笔记本，翻了几页，然后念道："孙大光，嘉荫独立一团一连，哈尔滨外国语学校毕业。"

我惊讶地看着他："老师，你怎么知道我的名字？"

他笑着说："我不仅知道你的名字，你们96个学生的名字我都知道。"

　　紧接着，他看着我，认真地说："我是北京外国语学院（以下简称北外，1994年更名为北京外国语大学）的招生老师，你到北外来吧，你不用考试，你同意的话，其他的事由我来办。"

　　我突然一下子脑袋又蒙了，这次是彻底蒙了，两只眼睛直勾勾地看着这位老师，不知说什么好。

10　一念之差痛失"北外"

　　简直不敢相信！我又一次怀疑自己是不是在做梦。

　　北京外国语学院？我朝思暮想、梦寐以求的北京外国语学院！那可是我心中的殿堂啊！多少个夜晚，我躺在北大荒的大土炕上，向往着戴着北京外国语学院的校徽，走进北外学校大门的兴奋，憧憬着手捧英语书坐在小碧池旁背单词的惬意……每次梦醒后，无奈的泪水都浸湿了我的枕巾。

　　怎么突然就出现了？怎么这么巧？怎么能这么容易？我的思维已经跟不上这样的节奏变化。我可是刚刚答应了北体的吴老师和赵老师，不会去其他学校的，还不到一个小时呀！我拼命为自己找理由、找依据，但都失败了。我无论如何也过不了自己心里这道关。

　　我眼睛看着地上，不敢直视北外的老师，不知所措，嘴里小声说着："北体吴老师刚刚给我考完试，我刚刚答应吴老师……"他看着我，和蔼地叫着我的名字："大光同学，没关系，你不用现在回答我，你回去考虑一下，考虑好随时可以来找我。我这两天还住在这里，但后天我就回北京了。"他那亲切的话语和脸上的微笑一直印在我的脑海中。他叫我"大光同学"，我当时激动得几乎要流下眼泪。可是，尽管我激动得手足无措、语无伦次，却怎么都迈不过我心里那道无形的坎儿。

　　几年后我才知道，1972年尼克松访华后，中美关系破冰，中国与多个西方国家建交，国家急需外语人才，特别是英语人才奇缺。所以，外交部等部门开始寻找当年我们这些外语学校的人才苗子。北外在招生前就把我们哈尔滨外语学校96个学生名单都找到了，学校决定，只要推荐上，不用考试直接录取。而那年北外招生名额没招满！作为北外的招生老师，他发现一个外语苗子是多么高兴！

我并不是糊涂，当时我的脑子很清楚，这是决定我人生的大事，这个机会是千载难逢的。但这道坎儿稳稳地占据着我的全部思维空间，牢牢地刻在我的心灵深处。不管自己心里多么难受、多么沮丧，甚至感到委屈，但自己这道坎儿如同小兴安岭山脉一样横卧在我的心里，不可逾越！多年的家庭、学校、社会教育，把"诚信"两个字牢牢地焊在了我的心底。诚信是人的第一信条！"诚信比天大！"答应人家的事就一定要做到。作为人，说话就要算话，必须讲信用！承诺的事情必须兑现，不管什么理由，绝不能反悔！"言必信，行必果。"这个信条从小就牢牢地刻在了我的心底，套在了我的脖颈上，我无论如何也取不下来，绕不过去。

从北外老师房间出来后，我脑子里蒙蒙的，也不知道怎么走回了自己的房间，我的大脑好像是又停摆了。连日来发生的事，总是让我不知所措。像是在坐过山车，又像是在做梦，一切都好像那么不真实，一切又是那么实实在在地发生在我的身上。一边是可以实现我人生理想、外交官的"摇篮"在召唤我；另一边是对吴老师、赵老师诚实守信做人原则的承诺。我陷入极度的委屈之中不能自拔。我是那么向往北京外国语学院，向往成为一名外交官。可是，好像我脑子里有一个巨人在一遍遍地告诉我，说出去的话就是泼出去的水，收不回来了。诚信大于天！诚信比性命重要！这已经成为我生命的信条。既然已经答应了吴老师，就不能反悔。没有任何人强迫我，没有任何力量能够动摇我这个信念。不管别人怎样看，不管今后的路怎么走，无论如何，我不能言而无信，不能对不起吴老师和赵老师，不能对不起北京体育学院。

"走自己的路，让别人去说吧！"这句话从上中学时起就写在我日记本的第一页。这就是我，一个无论如何也迈不过自己心里这道坎儿的、倔强的年轻人，一个20世纪70年代地道的、典型的、傻乎乎的小知青。

命运就这样无情地捉弄着我。从全票选举通过上大学，到接到连长不能上大学的通知；从每天在大地里煎熬，到被中央文件"解救"；从能重新上大学的兴奋，到只有四所地方大学选择的无奈；从听到史股长嘴里说到"北京"两个字的惊喜，到听到"体育"两个字的惊诧；从坐一夜火车到师部的辛苦，到见到北体吴、赵两位老师的温暖；从刚刚平静下来的心情，到突然偶遇北外招生老师的召唤……

这几天，我的心像是被绑在了一个大大的过山车上，由极度兴奋到极度沮丧，又由极度沮丧到再度兴奋，再由兴奋到沮丧、由沮丧到兴奋……命运之神一会把我托起送到小兴安岭的顶峰，一会又把我从山顶重重地甩向谷底。当我几乎感到绝望的时候，却又把我托起送到山峰，然后又重重地抛下去……我已经筋疲力尽了。

我从心里感谢北京外国语学院这位老师，但我没有再去找这位老师，甚至连这位老师姓什么都没有问。我害怕见到他后不知道说什么。我也没有勇气向任何人再说起这件事，我想把它永远压在心底。

就这样，我带着无比沮丧，甚至有点悲壮，且又无比坦荡、平静的心情，离开宝泉岭，坐火车回到了连队。

但往往越是觉得铁板一块的东西，就越容易被击破——没过一个月，到北京后不久，我心里这道"铁板"就塌方了，这个"信念"就像一层窗户纸，轻易就被捅破了，但为时已晚，这是后话。

先说说离开北大荒前几天的事吧，因为那是我一生中难忘的日子。

11　离开北大荒的日子

经过在团干部股的一番痛苦的选择，又经过在师部受到北体吴、赵两位老师的关心，特别是经过与北京外国语学院老师的"奇遇"后，我反而平静了下来。回到连队后，更加感到大家的关心和惦念，我的心里暖暖的。我每天一如既往地早起敲钟，代连长向各排分配任务，然后跟大家一起去劳动。晚上还是经常回来很晚，不管夜里几点回到连队，炊事班的大锅里永远都会有烙好的糖饼在那里放着。

一天晚上十点多钟，我跟最后一台拖拉机从地里下班回来，见到大食堂里还有一些人在那里聊天。我问大家为什么还没休息？他们说在等我，大崔说："大光，你不够意思，从师部回来后，也不跟我们讲讲你在师部的情况，我们都没去过师部，很想知道你在那里都遇到什么新鲜事了。"战寿庆接着说："过两天你就要走了，这一走可就永远回不来了，剩下我们哥们可就要在这里传宗接代，彻底扎根了。"听了他们的话，我感到鼻子有点酸。是啊，这一走可就真的回不来了，整整六年，跨过七个年头，北大荒已经把我从一个 16 岁的孩子，变成了一个真正的男子汉，现在却要离开这片黑土地，离开这些朝夕相处的战友了。一连的战友是我这辈子最好的战友、最亲的兄弟姐妹，没有他们的支持和信任，就没有我全连满票的投票结果；没有他们的帮助和据理力争，就不可能让省里的调查组把我从北大荒拉出来，实现我上大学的梦想。

其实，在我到团部干部股的那天，就已经知道了黑龙江省调查组到一连来的消息，团部的战友给我讲述了详细的过程。他们告诉我，我上大学的事，团部的很多人都知道。听说我被卡下来后，很多人都觉得不公平，为什么群众推荐的第一名不让上大学，却让第四名上大学？这显然不符合中央文件的精神。正巧那天省招生委员会调查组的两位同志来到了团里，就是为了落实中央文件精神，纠正卡、压的错误情况，保证为国家输送优秀人才。调查组那两位同志上午到达团部，中午在团部食堂吃饭时，就听说一连有个人被卡下了。两位同志非常负责任，吃完午饭没有休息，坐着团长的吉普车就去了一连。到一连后没有进连部，直接到麦场，因为那里有两个排的人在干活。听说是省里来的调查组，大家都放下手里的活，围在了调查组同志的周围，把全连的投票情况和后来连里不让孙大光上大学，让第四名×××上大学等情况详细地跟调查组说了。并且，大家强烈要求，要尊重群众的意见。省调查组的两位同志工作非常认真负责，了解到情况后，不辞辛苦，那一天马不停蹄就赶回团部，晚上连夜向团党委汇报。团党委也高度重视，立刻召开团党委会、团招生委员会会议，直到夜里12点多才结束。后面就发生了我在连部夜里接到团肖副政委电话的故事。

那天下午我在地里拖拉机上劳动的时候，远远看见了团长的小吉普车向一连方向驶去，但我无论如何也想不到，那是给我的命运带来重大转折的时刻。晚上回到连里吃糖饼时大家对我说的话，我也半信半疑。直到夜里接到肖副政委电话后，我还在怀疑自己是不是在做梦。

我向大家讲了在团干部股见史股长和为啥要去师部考试的情况，介绍了师部的概况，讲了北体老师带我考试和体检的过程等，大家听得津津有味。但我没有讲在师部遇到北京外国语学院老师的事，因为那是我一块很重的心病。

北大荒有个习俗叫"迎人的面，送人的饺"，也叫"上车的饺子，下车的面"。东北人大都爱吃饺子，我也爱吃。但在北大荒吃饺子的次数并不多，只有过春节的时候，是必须吃饺子的。每到这时，炊事班要把饺子馅拌好，然后通知各班来领面、领饺子馅，回到宿舍大家一起包。那时，我们都是用脸盆盛面、盛饺子馅。很多人不会包饺子，特别是杭州的青年，大家包出来的饺子各式各样、五花八门，但战友们热热闹闹、兴高采烈，过年的气氛也很浓烈。每到这时，都是恶作剧频发的时候。弄你一脸面，弄他一身白是常事；饺子里吃出个异物也不奇怪。如果谁能吃出来一分钱、两分钱，或是吃到里边有块糖的饺子，大家也会一阵欢呼，祝福他有好的运气。我们就在宿舍屋内的取暖炉子上煮饺子，也是用脸盆煮。开始大家还不太会煮饺子，有时候煮的时间长了馅都露出来了；有时候才刚刚下锅，还没熟就被人捞上来吃了。年轻人胃口好，吃什么都香，吃什么都能消化。当然也有闹肚子的。

记得到北大荒第一个春节吃饺子时就闹了一个笑话。那次我们文艺宣传队到嘉荫县慰问演出，晚上很晚才回到连队，战友们把包好的饺子放在外面冻好给我们留着。我们几个人高高兴兴，进屋就动手用洗脸盆煮饺子。那时刚到北大荒没几个月，我们几个人都不会煮饺子，看见脸盆里的水烧开了，就把一盆冻饺子全都倒进脸盆里煮。没过一会，一锅饺子就全部黏在了一起，馅和面搅成了一锅粥，最后变成了一个大面坨。我们只能用勺子一块一块地挖出来吃，面和馅混在一起，也挺好吃。大家围在炉子旁，一边吃着大面疙瘩，一边说笑，把已经熟睡的人都给吵醒了，有的穿上衣服下炕来和我们一起吃，还有的人趴在被窝里跟我们要两口尝尝。这个小插曲给我们到北大荒后的第一个春节增添了不少色彩，至今想起来，嘴里还有那股余香。

在北大荒吃得最香的饺子，是我离开北大荒的那个早上。因为我要走了，头一天晚上大家在宿舍里喝酒、聊天、唱歌，有弹琴的、拉二胡的、吹笛子的，热闹了大半夜才睡觉。可是凌晨四点多钟，天还没亮就有人进来把我推醒。我迷迷糊糊睁开眼睛看到是马强，他一边推我一边说："快起来，炊事班把饺子都给你包好了，叫你快去吃，这是送你去北京上大学的饺子，必须吃。"我一边穿衣服一边问："这才几点啊，你们什么时候包的饺子？"他说："炊事班的几个姐妹夜里两点钟就起来了，也把我叫去帮她们给你包饺子。她们说了，你就要上火车去北京了，咱们必须让你吃上这一口热乎的饺子，让你永远也忘不了北大荒，忘不了咱们知青战友。"听着马强的话，想到今天就要离开战友们了，心里很是恋恋不舍。

那天早上在炊事班，战友们用北大荒人这种最实在、最浓烈的方式欢送我。

我在晨雾中来到炊事班，屋里热气腾腾，一片繁忙。大锅里翻滚着白白的汤水和来回穿梭的饺子，就像翻滚着的江水和江上跑着的小船。大锅里冒着热气腾腾的气流，像一朵朵白云飘向空中，飘向屋顶又返回来，整个厨房都笼罩在"云雾"之中。"云雾"里忽隐忽现露出康柏芝、李秀华、赵健、谷绪兰等战友那一张张年轻、漂亮又真诚、淳朴的脸蛋，显得格外美丽、动人。耳边，是她们细声细语的祝福、嘱托和依依不舍的话语。屋里没有喧哗，没有热闹场面，只有一股股暖流随着一个个香喷喷的饺子吃到我的肚子里，并不断流向我的全身。我一边品味着北大荒这最后一顿饺子，一边贪婪地吮吸着弥漫在空气里香喷喷的味道，那是热气腾腾的北大荒的味道，是北大荒知青战友的青春涌动，是人间最美好的真情厚意。

那天早上，全连战友都出来到马路边送我，恋恋不舍，场面十分感人。连长和指导员都分别讲了话，然后我逐个与大家告别，和战友一一握手，千言万语，殷切的嘱托、祝愿、希望，更多的是"别忘了我们啊！""有机会一定回来看看我们！"走到炊事班的几个姐妹旁边时，她们没有再说什么，该说的话她们已经说过好多遍了。特别是早上吃饺子时，那些反复地叮嘱我都能背下来了。这时，她们只是默默地和我握着手，默默地看着我，看得我好心酸、好难受。当我走到战寿庆、崔厚信身边时，大崔用他特有的方式跟我告别——用他那双大眼睛看着我半天不说话，带着一脸坏笑，突然他用拳头狠狠地打在我的肩上，嘴里说着："这是让你永远不要忘记北大荒，不要忘记咱哥们儿！"然后，我看见他脸上的坏笑一下子不见了，表情像僵住了一样，两只眼睛瞪得大大的，好像在极力克制着，我看见他的眼睛里一闪一闪地发亮……突然，他转过身去，迈着大步走了，再也没回头。

我走向转业的老战士那边，他们的激情让我没有想到。这些比我们大十来岁的转业官兵，对我们知青比亲兄弟还亲，是他们手把手教会我们干各种农活，教会我们射击、拼刺刀、扔手榴弹的技巧，带领我们野营拉练、上山救火，让我们学会各种在北大荒生活的技能。有的还经常让我们到他们家里去吃饭，他们每家杀猪时都要请一帮知青去"帮忙"，其实就是让我们去解馋，吃一顿新鲜的猪肉，喝一通酒。甚至他们回老家探亲时，就让知青们住在他们家里，吃喝玩都方便。六年多积累的深厚感情在这一刻爆发了，先是老战士家属们围了过来，七嘴八舌，拉着我的两个胳膊，像是要绑架似的。这时，牛排长过来把我从她们人堆里拉了出来，几个老战士这才过来与我握手告别。

让我没想到的是，几个老战士不约而同地把我抱在怀里，跟我拥抱告别。要知道，那个年代很少有拥抱的，连我这个城市来的年轻人都不习惯。但那一刻，我被他们感动了。虽然他们有的人身上散发着汗酸味，嘴里呼出大蒜味，手上长着黑黑的老茧，但他们真实情感的流露和眼里闪着的泪花，让我毫不犹豫地与他们一个一个拥抱告别。我鼻子发酸，眼泪在眼眶里打转。

最后，是与文艺宣传队的战友告别，这些一起跑遍全团和嘉荫县、边防军、一同上山演出、一同排练、一同唱歌跳舞、一同打打闹闹的兄弟姐妹，留下了多少天真而美好的回忆，今天就要分别了。再见了，亲爱的战友！再见了，亲爱的兄弟姐妹！再见了，伴随我度过青春年华的北大荒！

随着庄连长的一句："行了，大光同志还要赶火车，宴席总有散的时候，除了去送大光的人，其他人都散了吧，各排按照我刚分配的工作去干活吧。"我听出来，连长的话有一半是讲给我听的，明显带着情绪。我走了，每天早上向各排布置任务的事，就暂时由他亲自执行了。我爬上了拖车，和几个战友坐在那个大木箱子上，拖拉机开动了。人们都还没有散去，站在原地目送着我。这一刻，我再也控制不住，眼泪已经挡住了我的视线，看不清路边人们的脸。

我下意识地用手抹了一把眼睛，突然看到在人群旁边的大树后面有两个熟悉的身影在向我挥手，我刚才没有注意到她们，还没与她们告别呢。可是已经来不及了，车已经开了，越开越快，我站起来使劲朝那边挥手，人群也在向我挥手。

人群越来越小，连队越来越远，黑龙江又像是一条亮闪闪的白线，渐渐地离开视线，被小兴安岭山脉挡住了……

就这样，我告别了那轰轰烈烈、刻骨铭心的知青生活，离开了生活六年的北大荒。

我脱去兵团战士的黄棉袄、大头鞋，换上哥哥在部队时送给我的、一直没舍得穿的军绿上衣和一双新买的布面"懒汉鞋"，背着简单的行李，带着复杂的心情，怀着无限憧憬和梦想，登上了南下的绿皮火车，去北京实现我的大学梦想。

但我面前的路并不是一条平坦的大道，更多曲折、艰辛和考验还在后面的路上等着我。

第三章
美丽的童年梦想

12 家乡的味道

六年了！我回来了！看着站前的车水马龙，望着哈尔滨特有的湛蓝的天空，吮吸着弥漫在空气中的熟悉味道，我感慨万千！那是特有的"哈尔滨味道"，那是我的家乡的味道——是东西方文化交融的味道；是哈尔滨啤酒配秋林公司里道斯红肠的味道；是俄式大餐的红菜汤配香喷喷的"大列巴"的味道；是站在零下二三十摄氏度的中央大街上，吃着马迭尔冰棍、雪糕、糖葫芦的味道；是看着窗外下着鹅毛大雪，坐在暖烘烘的屋里啃着冻梨的那种凉凉的、甜甜的、香香的味道，是夏天太阳岛上，伴着悠扬的手风琴声，弥漫在空气中的一种特殊的、和谐的味道……

20世纪50年代，我出生在这座美丽的城市，在这里上幼儿园、小学、中学，生活了十六年。在我的记忆里，儿时是一段幸福的时光。尽管那时的物质生活比较贫乏，甚至在我们的身体最需要营养时，妈妈却需要计算着每天、每顿的粮食定量，以保证到月底不会断炊。那时，孩子多的人家都有一杆秤，每天都要用称准确称出粮食做饭。我们家兄弟三人，每人一年到头穿的衣服就是那么几件，只有过年时，妈妈才给我们做一件新衣服。记得有一年春节大年初一的早上，我刚穿上一件新衣服跑到院子里去玩，不知从哪里飞来一支爆竹，正好落在我的右肩膀上，砰的一声爆炸了，把我的新衣服炸破了，脸和脖子都黑了。吓得我返身跑回屋里，哭着抱着妈妈说："新衣服破了，新衣服破了！"妈妈立刻拉过我，用毛巾轻轻擦了擦我的脸，然后笑了起来："脸没事就好，算你福气大！"

孩子们的乐趣总是很多的，跟现在的孩子比起来，虽然那时的空间有限，玩具很少，但孩子们的乐趣一点儿也不比现在的孩子少。我们总能因地制宜发明一些"土游戏"，都是基本不用花钱的那种。那时的学习也没有多大的负担，放学后写完作业就跑出去玩。比如，弹玻璃球、滚铁圈、玩弹弓、剋坨子、杠树叶梗、放纸风筝、打扑克、下象棋……还有女孩子跳皮筋、跳方格子、玩嘎拉哈……冬天打爬犁、玩雪滑子、抽冰尜、堆雪人、打雪仗、搭雪洞、滑冰……到处都有免费滑冰场，没有冰鞋也挡不住孩子的兴趣，很多孩子都是自制土冰鞋、脚划子，照样玩个痛快。冬天的松花江也有很多好玩的，坐大冰爬犁、雪橇、冰帆车，看冰灯、冰雕、雪雕……至今都记忆犹新。

上中学后玩得就更"高级"和"文艺"一些了。比如，学校组织的课外科研小组、航模小组、音乐小组、舞蹈小组、美术小组、体育小组……每个人都可以参加一两项。这些小组都是不需要交费的，都属于学校正常教育范畴内的事情，是评价一个学校教育水平的重要标志。我参加了航模小组，觉得既好玩，又有意义，能学到很多课堂上没有的知识。印象较深的是，我上中学后，刚一入冬，学校就给每个学生发了一双冰鞋，没有现在的冰鞋那么好，很多鞋面都是帆布面做的，但前头和后跟是皮的，不像现在整个鞋面都是皮的或科技面料，但冰刀是一样的。那时，我们如获至宝、兴高采烈，每天自豪地背着书包和冰鞋上学，放学后就到冰场滑冰。所以，我的中学同学都会滑冰。

那时人们的欲望不高，小时候，父母经常带着我们去松花江畔和太阳岛度周末，那是最快乐的时候。夏天的松花江美极了，坐游艇过江，江北就是著名的太阳岛。那时的太阳岛是原生态的，完全是自然风光，沙滩上都是一家一家的，穿着泳衣、泳裤，在沙滩上铺上一块大油布（类似现在的厚塑料布），喝着啤酒，吃着香肠、面包。岛上有半数以上是以俄罗斯人为主的白种人，空气中弥漫着浓浓的西方人用的香水味道，耳边传来的是汉语、俄语、英语等夹在一起的语言。

俄罗斯人喜欢拉手风琴，每次都会有人带着手风琴来，豪放的西方人经常在沙滩上伴着手风琴的歌声起舞。碧波荡漾的江面上，一只只小船儿轻轻飘在水上，一艘艘白色的游轮载着悠闲的人们欣赏着两岸风光，偶尔有大客轮或大货轮带着一个冒着青烟的大烟筒，缓缓地、雄赳赳气昂昂地驶过，江水就会泛起一波波的浪花，引得船上和沙滩上的人们阵阵欢声笑语。每次去松花江玩，都是孩子们最高兴的时候，赤身沐浴着阳光，在沙滩上跑来跑去，打打闹闹。大人们喝着啤酒，我们小孩子喝汽水，吃面包和红肠，感到无比幸福。那个画面至今想起来还很留恋。

我带着北京体育学院的录取通知书回到家里，那是一种久违的幸福感。父母自然很高兴，能去北京上大学，是天大的好事。但我也看得出来，父母在高兴之中也流露出明显的遗憾。他们跟我一样，做梦也想不到我会上"体育"大学。我深知父母对我的期望是什么，我的那个外交官梦想，在他们的心里比我还重要，一直没有磨灭。

我没有详细告诉他们我在北大荒被推荐上大学过程中的那些曲折故事，更没有告诉他们，我被推荐上大学后，被连长的通知"劝退"，又被中央文件给"捞出来"的曲折过程。当然也没有告诉他们，我遇到了北京外国语学院的老师并且要我去上北外的事。我不想让他们为我担更多的心。我对他们说："体育肯定会越来越受到国家的重视，你看体育外交已经成为我国外交工作中的重要内容，你们放心，到北京后，我一定好好学习，争取今后在体育外交方面实现我的外交官梦想。"爸妈听后还是挺高兴的。那几天，是我一生中在父母身边最幸福的日子。我好像第一次开始有点理解父母，他们为了三个儿子，为了这个家，操了大半辈子的心，经历了多少酸甜苦辣！

晚上，我躺在那张熟悉的床上，伴着空气中淡淡的家的温馨味道进入梦乡，回到了儿时的生活。

13 儿童公园的记忆

儿时的梦想简单而直观。我家离儿童公园很近，在我三四岁的时候，街道成立了幼儿组，阿姨经常带着我们，手拉着手去儿童公园玩。当年，哈尔滨儿童公园由于园里有全国唯一的儿童火车而驰名中外。公园成立于 1956 年 6 月 1 日，位于南岗区大成街、河渠街、果戈里大街和马家沟河合围区域，占地面积 16.9公顷。儿童铁路围绕公园一周，全长 2 千米。今天的资料显示，儿童小火车通车

60 多年来，先后培养了 2 万多名小员工，曾接待过国内外重要贵宾。那时去儿童公园是特别高兴的事。

我家住的三姓街，距儿童公园东门的直线距离只有几百米，进东门里就是小火车的莫斯科站，每天都能听到公园里的小火车鸣笛。这列儿童火车叫"少先号"，非常漂亮，完全是一列真正的火车，只是比普通火车小一号，铁轨也要窄些。小火车有六七节车厢，其中前两节是箱式带窗子的，后面几节车厢是类似敞篷式的，一格一格挂着窗纱，没有玻璃，美极了。我喜欢坐在敞篷车厢里，风吹过来，窗纱打在脸上，看着两旁的树木、电线杆闪闪而过，那种感觉引人遐想。那时的火车头是烧煤的，需要有司炉（也是儿童）用铁锹一铲一铲地往火车头的大炉子里添煤，有时能看到小司炉的脸上带着黑煤灰，脖子上围着一条白毛巾，那时觉得特别的美丽动人。后来随着发展，儿童列车也跟着不断变化升级，由烧煤变为烧油，又由烧油变为电动。火车头的样子也在不断地变化。但我还是觉得最早的那个烧煤的、带着大烟筒、冒着白烟的火车头最好看、最威风。

20 世纪 50 年代哈尔滨儿童公园里的儿童列车

小火车顺着儿童公园的外墙内绕一圈就是一个车次。有东、西两个小火车站。西门是公园的正门，那边的站叫北京站，东边的叫莫斯科站。后来莫斯科站改名为哈尔滨站。有一段时间，柬埔寨的西哈努克亲王经常来哈尔滨，所以那段时间曾把哈尔滨站改名为金边站。

20 世纪 50 年代哈尔滨儿童公园儿童列车的北京站

但有一样一直没变，就是小火车上穿着制服的小列车员、小列车长、小司机，都由儿童担任。后来，只是原来烧煤的小司炉岗位没有了，因为不用有人用铁锹往大炉子里添煤了。车站里的检票员、服务员、站长等工作人员也都是由儿童来担任的。当然，要有大人指导。

那时，我最羡慕小火车上的工作人员，梦想能成为他们中的一员，列车员、列车长、司机，哪怕是一名司炉，负责为火车加煤都可以。每次小火车启动后，看着穿着制服的小列车员，站在每节车厢门口行少先队礼，随着列车驶出车站，伴随着出站的音乐声，微风吹着他们的小制服在轻轻飘动，多美呀！特别是那个小司机，把头从车头侧面的窗子探出来，目向前方，拉响汽笛的时候，简直是帅极了！我心想，要是我能开一下这列火车该多好。所以，小时候我经常梦到自己是一名火车司机，开着一长列火车奔驰在原野上。儿童火车承载了我儿时的很多梦想。

20世纪70年代在哈尔滨儿童公园儿童列车哈尔滨站笔者全家人合影

左起：弟弟（孙大明）、孙大光、母亲（刘淑媛）、父亲（孙冠三）、

哥哥（孙大昕）、嫂子（何文英），前面的小孩是哥哥的大儿子（孙晓村）

上小学后，我的梦想升级了，从火车司机变成了飞机驾驶员。从陆地升到了天空。那时哈尔滨有一个飞机场，就在我们家南边几千米外的地方，属于香坊区。天气好的时候，经常有飞机在训练，还经常有跳伞训练。就是那种双翅膀的"安2型"飞机，飞得不是很高，连驾驶员戴着帽子的脑袋都能看见。我家所在的南岗区，地势比香坊区高一些，坐在家里从窗户就能看见飞机来回绕圈，一个个跳伞员从飞机的肚子里跳出来，像是一串串糖葫芦，然后，很快就像一朵朵五颜六色的花突然开放了一样，在空中慢慢地飘落。那时，只要有飞机跳伞训练，我总愿意趴在窗子上或站在院子里看，一边看还一边数今天有几架飞机，有多少人跳伞，有几种颜色的伞。慢慢地，我对飞机和跳伞的人越来越感兴趣，能看出是哪架飞机，有时还能分辨出哪个伞是昨天跳过的，哪个是以前没跳过的新伞。我还经常猜想，那个开飞机的人长什么样？是男的还是女的？肯定是男的。那些跳伞的人长什么样？听说还有女性跳伞员，真了不起！他们在我的心里渐渐成了偶像，我开始梦想长大后要开飞机，要上天。

这个梦想持续了好多年，对飞机的兴趣一直未减，所以刚上初中，我就参加了学校的航模科研小组。有一次，我还干了一件有点疯狂的事。那是在学校停课期间，有一天，我突发奇想，和我最要好的同学马永利，从外语学校骑着自行车跑了好几千米去飞机场看飞机。但飞机场比想象的要大得多，骑到后，大门不让进。那时的飞机场围栏很简单，就是铁丝网。我俩站在铁丝网外面往里看，跑道上的飞机很远、很小，根本看不清。只能看见飞机落地时地面冒起的一股白烟。我想，不能白跑一趟呀，我俩一商量，就把自行车放到边上，找了个铁丝网较宽的地方钻了进去，然后就朝着飞机跑道的方向跑。看着好像没有多远的飞机跑道，跑了好半天也没跑到，抬头一看还有挺远，继续跑。累得满头大汗，终于越跑越近，看见飞机越来越大了。我俩朝着一架刚落地还在滑行的飞机飞奔过去，脸上已经能感觉到飞机掀起来的尘土了，心里很高兴！突然，灰尘过去，不知从哪儿冒出三个人气势汹汹地挡在了我们面前："站住！""你们是干什么的？""你们怎么进来的？"只见他们都穿着一样的工作服，手里拿着铁锹等工具。我俩顿时吓坏了，大口大口地喘着气，半天也没说出话来。后来，我们实话实说，说想看飞机，好多年了只看见飞机在天上飞，从没有看见过飞机到底有多大。他们见我们只是两个十三四岁的孩子，也没有过多为难我们，教育了我们一番，还让我们站在原地不要动，看了一会飞机的起落，就送我们出去了。这件事在我年少的心里留下了很深刻的印象。

其实，我从小就是个乖孩子、好学生，像这样有点疯狂的事做得不多。受父母潜移默化的影响，我喜欢学习，我的学习从来没有让家长操心过，也从来没有觉得学习有什么难的，只要老师讲一遍，我就能听懂。写作业是我很喜欢的事，因为我知道我的作业比别人写得好，老师肯定会表扬。小时候虚荣心很强，爱听表扬。从小学到中学，一路好学生，小学时一直都是戴两道杠——中队委。年年都是五好学生或优秀学生，还有多次被评为区级、市级优秀学生，奖状年年得。所以从小学到中学，老师都很喜欢我，我也喜欢他们。

从小学到大学，我的班主任老师我都终生难忘。到现在，我都能随口就说出他们的名字：小学班主任老师叫谭喜奎，是位男老师，一直带我们到小学毕业（多年后，我曾写信给哈尔滨鼎新小学询问谭老师的联系方式，但一直没有得到回复）。初中在十三中时班主任老师叫夏仲荣，是位年轻的女老师，教英语，她对我寄予厚望，推荐我去报考外语学校（多年后，我也写过信给哈尔滨第十三中学找夏老师，也没有回音）。在外语学校的大班主任老师叫吴云清，教政治课；小班班主任老师叫刘淑英，教英语（后来都联系上了，现在都在一个微信群里）。在大学的班主任老师我也都记得很清楚：在北体大的班主任是刘文华老师；在南开大学的班主任是陈志远老师，他是中共一大的 12 个代表之一陈潭秋的儿子，他是我非常敬重并引以为豪的老师；在中国人民大学的班主任是李老师；在国家行政学院的班主任是徐理明教授；在中央党校的班主任是操鸣蝉老师；在上海外语学院进修时的班主任是位漂亮的于老师。

人生道路上会遇到很多人，随着时间的推移，多数人会渐渐被淡忘，但我的这些班主任老师我从来没有忘记过，他们一直在激励着我，伴随着我的成长。

14　幸运之神降临

初中，我先是考进了哈尔滨市第十三中学，这是一所很好的重点学校。从初一到高三，每个年级 4 个班，全校只有 24 个班，每个班 40 多人。学校各方面的条件都非常好，校园很大，学校的田径场冬天就浇成了滑冰场，每天放学后大家都可以去滑冰。

十三中的师资很强。其中有一个教英语的老教师，瘦瘦的，高高的个子，很有绅士风度，年轻时在英国留过学，英语水平很高，是高级教师。我还记得他的名字，叫徐奎久，他家跟我家是邻居。他平时给人的感觉很威严、高傲。但不知为什么他很喜欢我，虽然他从未到过我家，但我很小时他就经常让我去他家玩，每次都教我一些知识和简单的英语对话。后来听说我上了十三中，他高兴地跟我说："太好了，我要把你分到英语班，咱不学俄语。"那时，哈尔滨全市的中学生都学俄语，刚巧那年有几所学校开始设英语班，十三中可能因为有他这个英语权威教师，所以设了一个英语班。

我在十三中总共也就学习了半年多时间，但十三中是带给我幸运的地方。对于刚刚从小学迈入中学的学生，我感觉这里的一切都很新鲜，自己也好像一下子长大了许多。我很幸运地成为这样一所好学校的学生，也幸运地遇到了一位高水平的英语权威，使我成为全市为数不多的学习英语的学生。十三中有我的一帮好同学，虽然后来几十年一直没见过，但至今我还记得几位同学的名字：卢家志、姜松棋、袁冰洁、王玉琴……最幸运的是我还遇到了一位好的班主任老师——一位刚从北京外国语学院毕业的、年轻漂亮的女老师，听说是因为她丈夫在哈尔滨工作，所以她从北京调到了哈尔滨。她叫夏仲荣，她是我的幸运之神，是她把我送进了一个更加幸运的大门，并从此确立了我少年时期的理想，做一名优秀的外交官，为祖国的外交事业大展宏图。

我清楚地记得，那时正值冬季，天气格外的好，阳光明媚。上午十点左右，全体学生在操场跟着大喇叭做广播体操，那是每天的"规定动作"。做完广播体操，音乐刚停下来，就听见有人喊我，我看见夏老师一边向我挥手，一边跑过来。她带来了一个通知，她说："校长办公会研究决定，派你代表十三中的学生参加哈尔滨外国语学校的招生考试，你好好准备一下，过几天就去考试。"我当时并不懂，也没有意识到这可能是改变自己命运的大事。反而觉得如果考上了就要离开十三中，离开刚刚熟悉的校园和这么好的老师、同学，那多遗憾啊！

那时，我对哈尔滨外语学校一无所知，只是觉得有点神秘、有点特别，跟别的学校不太一样。那天去考试，我第一次领略到这所学校的特别之处，那也成为我一生中最难忘的一次考试经历。外语学校坐落在南岗区一曼街四号，与马路对面著名的"哈军工"的大门隔路相望。学校是一座两层的黄色小楼，校园不算大。但我一进楼门，被脚下亮得能当镜子照人的红色木地板吓了一跳，楼内特别干净，我犹豫了一下才走上去。有位女老师带着我进了一间候考室，那里已经有几名学生在等候考试，桌子上摆放了一些画册和图书。带我进来的老师坐在我旁边，很随和地跟我聊天，问一些家里的情况和学校及学习的情况等，我感觉很亲切、很舒服。后来才知道，那时其实已经进入了考试环节，通过聊天能看出你的性格特点、表达能力等一些考试中不易看到的东西。大约过了20分钟，轮到我进考场了。

考场是一间跟教室一样大的屋子，进屋后抬头一看，顿时让我紧张得有点不敢喘大气。一排长条桌后面坐了五六个考官，都是很有学问的那种高贵的气质，中间是一位很有风度、戴着眼镜的男老师。在长条桌对面不远的地方有一把椅子对着考官们，那是给考生坐的。那种气氛就跟电影里看到的审问犯人差不多。我相信，不管谁看到这架势都会紧张。但这紧张的气氛随着考试的进程和内容的变化，特别是考官循循善诱的引导，慢慢地、不知不觉地就融化了。考试内容不是千篇一律的，而是根据考生的不同情况设定的。考生会被问及理想志向等问题，看考生的回答是否条理清晰，脑子反应是否灵敏。记得考试时，有一句话让考生重复："共产党人是实事求是的模范，又是具有远见卓识的模范。"以考查考生是否口齿伶俐，发音是否正确，平舌音和卷舌音是否能分清楚。老师还用多语种领读一些字母、单词、词组，让考生跟读。此外，根据考生的情况，学过英语的就用英语进行简单的对话，学过俄语的就用俄语进行简单的对话。然后，给学生一篇英文或俄文的短文让其朗读。还有的让考生展示一下自己的特长，如唱一首歌、跳一段舞蹈、朗诵一首小诗等，有的还要当场走几步路。考生到最后完全走出了紧张的情绪，开始放松下来，展现自己的特长和才艺。

那是我平生第一次参加这样特殊的考试，考完后我感到很轻松，心情格外愉快，甚至觉得有些恋恋不舍，不愿意从那种气氛中走出来。这也使我开始有点喜欢这所学校了，但我能否考上心里一点底也没有，自己感觉考试成绩应该不错。但在全市成千上万的学生中只能录取96名学生，比例很小。所以我并不抱多大希望，考不上也好，我还舍不得十三中呢。

但幸运之神真的降临到我的头上，我考上了这所新成立的哈尔滨外国语学校（也叫哈尔滨市第七十中学，据说是为了不过于显眼），成为96个幸运儿之一。

　　记得那是初春时节，一个星期六上午第二节课后，夏老师宣布，明天周日，我们组织全班到儿童公园游园。大家高兴地欢呼起来。第二天上午，全班同学高高兴兴带着家里给准备的午餐，在夏老师和教数学的王老师的带领下来到了儿童公园。自从上中学后，大家都很少来儿童公园了。那天，大家玩得非常高兴，乘小火车、坐转马、荡秋千、玩游戏。

　　到了中午，大家把带来的午饭放在一起，互相品尝、互相评价。这时，夏老师对大家说："同学们，你们知道为什么今天带大家来游园吗？"大家互相看着，有的说："不知道。"有的说："春天到了，让我们放松一下，然后好好学习。"夏老师看了看大家说："因为我要宣布一件事，这是我们班的好事，也是我们学校的大好事。"停顿一下她又说："我们班的孙大光同学考上了哈尔滨外国语学校。哈尔滨外国语学校是为国家培养外交官的重点学校，我们学校只有他一人被录取了，这是我们十三中的光荣，更是我们班的光荣。今天，为了欢送孙大光同学，我们全班来到这里春游，也是一次欢送仪式。"

　　大家一下子安静下来，我也感到很突然。过了几秒钟，大家鼓起掌来，又突然向我围了过来，表示祝贺。很多同学都表现出恋恋不舍，怎么突然就要走了呢？真的要离开我们了？我最要好的同学卢家志还流了眼泪。我被大家的真情所感动，不知说什么好。吃完午饭，同学们自发组织联欢会，唱歌、跳舞、做游戏、玩丢手绢，丢到谁那，谁就表演节目。大家故意总往我的身后丢，让我出节目。我就给大家唱歌，记得唱了两首歌：一首是"让我们荡起双桨"；另一首是我最喜欢的"风里锻炼，雨里考验，我们是一群展翅高飞的海燕……"现在只记得歌词，不记得歌名了。另外，我还给大家背诵了一首简单的英文小诗。大家还一致要求夏老师演唱一首英文歌曲，忘记她唱的是什么歌了，只记得她唱歌时戴着眼镜的脸上泛起了微微的红晕。现在想想，那时的夏老师也就是个大学刚毕业的 20 多岁的年轻女教师。我非常感谢夏老师，感谢十三中的同学们！

　　那天，夏老师还特意安排了一个程序，给了我们全家一个大惊喜，让我的父母和家人感到无上荣光，难以忘怀。

　　下午大家玩得非常高兴，到三点钟左右，夏老师宣布今天的活动结束，大家可以解散回家了。我和同学们一一告别后，恋恋不舍地回家了。到家后，我把考上外语学校的事告诉了爸妈，他们高兴极了。爸爸说："今天周日，炒两个好菜，我要喝两杯。"正在我们高兴的时候，听到远处有敲锣打鼓的声音。

我跑到院子门口，看到远处有一群人一边敲锣打鼓，一边往这边走来，有很多孩子跑来跑去跟着看热闹，看着他们是去谁的家。我们家住的地方有几十栋平房，每栋平房有四户人家，总共有100多户。有一点动静很快家家户户都会知道。我家是在最里面把边的一座房子，有一个很大的院子。

我望着那群人从远处走过来，并没有在意。但是，看着看着，感觉有点不对，好像是很熟悉的人，他们朝这边走来了……啊，我看清了，原来都是我们班的同学，前面有两个同学手里举着一张大红纸，后面的同学敲着锣打着鼓，朝我们家走来了！夏老师走在最后，她后面还跟了很多看热闹的孩子。我赶紧叫爸妈和哥弟出来。

这时，我们班的10多个同学，在夏老师的带领下，已经来到我家院门口，又敲了一阵子锣鼓。然后，夏老师过来握着我父母的手说："向您们报喜呀！您们培养了一个好孩子，大光同学能够考上外语学校，是你们家里的光荣，也是我们学校的光荣。"那张大红纸原来是一张喜报。随后，一位同学大声宣读喜报，大意是：某某同学的家长，祝贺您的孩子考上哈尔滨外国语学校，该所学校是国家专门为培养高级外交人才而建立的。感谢您们的培养教育，希望您们继续配合学校，为国家培养人才做出更大的贡献！

爸妈高兴得不停地说着："谢谢老师！谢谢学校！……"周围来了很多邻居，都鼓起掌来。我忘记夏老师他们是如何离开的，只记得当时人很多，三姓街像是过节一样热闹。这件事一直在三姓街传为佳话。

这是夏老师亲自导演的一场令我和家人终生难忘，并影响了我一生的真实的人生情景剧。

15　豪华的"贵族"学校

考入外语学校是我少年时期最引以为傲的事，说哈尔滨外国语学校是贵族学校一点也不为过。中华人民共和国成立后，大中专院校的外语教学是俄语"一统天下"。20 世纪 60 年代初，中央根据形势的发展变化，确定改变这种状况。资料显示，当时周恩来总理指示，由于国际形势的变化，全国单一学俄语的状况不能继续下去了。英语是全球使用范围最广的语言，今后很长时期还是要以学习英语为主，发展包括六种联合国官方语言在内的多语种。并且，外语教学要从儿童抓起，"多语种、高质量、一条龙"。哈尔滨外国语学校就是根据当时我国外交形势的迫切需要，在周恩来总理的建议下，国家决定在全国几个主要城市先后建立的为数不多的外国语学校之一。

哈尔滨外国语学校创建于 1965 年 8 月，学校的这座小楼原来是哈尔滨医科大学的公共卫生系，为了支持外语学校的建立，医科大的这部分整体搬迁，腾出来作为外语学校的校址。为建立这所学校，国家投资了高于建一所普通中学几倍的经费。

1966 年 5 月 2 日，96 名经过千挑万选、怀揣着外交官梦想的学生来到外语学校报到。当天，学校举行了开学典礼，时任哈尔滨市教育局副局长朱其虹专门分管这所学校，她到会祝贺并发表讲话，她介绍了学校的性质、培养目标和教学重点：哈外校开设普通中学的所有课程，同时加大英语教学力度，增加英语课时。计划通过两年多的学习后，通过考试，优秀的学生升入本校高中继续学习，重点学习英语和与外交相关的学科，三年后不再参加全国统一高考，实行"一条龙"的直升北京外国语学院的"中央翻译班"，成为中国外交官的后备人才。此时的外语学校在哈尔滨教育史上宛如一颗冉冉升起的新星，傲立群雄，光彩夺目。

这 96 名学生，被朱其虹副局长叫作哈尔滨市的"96 个宝贝疙瘩"。半个世纪后回头看，这"96 个宝贝疙瘩"不愧是万里挑一的"精英""才子"。一路走来，他们跟同龄人一样经历了上山下乡、返城、奋斗、出国、学习、创业、拼搏、成家、生子……尽管他们当中的多数人都没有进入外交口，没有成为外交官；但无论经历了什么艰难困苦，不管从事什么行业，多年后，他们个个都很优秀，出类拔萃。虽然没有实现当初国家的初衷和期望，但是从这里走出来的学生，后来大都成为所在行业的骨干和精英。哈外校给予他们的不只是学习外语的能力和基础，还有更高的起点和远大的志向，特别是比同龄人更早接触多元文化的熏陶和更开阔的视野。

难得保留下来的哈尔滨外国语学校校牌的照片

哈外校是全封闭式教育管理，学生每周在学校住宿六天，周六下午放学后才可以回家住一晚上，周日下午四点前归校。在校期间学生不能随便走出校园，学校强调"环境教学法"，在校园里不能说汉语，只能讲英语。学校里的各种标牌、图片、阅览室的书画、播音室的歌曲等都是英文的。所有科目的老师都要进行英语培训，不管是数学课还是体育课，老师上课都要用英语问候，并要能进行一些简单的对话。在校园内，所有学生穿着统一印有英文校名的校服，在校园里做操、玩耍、上课。经常有好奇的人从校园大门外往里面看，都以为是一群外国的洋娃娃。所以，后来也有人给我们起了一些外号：一群小洋人、96 个洋宝宝等。

全校共有 96 名学生，其中 2/3 是男生、1/3 是女生。学校分为两个大班、六个小班，分别有两个大班主任老师和六个小班主任老师上课。综合课是大班制上课，英语课是小班制上课。学校为了加大英语教学力度，除每天固定的两个课时外，早、晚自习课也基本用于英语教学和练习。每个小班 16 名学生，配备两台录音机，是那种类似现在的微波炉大小的，上面有两个带着录音带的大圆盘，录音的时候，两个圆盘就转起来。我还记得一台叫 810 型，另一台叫 601 型，这在当时是很先进的设备。每个学生的发音都录下来，然后大家一起听，一起对照、校正发音。

学校"强化环境教学"体现在各个方面。除了晚上睡觉，随时都有老师或辅导员在身边，随时都可以用英语交流，不会说没关系，当场就问，当场就教。辅导员随时跟学生们在一起，就连吃饭，也由辅导员带着一块去食堂。英语课强调听说领先、读写跟上，上课时老师先不给学生发课文，以听说为主，每堂课后再给学生发课文。开始时，学生们并不适应一下子进入这种环境，有的同学压力较大，特别是以前没有学过英语的学生。但是这种强化学习的效果非常明显，学生的英语口语突飞猛进。

学校的管理与众不同。时任市教育局副局长朱琪虹是学校的名誉校长，经常到学校来指导工作。当时，校长乔玉兰是第一任也是唯一的一任校长，她是从全市众多中学校长中挑选出来的年富力强的校长，当时她才 35 岁，和蔼可亲、平易近人、精明干练。后来我们这些学生上山下乡离开学校时，乔校长还特意赶到火车站去送行，并嘱咐同学们要团结友爱、互相帮助，不要忘记学习。她是值得我们尊敬的好校长，但后来再也没有见过她。听说她晚年因患中风去世，师生们听说后都很悲痛！学校的教导主任刘沛琛是一位学识、能力都突出的好领导。以前是数学老师，号称"小华罗庚"。有一次他代讲数学课，板书独特、逻辑性强，深受学生欢迎。他教过学生的绕口令"红凤凰，粉凤凰……"大家至今记忆犹新。

把学生当作"上帝"，全心全意为学生服务是哈外校提出的教学宗旨。为了给学生创造更好的学习条件，学校想尽了办法，做了最大的努力，校领导和老师们既是老师，又是保姆，付出了很多心血。晚上学生们睡觉后，老师们轮流值班照看学生宿舍，检查安全情况，为学生盖好被子，关好门窗，每夜都要检查几遍。那时的宿舍没有卫生间，为了避免学生们起夜时到外面着凉，学校专门腾出楼两头的两个大房间，作为临时卫生间，一边男卫生间，另一边女卫生间。学校买来几十个"韦得罗"（小铁桶）整齐地摆在地上，为学生们夜里如厕用，早上由老师们逐个清理。每天早上，在学生们起床前，老师们已更早起来，先把每个学生的毛巾和脸盆摆好，用水桶一桶一桶打来热水，倒进每个学生的脸盆里；再把牙缸里倒好温水，把牙膏挤在牙刷上，把牙刷平放在牙缸上。这样，学生们起床后，就可以直接洗漱。这都是当时学校为了为学生创造更好的条件，让这些十三四岁的孩子安心学习而想出的一些措施。学校的这些措施和老师对学生那种无微不至的关怀和照顾，都取得了很好的效果，也让我们终生难忘、终身受益。

哈尔滨外国语学校唯一一任校长乔玉兰

这种封闭式管理、强化而灵活的教学方式和对学生无微不至的关怀，效果十分明显，学生们的学习成绩得到快速提高。两个月后，就连原来一点英语都没学过的学生，也能顺口说出日常的简单英语用语、进行简单对话，甚至有的学生夜里说梦话都在说英语。学校的学习氛围浓厚、学习情绪高涨。

在注重英语教学的同时，学校还把文明礼貌、个人修养等日常生活中的细节融入教书育人中。记得很清楚的是，从进屋开始，到任何房间都必须先敲门，然后说："May I come in?"（我可以进来吗?）听到里面说："Yes，come in please."（可以，请进。）或"Yes，please."（可以，请进。）才可以进去。另外，在进门或者走在路上，碰到女性时，男性要主动让女性先走，并说"Lady first"（女士优先）。这些不仅对学生提高英语口语能力有很好的作用，并且对学生们后来的工作生活和健康成长奠定了良好的文明礼貌基础。

但封闭式管理并不是死教条，学校重视德、智、体全面发展。业余时间，学校还组织乒乓球比赛、篮球比赛、歌咏活动等。这些学生大都很有才华，爱好广泛。图书馆也是大家喜欢的地方，同学们课后都争先恐后到图书馆看书、借书。我是学校的图书委员，这给我看书和接触更多同学创造了便利条件。学校还重视让学生接触社会，暑假期间，组织学生到郊区农村去帮助农民割麦子，进行社会实践教育。全校师生关系融洽，同学之间团结友爱，整个学校就像是一个和谐的大家庭。

16　哈外校老师的风采

豪华不仅表现在硬件和管理上，更体现在教学和师资队伍上。

哈外校的教师都是从全国各地经过严格考核选拔出来的优秀教师，组成了一支老中青结合、文化素养很高的队伍。学校共有 30 多名教职工，教职工与学生的比例之高，是当时其他学校无法相比的。其中，很多暂时没担任教学的老师也都是英语专业的高材生。

朱运京老师是专门从海南调来的英语权威老教师，当时不可想象从海南到哈尔滨有多远，据说要坐汽车、轮船，再转火车，要走好几天才能到。教地理课的戴素仙老师曾留学日本，是一位大家闺秀。她穿戴讲究，上课时总是优雅地把双手放在胸前，温文尔雅。但她命运多舛，中年丧夫，独自抚养着六个儿子，但生活的压力丝毫没有改变戴老师优雅的风姿。姚长吉老师是位中年才子，英语造诣很高。他脾气好，说话时总是面带笑容。20 世纪 50 年代他从某医专毕业后分配在北京一家医院当医生，但为了爱好和追求，他又考取了辽宁大学英语专业，毕业后被分配到新华社担任《参考消息》的英文编辑。因为爱人在哈尔滨工作，他后来就从北京调到了哈尔滨，外语学校一成立，市教育局就把他调来当英语教研组的组长。他和朱运京老师负责编写英语教学大纲，并组织老师们编写英语教材。

　　由于中华人民共和国成立以来学生大都学俄文，英文教材很少。当时教育部编写的一套全日制中学英语教材，不适合课时多、听说领先的外语学校，所以哈外校只能自编教材。他们从北京外国语学院的教材以及国外的书籍中选取适合的文章或段落，再加上自己创编的课文，编成了符合学生实际的"哈尔滨外国语学校英语教材"，朱运京老师亲自执笔，每课编完初稿后由教师们一起讨论，有时为了一个单词或一个句子，大家会争论得面红耳赤，直到完全达成共识才定稿，最后由颜迎菊老师打印。那时，英文打字机很少，印刷设备也很简单，就是用手工油印。老师每讲完一课后，就发给学生相应的课文，这样学生们看到教材后就能顺利地读出课文的内容了。到最后，学生把每课的课文钉在一起就成了一本正式的教材。

哈尔滨外国语学校自编的英语教材

颜迎菊老师负责图书馆工作，她是学校唯一会使用英文打字机的人，学校编的所有教材都是她打印的。负责共青团工作的周瑞馨老师和负责英语电化教学、掌管录音机等教学器材设备的电教室李江虹老师，也都是英语专业毕业的高材生。还有从俄语中学调来的徐逊老师，他从小在苏联长大，他的俄语比汉语讲得好，但俄语在英语学校暂时无用武之地，不过他心灵手巧，喜欢研究电理，就先做起了学校的电工。就连教数学的陈冲老师和教体育的董宝生老师也是从市里挑选出来的优秀教师，上数学课和体育课时也要说几句英语，很受学生欢迎。

学校的教师不仅有教学经验丰富的老教师，还有一批青春靓丽的英语尖子和刚毕业的优秀大学生担任班主任，他们当时都是我们学生的偶像。他们英语水平都很高，讲的英语都很好听，并且教学各有特点，很快就把 96 名学生带入了角色。

刘淑英老师是我的（二大班三小班）英语老师，聪明而文静，英语讲得非常流利，对学生耐心、细致，既严谨求实，又生动活泼，深受学生喜爱。比如，英语的今天是几号、星期几等数字是英语听力中比较难的，刘老师就把一些数字编成顺口溜，便于大家记忆。英语中的"e"这个音，在中国北方语系中没有，很多学生一开始发不准；英语的双元音："ai"和"ei"，涉及两个元音的滑动变换；"th"也是发音难点，开始也很难掌握，刘老师就让每位学生回去对着镜子练习口型。刚开始使用录音机时，大家都非常高兴，争先恐后想试试，但有的同学一到录音时就紧张。刘老师就像大姐姐一样，耐心地帮每一位同学纠正发音。我记得第一次从机器里听到自己的声音时，非常兴奋。后来我在北大荒那些年，经常做梦回到外语学校，坐在教室听刘老师上英语课。

王萍老师是一大班一小班的英语教师，她高高的个子，皮肤白皙，讲课非常受学生喜欢。多年后，有一天王萍老师到北京来看我们几位学生，我们在北京的同学都特别高兴，一起请她到和平门吃全聚德烤鸭，共叙师生友谊。但没过多久，就听说她去世的消息，我们都非常难过。后来才知道，她那次到北京是来治病的，并特意安排时间来看望我们这几位学生。我们深深地怀念她。

沈春萍老师是一大班二小班的英语教师，她不仅英语课讲得好，还是个乐于助人的好老师。她乒乓球也打得好，所以，经常跟学生打成一片。

李杰尔（后改名为李然）老师，名字听起来就很洋气，人长得也有点像外国人，是一大班三小班的英语老师。她活泼、热情，教学方式灵活，她视学生为弟弟妹妹。上课时她用英语并辅以肢体语言来讲解课文内容，活泼的教学方式受到学生的喜欢。一位同学曾回忆说："我们小班每到上课时都欢欣雀跃，她像个大姐姐，我们可以把桌椅摆成任何形状而不被她批评，她还像孩子一样钻到桌子下面教我们'little mouse，little mouse……'（小小老鼠），那情景终生难忘。"

20 世纪 90 年代李杰尔老师来京时合影
左起：佘清、李杰尔、孙大光、王来生

尹桂芳老师是二大班一小班的教师，亭亭玉立，说话轻声细语，英语讲得很好听，学生们都喜欢听她说英语。她是学校中最漂亮的女老师，受到老师和学生们的追捧。

林森老师是二大班二小班的英语教师，活泼潇洒，头发带有自来卷，是个带有洋味儿的美男子，一口美式英语讲得很好。他不仅讲课受学生欢迎，而且他几乎能记住全校学生的名字。他是给我们留下印象最深刻的老师，也是学生最崇拜的男老师。后来，林森老师和尹桂芳老师结为伉俪，在师生中传为佳话。林老师经常说，他在外语学校的最大收获，就是娶了学校最漂亮的尹老师。两人携手走过了大半辈子，退休后，他们常住在西班牙的女儿家，幸福满满。

秦玉兰（后改名为秦虹）老师和吴云清老师分别是两个大班的班主任，秦老师还兼管学校的少先队工作，吴老师教政治课。

吴老师是北京师范大学毕业的高材生，不仅人长得漂亮，且多才多艺、能歌善舞，性格开朗，还写得一手好字。她身上有一种魅力，能激发学生的学习热情。至今，有一件小事让我难以忘怀。

那是我到外语学校入学报到那天，爸妈和弟弟送我去学校。远远看到，学校大门外停着不少小汽车，门口有很多人。为什么车都停在门外面，不开进校园？到门口一问才知道，学校规定，汽车、自行车和来送学生的家属一律不能进入学校大院，必须由学生自己背着行李走入校园。学生中不少家长是高干，都是用小汽车送孩子来报到的。我看到有的家长不太高兴，跟门口的管理人员要求着，想帮学生拿行李进去，但都没有成功。于是我主动跟父母说："没事，我能背动，您们回去吧。"父母就帮我把书包背在身上，行李扛在肩上，右手拉着行李的一角，左手拎着一个大网兜。那时，被褥等都要自己带，网兜里装着脸盆、洗漱用品、衣服和鞋子等。我虽然从小没吃过什么苦，也没干过什么重体力活，但我是属于那种不服输、不怕苦的孩子，爸爸也经常教育我们要自己动手，自力更生。

我扛着行李，拎着大网兜进了学校大门，歪歪扭扭地朝大楼走去。走到将近一半的路时，好像听到有人喊我的名字，我左右看了看没有人，便继续往前走；走着走着，又听到好像有人喊我，抬头一看，原来是一位高高的个子、梳着两条大辫子的女老师从大楼里出来，边招手边向我跑来。跑到跟前，一边接过行李一边对我说："孙大光同学，欢迎你到外语学校来报到，我是你的班主任老师，我叫吴云清。"一句话，一个眼神，让我顿时感到一股暖流流遍全身。从未见过面的老师竟然能叫出我的名字！那种感觉太微妙了！"吴云清"，从那一刻起，我就再也没有忘记这个名字。后来知道，在我们入学前几天，吴老师就对着照片，把大部分学生的模样和基本情况都记住了。这也是学校教书育人的体现。当时，我一下子就喜欢上了这所学校。虽然这只是一瞬间的小事，但对我的影响却是一生的。后来她调回北京师范学院工作，成为全国知名的青少年教育家。退休后仍然忙碌在教育第一线，著书并经常受聘到全国各地讲课，忙得不亦乐乎。

多年后，我在策划北京申办奥运会接待国际奥委会考察团的方案中，就借鉴了吴老师的这个做法。经领导同意后，我们要求中国大饭店的领导和服务员在第一时间见到国际奥委会考察团成员时，就要叫出对方的名字，这获得了非常好的效果。我在《中国申奥亲历记——两次申奥背后的故事》一书中对此专门做了叙述。

一流的学习条件和环境、严格而灵活的管理、独特的教学氛围，特别是高质量的教师队伍，保证了高效的教学质量，充分调动了学生们的积极性和主观能动性，把学生们带入了学习英语的更高境界。并且，让学生们确立了人生理想——做一名优秀的外交官，为国家的外交事业而奋斗。这也成为我后来求学路上的主要目标和追求的理想。

虽然这所学校存在的时间不长，但几十年过去后，所有师生每每回忆起当时在学校的日子，都情绪激动、感慨万千。在半个多世纪的工作和生活中，我奔波于南北西东、国内国外，但从未忘记我的外语学校和外语学校的老师及同学们，他们是我在人生道路上不懈努力追求的最大动力。

哈尔滨外国语学校老师和同学名录

一、校领导
校长：乔玉兰，教导主任：刘沛琛，总务主任：陈国忠

二、班主任老师
大一班：秦虹，1-1 王萍，1-2 沈春萍，1-3 李杰尔

大二班：吴云清，2-1 尹桂芳，2-1 林森，2-3 刘淑英

三、教职员工
戴淑仙，朱运京，李玉廷，李江虹，康健，陈冲，董宝生，李秀菊，姚长吉，周瑞馨，王二库，陈秀菊，除逊，姜世荣，王晓玲，颜迎菊，周秀琴，周礼

四、同学96人（按学号排序）
1-1班：01 尹滨生，02 王强，03 王岐红，04 玉红，05 孙金良，06 李振成，07 李娅，08 刘南凯，09 杨会新，10 杨国强，11 肖凌阁，12 单伟立，13 陶伦，14 郭文滨，15 高红，16 穆秀梅

1-2班：17 王世忠，18 史鹰，19 李毅，20 孙德文，21 刘世滨，22 刘好月，23 刘富臣，24 向辛卯，25 佘清，26 武鸿兴，27 林雅琴，28 段永兴，29 麻福新，

30 贾立春，31 黄禄江，32 甄诚

1-3班： 33 于静环，34 马立范，35 王西，36 王来生，37 王晓青，38 王晓萍，39 玄杰，40 李妮妮，41 李喜荣，42 刘守运，43 邢锦第，44 关淑荣，45 杨俊权，46 张越，47 张鸿达，48 江铁铮

2-1班： 49 马永利，50 王世杰，51 田立根，52 李伟，53 李宏锦，54 孙云珠，55 杨金玲，56 张宏，57 张建建，58 陈德伟，59 金连福，60 赵怡亭，61 胡国强，62 栾庆启，63 崔义，64 裴永玺

2-2班： 65 王晓业，66 王谊，67 孔宪倬，68 李秀华，69 朱伟，70 朱晓东，71 刘庆岩，72 刘镜，73 孙玉琦，74 汪临征，75 汪晓琴，76 张诚志，77 张维娜，78 施秀芳，79 赵新雏，80 徐桂清

2-3班： 81 门玲玲，82 王阿双，83 朱明瑞，84 全锦红，85 刘月生，86 刘正玲，87 刘利民，88 孙大光，89 杨亚平，90 初照敏，91 张爱华，92 张红军，93 庞苏友，94 陶夏丰，95 董飞，96 滕连顺

17 外交官理想破天

在哈外校，我很快适应了这里的学习环境，喜欢上这里的学习氛围。因为我在原来学校就是英语班的，所以，学习上我没有感到压力，学校的生活一切都是那么美好、那么和谐。可是，这样的学习生活很快就发生了变化。正当全校师生以饱满的热情投入学习中时，有一天传来上级指示，要积极参加"文化大革命"。那时，社会上一些学校已经停课了，我们外语学校一开始在坚持上课。因为学校刚成立不久，只有初一年级的学生，一共才 96 名，最大的也不超过 14 岁，还不太了解社会和政治。

学校开始还在校领导的领导下正常运转。学校领导按照上级指示，经常组织师生学习中央文件、看大字报等；了解动态，关心国家大事。1966 年 10 月，学校按照上级的要求，选派学生到全国各地参观学习，铁路方面要让这些学生免费乘车。校领导积极响应，并在学生中选出了 10 个代表去北京"串联"。我也是被选上的学生之一，高兴极了。我只记得有马永利、刘丽丽等。10 月下旬，我们

10 个人一起，登上了开往北京的火车。

那时，只要有学校的介绍信就可以办理车票，不用花钱。但由于火车上严重超员，每节车厢里至少有 200 人，水泄不通。过道上都坐满了人，一个挨着一个，有的干脆就躺在座椅底下的地板上（称为"一等卧席"）到北京的，有的是躺在行李架上（称为"高等卧铺"）到北京的。我就比较惨了，只抢到了一个"挂席"，一直"挂"到北京。就是屁股坐在座椅中间只有 10 公分宽的椅子背上，背靠在两个车窗中间的车厢墙上，头顶在上面的行李架上，曲着两腿，脚也搭在椅子背上，两只手拉着上方的行李架。椅背两边都是座位上的人的脑袋，我就像一只猴子似的挂在行李架上。整个车厢的人像是包包子往里打肉馅一样，挤在一起动弹不得，连厕所也去不了。就是你能踩着人头走过去也没有用，因为厕所也已经被人"占领"了，改为"包箱"了。

要解手怎么办？人总不能让尿憋死，办法总会有的。男的要解小手，打开车窗，跪在小桌板上，对着窗外一通扫射就解决了。女的也有办法，跟男的一样，同样打开车窗，蹲在小桌板上，脱下裤子，对着窗外一通扫射。不同的是，女的在解决问题时，大家都背过身去，背对着车窗，围成一个弧形，把扫射的人挡住。但不管男女，在解决问题时，都要有人用手拉住他，以免不小心或用力过猛被吸出车外。解大手怎么办？只能等到火车到一站时，马上从车窗跳出去找厕所。如果没来得及回来火车开走了，那就只能等下一趟火车了。好在不用买票，说明情况就让上车，可是每次列车的情况都一样，不费一番周折是上不去的，并且下趟火车什么时间来是不确定的。

我的"挂席"开始还好，视野开阔，空气比下面好些，只是需要不时倒一下屁股。但到了晚上，我这个"挂席"就挂不稳了，整个人的重心都放在很窄的椅背上，刚一打盹，两手一松，整个人就倒下去了。先把座椅上的人砸醒，也许还会牵连到下面那个"一等卧席"的人。但那时大家都很友好，没有人会不高兴或是跟你吵架。我爬起来，笑了笑，重新爬上去，大家又继续睡。再掉下来就再爬上去。这一夜，车厢里像我这样的"挂席"不断有人跌下来，爬上去。那时，看到那些"一等卧席"的人在椅子底下睡得很舒服，心里很羡慕。火车开了一天一夜，终于到了北京。

我们 10 个人到北京的任务主要有三个：一是最重要的，要接受毛主席在天安门广场的接见，那是最激动人心的时刻。我们是 11 月 3 日，毛主席接见的第六批青年学生。见到毛主席是每个人的最大心愿。二是参观祖国的心脏，特别是天安门和故宫。三是学习、取经，就是到一些重要单位和大学抄大字报、学习中央精神。所以，在北京的十几天，我们大都是一起去各部委或北大、人大等高校抄大字报，内容都是当时国内最前沿的信息和一些分析国际、国内形势的文章。我们当时被安排住在北京109中学，就在天坛东门对面，那里交通很方便，是设在北京站的接待站分配的。说来很巧，20年后，我调到国家体委工作后，宿舍就在天坛东门附近。

为了回去向学校汇报学习成果，我们在北京期间，没有游山玩水，十来天后，老老实实带着满满的"成果"回到了哈尔滨。因为我毛笔字写得较好，所以回学校后，多数大字报都是由我抄写，我受到了老师和同学们的赞扬。后来我们都后悔没有在北京好好玩一玩，看看名胜古迹，特别是可以利用这个机会到其他城市去转转，领略一下祖国的大好河山。但那时年龄小，一定要听老师的话，现在想想，那时才14岁。所以，等到11月3日毛主席接见后，按照中央号召学生们尽快回原地的要求，我们很快就回哈尔滨了。

从北京回来后，大家都以为"文革"很快就会结束，就会恢复正轨，好好上课了。但后来，很长时间都没有恢复上课。开始师生们还每天到学校来，后来到学校来的人越来越少了。1967年，学校恢复部分上课，每天上半天课，老师教我们学习英文版的《毛主席语录》和《毛泽东诗词》，我们觉得也挺好。老师说，中央领导说外国语学校是为国家培养外交人才的，不能让学生把外语丢了。但复课没有坚持多久，很快又夭折了。就这样，随着时间的推移，我们复课的希望越来越渺茫。

多年后，李杰尔老师回忆了当年的情景：正当我们满腔热情地投入教学中时，"文化大革命"开始了。"哈军工"的运动进行得如火如荼，距它一步之遥的外语学校也不再是世外桃源了。我们正常的教学秩序已经无法继续……面对这突如其来的一切，我们感到压抑、困惑、迷茫、不知所措。于是我和一些青年教师索性"躲进小楼成一统，管他冬夏与春秋"，乐得当个逍遥派。不上课的日子，我们照常到学校上班，看英文版的《毛主席语录》《毛主席诗词》和"老三篇"，或者看"Peking Review"（英文版的北京周报），"China Daily"（英文版的中国日报），等等。因为我们还梦想有一天市教育局李松涛局长能兑现他的承诺，带领我们去北京、上海等地学习呢。所以英语一定不能荒废呀！

第三章　美丽的童年梦想

虽然已经不上课了，但很多同学一直不死心，那一年多，有的同学坚持每天到校，幻想着某一天会通知复课。另外，要防止有坏人打砸抢，我们要保护学校。其实，如果真的有坏人来，我们这些"小洋孩"根本打不过他们。1967年夏天，到校后没事做，我们就经常一起去松花江和太阳岛玩。每次都是先到食堂用4分钱买两个馒头，再到路边食杂店买2毛钱的红肠，背着一个用塑料绳编织的背袋，从学校走到松花江边。当时班上最小的同学叫甄诚，他有个特点，每次都不买红肠，而是买2毛钱的猪肝带上。中午，我们坐在太阳岛的沙滩上，吃馒头、红肠，只有他一个人吃馒头夹猪肝。还总是让我尝尝，说特别好吃。我尝过一次，就再也不想尝了，那时我不喜欢吃猪肝。多年以后，我慢慢觉得猪肝还真是挺好吃的。但自从离开学校以后，我再也没有见过甄诚，至今已过半个多世纪了，不知道他现在何方，很是想念他。在后来的几十年里，只要一看见猪肝，我就会想起甄诚。

记得有一次很狼狈。刚到太阳岛，就下起一阵暴雨，我们赶紧把衣服脱了埋在沙滩里，然后穿着游泳裤下到水里。等到雨过天晴，准备回家时，马永利的衣服找不到了。明明记得埋在了一个地方，还做了记号，可是大雨过后，记号不见了。最后，他只能穿着游泳裤，我们陪着他，一起从江边跑着到道外区陈德伟家，陈德伟的妈妈找了一身衣服给他换上才回家。这些都成了永远的记忆。记得那时常一起去玩的同学还有陈德伟、赵诒亭、马永利、王晓业、刘庆岩、王谊、刘镜、全锦红、刘丽丽、李宏锦、玉红、高红、李秀华、王阿双、朱伟、孙玉琦等。

那段时光既自由又空虚，前途渺茫。好在业余时间在家里，我按照父亲"外语不能丢"的要求，经常看学过的英语课本和英文版的《毛主席语录》等。但由于没有老师教，所以进步不大，只是做到了"外语不能丢"的要求。

转眼就到了1968年秋，我们到了初中毕业的时候。很多老师和学生还没来得及相互更深入地了解，就被岁月无情地撕扯开来，要上山下乡了。

正如李杰尔老师说的，遗憾的是学生们离校前我连和他们"执手相看泪眼"的机会都没有。李老师还回忆道：那时，工宣队和军宣队陆续进驻学校搞运动。大约1968年学生离校后，让我们集中在南岗区继红小学学习，朱运京等人则被当作有问题的人与我们分开学习。学习结束后，又分配我们去喷漆厂劳动，之后又参加修建红太阳展览馆的劳动，往事如烟……学生离校下乡后，我们一直盼望着再招生上课，但1969年秋天学校依旧没有学生。我们每天上班，看看书、聊聊天，记得沈春萍有时把她儿子带到学校来，大家似乎在"混"，我们的岁月在蹉跎……转眼到了 1970 年寒假后，我们收到了市教育局的"判决书"——哈尔滨外国语学校解散的通知，这颗哈尔滨市教育史上曾经耀眼的新星变成了流星，在空中一闪就陨落了。这些优中选优的外交官苗子、经过千挑万选的时代骄子就风吹云散了。

1968 年笔者去北大荒前，哈外校部分同学合影留念
前排左起：孙玉琦、高红、李秀华、王阿双
二排左起：李宏锦、刘丽丽、王晓业
三排左起：孙大光、刘庆岩、赵怡亭、王谊

于是，哈尔滨外国语学校这个教育界的宠儿，从一颗冉冉升起的、金光灿烂的"新星"，变成了一颗在历史长空中一闪而过的"流星"。

当时已经身处遥远的北大荒的我，无法看到老师们当时接到学校解散的通知书时的表情，也体会不到老师们心中那无声的痛苦和无奈。老师们也不知道，他们的学生还在北大荒的大土炕上，做着回到外语学校那座小二楼的教室里听老师讲课的美梦呢。

就这样，哈尔滨外国语学校，以及这些优秀教师和"96个宝贝疙瘩"成了哈尔滨教育历史上的"绝唱"。我们的外交官梦想彻底破灭了。

18 风雨夜归人：告别外语学校

16 岁那年，我告别心爱的母校，响应国家的号召，报名去北大荒，开始了人生的一次大转变。那年 9 月，即将出发去北大荒前夜的情景，是我终生难忘的一幕。当时不懂事，不懂得血脉之情，不能体会父母对儿女之心。后来随着年龄的增长，越来越感到对不起父母。每当回想起这一幕，对父母的愧疚感就涌上心头，它成为我心中永远的痛。

那是 1968 年 9 月 27 日夜里，天气已开始转凉，哈尔滨下着瓢泼大雨。第二天早上我就要出发去北大荒了。睡梦中，大约在凌晨一点钟，好像有人在大雨里敲门。我听见妈妈起来去开了门，然后就听见一个人带着浑身的雨水声进了屋。那是我爸爸，连雨衣都没有穿，顶着大雨赶了回来。洗漱后，我感觉到他和妈妈就一直坐在我的床边说话。我一直在蒙头大睡，也没有起来打招呼，睡梦里隐隐约约能感觉到他们在说话，但听不清他们说什么。

爸爸是为了我连夜冒着大雨，从辽宁省庄河县我哥哥所在的部队赶回来的。我哥哥参军到部队后，一直表现很好，年年"五好战士"，部队领导很器重他，把他作为典型培养。其中有一个重要经验是家庭教育好，因为父亲经常给哥哥写信，鼓励他好好学习，好好在部队大熔炉里锻炼，做一名优秀的人民解放军战士，为国家做贡献。父亲的一些信被部队领导看见后，认为是很好的教育、宣传素材。部队领导专门邀请父亲到部队去作报告，传授家长如何教育、培养孩子的经验。可没想到，活动还没结束就让我的一封电报给搅乱了。

那些天，在上山下乡的潮流中，我们几个要好的同学商量，要积极响应国家的号召，到祖国最需要的地方去，越艰苦越好。不怕远、不怕苦，如果能去新疆兵团最好。那首"迎着晨风，迎着朝阳，跨山过水到边疆，伟大祖国天高地广，中华儿女志在四方……"的歌曲俘获了多少年轻人的心，以至于我至今唱起这支歌，还会感到激情澎湃。

有一天，听说嘉荫兵团独立一团来招人了，一查地图，嘉荫在黑龙江边，但因为地处最前线，所以审查特别严格。听到这个消息我们特别高兴，就跑到黑龙江旅社去找嘉荫兵团来招兵的人。见面就问他们："发枪吗？""发军装吗？"可能因我们外语学校的学生都是俊男靓女，又聪明伶俐，招兵的人很喜欢我们，他对我们说："现在名额已满，报名的人已经超过了好几倍，但我一定帮你们争取。"那几天，我们每天都去跟他们软磨硬泡。过了几天，他们终于批准了我们5男5女共10名同学去嘉荫兵团，并且通知我们9月28日出发，赶快回去准备吧。遗憾的是还有几名同学没有被批准，但能批准10个人已经是很不容易了，无奈，我们就要和那几位同学分开了。

接到通知书后，我立刻兴奋地跑回家，向妈妈要了户口本，跑到派出所，毫不犹豫就把户口注销了。妈妈是个有点文化的人，上过高中，中华人民共和国成立后一直担任街道主任，很有群众威信。她是个坚强的女人，除了工作，还要操持这个家，养育我们哥仨。哥哥当兵去了部队，弟弟还小，现在我又要走了，而且还要走那么远。可妈妈当时什么也没说，只是默默地把户口本交给了我。我当时完全沉浸在要和同学们去边疆的兴奋之中，丝毫没有体谅妈妈的心情和感受。多年后，每当想起那天妈妈递给我户口本时那无奈的表情，就深感愧疚，那时我太不懂事了！迁完户口回到家后，妈妈平静地说："你过两天就要走了，赶紧给你爸爸发个电报，告诉他一下。"我这才想起爸爸不在家，去了哥哥的部队。

我的电报很简单，就一句话："光已被批准去嘉荫兵团，28日早8点出发。"没想到，爸爸接到电报后，立刻跟部队领导请了假，冒着大雨27号夜里赶回了家。

那天夜里，爸妈两人一夜没睡，为我担心，一边为我准备衣物，一边在商量着什么。而我浑然不知，一个人在梦想里憧憬着那令人遐想的未来。早上6点多，爸爸叫我起来吃饭。我从梦中醒来，看到爸爸正低头看着我的脸，他的脸离我很近，我都能感觉到他那熟悉的呼吸。我高兴地说了一句："爸你回来了。"我看见爸爸抬起头，转过身去，眼里含着泪花，嘴里说了一声："嗯。"那天早上，爸爸亲自为我炒了他拿手的特色菜——黄瓜丝摊鸡蛋，他把黄瓜切成很细的丝，然后和鸡蛋搅在一起下锅。那是我一生中吃过最好吃的摊鸡蛋，至今想起来，嘴里还能感觉出那种特殊的香味。

吃完早饭，爸妈带着弟弟送我去南岗体育场报到。计划8点集合发服装并出发，服装就是那种跟部队差不多的黄棉袄、黄棉裤。领完服装，大家都在体育场里等待集合去火车站。我看到爸爸一路上心情不好，一脸严肃，话也不多，只是一直用他那有力的手攥着我的手，像是怕我跑掉似的。过了一会，听到大喇叭里广播通知："请大家注意！请大家注意！由于火车调度的原因，原定今天出发的火车专列改为明天早上出发，请大家回家等待一天，明天早上8点准时集合出发。"听了广播，我有一点扫兴。但突然听见爸爸高兴地喊了一声："太好了！走，回家去！"爸爸拉起我和弟弟的手扭头就走。我看见他的脸上露出了开心的笑容。我当时没有理解爸爸为什么这么高兴，不就是晚一天走吗？

那一天，父亲跟我谈了很多，我感觉到，他跟以前谈话不一样。以前，他经常给我们讲一些他的革命故事——当年在老家时，他被日本鬼子抓壮丁追到了发大水的辽河边，绝望之中，一个从上游飘来的大马槽救了他的命，他毅然跳进河中，抓住大马槽，翻身上去，使劲划向对岸，在后面的枪声中，逃出了日本人的魔爪。一口气跑到了哈尔滨旁边的一个叫料甸子乡的地方参加了革命。起初他当交通员，有一次为了送鸡毛信（他告诉我们，鸡毛信的意思就是要拿命保证把信送到，否则就不要回来了），他冒着生命危险把信送到了，却累死了那匹枣红马。还有在一次与土匪对峙的战斗时，一位战友在墙垛子后面解完大手后，下意识地提裤子刚一站起来，就被对面土匪一枪打中脑袋牺牲了，等等。我们每次都听得入神入画。

而这次，他更多的是嘱咐、叮嘱。说得最多的是，你这个年龄应该学习，不管到哪里，不管做什么，都不要放松学习，不学习人就没有出息。只有不断学习的人，才不枉来到世上一回。他叮嘱我，一定要把课本带上，业余时间必须自学，特别是英语，到什么时候也不能丢，一辈子也不能丢！父亲还对我讲了一些老家的事，都是以前没讲过的。讲了我的姑姑酷爱学习，在十分艰苦的条件下，考上了东北农学院，现在是农业的种子专家；讲了我叔叔和婶婶两人聪明好学、有才华，双双参加了解放军，又随四野南下，立下功劳；还讲了他自己多想再上学，文化水平再高些，就不会受坏人欺负了。

那天爸爸说了很多，可是我没有完全理解，当时我的脑子里想得最多的是对北大荒的憧憬，是对背着枪巡逻在黑龙江边的那种情景的渴望。所以，对爸爸说的一些话当时并没有往心里去。但他那天说得最多的一句我没有忘记，他反复地说："英语学习不能丢，一辈子不能丢！""国家迟早是需要外语人才的。"一年多后，在我回家探亲时，爸爸又加了一句，变成了两个"不能丢"："外语不能丢，弹琴不能丢。"他说，人一定要有点本事，一个是事业，另一个是业余爱好。虽然我当时并没有完全理解父亲的话，但我一直铭记在心。

父亲对三个儿子的教育很严格。有一件小事，对我和哥哥影响很大，终生难忘。那时候，哈尔滨每年秋天每家都要买秋菜，主要是白菜、土豆、萝卜等，每家都要买几百斤甚至上千斤储备起来，以解决整个冬天的吃菜问题。入冬前，各单位为职工购买并分发秋菜是一项很重要的工作。有一年秋天，父亲让我和哥哥在他下班后去单位拉单位分的大白菜，我俩借了一个手推车，傍晚到了省政府后院装大白菜。手推车的车厢高度较低，后勤部的一个叔叔就找了四五个一米左右长、十几公分宽的木条，插在手推车厢的两边，这样就可以多装些。由于我家较远，推车至少要走三十多分钟，到家天已经黑了。我和哥哥高高兴兴卸完白菜，进屋洗手准备吃饭，父亲过来说："别洗手哇，把那几块木条送回去，回来再吃饭！"哥哥有点不高兴地说："那几块木条人家不会要了，又不是什么值钱的东西。"这时，父亲和蔼但很严肃地说："孩子啊，那可不行，公家的东西一点儿也不能马虎，哪怕是一针一线，今晚必须把这几块木条送回去。你们俩再跑一趟，虽然会有点累，但相信你们以后会理解的。"我和哥哥不敢再说什么，推起小车拉着几块小木条，饿着肚子，在黑夜里往返一个多小时，很晚才回到家。

这件事当时我和哥哥心里都有点儿不高兴，但正像父亲说的，这件小事对我们的一生都产生了巨大的影响。做人一定要诚实可信、公私分明、一丝不苟，不能占国家和集体的便宜，哪怕是几根小木条。20 世纪 50 年代，父亲经常陪同苏联专家工作，但他从来没有因此而为家里谋过一点好处。他在单位分管过多年的分房工作，可正因如此，他几次把分给自己的大房子，甚至领导特批给他的一套带大院子的独栋苏联房子都让给了别人。本来，我们全家都去看过房子，高高兴兴准备搬家了，爸爸却告诉我们，那套房子又让给别人了，以致我家一直住在离单位较远的小平房里。因为房子的事，家里的所有成员，包括我叔叔和姑姑都一直对他有意见。但他却老是自己安慰自己，经常对我们说："我们现在这叫'城市乡村化'，是最好的房子。"这就是他，一个固执的、刚直不阿的离休老头。这就是我的父亲，我的人生导师，一位以身作则，用生活实际教育孩子的慈祥而严厉的好父亲。

第二天，1968 年 9 月 29 日，那是我人生第一个转折的日子。早上，爸妈带着弟弟再次送我到了哈尔滨火车站。这一次，火车没有晚点，随着一声长鸣，火车拖着一股长长的、浓浓的白烟，载着我们这些充满幻想、热情奔放，还有些稚嫩的孩子，缓缓地离开了火车站，驶向遥远的北疆。火车把爸妈、弟弟和站台上的人群无情地甩在了后面，越来越远，越来越小……

历史的列车也把我那美好的外交官梦想永远留在了童年的哈尔滨。

中华人民共和国成立初期时的父亲

第四章
青葱岁月

19 进入"广阔天地大学校"

"手拉手儿,迎着朝阳。登上深绿色的车厢,列车奔驰在北方的原野上,一片片葱绿色的树林,一片片金红色的高粱,一座座城市和村庄,飞过了,飞过了,飞过了我们身旁。车厢在轻轻地摇晃,我们遥望着前方……"那天,我们带着兴奋的心情,唱着激昂的歌曲,满怀革命豪情登上了火车,奔赴了遥远的东北边疆。

从踏上开往北大荒列车的那一刻起,我的外交官梦已被碾得粉碎。无情的列车不仅带走了我的梦想,也带走了我的童年。随着列车的轰鸣和浓浓的白烟散去,我瞬间从一个在爸妈身边的孩子变成了一名独立生活的农工,从一名中学生变成了一名兵团战士,从一位少年变成了"知识青年",我和同学们之间又多了一个称呼——战友。

我清楚地记得第一天到兵团的情景。1968年9月30日上午,经过一天一夜,火车在汤旺河站停下了,这里是独立一团的转运站。汤旺河是伊春市的一个区,与东风林业局合署,是政企合一的县级单位,面积很大,但人口很少。

汤旺河区离伊春市城区114千米,据说伊春市是当时全国面积最大的地级市。汤旺河是我们到驻地的必经之路,再往前两站就是这条铁路的终点站——乌伊岭。下车后,我们在带队的老战士的带领下,来到了汤旺河区的一个大礼堂。休息了一会就开始分连队,一个接兵的负责人在台上念名字,念到名字的人就站到前面来。没想到很快就念到了我的名字，我马上出来站到了队伍的前面。还好，不一会儿，我们外语学校有另外 3 名同学也被叫到了名字，我们 4 人和其他被叫到名字的人，一共 50 多人分到了一连。我们排队上了一辆挂着军牌的解放牌大卡车。临走时我们跟其他同学约好，不管他们分到哪个连队，第二天"十一"放假都到一连聚会。

汤旺河车站——留下了多少独立一团知青的回忆

大卡车拉着我们向东北方向挺进，很快就开进了小兴安岭山脉。我们格外兴奋，大家唱起了那首都爱唱的、充满激情的歌曲："迎着晨风，迎着朝阳，跨山过水到边疆，伟大祖国天高地广，中华儿女志在四方……"我们豪情满怀、激情似火。高昂的歌声在小兴安岭上回响，欢声笑语在千里松涛中荡漾。那是我第一次见到大山，第一次进入原始森林。没有害怕、没有恐惧，只有兴奋和激情，却好像油然而生起一种庄严的使命感。公路是那种只能走一辆车的沙土路，路面有明显的两道车辙印，对面来车时，需要两辆车都往路边靠一下才能慢慢开过去，路两旁都是参天大松树。领队讲，我们已经进入了原始森林，这些森林千百年来从来没有人进去过。在森林里因为看不见太阳，所以分不清东南西北。如果一个人在森林里是肯定会迷路的。不久，汽车经过了一个边防检查站，几个背着枪站岗的解放军战士对着我们敬军礼，目送我们离去。我们心里感到美滋滋的。

汽车行驶在小兴安岭的原始森林里

两个多小时后，车在深山里停了下来，领队喊道："下车解手！男左女右！"我们是第一次听到这样的命令，感到很新鲜。大家下了车，男生们说笑着一个个跑到汽车左边的马路外的大树后面开始解手。女生们都有点不好意思，叽叽喳喳地站在车右边不动。这时领队对女生们大声说道："抓紧时间到大树后边去办事，否则，尿了裤子更丢人，还有一半多的路程，中间就不休息了。注意不要跑得太远！"女生们这才一个个跑了过去。5分钟后，集合清点人数，上车继续前行。大家有说有笑，听领队讲北大荒、讲小兴安岭，一切都是那么新鲜，一点也不觉得疲劳。

第四章　青葱岁月

　　下午三四点钟，正当大家感到有点疲劳时，突然看到眼前一亮，豁然开朗，原来是汽车已经驶出了原始森林，正处在高山的边缘，我们看到前方是一片平原，远处有一条长长的白线。领队告诉我们："那就是黑龙江，江那边就是苏联。我们独立一团就驻守在黑龙江沿岸。从江边沿线到小兴安岭脚下的一片大平原就是我们团的驻地。"领队又说："这就是反修的最前线，你们将在这里屯垦戍边，扎根边疆，保家卫国！"大家异常兴奋起来！问这问那："黑龙江有多宽？""在江边能看见对岸的人吗？""江边有没有边防军？"汽车沿着下山的路，一直朝着黑龙江的方向走。

　　但"望山跑死马"，天都黑了还没有到达目的地，也没有看到黑龙江。下山后，看到前方有点点亮光，大家都以为快到了，领队说那是稻田村，九连的驻地，是当地著名的稻乡。汽车到九连后往左拐了个九十度的弯，顺着黑龙江上游方向，爬上一段山坡，又见到前方两处灯光，领队说那是七连和六连。汽车继续前行，越走天越黑，越走气温越低，越走越荒凉，只能看到汽车的两束灯光照耀着前方崎岖不平的沙土路。汽车也好像疲倦了，喘着粗气，尾巴冒着青烟，在颠簸的路上缓慢行进，车上的我们安静了下来。领队说，左边远处影影绰绰、绵延不断的是小兴安岭山脉，右边不远处就是黑龙江。四周是寂静的田野，随着车身的摇晃，大家都有点疲惫。北大荒的夜真黑呀！汽车在黑暗中继续前行，头顶的天空像一个巨大的黑锅扣在大地上，什么也看不到。

　　过了一会，汽车突然在路边停了下来。听领队喊道："一连到了，下车！"大家惊呆了，到了？黑乎乎的什么也看不见，怎么到了？眼前的景象让我们吃了一惊。这时我们才看见，路边有十几个穿着黑棉袄、黄棉袄的人，稀稀拉拉喊着"欢迎知识青年到边疆！欢迎知识青年到兵团！""欢迎大家来到一连！"随后，后边有几个人敲起了声音怪怪的锣鼓，那声音在北大荒空旷的原野上，好像很不和谐。再往后看，不远处能看到有一片带有一些微弱亮光的房子。"这就是一连？""这就是兵团？""这就是我们要扎根一辈子的地方？"难道我们日思夜想、无限憧憬的兵团，就是这个样子？我的心似乎有一丝失落。

　　大家带着疑惑的心情，有点不太情愿地下了车。

　　路边的人们跑过来，热情地帮我们拿行李，嘘寒问暖，他们的朴实和真挚让我们感到了一些温暖。这时，有一个穿着褪了色但很整齐的军装、个子很高很壮实的人跑过来，一一和大家握手，嘴里不断地说着："欢迎！欢迎！""大家肯定都饿了，放下行李，马上到食堂吃点东西，先垫巴垫巴。"这人是连长，叫孙国胜，给我们的第一印象还不错。后来知道他的外号叫孙大愣，原来是个坦克兵，1966年3月跟全团官兵一起转业到了独立一团的前身——嘉荫农场。他浓眉大眼，很有军人气质，在连里的威信很高，后来我们都很喜欢他。他带着我们来到连队食堂，是一个用拉合辫（泥和草混在一起）盖的房子，不太大，里面用大松木支起来了几张饭桌。第一顿饭吃的是大馒头、油条和大米粥。馒头很大，像大头鞋那么大，后来我们就管这样的馒头叫大头鞋。油条也很好吃，经过两天一夜旅途后的我们，吃得很香，心情稍有好转。本以为连长说"先垫巴垫巴"的意思是后面还有更好的"大餐"，但实际上连长就是客气地让我们吃的意思，后边根本没有什么"大餐"。

多年过去了，大家见面时还经常会提起"垫巴垫巴"，来回忆那个难忘的"北大荒的第一天的第一顿饭"。

吃完饭，连长带着我们去宿舍，离大路不远的两幢铁皮屋顶的房子，靠路边的是男生宿舍，靠里边一点的是女生宿舍。中间开门，进去后左右各一间屋，屋里是上下两层大通铺，下面是火炕，上层是用木板搭的吊铺，几十人都睡在一个屋里。就这样，开始了我们的青春岁月。

1969年在哈尔滨，孙国胜连长（前排左五）与部分哈尔滨知青合影

哈尔滨知青双胞胎姐妹花孟贤、孟慧，身后就是当时一连的女知青宿舍

20　北大荒的第一课

　　第二天是国庆节，中华人民共和国成立 19 周年，连里也没有什么纪念活动，正好知青们能好好休息一下。虽然昨天很晚才睡觉，但我很早就起床了，因为按照约定，上午我们外语学校的十个同学都要来到我们这里会合。从昨天上午在汤旺河分开后，我心里一直惦记其他六位同学，不知道他们分到了哪个连队。不知为什么，想到大家就要见面，心里还有些激动，其实大家仅仅分开一天而已，却像是离别了很久似的。起床后，我走出宿舍，看着这个我们即将要扎根一辈子的地方，心里有一股说不清的感觉，但似乎比昨晚下车时的感觉略好了。站在马路

上，一眼就能看到连队的全貌，马路西边是一个较大的麦场，一些机器设备整齐地摆在那里。麦场的南面有马号、猪号、牛号、小烘炉等。麦场的北面有四个很大很漂亮的木结构的房子，那是连队的四个麦库，每年秋天打下的大豆和麦子除了交公粮外，都要留很多颗粒饱满的大豆和麦子做种子，就存在麦库里，以备第二年春天播种用。马路东边是住宅区，有几十栋房子，那是老战士和老职工们的家属房。其实，一个连队就是一个小村子，但房子大都是红色铁皮屋顶、白色墙体，看着还比较整齐。每个屋顶上烟筒里冒出的一缕缕白烟，斜着向一个方向飘向空中，再加上连队四周一望无际的田野，还真像是一幅挺美的图画。这一切都令我感到很新鲜，看着眼前的"新家"，吸着北大荒清晨特有的清新空气，特别是想到很快就能见到亲爱的同学了，我的心情好多了。

上午十点左右，其他六位同学陆续到来了。大家高兴地喊着、笑着、跳着，女同学互相搂着、叫着，好不热闹。见面的第一句话都是："你分到了几连?"除我们四个人在一连外，其余分别分到了二连、十二连、砖厂和服务社，十个人分到了五个连队。看到我们五男五女同学相聚，一连的战友们都投来了羡慕的眼光。后来他们说，那时都以为你们是五对情侣呢!

十个人到齐后，我们手拉着手，兴奋地向黑龙江跑去，那是我们向往已久的地方。

美丽而神秘的黑龙江，今天终于见到了你! 我们无比激动。黑龙江的水看起来真的有点"黑"，深不可测，是不是里面真的有一条黑龙? 滔滔江水奔流而下，让我们浮想联翩。走到近处看，江水清澈透明，但一两米外的江水就看不到底了。用手捧起江水喝一口，很凉! 也很甜! 江上的船很少，偶尔看到一艘大轮船缓缓地、静静地从江上驶过。站在江边，可以看到不远处解放军的边防站和瞭望塔，上面的解放军战士背着枪站岗的样子很威武，我们都羡慕不已。我们也能看到江对岸苏联军队的边防站、瞭望塔和苏联士兵背着枪在上面站岗的身影。

那时，苏联的经济和军事实力都远强于我们，他们的瞭望塔比我们的高，上面还有几个大探照灯，能照出很远，整个江面都在它们的照耀之下。我们晚上看到的探照灯光在我们宿舍的上空，来回交叉地晃动，就是从那个高高的瞭望塔上射过来的，后来我们都习以为常了。黑龙江边没有游人，只有我们几个人在江边玩耍，给寂静的江水带来了一些欢声笑语。边防军大概知道我们是刚来的兵团战士，远处瞭望塔上站岗的战士一直望着我们，并没有制止我们。

第四章　青葱岁月

四十年后又饮黑龙江水，还是那么黑、那么凉、那么甜

那天，我们充满兴奋、激动、浪漫和憧憬，在江边玩了半天，才恋恋不舍地离开，各自回到了自己的连队。

10 月 2 日，我们到"北大荒大学"上了第一课——参加全团割稻子大会战。那年是个丰收年，可是还没等收割，一场大雨加冰雹，把成熟的稻子全打倒在地上，机械无法下地作业。所以，团里就组织了割稻子大会战。各连派人，特别是刚来的知青全部参加，到九连用镰刀割稻子。全团只有少数几个连队种稻子，九连种得最多，因为九连的地质最适合种稻子，所以就有了"稻田村"的地名。一望无际的稻田，几百号人散在地里也不显人多。

这是我们到北大荒后的第一天劳动，一切都感到很新鲜。我们大都是平生第一次用镰刀干活，在老战士的指导下，我们照猫画虎，热火朝天地干了起来，但割的速度都不快，并且割一会就要站起来歇一下。突然，听到前面一个人"哎呀"一声，大家都站了起来看，原来是一个人的镰刀把裤子割破了。这时，一个中等身材，穿着深黄色军装的人走了过来，帮那个知青看了看，还好没有伤到腿。那个人就耐心地教他如何掌握要领。然后，只见他转身面对大家说："大家不要着急，你们都是第一次干农活，要慢慢来，不要受伤，万事开头难，熟能生巧。手要握紧镰刀把，不能用蛮力，要做到全身协调用力。"大家跟着他说的要领学习动作。这时，孙连长大声告诉我们："这是我们的石团长。"我们都肃然起敬，原来团长这么平易近人。在我们当时的认知里，部队的团长是很大的官，是很威风的，这个石团长却来和我们一起割稻子，这么和蔼可亲。他给我们留下了非常好的第一印象。团长叫石相如，是个"三八式"老革命，在部队就是团长，响应国家的号召，1966 年 3 月带领部队集体转业来到北大荒（后来被称为"66.3"转业官兵）。

我很敬佩石团长。但第二年上级派现役军人来到团里，接管了全团的领导权，营以上的各级领导都换成了现役军人。后来有一段时间石团长被派到一连监督学习。这正好给了我和石团长接近的机会，他给我讲了很多抗战打日本的故事。那段时间我过得很惬意，每天不用下地劳动，和石团长一起，听他讲了很多革命道理和生活知识，对我而言是一个偏得。后来石团长调到了其他团，我就再也没有见过他，很是想念。但他的家属后来留在了一连，有很长一段时间，我跟他的儿子石磊接触较多，经常一起吃饭、一起打乒乓球。后来听说石磊的妹妹石芳也被推荐上了一所中专学校。遗憾的是，自从我离开北大荒后，就再也没有见过石磊，听说他在我离开一连后就调到其他团去了，我一直很惦记他。

那天割稻子，在石团长的带动和鼓舞下，我们更加精神饱满、干劲十足，大家一边干活一边唱起了歌，各连队比着唱，此起彼伏。红旗在稻田里飘扬，歌声在北大荒上空荡漾。一片热烈、豪放的场面，洗去了前夜刚到一连时的沮丧心情。不知不觉一上午就过去了。

中午，炊事班从连队用拖拉机送来了大包子，特别好吃，其实就是素馅的，白菜粉条馅儿。大地里没地方洗手，炊事员挑来的两桶水还要节约着喝。吃饭时，我们只能用带着泥土的三个手指捏起大包子的一个角，送到嘴里吃，吃到最后把手捏的部分扔掉。那包子的香味至今还留在每个知青的记忆里。午饭后，稍作休息又继续干活。

但下午已经没有上午那么高涨的情绪了，歌声也听不见了，没过多长时间，一个个就累得直不起腰来。加上很多人的镰刀不顺手，刀也不够锋利。所以，很多人的手都磨出了大水泡，有的还出现了"流血事件"，有人把手割破了，有人把腿割破了，鞋和裤子割破的就更多了。有一个人一口气割了好半天，突然直起身来想喘口气，起身的同时，拿镰刀的手向后一甩，刀尖正好划到了后面一个知青的耳朵上，当场就流了血，很危险。

下午两三点钟，终于听到有人喊："收工了！收工了！"大家高兴地爬上了拖拉机。回到连队后，大家都拿着脸盆来到大食堂旁边的一口辘轳井边，用大摇把一桶一桶水打上来，男生们就在井边洗脸、擦身。女生们都端着一脸盆水回到宿舍去洗。北大荒的井水是刺骨的冰冷，就是在炎热的夏天，井水也是一样拔凉拔凉的。但年轻人火力壮，什么都不在乎，一边唱着歌、喊叫着，一边用冰冷的水洗个痛快，顿时就忘记了疲劳，又恢复了元气，开始打闹起来。

其实，那天割稻子大会战虽然很累，我第一次体验到割地不是一件容易的事，但总体感觉还是像学校组织的下乡劳动，与后面更多、更繁重的劳动相比，就是小巫见大巫了。这次割稻子仅仅是北大荒对我们的一个小小测验。而后面的一个个"见面礼"，才让我们逐渐认识到北大荒的真面目。

21 火红的"见面礼"

到北大荒一个多月的时候，天气已经很冷了，人们都已穿上了棉衣。大约是11月的一天，深夜一点多钟，知青们都已进入梦乡。突然一阵急促的哨声和"当、当、当、当"的钟声，打破了黑夜的寂静……我从梦中被惊醒，听到外面有人一边吹哨，一边喊着："团部着火啦！快起来去救火！"对于兵团战士，哨声就是命令，钟声就是号角。我第一次经历这种情况，懵懵怔怔地立刻起来，心脏通通地跳得很快。看到窗外人影飞梭、人声鼎沸，屋内的我们乱作一团，有的找不到裤子，有的找不到鞋……我很快冷静下来，飞快地穿好衣服，跑出宿舍，看到远处几千米外的老团部方向，有一处火光冲天。全连知青没有一个人犹豫，都顺着大路向着火光方向拼命跑去。

"火光就是前线！"当国家财产受到损失或发生各种危险时，每个知青都会毫不犹豫地冲上去，抢救国家财产，捍卫国家安全。不需要有人动员，不用等待领导下命令，没有一个人会逃避，没有一个人会当"逃兵"。大家都一个比一个勇敢，一个比一个跑得快。我好几年没有跑过长跑了，来北大荒前两年多都没有上过体育课。好在身体素质还过得去，也没什么病，我就使劲往前跑，超过了好几个人，快跑到老团部时，突然感到胸口有点憋气，腿也有些发软。我努力坚持着，继续拼命跑、跑、跑！终于跑到火场附近。原来是团部的面粉加工厂着火了，火势很大，已经有很多人在那里拼命从厂房里往外抢面粉和物资。我刚想往里冲，突然感到心口一阵难受、恶心、想吐。我捂着肚子在地上蹲了一会儿，尽量稳住没吐出来。过了一会稍有所好转，我毅然站起来，冲入火海，与大家一起抢救面粉和物资。我心想，绝不能落在别人后面，大火就是对兵团战士的考验。

这种大火在北大荒是很难扑灭的，当时北大荒没有消防队，没有消防车，也没有任何专业防火设施和救火设备，更没有救火的专用云梯等，甚至连水源都很有限，只能靠人在附近有限的几口水井里，用辘轳把水一桶一桶摇上来，然后用洗脸盆、水桶往火上浇，这实际上是无济于事的。所以，遇到这样的火灾，最重要的是尽量抢出一些有用的物资。大家都冒着房子随时会被烧塌架的危险，反复冲进去。我跟大家一起，顶着大火和浓烟，来回冲进去几次，抢出了不少面粉和物资。很奇怪，坚持了一会，我的胃不疼了，也不恶心了，好像有使不完的劲，平时一个人扛一袋面粉都很吃力，但这时，不知是一股什么力量支撑，让我轻松地就把一袋面粉扛起来，跑着冲出去。

这次面粉加工厂着火，是对我们知青的一次考验和检验。虽然大火把面粉加工厂烧成了灰烬，夷为了平地，但厂里的大部分面粉、物资等都抢了出来。只是后来有很长一段时间，各连队吃的馒头都带着一股浓浓的焦烟味。

这次救火使我在精神和身体上都经受了一次锻炼。多年后我在北体上学时，学习了人的生理知识和体育锻炼的科学方法，才明白了跑步也需要科学的理论和方法。长跑之前一定要做准备活动，不能突然起跑加速，要让心脏慢慢适应。跑步时要调整呼吸，要尽量匀速跑，有节奏地跑，比如，跑四步、六步或八步呼吸一次。而那时我是在睡梦中惊醒，起来后就使劲跑，心脏一下子跟不上，而后又急停，就容易产生眩晕、恶心、难受等症状。但那时年轻，扛一下就过去了。

这是到北大荒后第一次遇到这样的大火，第一次半夜被惊醒跑向几千米外去救火。后来，这样的事很多。那个冬天，我们都习惯了，睡觉前就要做好准备，把衣服鞋帽都摆好，随时准备起来执行任务。那年冬天经常有着火的情况，好几个连队的大食堂被大火烧没了，其中也包括我们一连的大食堂，一夜之间就烧成了平地，第二天，炊事班只能在操场上用砖砌了两个临时大炉灶，为大家做饭。

记得那天中午吃的是大马哈鱼，那两筐鱼块是我头天晚上在大火中从食堂里

"抢救"出来的。大家一边吃鱼，一边开玩笑说应该感谢我，要不是我把两筐大马哈鱼抢出来，今天就吃不上这么香的鱼了。其实我自己也一直没有想明白——那天在救火时，我不知道自己哪来的惊人力气，竟然一个人把放在角落里的两大筐很重的鱼弄了出来，还搬出来几个装食物的大缸，并且和战友一起，硬是把犯了牛脾气、怎么打也不动的大奶牛，从火海里拉了出来。人的潜能到底有多大，我们自己也不知道。过后，再去搬就搬不动了。那天，大家端着饭碗在操场上吃饭的样子很狼狈，但那天的大马哈鱼却是这辈子吃过最好吃的鱼。

那时，救火几乎成了我们的"家常便饭"，隔上十天半个月就要发生一起火灾。而且在整个黑龙江兵团，成千上万的北大荒知青，几乎都有过救火的经历，在救火中还牺牲了多位知青。救火成了我们在北大荒最深刻的记忆之一。

但在北大荒，还有一种更大的、更可怕的火灾，那就是山火。也是那年冬末春初时节，小兴安岭发生了一场罕见的大山火。大火映红了半边天，黑夜不黑天，持续了多日。一天，连里接到团部的指示，要我们连派出一个30人的小分队参加团里统一指挥的救火战斗。全连战士都积极报名，我荣幸地被批准参加了小分队，在李副连长的带领下，"全副武装"向小兴安岭深处进军。所谓"全副武装"，除了每个人要带上10个馒头外，主要有3样东西：1把镰刀加上1根粗麻绳系在棉袄外边的腰间，把镰刀插在腰上。还有一样小东西是必带的，什么东西都可以不带，但上山救火，这个小东西是千万不能忘记带的。只有在北大荒生活过的人才知道这个生活常识，住在城里的人是无论如何也想不到的。

是什么东西？我这里先不说，后面再告诉大家。

那时，救山火主要是靠人海战术，所以救山火是非常危险的，稍有不慎就会有生命危险。这次上山救火，我们就经历了一次真正的"生死考验"。

拖拉机把我们拉到山边，然后我们下车按照指北针的指引，快速急行军，奔向小兴安岭的深处。几个小时后，我们到达了指定的地点。大火烧过的山上，地面到处都是火苗，有的已经开始连成片，如不及时扑灭，很快又会燃起熊熊烈火。山火就是这样呈几何速度迅速扩散开的。冬春的大山里，树木干燥，空气湿度很小，还经常刮风，地面都是干树枝、干树叶，沾火就着，火星随风飘荡。

看见火，我们忘记了急行军的疲劳，勇敢地冲向火海，用镰刀、树枝灭火。虽然效果并不理想，效率很低，但在这深山老林里，既没有水源，也没有得力的工具，有的只是这些兵团战士单薄的身躯和他们的一片赤胆忠心。我们完全不顾自己的安危，把火场当战场，把烈火当敌人，拼命地与大火展开了一场肉搏战。火影中，只见一个人用自己的身体滚在一片就要连成片的地面火焰之中，来回滚了几次，压灭了火苗，效果不错。大家就学着他的方式滚向火海。这时，在前面救火的副连长跑过来喊道："都起来！都起来！不能这样！"然后又说："要首先学会保护自己，然后才能更好地完成任务。今天刚刚第一天，如果大家都受伤了，后面怎么办？"大家爬起来后，互相一看，都笑了，一个个都成了小黑人，很多人的棉袄都烧坏了，有的人还烧到了头发和眉毛，好在没有人受大伤。如果不是副连长及时制止，恐怕会出问题的。就这样，经过几个小时的奋战，我们终于把周围的明火、暗火都消灭了，完成了团里交给我们的第一项任务。

停下来后，才感到筋疲力尽，又渴又饿。坐在地上不想动弹。拿出来一个馒头就往嘴里塞，没想到，吱的一声，没咬动，只是在馒头上留下了一道白印，还差点把牙咯坏了。由于天气冷，馒头已被冻成了一块硬疙瘩。我们只好把馒头放在胸口，用体温去慢慢焐热。副连长说："点一堆火，烤烤吧，注意安全。"大家高兴地点燃了一堆火。我那时就想，火这个东西可真奇怪，太多、太大了不行，没有它也不行，一会要消灭它，一会又要利用它。世界上的事情太复杂了。馒头问题解决了，但更难的是水的问题，经过大半天的急行军、奋战火海，身体已经很缺水了，馒头到了嘴里咽不下去，好像嘴里没了唾液，嗓子好像被什么东西给堵住了。副连长说："走，我们去找水。"大家起身跟着副连长翻过一个小山包，到了一片没有被火烧的地方，那里地面还有一片白雪。我们坐在雪地上，一口馒头，一口白雪，奇怪的是，那时不感觉苦，而是一种莫名其妙的神圣的自豪和浪漫的感觉。

吃完馒头，我们又沿着火道边巡查，边打灭散落的火源。白天总算过去了，虽然累与惊险，但真正难熬的是夜晚。大约零下二十来摄氏度，嗖嗖的寒风，像小鞭子在抽你的脸，又像无数个刀片钻进棉袄里任意蹂躏你。再加上我们很多人的棉袄都已被火烧成了渔网状，根本不能御寒。副连长带着我们找到一个相对背风的地方，点燃两堆大火，开始大家很兴奋，还围着火堆唱歌、跳舞，老战士给我们讲在部队里的故事。后来大家都累了，就围着火堆躺下。但刚要睡着，后背就被冻得受不了，马上翻过身来背对着火堆。还没等睡着，胸前又被冻得不行了，就这样反反复复来回折腾，一夜没怎么睡。我心里一直在想着那句古诗："火烤胸前暖，风吹背后寒。"原来这句美丽、浪漫的诗的背后是这般痛苦难熬啊！

第四章　青葱岁月

天终于亮了，但清晨也是一天当中气温最低的时候。副连长一边吹哨一边喊道："快起来，集合，动一动，再不动就要冻僵了。"他带着我们练队列，然后又练刺杀动作。立正！稍息！预备，杀！杀！杀！喊声响彻了小兴安岭的上空。稍后我们发现，离我们露营不远处就是一个小山崖。我们站在上面往下一看，吓了一跳。下面十几米远的雪地上，有一只大黑熊，带着两只小熊，向我们这边走来，也许是我们的喊声惊动了它们。好在它们在崖下面，我们在崖上面，否则可能会遇到麻烦。我是第一次看见真熊，那只大熊很大，起码有三四百斤重。我趴在那里看着三只黑熊慢慢走近，又慢慢走远，觉得很新奇。那时的原始森林少有人类的足迹，山里有很多动物。那些年，我们见过的还有狼、罕达罕（又称"四不像"）、狍子、鹿、狐狸和野鸡等。

我们在小兴安岭奋战了三天三夜，经历了许多以前想都不敢想的事情，也遇到了一些危险。最大的一次危险是第二天下午发生的。我们完成一项任务后，在转移去另一个地方的途中，大家疲惫地跟着前面的人往前走。这时，听到远处有一种奇怪的声音，像是火车，又像是飞机，也像是大风，声音越来越大。突然，副连长大声喊道："不好！火头来了！向我靠拢！照着我的样子做！"只见副连长迅速从身上掏出一盒火柴，点燃脚下的干草，然后，让火烧向四周。我们马上照他的做法，掏出火柴，点燃脚下的干草，让火很快烧起来，并引向四周。瞬间，熊熊大火就烧了起来，我们按照副连长的命令都回到刚刚烧过的地方。这时，那种奇怪的声音也越来越大了，更像是闷雷隆隆，呼啸过来。我们从未听见过这种震耳欲聋的恐怖声音。我们都紧张地围在副连长的身边，随着声音越来越大，就见远处像是洪水暴发，又像是一条巨大的、有几十米高的大火龙呼啸而来。副连长喊了一声："卧倒！"我们立刻都趴在了地上。说时迟，那时快，还没等反应过来，就听见头顶上"轰轰隆隆"一阵巨响从天而过。我仍趴在地上不敢动。这时又听见副连长喊："快起来！救火！"这几分钟之内发生的事太不可思议了。救火，放火，又救火。我几乎都蒙了，只能机械地跟着副连长的命令，照做就对了。

其实，这才是我们在救山火中学到的最重要的生活知识。

现在，我可以告诉大家，我们出发时"全副武装"中必须带的小东西就是——火柴。救火，必须先学会自救。在遇到大山火的火头时，唯一的自救方式就是要先放火，把自己周围的干草、树枝、树叶点燃并烧起来，扩散出去。这样，已经烧过的地方就成了最安全的小岛。然后，你就迅速趴在这里，便可安全自保。否则，几十米高的大山火势如破竹，任何力量都无法阻拦，多少生命都会被大火吞噬。那年，北大荒因为救山火牺牲了多位兵团战士。所以，我们出发之前，副连长千叮咛万嘱咐，一定要带上火柴，不仅吃喝、取暖要用火柴，更重要的是救命用。

救山火中还有一个难以克服的困难——水。由于连日的大火把山上的很多积雪都融化了，找不到水是最大的困难。几天下来人人都面黄肌瘦、皮肤干燥、嘴唇干裂，经常是肚子很饿，却拿着馒头吃不下去。有一次，我们踩着一条有人和马走过痕迹的小路，那肯定是某个连队骑马上山送饭时留下的脚印和马蹄印。走着走着，前面一阵热闹，听到有人说："这里有水，快过来喝呀！"原来是小路上有十几个马蹄印里有一汪汪的积水，颜色有些发黄。有人说："少喝点，每人一小口，给后面的人留点。"大家轮流着趴在地上，用嘴在马蹄印里喝一小口，然后让给后面的人来喝。其实，那是马尿。每个人心里都知道是马尿，可是，喝到嘴里是那么甜，那么爽，一口下去，身体感觉那么舒服。大家都互相谦让，让每个人都能喝到一口。这一口马尿，就能让我们支撑大半天。

送饭的人也很辛苦，经常是在山里绕了一整天也找不到自己连队的人。有时找不到自己连队的人，碰到人就给，不管是哪个连队的。在最后一天，我们接到了撤退的命令，准备下山回家了，但绕了两个多小时也没找到下山的路，我们迷路了。在小兴安岭的大山里很容易迷路，因为看不见太阳，辨不清东南西北。到了下午三四点钟，看到了脚下有两道车辙的印记，跟着车辙走，终于走到了山边，看到了前方山下的平原，我们顺着路往山下走，大家的心放下了。几十个人就像一群"叫花子"，脸上是黑的，身上没有一块像样的地方，头上歪七歪八地戴着烧烂的帽子，棉袄都破碎得不成样子了，有的连一块棉花都没有了，腰间系着绳子，腰里别着镰刀。很多人的棉袄根本没法穿在身上了，就用一根长棍子挑着破碎的棉袄扛在肩上，但都没有扔掉，因为那时棉袄不仅有御寒的作用，更是最好用的打火工具。

走到山坡中间，看到前方冒出一股股白烟，我们提高了警惕，跑过去准备继续灭火。走到近处一看，原来是有几个人在那里用树杆架起来一口很大的锅，煮了一锅汤。看见我们走过来，热情地招呼我们："辛苦啦！快来喝汤，歇歇脚再走！"大家高兴地围了过来，这下可以美美地喝一顿了。说是汤，其实就是有几片白菜叶，放了一点盐。但对于我们这群几天都没吃到盐的"叫花子"来说，那可是人间美味啊。我已经忘记他们是哪个连队的了，但不管是哪个连队的都一样亲，都是北大荒人，都是兵团战士。喝足了汤，大家精神抖擞往山下走，一想到很快就要回到"家"，就要见到亲爱的战友们了，心情格外高兴，看着山下初春的大地和远处的黑龙江，我们独立一团的大地多么像一幅富饶美丽的山水画！

可是，没想到，我们又遇到了一个困难，我经历了一次生死考验。

当我们走下山后，一条大河挡在前面。上山来时河水都是冰封的，冬天的河面跟陆地一样，拖拉机可以在上面来回走。没想到几天后河边的冰已经很薄，河中间已经没有冰了，人根本走不过去。河水深的地方大概会有一人高，不能让大家都冒着这个险，副连长决定挑选两个人作为先遣组，先蹚水过去，然后到离这里最近的四连去找救兵。大家都积极报名，最后，我又荣幸地被选上，和单排长一起蹚水过河去搬救兵。在大家的叮咛下，我用一根树杆挑着棉袄，毅然地踩破河边薄冰，走入冰冷刺骨的河水里，跟着单排长一步一步向河中心走去。

时间慢慢过去，我们越走水越深，越走水越急、越冷。河水开始到胸口了，我有一点慌张，因为我不会游泳，万一倒下被水冲走，就危险了。单排长说："你这傻孩子，不会游泳你还那么积极报名！""来，别害怕，往前看，脚站稳，跟着我，一步一步走，没事，这水最深处也没了咱们。"单排长个子很高，比我高了半个头。水到了他的胸口处，但已经快到我的肩膀了。我紧紧拉着他递过来的树杆，跟着他，在他的鼓励下，我坚持继续向前，天色已经有些暗淡，眼看水就要到我的脖子了。我感到两条腿越来越重，越来越不稳，好像水下有东西在往下拉，我用手死死地抓住树杆，一点一点往前蹚。身上的热量好像也被冰水吸尽了，上下牙直打哆嗦，浑身颤抖，两眼有些模糊。但我必须拼命坚持，紧紧跟着单排长，万一摔倒，就会很危险。但我看到他也已经很吃力了，浑身也在颤抖，我心里有些恐慌。幸运的是，这时我感到水开始从肩膀往下走，我们已经走过了最深处！但由于几天救火的辛苦劳累，没有吃上一顿像样的饭，我们身体都很虚弱，这时已经筋疲力尽了，似乎无法坚持走到对岸……

这时天已经完全黑了。突然，我听到从单排长嘴里传出来微弱的歌声："下定决心，不怕牺牲，排除万难，去争取胜利！"那是当时知青们经常喜欢唱的一首歌。只见他回过头，一把拉住我的手，嘴里继续唱着。歌声鼓舞了我，我和他一起唱了起来。那从内心发出来的微弱的歌声，却是那么有力地支撑着我们俩向前、向前，不停地向前。他那只有力的大手使劲地攥着我的手，好像有一股电流流到我的身上，我身上的血好像一下子涌到了头顶上，给我增加了神奇的力量。我似乎感到了一种神圣感，我们手拉手，一点一点，坚定地走向对岸。

终于，我们踉跄地破冰，爬到了对岸。我的烂棉袄已经无法穿到身上了，只能把它搭在肩上。我俩立刻互相搀扶着，向远处四连的灯光处走去。但越走越吃力，两条腿越来越不听使唤，没走多远就走不动了，两条腿已经不能弯曲了。原来我们的棉裤被河水浸泡后，在寒冷的低温下，很快就结成了冰，两条裤腿成了两个直直的、硬硬的大冰桶，根本不能打弯。我又一次领教了北大荒给我的这个特殊礼物。这时正是冬末春初，北大荒的太阳一落，天气就会突然变脸，温度就会骤然下降。我们冻得浑身上下打哆嗦，说不出话来，拖着两条直直的冰裤，坚持着往前爬。单排长说，我们爬也要爬到四连。在他的带动下，我用尽全身的力气往前爬。可是，由于腿不能打弯，只能靠两个胳膊使劲撑着身体往前蹭。单排长断断续续地说："我在部队那么多年，吃过很多苦，但从来没遇到过今天这样的事。"我吃力地说："早知道这样，还不如一上岸就把棉裤脱掉，光着屁股跑。"他苦笑了一下："那可能也要冻死了。"我俩一边鼓励一边向前爬，眼看着灯光越来越近，却再也爬不动了。我们趴在地上使劲喊，但冻得上下嘴唇不停地发抖，发出的声音只有我们自己能听到。慢慢地，我感觉两只眼睛好像有点模糊，看不清前面的灯光了，但脑子很清楚，似乎嘴里一直在喊着："来人啊！救救我们！"

不知时间过了多久，我模模糊糊感觉有人来了。是我们的坚持获得了胜利，四连巡逻的哨兵发现了我们。他们把我俩抬到了一个屋子里，屋里很暖和，他们好不容易把我俩的棉裤和衣服全部脱了下来，让我们一丝不挂坐在炕边，但不让我们烤火。一个人从外面端了一盆雪进来，然后用雪使劲搓我们的全身。过了一会我们才说出话来："赶快派拖拉机过河，去接我们一连的战友。"我看了一下时间，已经是晚上8点多了。

这是我到北大荒后第一次深刻的生死经历，它让我这个16岁的城市青年一下子长大了许多。

第二天上午，我们带着胜利的喜悦回到连队，离很远就看见连队路口站满了迎接我们的人，见到了"久别的"战友，大家互相拥抱着、喊着、跳着，感到无比亲切。大家看到我们身上破烂不堪的棉袄和棉裤，都流下了感动的泪水。记得那天好像是"五四青年节"，在欢迎的队伍里，我们还见到了几十位新战友，他们是刚刚来到北大荒的杭州知青。

2015 年笔者回北大荒专门去看望老战士

前排左起：邬笃伦、单兆轩排长、牛群珠排长、罗洪生排长、王义老班长、王夫人、刘世义

后排左起：邬夫人、佟艳芬、周玉琴、王运平、孙大光、邬庆生、刘玉秋、晁振杰

一连部分杭州知青，1969 年 5 月来到北大荒

22　我的人生"成人礼"

　　火红的年代，火红的见面礼，让我们这些还未成年的孩子迅速成熟起来。而我"长大成人"似乎是在一瞬间完成的。我17岁那年冬天，在小兴安岭的深山里，一位战友牺牲在我的怀里。当时，我坐在深山的雪地里抱着他的头，他头上有一个像大枣一样大的窟窿，不断地往外冒着血，鲜红鲜红的血喷到我的身上，也撒到白白的雪地上，格外刺眼。他的一只胳膊的肱骨已经完全断了，只剩下一些皮肉连着……

　　他叫马才信，是我们文艺宣传队的骨干，担任笛子手。他是宝清技校毕业分配来的拖拉机手，二十五岁，中等偏高的身材，瘦瘦的，白白净净的。性格开朗。在文艺宣传队里是个活宝，笛子吹得非常好。排练时大家高高兴兴、打打闹闹，互相开着玩笑。因为他的对象在老家宝清县，两家已商定春节回家结婚，所以大家经常开他玩笑："老马又想对象了！"他的脾气特别好，不管别人怎么开玩笑，他从不生气，总是笑呵呵地面对大家。那时文艺宣传队的演出充满朝气和欢乐，是我们北大荒生活中最好的调味品。

　　那年冬天，我们文艺宣传队到小兴安岭深山里去慰问在山上伐木的战友们，为他们演出。马才信开拖拉机，后边拉着拖车，我们都坐在拖车上，一路唱着歌驶向深山老林。冬天的小兴安岭白雪皑皑，拖拉机拖着长长的白烟挺进茂密的原始森林，两旁高高耸立的大松树遮住了太阳的光线，就像进入了一个童话般的迷人世界，那是小兴安岭特有的美景。下午到达伐木队驻地，他们用从吉列河刨来的大冰块化成水，蒸馒头、烧汤招待我们。晚饭后，我们用上等的红松木点起了两堆篝火，我们在篝火中间为大家表演节目。演出到高潮时，大家一起手拉手围着篝火唱歌、跳舞。火光映红了每个人的脸颊，松鼠也来与我们共舞，歌声响彻小兴安岭的上空。马才信是个活泼、开朗、乐观的人，每到这时，他都是最活跃的一个。他跟大家一起唱啊、跳啊，乐得合不拢嘴。我说："马大哥，你这么高兴是不是有什么喜事呀？"他贴着我的耳朵神秘地对我说："再过一个多月，我就回家结婚了。"然后又跑到火堆旁边跳舞了。大家忘记了劳累，忘记了艰苦。革命的友谊在这冰天雪地的大山里更加牢固、纯洁。

夜里，大家都睡在一个大帐篷里，南北各有一个用木头搭起来的大通铺，中间用一个大布帘分隔开。男生睡在西头，女生睡在东头。等到大家都睡着后，负责值班烧火的人就把中间的布帘撩起来，方便值班人两边来回给炉子加木头。帐篷两边各有一个用空的大汽油桶改成的大炉子，这是帐篷里唯一的取暖设备。大油桶里的火不能熄，一旦火灭了，几分钟就会把所有人冻醒。大块红松木很好烧，值班人员每隔十几分钟就要往大油桶里加几块木头。这两个大炉子一晚上差不多就要烧掉一两棵参天大松树。

在这里睡觉，是不能像在城市里那样穿着睡衣或背心裤衩睡的，最少也要穿着秋衣秋裤，有的干脆就不脱棉衣棉裤了。并且每个人都要戴着大棉帽子睡觉，否则，睡到半夜脑袋就得搬家了。在这里睡觉还要有一个心理准备，那是北大荒人都懂得的一个常识——早上起床时，眼睛是睁不开的，不能使劲睁眼睛，否则你就要吃苦头的。因为气温低，经过一夜的呼吸，两只眼睛的睫毛上都会结下一串小冰溜子。若是你一定要使劲睁眼睛试试，冰溜子就会轻松地、毫不留情地把你的眼睫毛全部拔下来。所以，早上醒来的时候，千万不要马上使劲睁眼睛。醒来后的第一件事是，眼睛不要动，用双手捂在脸上，用手的温度轻轻地、慢慢地去融化睫毛上的冰溜子。也不能去用手拽小冰溜子，要等小冰溜子完全融化后，再慢慢地睁开眼睛。这是北大荒教给我们的一个特殊的生活常识。

那天晚上，虽然帐篷很冷，但由于头天晚上很兴奋，又睡得很晚，我那一夜睡得还挺香。早上起床的时候，每个人都按照老战士教的上述方法，用手捂着眼睛，嘴里却不停地喊着、叫着，好不热闹。起床后，大家都还处在昨天篝火晚会的兴奋之中，简单洗漱后，边啃着馒头，喝着清汤，边说边笑。谁也想不到，一场危险正在临近。

早饭后，我们准备下山了。马才信起得很早，已经把拖拉机发动好，停在路旁等着。因为北大荒的天气冷，拖拉机冻了一个晚上，早上需要在拖拉机的发动机下面用木头点一堆火，烤上一段时间，让机器里的油路通开，才能把拖拉机发动起来。所以，拖拉机手每天早上是很辛苦的。大家都不知道马才信是什么时候起床，把一切准备工作都做好的。

伐木队的战友们都来到帐篷外送我们，那是一个大陡坡，宽度仅能过一台拖拉机的下山路，路两边各有一条两尺多深的排水沟。大家聚集在坡路上互相握手、拥抱，寒暄着。突然，停在坡上的拖拉机因为长时间振动把制动器振松了，拖拉机开始自动往下滑，并且速度越来越快，朝着路上的人群驶去。寒暄的人群谁也没有发现，拖拉机越来越快，越来越近。这时，在坡上的一个人发现后，使劲喊："快躲开！快躲开！"但坡下寒暄的人们谁都没有听到。眼看拖拉机越来越快地向人群中冲去……

就在这紧急关头，在大家还没有反应过来的时候，只见马才信飞奔跳上拖拉机，一只脚踏上了拖拉机的履带，一只手伸进驾驶室抓住拖拉机的操纵杆，用身子使劲往下压，又用另一只手去压下面的脚踏板。只见拖拉机很快转向了右方，当右边的履带到达排水沟的时候，拖拉机突然一个加速度，车头掉到沟里，整个车身斜着卡在了沟里。而马才信一下子被甩了出去，头重重地撞到了沟边的大石头上。

这时，人们才发现，大家刚刚躲过了一场灾难。如果不是马才信及时跳上拖拉机去调转方向，拖拉机撞上人群，后果不堪设想。等到大家反应过来之后，跑到拖拉机前一看，都吓坏了。只见马才信倒在了沟里，人已经昏迷过去，棉帽被甩到了地上，脸上和身上有很多血。我第一个跑到马才信身边，坐在地上，抱起他的双肩，把他的头靠在我的身上，拿起他的帽子给他戴在头上，当我的手碰到他的头时，感到有点热乎乎的，低头一看，是鲜红的血，再一摸他的头，有一个洞，大约有鸽子蛋那么大，血正从那里往外冒。我一着急，就用帽子捂在了冒血的地方。然后，我用手拉起他耷拉在下面的胳膊，突然感到不太对劲，那只胳膊的骨头已经完全断了，胳膊肘竟然可以360度转弯！我心里很害怕，但看到周围战友们急切的表情，我稳了稳神，和大家一起把马才信抬到了路边。

这时，孙国胜连长跑了过来，组织大家用另一台拖拉机把掉到沟里的拖拉机拖出来，把马才信抬到拖车上，然后，孙连长亲自坐上拖拉机驾驶室。

但这位坦克兵出身的连长，也慌乱得失去了阵脚，手脚哆嗦不听使唤，竟然开不走一台拖拉机，三次挂挡，三次憋灭了火，拖拉机冒着黑烟纹丝未动。气得他跳下拖拉机喊道："谢继龙！谢继龙！马上过来！"谢继龙是我国第一代拖拉机手，是个技术权威，据说是技师里的最高级别，人称"超八级"。那时他正在山上接受劳动改造。按规定，是不能随便开车的。但这个时候孙连长顾不了那么多了。听到连长叫，谢继龙立刻跑了过来，立正，向连长报告。"谢继龙！我命令你，立刻发动拖拉机，用最快的速度，安全地把马才信送到团部医院，不得有误！"孙连长大声地吩咐着。

"是！请连长放心，我保证完成任务！"就见那个平时弯着腰、驼着背，见人就低头，说话低声下气的谢继龙，好像完全变成了另外一个人，腰杆子挺了起来，说话声音洪亮，表情严肃而庄重。说完，只见他像个小伙子似的，一个箭步跳进驾驶室，坐稳，右脚踩离合器，左手挂挡，右手紧握油门，起步，升挡，挂五挡，推到最大油门。整个动作一气呵成，行云流水，看得我们眼花缭乱。他像个魔术师一样，拖拉机在他手里就是一个表演的小道具，稳稳地、像箭一样冲了出去，一路上五挡没减过，油门没松过。据后来山下十连的人说，那天，只见一台拖拉机拉着一个拖车从山上冲了下来，车开得那么稳、那么快，不是一般人能做到的。

我和几个战友坐在拖车上照顾马才信，我把马才信的头放在我的大腿上，用手捂着他的头。他的身底下垫着的和身上盖着的是我与几个战友的棉大衣。他的头上还在流血，眼看着脸色变得越来越白，呼吸越来越微弱。我强忍住眼泪，一直搂着他的头，心想，这拖拉机要是能换成汽车该多好！虽然谢继龙已经把拖拉机开到了极限，可毕竟是拖拉机呀！到了团部医院，医生们立刻进行了抢救，但已经无济于事。

其实，马才信在路上的时候就已经不行了。他连一句话都没有留下就离我们而去。他的未婚妻还在老家等着他过几天回去结婚。他的老父亲还在家里期待明年他这个独生子能让他抱上孙子。可他却走了，为了救战友们的生命而献出了自己的生命。

马才信的牺牲让我似乎突然一下子长大了，胆子也大了。以前听说有人死了我都会躲得远远的，但马才信的牺牲，我竟然一点都没有害怕，一直抱着他，一动没动，直到医院。下车时，大家把马才信抬下去后，我的两条腿都不会动了，又麻又疼，战友们帮我活动了好半天才下了车。

我们把马才信的遗体拉回了连队，放到路边的小烘炉（连队的小铁匠房）里，准备过两天开追悼会后安葬。记得当天夜里我在连里值班站岗、巡逻，我一个人穿着大洋皮袄，头戴羊皮帽，脚上穿着大头鞋，肩上背着一支带刺刀的步枪，走在路上的白雪上，发出嘎吱嘎吱的声音。心里总是惦记着马才信，一天前我们还在一起演出，现在他却一个人孤零零地躺在了冰冷的小屋子里。我一直有点不相信的感觉，总觉得他没有死，他可能会活过来。我巡逻一圈就不自觉地踩着地上的白雪，走到小洪炉边上，从门缝往里看，看他是否活过来了。我脑子里总在幻想着，如果他能坐起来该多好，那我就扶着他回到宿舍，大声告诉战友们："马才信回来了！"可是每次都让我失望，马才信依然安静地躺在那里，一动不动，每次我都失望地离开。转了一圈又不甘心，又回来从门缝往里看看。那一夜，我一个人巡逻四个小时，来回看了马才信七八次。

后来，兵团总部追认马才信为烈士，他的事迹在《兵团战士报》上进行了大篇幅的报道，号召全体兵团战士向马才信学习，让马才信永远活在我们心中。

北大荒接连送给我们的"见面礼"，让我刻骨铭心，让我领教了大自然的威力，看到了大自然客观而残酷的一面，也让我看到了人的脆弱、渺小和人性的坚强、伟大，让我们这些十几岁的孩子一下子就长大了。

马才信，一连战友，拖拉机手，毕业于黑龙江省宝清技校，
在文艺宣传队担任笛子手，1969 年在小兴安岭上，
为救战友而牺牲，被兵团总部追认为烈士

23 小镰刀刻下的记忆

如果说，到兵团第二天去参加割稻子大会战就像是在学校时的下乡劳动，或像是去踏青、秋游的话，那么，下面要讲的割地的故事就谈不上什么浪漫了，并且充满了劳累的痛苦、无奈和无助。

那时，北大荒粮食生产虽然在全国是机械化程度最高的，但有两个明显缺点：一是"广种薄收"。北大荒地广人稀，撒下种子就发芽。但收割机作业不可能很细致，所以，秋天收割后，地里还会遗留不少粮食收不回来，浪费在地里。二是"靠天吃饭"。由于当时水利建设还不完善，地里没有排水系统。虽然年年冬天修水利、挖排水渠，但主要靠人工，用铁锹、镐头，效率不高，解决不了根本问题。所以，庄稼长得好不好要看雨水情况；长得好、产量高还要看秋收时天气情况能否都收回来，丰产不一定丰收。而那时的天气好像故意和人们过不去，经常与人们期望的相反。春天播种后和夏季需要雨水的时候，却经常是干旱少雨；秋收季节怕下雨的时候，却正是北大荒的雨季，经常阴雨连绵，一下就好几天。所以，北大荒的秋雨一点也不浪漫，因为秋天是各种庄稼收获的季节，雨水太多不仅不利于庄稼成熟后的正常灌浆，更重要的是影响收割，拖拉机下不了地，不能正常作业。

嘉荫地区的雨季在秋天。当地有个顺口溜："嘉荫到南岔，十天九天下，一天不下还拉拉。"拉拉，就是不停地下着小雨的意思。人在大自然面前其实是很渺小的。我们团主要是以种小麦和大豆（黄豆）为主，每年收获的粮食，除留下种子和少部分自用外，其余全部要给国家上缴公粮。但那时经常有丰产不丰收的现象，如果老天爷不开眼，连着下几天秋雨，再丰产的庄稼也很难全部收回。北大荒肥沃的黑土地，只要连续下四五天的雨，成片的庄稼地就会变成"大酱缸""水泥地"。拖拉机、收割机进去就会陷在里面，走不动，无法作业。有时就算用两台、三台拖拉机拉一个康拜因（收割机）都拉不动，再好的机械化也发挥不了作用。

每到这时，就只能靠人力用最原始的方法，手握镰刀去割，能割多少算多少。所以，兵团经常搞大会战，用人工割大豆、割小麦。其实，这都是被老天爷逼出来的，是在跟老天爷争时间、抢粮食。否则，就错过了收获的季节。到天气降温，再下起大雪，就会把庄稼埋在雪里了，那哭都来不及了。所以，北大荒还有一个奇特现象——在冬天，有时也会看到人们在地里劳动，大家手里拿着镰刀，在厚厚的白雪下面往外扒庄稼。

那几年秋天，我们经常要靠人手一把小镰刀去"战天斗地"。所谓"小镰刀打败机械化"的口号，就是那时候喊出来的。其实谁都知道，小镰刀怎么能打败机械化？是老天爷打败了机械化，说明机械化的科学程度还不够高，科学种田还远远不够发达。这个口号虽然不妥，但也反映了那个年代的真实情况和北大荒人的无奈。

那时我们割地，一干就是一整天，后来有一段时间采取了定额定量、定任务的方法。割地，听起来简单，却是最累，也是最需要体力的活，来不得半点虚假，需要有良好的体力和坚强的意志力。同时，割地也是技术含量很高的劳动，如果掌握不好要领，不仅会割伤自己，而且提高不了效率。北大荒的平原广阔，一眼望不到头，小麦地和大豆地的标准地号是宽 400 米、长 600 米，有时还把几个地号连起来，所以就有 1200 米、1800 米，甚至更长的地号。这样有利于机械化作业，但人工用小镰刀割起来，可就难了。割了大半天，抬起头还是看不到头。

比如，割大豆，每根垄是 60 厘米宽。开始，连里规定，每人每天的定额最少是 600 米长的 6 根垄。北大荒的黑土地很肥沃，大豆最少也要长到六七十厘米，最高的可达八九十厘米。豆秆比筷子还粗，很硬，很费刀口，一般割上 20 多分钟，刀口就钝了。刀口钝后很容易打滑，弄不好就会伤到自己。所以，知青们一开始没有经验，不是割破手，就是割破腿，要不就是把鞋割破了，没有不受伤的。老职工们很有经验，有的人随身带一块磨刀石，割上一阵子就停下来磨磨刀，嘴里还会说："磨刀不误砍柴工。"他们都懂得，不能用蛮劲割，要用技巧割，两只手配合，全身协调，右手用镰刀割的同时，左手顺势用小臂和手掌外侧挡住，并稍微给一点力，推一下，实际是利用杠杆原理，连割带推，把大豆割下来，再顺势用左手把割下来的大豆搂到一起。这样就相对省力、省刀口。

相比割大豆，割麦子更难一些，因为麦子秆更光滑，更需要锋利的刀刃，如果镰刀没有磨好，是无法割麦子的。开始，知青们都是靠年轻人的蛮劲和热情，直接上手就干，吃了不少苦头。在老职工、老战士的指导和带领下，边干边学，慢慢才找到了一些规律，多数人很快就进入了角色。那时，每天劳动大家都比着干，谁也不甘心落后，每天都是一场劳动竞赛。

我干活总是冲在前面，割大豆、割麦子更是如此。我们几个最先割完的人，每次都要回头帮助其他战友割。那时，帮助别人是一种普遍现象，都是发自内心的。帮助别人后，自己心里也得到了一种满足，体现了自己在这个集体中的作用和价值。大家都是这样，互相帮助、互相学习、共同提高。

我总结了割大豆的基本方法和要领，叫作"割大豆要领三步曲"：

第一步，骑马蹲裆左腿前，两垄齐进手握紧。割大豆最好是两根垄一起推进，手、脚、腿、腰要全身协调配合，用骑马蹲裆式，左腿靠前，弯腰，身体前倾，基本在 80~120 度上下起伏，头微微抬起，两眼目视前方 1 米左右的大豆。双腿跨在左边的垄上，右手握住镰刀，伸向左边垄前方 80~100 厘米距离的大豆秆，同时左手往前跟上，左右手配合，右手割（拉）、左手推，右手让镰刀尽量贴着地面，向两腿中间割回来，左手推后，再顺势搂住割下来的大豆秆，将割下来的大豆秆搂到两腿前面，按在垄台上，这样就完成了第一步。

第二步，左右开弓机械动，全身配合不要停。紧接着，腰不能抬起，身体向右前方倾斜成 70~100 度，右手的镰刀伸向右边这根垄的前方 80~100 厘米距离的大豆秆，同时，左右手配合，同样，顺势将割下的右边垄的大豆向回搂，把割下来的大豆秆搂起按在左边的垄上，这是第二步。

先是割左边的垄，后是割右边的垄。割右边的垄比割左边的垄难度要大，腰更要弯曲，镰刀更要尽量贴地面使劲，两眼盯住刀尖。

第三步，向前一步站稳脚，调整呼吸不松懈。第二步完成后，左腿先往前迈 80~90 厘米，来到前面，右腿跟上，继续骑在左边垄上。同时，开始重复第一步的动作。有时由于土地不平、镰刀钝了、下雨后豆秆湿了或动作不协调等原因，会造成镰刀打滑、割不干净或连根拔起等情况，就需要重新调整动作和呼吸，全身协调用力，或清理一下"战场"，再继续"战斗"。

这"三步曲"的动作是连贯的，中间是没有停顿的，随着手、腿、腰的运动，带动全身上下左右向前运动。这需要全身的协调配合，形成一种机械的、不停顿的重复运动，才能减少疲劳感。所以，割大豆时，整个人是一直猫着腰，是不能直起来的。最好是一口气割几十米，当然越远越好，然后，稍微直起腰来喘口气，紧接着，大吸一口气，继续弯下腰去。一旦直起腰来时间过长，就很难再弯下腰去了。所以，割地要有一股韧劲，一鼓作气，不能松气，一旦泄了气，就很难再缓过来。

割地这项劳动，体力是基础，技巧是保障，意志是关键。我们这些十六七岁的孩子，体力还不够，技巧也不熟，所以主要是靠一腔热血的意志支撑，才能坚持下来。

但这"三步曲"只是在正常情况下割大豆的基本要领，而在实际劳动中，还会遇到很多困难。因为割大豆的地都是拖拉机下不去的淤泥地，整个地里就像一个大酱缸，一脚下去，拔出来很费劲，都要消耗很多体力。还有很多时候垄沟里都是水，两脚都是泡在水里的，所以，我们都要穿高腰水靴下地割大豆。在这样的条件下，又是你追我赶的劳动竞赛，谁也不甘落后，每个人的水靴子都被镰刀割了很多口子，那里又没有补鞋的。所以，后来很多人都是穿着漏水的水靴下地干活，经常是鞋里都是水。干完活，大家都累得躺在刚割完的大豆秆上，两只脚就泡在垄沟的水里面，有的人还睡着了。

说起割大豆，我还有过一次更难忘的经历。

有一年秋天，连续多日阴雨连绵，我们已经连续多日下地割大豆。开始几天还顺利，每天大家一起下地，一起回来，有说有笑，虽然很累，但休息一晚上就缓过来了。可那几天连续的劳累后，大家身体感到越来越疲劳。多日的阴雨天也让人的心情受到影响。早上，湿乎乎的衣服还没有晾干，就又穿在身上下地去了。

有一天，天气仍然是阴沉沉的，一直下着毛毛雨，是那种北大荒不多见的、很小的，像雾一样的毛毛细雨。天上像是挂着一块巨大的深色屏幕，把整个大地笼罩在一片雾蒙蒙的幕布之中。早饭后，我们几个战友做好准备，也是全副武装：头上戴着军帽，这是当年知青的"标配"。腰上系着一根绳子，插上镰刀，手上戴着手套，脚上穿着高筒雨靴。我胸前的两个上衣口袋里：左边的装着七八块高粱饴糖，饿了可以充饥；右边装了一个鸭梨，能当水解渴。那天的地号较远，离连队有好几里路。到了地里我们就闷头干了起来。天气越来越阴，如果下起大雨，我们就可以毫不犹豫地打道回府了，可那天偏偏是那种毛毛雨，所以大家都一直坚持着。身上早已被雨水和汗水沁透了。秋天北大荒的阴雨天，气温较低，消耗热量大，还不到中午，带的鸭梨和高粱饴糖就吃完了。

中午，其他战友们都回去吃午饭了，只剩下包括我在内的三个人。我们商量，决定中午不回去吃饭，一口气完成任务再回去。那天豆秆被雨水浸湿变得又艮又硬，镰刀经常在豆秆上划一道白印却割不下来，不但要重复割，消耗体力，而且还总是割手、割腿。垄沟里都是泥水，一脚踩下去，连泥带水有一尺多深。虽然已经很疲劳了，但我们都继续坚持着。大约下午两点，我突然感到肚子饿得有点疼，心里发慌，脑子发晕，眼睛冒金花，身体发软。真后悔那几块高粱饴糖吃得太早了，要是留几块现在吃多好！天越来越阴，毛毛雨还在下，一点也没有停的意思。

这时，我似乎觉得自己要坚持不下去了。就在我准备躺倒在豆秆上的一刹那，我眼睛一瞥，看到不远处的战友也踉踉跄跄、摇摇晃晃。我突然拼命地大喊了一声，"××，你怎么样？还能坚持吗？"我看到他停了一下，直起腰来，头朝我这里转了一下："没事！"然后，见他稳住了身体，猫下腰又继续干了起来。喊了这一声后，我似乎感到又有了力气，我稳了稳，然后也猫下腰继续干了起来。过了一会，脑子里感觉有点恍恍惚惚，四肢已经没有什么感觉，身体好像已经不受大脑支配了，整个人像是在机械地运动着，自动前后、左右蠕动。我又感觉好像是在梦里，好像不是在割大豆，似乎是有一个人在拉着自己做广播操，嘴里还小声喊着："1234、5678，2234、5678。"很奇怪，这时好像不感到累了，却感到很舒服……

到了两三点钟，大家终于互相帮助全部完成了任务。但这时，我已经感到自己像一团棉花一样，整个身体软软的，不由自主地躺了下去，迷迷糊糊只想睡觉。我们三个人不约而同都躺在了刚刚割下来的豆秆上，两只脚放在垄沟的水里。谁都不说话，天空还是很暗，四周很静，毛毛雨还在无声地下着。时间似乎静止了，世界好像凝固了。那种感觉很奇妙，躺在豆秆上比睡在热乎乎的大炕上还舒服。任凭不时有水落在脸上，身上从里湿到外，却丝毫没有感到不适，也感觉不到双脚正泡在冰冷的泥水里。对冷、累、渴、饿好像失去了感觉，一切都不需要，就这样，闭着眼睛躺在那里，不要动，不要起来……

过了好一会，不知谁用很微弱的声音喊道："起来，快起来！咱们不能这样耗着，起来烧点黄豆吃吧。"这句话很有吸引力，我好像闻到了香喷喷的烧黄豆的味道。平日，知青们有时也会干点"偷鸡摸狗"的"小坏事"，烧黄豆也干过几次。要是让连长知道了顶多是批评几句，有时连长也会睁一只眼闭一只眼。今天的情况比较特殊，想必是个很好的建议。

我们都挣扎着起来，找出火柴。北大荒有些特殊的生活常识，随身带火柴就是其中之一。不抽烟的人也会经常带着火柴，不仅是救山火的需要，对于在野外，特别是到大山里作业的人都非常重要，一旦遇上野兽，火柴也是可以救命的。烧黄豆需要找些干草放在下面，上面放上刚割下来的带秆的黄豆荚，只要用火柴点燃下面的干草，火烧起来后，就会听到噼噼啪啪的黄豆荚爆裂的声音，烧熟的黄豆就会一粒粒掉在下面。等火烧完，剩下的是一堆黑色的豆秆灰，把灰往两边扒开，就露出一堆烧熟的黄豆。那可是北大荒黑土地的天然无污染的食品，用手抓起一小把，吹掉黑灰，把熟黄豆放进嘴里一嚼，带着一点烟熏的味道，别提有多香了！可是这次不走运，火柴受了潮，很难划着，好不容易划着了一根，可怎么也点不着下面的草。由于几天的细雨，到处都找不到能点燃的干草。连绵不断的雨水，沁透了北大荒的黑土地和黑土地上所有的庄稼及干草。我们找遍了周围，一根干草也没找到。

我们试了多次都没有成功，根本无法点燃湿了的干草，只能无奈地放弃烧黄豆。这时，肚子更饿了，我们一个个就像泄了气的皮球，坐在地上不想动，身上一点气力也没有。冷飕飕的天气和不停的雨水几乎抽干了我们身体里的所有热量，连续大半天的劳动汗水似乎流尽了。那是我第一次体会到什么叫"筋疲力尽"。真的是连走回去的力气都没有了。

可是，总不能坐在这里耗下去。

我们决定，必须往回走，爬也要爬回连队。三个人互相鼓励着，拖着不听使唤的双腿，踉踉跄跄，一步一步，慢慢地朝着连队的方向走。我们就像是在前线下来的伤兵，浑身湿漉漉的，衣服凌乱，腰上别着镰刀，脚下穿着破了几个口子、里面全是水的长筒雨靴，狼狈不堪。三个人相互搀扶着，也不知走了多长时间，终于回到了连队。

战友们把我们扶到屋里，脱掉身上的湿衣服，光着身子，围上大棉被，坐在灶坑（烧火炕的洞）旁边烤火。北大荒夏天遇到连绵的阴雨天，就会点着灶坑烧一下大火炕，目的是去潮气和冷气。一个战友拿着脸盆跑到炊事班端来一盆馒头。北大荒的馒头很大，四两到半斤一个，那时年轻，饭量大，一般人一顿饭都能吃两三个。饥肠辘辘的我们坐在灶坑前，一边烤火，一边狼吞虎咽地吃了起来。

我低着头，半闭着眼睛，用手往嘴里塞馒头。我的胃好像失去了知觉，嘴里吃着馒头，肚子里却没有任何感觉。过了一会，听见有人大声说："大光你不能再吃了，再吃就撑死了！"我没理他，低着头、闭着眼，一只手拿着馒头继续大口吃着，另一只手又伸向洗脸盆。突然，感到手被打了一下，刚拿的一个馒头掉在了脸盆里："你已经吃了五个啦，再吃你的胃会撑破的！"我微微睁开眼睛，抬起头："没有吧，我的肚子还空着呢。"战友没理我，把脸盆端走了。我没办法，把嘴里的馒头咽下去，伸手拿起旁边一个装满凉水的大碗就喝。突然，大碗被身后的一只大手抢了下去，水洒了我一身。同时听到一个人喊道："不能喝水！

你不要命啦!"我听出来是罗排长的声音:"你吃了那么多馒头,如果再喝一碗水,你的胃非炸了不可。"

那声音一直在我的耳边回响,久久没有散去。

多年来,那个声音也时常出现在我的梦里。

小小的镰刀,伴随了我的青春,磨炼了我的意志,也在我的生命中刻下了深深的记忆。

24　北大荒的"四季歌"

北大荒物产丰富、四季分明,是名副其实的"北大仓"。但在当时的知青年代,北大荒一年四季的劳动都没有轻松的。

春季到来暖洋洋,

兵团战士春播忙,

拖拉机声隆隆响,

播种机上尘土扬。

春天播种时,也是北大荒的干旱季节。播种虽然是用机械化作业,但需要人力配合,也是非常艰苦的劳动。小麦或大豆种子要用麻袋扛到播种机上,倒进播种箱里,再把化肥按比例也倒进播种箱里,用手搅拌均匀。然后人站在并排三个三四米长的播种箱上,前面由拖拉机拉着播种箱往前跑进行播种,后面人站在播种箱上搅拌。

这个活不仅累,而且没有半点喘息的时间,最难忍受的是灰尘太大,一整天,人都是置身在浓浓的灰尘里劳动。逆风时,前面拖拉机卷起的土面子扑面而来;顺风时,身后播种机卷起的干土夹着化肥粉紧追不舍。开始每人都买了一个大风镜戴上,但用不了几分钟就不管用了,灰尘会把眼镜片挡住,看不清任何东西。索性大家后来就不戴了。但口罩必须戴,因为灰尘太大。可是戴着口罩都挡不住,一般都是戴两三层口罩,但没一会儿,口罩里面就会变成黑的。一咳嗽,鼻和嘴里出来的都是黑黑的黏稠物。每天下班回到宿舍后,换三四盆洗脸水、刷两三次牙也洗不净。灰尘不仅进入鼻腔,而且会进入气管和肺里,还来不及彻底清洗干净,第二天早上又要重复前一天的工作。播种一般要持续十天半个月。播种结束后多日内，口、鼻、气管都还会很难受，也不知道有多少灰尘和化肥粉末吸进了体内。

那时年轻，什么都不在乎。但后来我鼻子一直不太好，也许与那时吸的灰尘太多有关系。夏季和秋季也有一些"吃灰"的劳动。比如，"倒煤""喂大嘴"等，吃的灰尘一点也不比播种时的少。

播种后，主要是锄地和薅大草，锄地算是相对较"轻松"的活。锄地也叫铲地，就是在禾苗的生长过程中，把杂草铲掉，同时为小苗松土、培土。那时我很喜欢锄地，因为不用像割地那样弯腰那么大，也不用像割地那样要用很大的力气。锄头的把比较长，一下去就是一米多远，左一下右一下，中间如果有杂草的就横着再来两下，两脚跟着上去可以不停步。熟练以后，锄地的速度可以很快，遇到地块好、杂草少的地，铲起来和走路差不多。

当时播种的照片

夏季到来麦苗壮，

兵团战士下地忙，

忽听一阵嗡嗡响，

蚊虫小咬不胜防。

北大荒的夏天有时也很热，最高时也能达到三十六七摄氏度。但气候比较干燥，空气流动性好。所以，再热的天气，只要站在树下或有阴影的地方，就会感到很凉爽。而且北大荒夏季昼夜温差较大，晚上睡觉都需要盖被子。夏天的雨很有特点，在晴空万里、白云朵朵的时候，你会看见远处天边有一片乌云，甚至你能看到乌云下面正在下雨；有时还能看见乌云慢慢地飘移过来，这时，你能看见那片雨正在向你走来。有一次，我在地里干活，有一阵雨的边缘正好经过我的身旁，我看到几米外的地方下着雨，而站在几米外的我这里却没有下雨。看着天上的云彩载着雨，缓缓地向远方驶去。这时会产生一种对大自然的赞叹和敬畏。

　　夏季北大荒的劳动也很有特点，不仅要顶着酷暑战天斗地，还要应对"三宝"的袭击——蚊子、瞎蠓和小咬，这是比较难过的一关。北大荒的蚊子个头大、声音大、"嘴"大，咬上一口就起个大红包，让你痒三天，弄不好还会得上传染病。瞎蠓更是人人憎恨、人人惧怕的毒蜂，被它蜇上后，轻则起个像鸽子蛋大的包，又红又疼，四五天也消不掉；重则会中毒，必须到医院打解毒针。

　　但最可怕的不是蚊子和瞎蠓，而是北大荒的特产"小咬"，小咬才是"三宝"之王，那是咬死人不偿命的。小咬，小咬，它的特点就是小，小得让你防不胜防。那时下地干活，必备"武器"不仅是劳动工具，最重要的是防蚊帽。所有人都必须戴防蚊帽下地干活，并且要戴上手套，还要把袖口、领口、裤腿都用绳子系上。大家戴着防蚊帽，谁也看不清谁的脸，远看就像一支防化部队。尽管这样，蚊子、瞎蠓也会经常隔着衣服叮你一口。而小咬的厉害之处是因为它的个头小，可以从任何你想不到的地方钻进防蚊帽里，甚至钻进你的衣服、裤子、袖口里，小小的、无声无息地钻进去，把你的脸蛋咬肿，或把你的眼睛咬肿，一咬就是一片，那种钻心的痒，有时几乎会让你发疯。它还有个特点，专爱咬人的眼皮、嘴、鼻子、耳朵等敏感部位。被小咬咬后，人会感到烦躁、眩晕，甚至会头痛、恶心。但那时的知青都是"轻伤不下火线"。经常下工回到宿舍后，摘下防蚊帽才看到，有人的眼皮、鼻子、嘴或耳朵被咬得红肿等。第二天早上带着没有消肿的脸，继续下地劳动。凡是在北大荒生活过的人都应该领教过"小咬"的厉害，或留下"三宝"的印记。

　　每年夏天，我们团都有一项特殊的劳动是城里人没见过的，叫"倒煤"。这是一项当时知青们听到就胆战心惊的劳动。只要一听说明天要"倒煤"，大家都会不约而同地说："啊，又要倒霉了。"黑龙江只有夏天才能通航，全团一年所需要的煤，都要在夏天通过大货轮从黑龙江上运过来，停在双河码头，由人一袋一袋背上岸，也就是把煤从船舱里倒上岸来，所以叫"倒煤"。然后，再用汽车运到各个连队。大轮船停靠码头是计时收费的，所以，每次倒煤，团里就要组织大会战，连续24小时作战，一般一次倒煤需要两三天。

2008 年哈尔滨知青重返黑龙江边当年的"倒煤"战场
前排蹲者左起：王运平、玉红、高红、全锦红、孙桂琴、国英桥、张淑贤
后排左起：谢洪竹、邵继群、孙大光、王天喜、张成鑫、尹英祥

　　每次倒煤大会战提前一两天就要动员，各连队组织人员参加。一般是把人分为两拨，轮番上阵，一拨人上去干 15 分钟左右后下来休息，另一拨人接上去干。我们跟着老战士学习，把麻袋上口翻下来一半，拿一个小煤块，塞到麻袋的两个角里面，然后用麻绳把两个麻袋角系上，这样就变成了半高的麻袋，两个角里夹个煤块还便于用手抓住。煤有一部分是在大轮船的甲板上，但大部分都是装在轮船的底舱，需要人们排着队从底舱往上扛。在船上的人分为三人一组，一人负责用铁锹往麻袋里装煤，另外两人负责"发肩儿"——就是两个人把装满煤的麻袋，喊着一、二、三，一起拎起来，差不多与肩平高，然后扛煤的人顺势钻下去，叫"钻肩儿"，用肩把麻袋扛起来后往上跑。那时都是扛着煤跑，没有走着的。因为大会战要抢时间，都是你追我赶。

　　每次倒煤大会战都很热闹，岸上插着很多彩旗，大喇叭里不停地播放着鼓劲的歌曲，还不时地报道大会战中的好人好事，每个连要及时把好人好事报到广播站。有的连队带着锣鼓，叮叮咚咚的，如同战鼓擂擂；也有的连队宣传队的人在旁边打起快板，表扬好人好事。扛着煤的人排着队，一个跟着一个跑着，就像一条条运煤的"传输带",从岸上连接到船舱,把轮船上的煤不断地传送到岸上,形成作业流水线。整个场面就像电影里淮海战役中老百姓支援前线一样热闹。

　　我每次都是把麻袋装得满满的,跑得很快,并且每次换班时,我稍微休息片刻,就悄悄地又跟着另一拨上去了。每次听到大喇叭里表扬我的时候,我就跑得更快了。到了吃饭时间,各连队炊事班会送来可口的饭菜。多数时候是送包子,吃起来方便。大家汗水就着汤水,煤渣和着包子馅,吃起来都很香。每当吃饭的时候,大家经常会互相指着对方哈哈大笑,因为一个个汗水湿透了衣裳,分不出颜色,全是一色的黑。每个人都只能看到别人的样子,看不到自己的狼狈相。吃饭也是换班吃,一拨人吃完另一拨人再吃,卸煤的"传输带"是不停的。

　　那个情景终生难忘。奇怪的是,有时还挺留恋那时倒煤的氛围。

一连战友梁浩明、张成鑫重访双河码头

秋季到来好风光，

兵团战士心儿爽，

就怕老天不高兴，

大地变成"泥酱缸"。

秋天，北大荒很美，一眼望不到边的金色麦浪随风起伏。那时有一首我们都很喜欢唱的歌："麦浪滚滚闪金光，棉田一片白茫茫，丰收的喜讯到处传，社员人人心欢畅，心欢畅……"正常天气时，秋收是一幅幅美丽的图画。拖拉机、康拜因在田里排着队收获粮食；汽车在地里来回运粮食到麦场；麦场里的人们用机器扬场、晾晒、入库；山边的一片片黄花菜远远看去，就像是挂在山脊上的一幅幅羊毛挂毯，美丽而高雅；远处雄伟的小兴安岭山脉绿荫葱葱，像是一道绿色的长城横卧在西边；特别是当太阳快要落山的时候，火红的阳光透过山峦映射出一道道的万紫千红晚霞。看着太阳慢慢落下去，霞光由强慢慢变弱，最后藏到山后面去了。那时，你会感觉到地球真的在转动，让人浮想联翩。

秋天本是收获果实的欢乐季节，但北大荒的秋雨却常常给我们带来无尽的烦恼和麻烦。秋天的劳动都很劳累而且辛苦，没有一项劳动是轻松的。前面说的小镰刀的故事，割大豆、小麦，还有扛麻袋、上跳板等，都是秋天的劳动，这些告诉我们，收获总是不易的。

冬季到来白茫茫，

兵团战士练兵忙，

寒风刺骨"大烟炮"，

生产备战两战场。

北大荒的冬天闻名遐迩，气温一般都在零下30多摄氏度，零下40多摄氏度也是常有的。我对北大荒的认识，也是从冬天开始的。那年刚到北大荒后，没过几天就进入了冬季。不管是嘎嘎冷得滴水成冰，还是暴风雪的"大烟炮"，北大荒人都照样每天在户外劳动干活。没有人是因为哪天太冷而休息的。挖战壕、修水利、上山伐木等，每项劳动都是对知青的严峻考验和重要锻炼。对于我们这些从城里来的孩子，不要说干活了，就是出去上个厕所，都跟打了一场硬仗似的，裤子都顾不上系好就赶紧往屋里跑，怕时间长把屁股冻坏了。

北大荒冬季修水利大会战

　　人最容易冻伤的地方是上下两头：头和脚。有人形容在北大荒的冬天，"脑袋和帽子绝对是一个不可分割的整体。如果脑袋上不戴棉帽子，脑袋就会没了。"还一定要戴上一个大口罩。如果不戴口罩，不到十分钟，冲在前面的鼻子肯定就要"倒霉"了。经常有人冻坏鼻子、耳朵、脸、手或者脚。冻坏时，一般是自己没有感觉的，都是别人发现并告知后才知道的。这时，冻坏的地方肯定已经起了一个白色的水泡，像个白色的小气球似的。发现冻坏后，千万不能用手去碰，更不能用热水洗，用热水一洗皮肉马上就会掉下来。正确的方法是马上用雪在冻坏的地方慢慢搓，直到搓红了为止，然后才能慢慢地缓过来。脚也是一样的，穿一般的棉鞋是不行的，要穿那种皮的，里面是羊毛的"大头鞋"，并且要大两个号，以便在里面垫上"靰鞡草"。就是北大荒冬天的三宝（人参、貂皮、靰鞡草）之一，是一种细细的、绵绵的草，晾干以后，冬天垫在鞋里保暖。然后，还要穿一双厚厚的棉袜子，再把脚穿进鞋里。每天晚上睡觉前有个规定动作，就是要把鞋里的草、鞋垫都拿出来，把鞋放在炉边烤，第二天还要换新的"靰鞡草"。所以，晚上知青宿舍里的空气就可想而知了。

冬天知青们上工时，很难分清男女，也看不出张三或李四，因为都是穿着棉大衣、大棉裤，脚上穿着大头鞋、棉靰鞡，头戴羊毛帽子，双手戴上大羊毛手套，脸上还要戴一个大口罩。也有爱美的女知青，在脖子外面围上一条红色的围巾，在冰天雪地里显得格外美丽动人。

刚到北大荒时，这里的冬天让知青们吃过不少苦头。晚上出去倒洗脸水，寒风会吹的你喘不过气来，赶紧往回跑，到门口用湿手去拉门把手，手一下子就被沾到门把手上，使劲一甩，手上的皮就掉了一大块。那时，知青宿舍每年冬天都要发生几次火灾，都是烧火炕引起的。东北的大炕，离灶坑最近的地方叫炕头，离灶坑最远的地方叫炕梢。由于天气冷，睡炕梢的人总觉得不够热，就让值夜班烧火的人使劲加木头烧炕。所以，经常发生睡到半夜，大家被烟呛醒，或者炕头的人被下面的褥子给烫醒的情况，爬起来一看，褥子被烧了一个大窟窿，有时火炕都被烧得发红了，真成了"火"炕。每当这时，大家赶紧起来用水把火炕浇凉，那一夜都会睡不好觉。

北大荒冬天的记忆是刻骨铭心的。正如有一篇文章说得好："度过北大荒的冬天，任凭什么样的冬天都不会再惧怕。"

25 "北大荒大学"的专业课

当年，北大荒知青有一个充满浪漫的自嘲段子，说自己是"北大荒大学"地球修理专业的大学生。北大荒确实是一所永远学不完的大学，它有一望无际的大课堂，有全世界最多的课程，有全世界最多的学生。繁重的体力劳动是"北大荒大学"的基础课，也是衡量每一名"学生"的基本标准。繁重的体力劳动是"学生"到"北大荒大学"的第一课，也是年复一年、日复一日永远学不完的专业课。但要真正学好这门课也是不容易的，它不仅需要有一个强壮的身体，还要有善于学习的头脑，才能更好地掌握各种劳动技能和方法。学好这门课还要付出大量汗水、泪水，甚至血水。

说起知青在北大荒吃的苦，每个人都有讲不完的故事。知青们吃的那些苦，深深地刻在了每个人的心底。知青所从事的劳动强度，是远在千里之外的父母无法想象的。我在北大荒六年的时间里，尝过了多种体力劳动的滋味。"一不怕苦，二不怕死"不仅是当年人人皆知的口号，更是知青在劳动实践中的准绳，也是衡量知青表现的一把尺子。因此，它也成为知青上大学的第一道关。这道关过不去，你在群众中就不可能有威信，大家就不可能推荐你。所以为了实现上大学的目标，我拼尽全力按照这个口号去努力奋斗，用我那发育还不很成熟的小身板，以"革命加拼命，拼命干革命"的精神对待每一项工作和繁重的体力劳动。

对于我们这些以前连水井轱辘都没见过的城市孩子来说，北大荒就是一所特殊的大学，其中的生活和劳动是一门极其丰富的"专业基础课"，它所教授的生产、生活知识和技能，是世界上任何一所大学都无法比拟的。我在北大荒从事过的劳动和工作有几十种，其中很多都是城里人没见过，甚至没听说过的。

我大概梳理了一下，除了上面说的播种、铲地、割稻子、割大豆、割小麦、倒煤等，还有：

扛麻袋——这是当时所有知青最熟悉，也是最考验劳动能力的一项劳动，来不得半点虚假。主要是秋天粮食装车或入库时，需要人用肩扛。一麻袋黄豆一般要装150多斤，最多可装160~170斤；而一麻袋麦子最多可装180~190斤，甚至更多，因为麦子的颗粒小，缝隙小，可以装得更紧、更多。那时凡是入库都要"大会战"，大家比着干，经常互相竞赛，看谁扛得多。所以，有时会把麻袋装得满满的、平平的，直到装不下为止。扛麻袋不仅是力气活，也很讲究技巧，需要几个人配合。一个人用大挫子灌袋（往麻袋里装），两个人撑着袋口。装满后，两个人发肩（喊着一、二、三，一起使劲把麻袋拎起来），这时，扛麻袋的人要及时顺势把头钻到麻袋底下，让麻袋刚好落在自己的肩膀上，这是最关键的一步，扛麻袋的人要吸足一口气，用全身的力量，把麻袋扛起来，并顺势起步走起来，中间不能松劲，要憋足一口气，坚持到最后。否则，中间万一松了一口气，顶不住压力，就会"人仰马翻"，那是很危险的，也很容易受伤。这需要经过多次实践，才能慢慢掌握要领。一开始，很多人钻不进去，也不敢钻，或者把头钻进麻袋底下但站不起来，也有时被麻袋压在底下，那也是很危险的，弄不好会闪了腰。当时多数人都能扛起150斤左右的大麻袋，身强力壮的能扛起180多斤的大麻袋，还能上跳板。甚至有的女知青也不甘示弱，跟男的一样，熟练地扛起来就跑。但后来当知青们年纪大了以后，很多人的腰都不好，应该与那时扛麻袋有关。想想看，十六七岁的孩子，还不太成熟的脊椎，承担过大的负重后，肯定会有"后遗症"的。

上跳板——多数时候，扛麻袋入库都要上跳板。就是扛着大麻袋踏上跳板，扛到粮库的上方，把粮食倒进粮库。跳板一般有 50 厘米左右宽，10 厘米左右厚，七八米长，要上到三四米甚至更高处。有时还要分成两段上去。人扛着大麻袋走上去，跳板是上下颤颤巍巍的，要顺着跳板的上下运动而协调运动，不能与跳板对抗，否则上不去，并且会出危险，万一从跳板上摔下来，后果不堪设想。

"喂大嘴"——这是一种形象的叫法。秋天时，地里有很多割下的麦子或大豆，一排排躺在地里，因下雨或下雪，自动收割机拾不起来，是无法进行脱粒的，就需要把收割机下面的"刀"和"大铲子"卸掉，露出收割机的"大嘴"，然后由人跟着收割机，用大钢叉把一堆堆的庄稼挑起来，直接送到收割机的"大嘴"里进行脱粒。这是一项很累、很脏的活，经常是 24 小时换班干。

大会战——当时兵团经常采用的一种集中人力、物力，以突击完成某项任务的形式。就像前面讲的"割稻子大会战""倒煤大会战"一样，很多劳动强度大、任务重、时间紧的工作，都可以采取"大会战"的形式进行。全兵团、各师、团、连都可以搞，一年四季都有，如春播大会战、秋收大会战、冬修水利大会战、倒煤大会战、抢收大豆大会战、割小麦大会战、割稻子大会战、粮食入库大会战等。每次大会战都是热火朝天、你追我赶的热闹场面，也是检验每个人劳动态度的重要时刻。

修水利——从到北大荒开始，每年冬天都要修水利。当时大家都知道一句话叫"水利是农业的命脉"。所以，修水利是冬天的一项重要工作。其中，主要的劳动是挖排水道，有点类似挖战壕。但由于修水利一般都是在寒冷的冬季进行的，所以难度也是很大的。冬天的北大荒冻土层一般都要达到半米高以上，必须先把这个冻土层刨开，才能用铁锹挖。而冻土层硬如花岗岩，一镐下去地面只会出现一个小白点，几镐下去可能还是纹丝不动。而溅起来的冻土块像一粒粒石子一样打在脸上会很疼，甚至还会伤人。而且由于地面土太硬，镐头还经常打滑，弄不好就会抢到自己身上。每天最好按照要求的深度、宽度完成，否则第二天又冻住了。这项劳动最大的特点是出汗快，不管是多冷的天，大镐头抢上几分钟，就要脱掉棉衣。如果干上十几分钟，肯定大汗淋漓。这时一定要注意，一旦停下来休息时，是最容易感冒或被冻伤的时候。

前面说过，修水利这项工作年年做，但成效甚微。只靠人工干，用铁锹挖，效率低，解决不了根本问题。水利是一项大的系统工程，需要用科学的方法，统一规划、统一实施。

上山伐木——小兴安岭原始森林的大松树，是国家的宝贵资源，为国家建设作出了重要贡献。冬天农闲时，兵团也承担了一些为国家伐木的任务。那时我们没有电锯，都是用手工。我们首先要学会用两个人拉的大锯，不仅拉的时候要使劲，对方拉的时候还要会送锯。伐木工人最重要的是要会喊山，就是要根据大树生长的态势，确定树倒的方向，然后发出顺山倒、横山倒或仰山倒的呼唤，以告诉人们树倒的方向，避免伤人。要先在大树倒的一侧下面开始拉锯，拉到大树树干的近50%后停止，然后到大树倒的反向锯，并且要高于前面锯口上方十厘米左右的地方锯。最好一气呵成把大树锯倒。在正常情况下，两边的锯口快要上下重合时，大树就会靠自身的重力倒向树倒的方向。所以，在上下锯口快要重合时，就要加紧锯，促使大树尽快顺利倒下去。同时，伐木工人就要大声喊："顺山倒!"或"横山倒!"或"仰山倒!"提醒下面的人离开危险区域，注意安全。一棵参天大树倒下去的时候很壮观，声音很大，如同雷声一般，惊天动地。但有时也会出现不正常的情况，最危险的是由于大树倒的方向没看好，锯到最后，大树还稳稳地立在那里不倒，甚至把锯夹在下面动不了。这时，必须迅速重新目测计算，找准方向，然后把斧头、撬杠等一点点敲进锯口，帮助大树向一边倾斜、倒下。这种情况弄不好就会有人受伤，甚至会有生命危险。

伐下来的大树，经过修枝，留下十几米或更长的大圆木主干，需要十几个人或几十个人一起协调配合，从山上抬到路边。抬大木头是伐木工人的一项代表性劳动，需要有强壮的体魄、较好的身体协调性，更需要大家默契地配合，并且要有一位懂技术、会指挥的"工头"。由"工头"喊号子，所有人必须听从"号子"的指令，统一步伐、统一用力、统一行动。伐木工人的号子响彻在小兴安岭的深山老林里，很是壮观。

那几年冬天，连队每年都要组织一支小分队上山伐木。对于我们知青来说，虽然这项工作很累、很苦，要在大山里睡帐篷，喝水和做饭用水主要是到山下河床凿冰回来化成水，或者用雪化成水用。但大家并不畏惧，反而觉得很新鲜，都主动报名要求参加。林业工人在那个年代也是很受人尊敬的，人们叫他们"林大头"，因为他们的工资高，生活水平比其他行业要高。但我们兵团战士上山伐木是没有额外报酬的，那是工作任务。

"打石头"——就是上山采石头，方法很简单，但却是一项危险性较大的工作，因为主要的工具和材料就是大锤、钎子和炸药。

说到打石头，我有一段亲身经历：

有一年春暖花开的时候，受连里的指派，我们班的9个人，在班长、转业战士王义的带领下，到小兴安岭山脉的一个叫磨石山的山上采石头。我们都很高兴，坐着拖拉机到了山上，在一条小河边搭起帐篷，安营扎寨。这条小河有一个美丽的名字——清茶馆河。这个地方也跟这条河的名字一样，青山绿水、空气新鲜。我们每天上山打眼、放炮，虽然很辛苦、很累，但大家心情很好，总比在连队干农活要有意思。业余时间，我们常去河里抓鱼，清澈的河水一眼看到底，河里有一种叫"白嫖子"的鱼，一般只有二三十厘米长，游来游去，一点也不怕人。我们用铁丝编个网状的笊篱，就可以捞到鱼。小河的水清新可口，比连里的井水还好喝。我们做饭、喝水、洗菜、洗衣都是用河水。

有了这条小河，我们每天的生活就有了乐趣，一点也不枯燥。有一次，我们心血来潮，用炸药去河里炸鱼。我们找了一个水较深的地方，把雷管插到一捆炸药里面，点着雷管，扔进河里。过了一会，突然从河底发出一声闷闷的巨响，好像大地颤抖了一下，河里冲起一个大水柱，把我们吓坏了，趴在了河边不敢动。过了几秒钟，我们看到水面上飘起了很多鱼，肚子朝上，一条条白白的小鱼，在阳光下格外好看。我们高兴地爬起来，拎着水桶下河去捡鱼，一会就捡了大半桶。忽然，我看见一条鱼一下子翻了个身，跑了。紧接着，河面上还没有被我们抓住的鱼，一个个都迅速翻身逃走了，转眼间河面上一条鱼也没有了。等水平静后，我们看到在河底还有不少鱼躺在那里，我们又在河底捡了不少鱼。后来我们知道，是炸药用多了，威力过大，有些鱼当时被震死了，就会沉到河底；一些鱼当时被震晕了，就会翻身漂到水面，过后醒过来，就会再游走。

那天，我们美美地吃了一顿河水炖的"鲜鱼宴"。但这一"炮"也惊动了当地驻军，他们找到我们团里，提出了意见。因为用炸药炸鱼是很危险的，并且对河流破坏较大，按照国家规定，是不允许用炸药炸鱼的。团里对我们连提出了严厉的批评，差点处分我们班长。我们一阵后怕，要是身上背了处分，在那个年代是很严重的问题。后来我们再也不敢用炸药炸鱼了。

采石的主要方式是先用炸药炸开一个山头，然后再用炸药把比较大块的石头炸开，挑选符合要求的、大小合适的石头，滚下山去，搬到路旁，用车拉走，这些石头主要作为建筑材料。用炸药放炮，需要先"打眼"（在石头上打钎）。"打眼"主要是抡大锤，这是一项需要体力并要有十分准度的活。弄不好，一锤抡下去就会把扶钎人的手砸烂。炸开一个山头一般是用排炮，就是隔几米打一个洞，把炸药装进洞里，插上雷管，点燃雷管就可以引爆炸药。一个洞就是一炮，一般一次要放五六炮，多的时候一次要放十几炮，也是很危险的。每次要派一个人去点炮，一炮一炮地点着，点燃后跑到安全的地方躲起来。其他人要提前躲避好，但同时有个重要任务——数炮数。每次放了几炮，必须清楚地听到几炮，然后大家才可以出来进行下一步工作。如果听到的炮数不够，还有没响的炮，就是出现了哑炮，这时千万不能马上出来。因为哑炮的原因很多，也许是雷管或炸药受潮，燃烧得慢，还可能是雷管插得不紧，或是雷管中途灭了，抑或是雷管没有点着，等等。这样的哑炮随时都有爆炸的可能。所以，这时是非常危险的，不能贸然出去。

还有一种特殊的情况。有一天我们一共点燃了 6 炮，大家躲在安全的地方，听着爆破声数炮数，但数完第 5 炮后，就没有声音了。过了好一会也没有声音，大家都很紧张。几分钟后，大崔（崔厚信，哈尔滨知青）站起来跟班长说："我去看看。"班长王义一把拉住他："回来！趴着不许动！"又过了一会，班长眨了眨那不算大的眼睛，笑着对我们说："你们都不许动，我去看看，这种事怎么能让你们'生瓜蛋子'去（生瓜蛋子是东北话，指小孩子或是没有结过婚的年轻人）。你们听到我的喊声后再过来。如果听到爆炸声，就立刻过来救我。"我们都紧张地答道："是！"

只见他站了起来，俯身朝着目标跑去。当快到目标地时，见他卧倒在地，匍匐奔向目标。他的身影就像在电影里看到的一样，那是一位英勇的解放军战士的身影，是一位真正的共产党员的身影。我们都紧张地趴在原地不敢动，两眼死死盯着远处的目标。过了一会，又见他跑到其他爆炸过的地方挨个查看。终于，我们听到了他的喊声："都过来吧，没事啦！"经过查看，6 炮都炸了，没有哑炮。肯定是其中有两炮是同时炸响的，我们没有听出来。虽然是虚惊了一场，但却是经历了一场真正的危险考验。从那以后，我们对班长和那些转业官兵更加敬佩了。

那些年在兵团，发生过多起因炸药爆炸伤亡的事件，有多名兵团战士因此牺牲。那时，需要用炸药的工作很多，都是危险系数较高的劳动。比如，下面的两项工作：

架国防线——在大山里竖电线杆、架电线，和"打石头"一样，也是一项比较危险的工作。主要的工具也是大锤、钢钎和炸药。听起来很简单，但团里在架线中也因出现哑炮牺牲了好几位知青战友。

修国防公路——那时为了备战、备荒，国家加紧在边境地区修公路，我们兵团义不容辞地接受了不少修公路的任务。在山区修路也经常需要用炸药。

还有的劳动危险系数不大，但很辛苦，也是城里孩子见不到的。比如，下面的一些劳动：

打柈子——冬天，为了保证取暖，各连都要上山打柈子，柈子就是用于烧火取暖、做饭用的木材。那时，一个冬天全连要烧掉十多车柈子，有的柈子其实是很好的木料。

采木耳——作为副业，一年四季都可以上山采木耳，那是完全天然的木耳。打柈子后，把大树主干的木材运走，树枝、枝丫都留在了山上，到第三年，这片地方就是一个上等的木耳场，有椴树和柞树。夏天，雨后的第二天，是木耳最旺盛的时候。有时，一根小树条上面就会有一大串木耳，又大又厚，采回去就可以直接吃。我们看到当地山里的小孩，用白糖伴着木耳吃，我们也试了一下，别有一番风味。雨后的湿木耳晒干后，10斤可以晒出1~2斤。冬天也可以上山采木耳，但要有经验才能找到。在大雪地里，找准了，从雪地里拿起一根树枝，可能就是一大串木耳。与夏天不同，冬天采的木耳一般是比较干的，需要用水泡发后才能吃。采木耳对我们来说，是相对轻松的劳动，只是夏天有蚊子，要戴防蚊帽；冬天在山上住帐篷里有点冷。

采橡子——橡子是柞树的果实，是一种既可食，又可作为工业用的原料，也是要到山上才能采集的。

拾禾——是一种机械收割方式，分为两步进行：第一步，用拖拉机拉着收割机把麦子或大豆割下来，整齐地平放在垄台上；第二步，把收割机的锯齿换成拾遗器——像是一个带刺的大滚筒，把垄台上的麦子或大豆拾起来，传送到收割机的"肚子"里进行脱粒。我们第一次见到的时候，感觉很新鲜。这项工作是机务人员的任务，一般不需要人工。

扬场——从地里收回的小麦、大豆，都要经过扬场，把小麦、大豆按照颗粒大小分成几个等级，质量最好的除少量留作种子外，其余都上缴国家。扬场都是用扬场机，是一种很简单的机械，用滚筒和传输带的原理把粮食扬出去很高、很远，靠自然落体，颗粒大的自然扬出去得较远，较小的颗粒就扬得比较近。这项劳动相对不算太辛苦。

当年的扬场机

晾晒——就是把收回来的小麦、大豆等铺在麦场上进行晾晒，隔一个小时就翻动一下。

倒库——倒库是比较辛苦的劳动。在粮库里存放的种子或粮食，要定期翻动，否则会因为空气不流动而生芽，甚至腐烂。每次只能人工用木锹，把底下的粮食倒到上面来。因空间有限、空气不好、灰尘较大，干起活来很辛苦。

薅大草——春末夏初，当农作物长到一定高度时，有时杂草过多，机械用不上，就需要人工把那些杂草拔掉。这项劳活比较辛苦。

烧荒——秋末，粮食收割完后，地里剩下很多麦秆、豆秆、荒草等，每年都要用火把这些烧掉。烧后留下的草木灰是非常好的肥料。由于北大荒土地一望无垠，每次烧荒，都是一道美丽的风景线，点着的火聚成一条条火线，像一条条火龙在大地上翻滚、流动，很是壮观。但重要的是要注意安全，弄不好，火龙爬到山上，就会引发一场大山火。

翻地——这是秋天的主要工作之一，粮食收割完成后，经过烧荒，大地变成了一片黑色。这时就要翻地，拖拉机拉着铁犁，将土地深翻一遍，把下面的黑土翻上来，把上面的土翻到下面去，一般至少要翻五六十厘米深。这项工作就是靠机械作业，人工是无法完成的。一般是拖拉机 24 小时作业，人是两班倒，人歇拖拉机不歇。天气好的情况下，还是挺惬意的，开着"铁牛"奔驰在辽阔的原野上，看着后面不断翻起的黑土地，很有成就感，还有点浪漫的感觉。但时间一长，就没那么惬意了，一个人开着拖拉机在大地里不停地转，很孤单。

耙地——翻地后，需要把地弄平，拖拉机拉着七八米宽的铁耙，在地里转圈。虽然不算辛苦，但时间长了也是单调乏味的。特别是夜里，伴随着拖拉机有节奏的运动和一个频道的轰鸣声，一个人坐在驾驶室里，就跟坐在摇篮里似的，很容易就进入梦乡。那时我们的拖拉机手有个笑话：说夜里耙地时，可以一边开着拖拉机，一边睡觉。因为北大荒的大平原，几个地号连起来，可以达到一两千米。夜里耙地时，从地头对准方向，挂上五挡，拉下油门，就可以让拖拉机自己向前跑。拖拉机手就可以闭上眼睛休息，不用担心跑到外边去，拖拉机到地头的排水沟时，一颠簸、一晃动，人就醒了，就知道到地头了。然后，睁开眼睛，把拖拉机调转车头，再对准远方，挂上五挡，拉下油门，又可以闭目养神了。这虽然是个有些夸张的故事，但也形象地说明了耙地的特点和北大荒的广阔。

盖房子——兵团的房子都是自己盖的，主要有两种：一种是用拉合辫盖房子，就是用草裹上泥，然后垒起来；另一种是用土坯盖房子。也有少数是用砖盖的房子。盖房子需要画图纸、计算用料、用时等，知青中能人很多，这些活都不在话下。

割大草——那时我们割草主要是为了盖房子用，做拉合辫或拓土坯。这种割草不是用小镰刀，而是用大扇刀，一米多长的弧形刀，三四米长的刀把，用带子背在肩上，一般是从右往左抡起来，一下就割倒一大片。

拉沙子——盖房子需要的沙子，要到河边、江边去挖，用拖拉机运回来。

拓土坯——盖房子用的土坯，我们自己拓坯，自己盖房子用。

烧砖——团里有一个连队专门烧砖，叫砖厂。我们也去砖厂干过活，入窑、出窑等都干过。我很喜欢这项工作，虽然出窑时，窑里温度很高，但推起长长的拉砖或拉砖坯的小车，很有意思。我那时很羡慕在砖厂工作的知青。

烧酒——连队自己有个小酿酒坊，主要是用麦子酿酒。有的知青很好奇，没事时就去看看，帮助干点活。到冬天，经常有的人从零下 30 多摄氏度的外面回来，冻得直哆嗦，就偷偷跑到酿酒屋，用大茶缸子接上半缸子白酒一口喝下去，浑身上下立刻就暖和起来了。就连一些女知青有时也跑去凑热闹，整上半缸子。那是纯正的高度粮食酒，一般都有六七十度。听老职工说，第二道出的酒最好喝。我也去帮忙干过活，其实挺不容易的，特别是粮食发酵后，味道难闻极了。

磨面粉——连里自己还有个小的面粉加工厂，用自己种的麦子磨面粉，供连队自己吃。那个面粉蒸出来的馒头非常好吃，有一种纯天然的面香味儿，不用吃菜就可以吃好几个。我们有时也会被安排到面粉加工厂干活。

还有养猪、养牛、养马、喂鸡、种菜、挤牛奶、赶牛车、赶马车，充当电工、木工、瓦工，开拖拉机、开收割机……

由于我是统计，连里的各种工作情况和进度都要掌握。我必须经常到连里实地了解各个方面的情况。每到一处，我都边干活，边和大家交流情况。所以，我了解连里的所有工作。大家对我都很欢迎。

此外，因为兵团是半军事化单位，除了干农活，还要进行军事训练：练队列、射击、拼刺刀、投手榴弹、野营、拉练、挖战壕、演习、站岗放哨等。

我们连的转业兵里有在原部队里的全军射击标兵、刺杀第一名、投弹能手等，所以我们的训练都很正规。我们农业连的武器比较少，也比较落后，不如武装连队配备的武器好。但我们训练起来却是非常认真的。那时，经常在夜里被紧急集合的哨声惊醒，就要立刻起床，在最短的时间内，迅速穿好衣服，打好背包，然后跑出去几千米执行任务或拉练。开始的时候，夜里一听到哨声，大家都很紧张，心跳加速、脑袋发蒙、手忙脚乱。有的人把棉裤穿反了，裤裆前面鼓个大包；有的人把别人的裤子穿走了；有的人穿错鞋了，找不到帽子；有的人背包在半路上就散开了；还有的人因找不到鞋便光着脚跑出来了……丑态百出。后来，经过严格的训练，大家都能完成各种任务，时刻准备着，为保卫祖国边疆冲锋陷阵。那几年，黑龙江兵团成为名副其实的"屯垦戍边，保家卫国"的重要力量。

北大荒就像一个大熔炉，年轻人在这里百炼成钢。凡是在这所"大学"里学习过的人，都会变得成熟、稳重、坚强，他们的肩膀都会变得无比厚实、有力量、有担当。

26 大土炕上的大学梦

到北大荒的头几年，多数人思想还是比较稳定的。那时我和很多知青一样，下决心在这里扎根一辈子，"屯垦戍边，保卫祖国"。只要国家有需要，随时准备上战场，随时准备为国牺牲。

在1969年以后，北大荒连年遭受严重的自然灾害。我们团所在的地区，春旱秋涝，丰产不丰收。春天播种后需要雨水的时候不下雨，秋收时不需要雨水的时候天天下雨。拖拉机下不了地，眼睁睁地看着麦子、大豆躺在地里收不回来。上级发出号召，发扬革命精神，一不怕苦，二不怕死，抢收粮食。我们兵团战士每天凌晨三点就起床，腰上系着麻绳，别着小镰刀，迷迷糊糊就下地干活。上级领导还经常下来督战，有好几次我们看到，凌晨三四点钟下地干活的时候，二师的连副师长穿着军装，披着军大衣，威风凛凛地站在连队的大路口数人头，看是否有人偷懒不下地干活。

对于大部分知青来说，刚开始接触割黄豆、割麦子、扛麻袋、上跳板、倒煤等大强度的劳动，都超出了正常的承受能力。连续繁重的体力劳动，把年轻人变得一个个跟小老头、小老太婆似的。有时累得下工回来后，脸都不想洗，躺到炕上就睡过去了。进入冬季后，没有像样的蔬菜，每天三顿都是清汤。每当开饭的钟声喤、喤、喤响起，大家都会不约而同地说，汤、汤、汤，又该喝汤了。连着几个月见不到一点肉腥。连队的猪场竟然没有一头可以出栏的猪。有一次，连里要参加一个大会战，需要加餐，只好把还不到一百斤的小猪杀了给大家解解馋，但第二天又是汤、汤、汤。

那时，晚上还经常停电，收工后回到宿舍，在昏暗的房间里什么都干不了，有的在吱吱嘎嘎拉二胡，有的吹笛子、弹琴、唱歌。我可以闭着眼睛弹扬琴，就是当时练出来的。那时，大家经常在宿舍唱"天上布满星，月儿亮晶晶，生产队里开大会，诉苦把冤申。万恶的旧社会，穷人的血泪恨……"很容易唱出眼泪来。每到这时，很多人会想家，想爸妈。夜里，经常有人在被窝里流眼泪。

其实，知青不怕任何身体上的苦和累，身体受的苦远远比不上心里和精神上的苦。在那样的环境里，当热情过去，当脑子慢慢冷静下来，思想便开始波动，开始思考自己的未来、前途和命运。

在那遥远的北大荒漆黑的夜晚，知青们经常是躺在大土炕上，望着天花板发呆。

我也慢慢地开始思索人生，寻找未来。特别是劳累了一天，拖着筋疲力尽的身子，在那长长的黑夜里躺在北大荒的大土炕上，望着浩瀚的星空，耳边传来旁边知青在被窝里的抽泣声时，我才意识到问题的严重性。"难道真的就这样在北大荒生活一辈子？""就这样度过我的青春年华？""我的学生时代真的画上了句号？""我那外交官的梦想真的就完全破灭呢？""难道身下这大土炕就是我一生的归宿？"越想越觉得空虚、彷徨；越想越感到无奈、无助和迷茫，甚至有些害怕。有时感到北大荒的夜好长，好难熬；有时又觉得北大荒的夜好短好短，好像还没睡觉就又要起来下地干活了。对于繁重的体力劳动和身体的疲惫，我一点都不怕，可是精神上的疲惫、思想上的迷茫、看不到远方的压抑是最难忍的，那是对年轻人最残忍的惩罚。

我越来越思念那书声琅琅的校园，思念我的同学、老师，思念在学校时的点点滴滴。这种思念像一股股泉水，慢慢汇成了一股洪流，势不可当。每天夜晚躺在炕上，我闭上眼睛就像看电影一样，学校生活的一幕一幕反复在脑子里出现，无法控制。有很长一段时间，对外语学校的思念占据了我的思绪，几乎每天夜里都做同样的梦，难以控制。梦见自己坐在外语学校的教室里上课，老师还是原来的老师，同学还是原来的同学，还梦到同学们轮流用录音机录下自己背诵英语课文，然后老师讲评。有时梦里的内容模模糊糊；有时梦里的事情清清楚楚，连课文的每个单词都清晰地在嘴边；有时梦里高兴得心花怒放。但经常是在最高兴的时候就惊醒了。醒后，两眼直直地望着屋顶，屋内炉子里燃烧的松木油味儿夹着几十个年轻人的臭汗味儿和多日不洗的胶鞋的臭味儿弥漫着整个屋子。窗外北大荒伸手不见五指的夜，好像一口大黑锅罩在天上，压得人喘不过气来；又好像眼前有一个高高的、黑黑的、摸不到的墙，挡住了视线。每当这时，心情就会一下子跌落到谷底。

多少个这样的夜晚，我躺在北大荒的大土炕上，从心底发出呐喊：我要上大学！我要上大学！

但知青想要上大学比登天还难！

27　知青上大学的"五道关"

到北大荒的前几年，国家进行教育改革，全国的大学基本上没有招生。每天在北大荒"战天斗地"的我，对上大学不抱任何期望了。

1971年，上大学的希望似乎露出了一点曙光，团里有两个知青被选走了，据说是总参三部来选的人，先入伍参军，然后送到北京某大学学习，毕业后到总参三部工作。此消息迅速在全团知青中传开了，引起了一阵躁动。又参军又上大学，那可是知青们最羡慕的事。前两年，团里有几个战友被部队来人接走了，到部队参了军。其中有我的同学全锦红因为得了重病，也被接走了，后来参了军。但当时这并没有对我产生很大的影响，只是觉得战友分开心里很不舍。而这次是国家正式来招人，说明国家没有忘记我们，我们还是国家需要的人。只是招生的人数太少，不可能轮到我的头上。1972年又有两个好消息：一个是绥化铁路司机学校来招生。听说我的战友王运平在团值班时被连推荐上了，但他跟领导说舍不得这些战友，不想走，要扎根北大荒，结果后来选了别人。另一个是北京外贸中专学校在我们团招了5个人，其中有一个是我们外语学校的同学刘丽丽。刘丽丽上学了，而且是英语专业，又是在北京，太让人羡慕了（两年后，这所学校升格为北京对外经济贸易学院，他们又继续读本科，现在是对外经济贸易大学）。这对我激励很大，让我看到了上大学的希望，我树立了信心，更加坚定了上大学的目标。

可是，如何才能实现上大学的目标，我一直很迷茫。后来，国家明确了要在知青中有计划地选拔优秀人才上大学。当时的政策是，群众推荐、领导批准、统一考试、学校录取。其中，群众推荐是基础，领导批准是关键，哪个环节都少不了，而且名额有限。听说全国知青有1700多万人，仅北大荒兵团知青就有200多万人，能上大学的是凤毛麟角。

经过几年的蹉跎岁月，我用最朴素的思维认识到，知青要想上大学，就必须先在"广阔天地"这所"大学"以优异的成绩"毕业"。否则，就没有上大学的资格。可是，怎样才能以优异的成绩通过"北大荒大学"的考试呢？

　　我总结出，知青想要获得上大学的资格，就必须闯过"五关"，即生活关、劳动关、群众关、领导关和爱情关。

　　从我自身的情况来看，要过这"五关"，在"高手如林"的知青中脱颖而出，难度非常大。知青中大多数都是"老三届"，就是1966～1968年的初中、高中毕业生，共6届学生，我是其中最小的1968届初中毕业生，这是我的一个弱势。大多数知青都比我年龄大、学历高。老高中的大哥、大姐比我大五六岁，那时相差五六岁是不小的差距。他们有知识、有水平、有能力，能说会写，懂的很多，理论水平也很高，身体也强壮，能干活、会干活，很多人还会打篮球、打乒乓球以及具备各种技能。跟他们相比，我就是个"小屁孩"。刚到兵团时，连长、排长、班长都是转业兵，知青中只选个别老高中生当副班长。像我这样的老初中生，只能当一般农工，跟在人家后面转悠。所以，像我这样的"小屁孩"想在人才济济的知青中脱颖而出，难度可想而知。但是，我下定了决心，只要有一线希望也要争取，决不放弃。我要找出自己的优势，克服自己的弱势，并且争取把弱势变为优势，我要一点一点去努力，一步一个脚印去争取。

　　我的优势在哪呢？

　　在"五关"中，"生活关"最苦。我的家庭不是大富大贵，但从小生活在城市，有爸妈无微不至的照顾，没吃过什么苦。可我不怕苦，严格的家教，父亲的言传身教，学校正面的教育，都使我从小就懂得艰苦朴素，吃得苦中苦，方知甜中甜的道理。英雄人物的"一不怕苦，二不怕死"的精神已经深深地融入我的血液之中。刚到北大荒时，就连如何穿衣戴帽、如何吃饭睡觉等基本生活本领，都要从头学起。有的知青受不了这些苦，夜里在被窝里偷偷哭泣；也有个别人偷偷跑回了城里不肯回来。但我一直默默地坚持，忍受着痛苦，加强学习，逐渐适应和克服那些城里孩子无法想象的生活困难。面对困难，我从来没有掉过一滴眼泪，更没有叫过一声苦。我坚信，苦难可以磨炼人的意志。正像战友张成鑫多年后对我的评价："大光虽然年纪不大，但处处都严格要求自己，干什么活都跑在前面，特别能吃苦，他身上有一股韧劲。有一次大光病了发高烧，躺在炕上盖了好几床棉被，但他不吭、不叫，默默地忍着。屋里有很多人在打打闹闹，抽烟的、喝酒的，旁边还有人在举杠铃，一片乱哄哄。但大光的承受力很强，一个人扛着，还不忘关心别人。后来又发着高烧参加'大会战'，扛麻袋上跳板。我当时就很佩服他，觉得他跟别人不一样，是能成大事的人。"其实，我并没有他说的那么坚强，我只是想上大学的决心一直没有改变，为了能上大学，我必须克服更多的困难，必须比别人吃更多的苦。

"劳动关"最硬。苦和累是一对兄弟，有了不怕苦的思想基础，再累的劳动也不怕，只要我的小身板不被压垮，任何劳动我都走在前面，绝不会落在别人后面。在繁重的劳动中，我总结了一句话，并经常跟大家说："劳动是累不死人的，但能锻炼人的筋骨，磨炼人的意志。"也不知道这句话是否正确，但我一直是这么想也是这么做的。所以，在任何工作和劳动中我都毫不吝惜自己的体力和智力，全心全意、全力以赴做好每一份工作。并且，只要能够帮助别人，我都会尽全力帮，不惜牺牲自己的利益。这一条应该是我取得工作成绩并获得战友们认可的重要因素。

在知青中，劳动关是最直接的、是硬碰硬的，来不得半点虚假，是大家都一目了然的。如果劳动关过不了，你的腰杆子就不硬，你说话就没人听，你就没有资格当选先进，也不可能当班长、排长等，更不可能被推荐上大学。

"群众关"最难。做好了前两条，群众关就有了基础。但要真正过好群众关，还必须真心实意、坦诚相待、虚心学习，一切为大家着想，而不是处处只为个人着想。人品是第一位的。我从小受的教育，使我树立了正确的人生观，做一个正直的人、诚实的人、有理想和高尚的人，不做低级趣味的人。上大学是我追求的目标，但一定要靠自己的努力奋斗，实打实地去争取，绝不能靠耍嘴皮子、送礼、搞关系。我告诉自己：就是上不了大学，我也不能去做违法、违规和不道德的事。这一辈子，不管我做什么工作，在任何岗位上我都要做一个对国家、对人民有用的人。

我信奉"群众是真正的英雄"这句话，我认为这是真理。群众关是知青上大学最重要的一个基础环节，如果没有群众基础，大家不认可你，就不会投票给你，是否过群众关最后体现在投票上。投票是最原始、最简单，但也是相对公平的民主方式。我喜欢这种方式。当然，要让大家真正了解你、喜欢你、信任你，投你的票，仅仅靠不怕苦、不怕累是不够的，还要让大家全面了解你的思想、人品，以及沟通、协调能力等。

与那些有能力、有才华的大哥哥、大姐姐相比，我是"一张白纸"。这本来是我的弱势，但同时也是我的优势。因为我思想简单，没有任何需要保密的东西，没有任何多余的想法，并且干活卖力气，不怕累、不叫苦；作风朴实，不张扬；思想干净，无杂念；待人诚恳，不虚伪；工作热心，不推诿；成绩明显，不骄傲。那些年，我慢慢地在群众中建立起了威信，后来，我的威信之高，是我自己也没有想到的，这也成为我最值得骄傲的地方。战友们对我的莫大信任和关怀是我一生中最宝贵的财富。也正是基于这些因素，连里选我当团支部副书记，又任命我当了统计。我深刻体会到，无论何时何地，何种事情，在工作中，群众的信任和支持永远是第一位的。

"领导关"最重要。我发自内心地感谢党中央、国务院及时下发的文件；感谢及时赶到我们团，并且亲自来到我们连，进行调查的省招生委员会调查组的两位同志。没有这两个"及时"，也就没有我后来上大学，更不会有再后来我在求学路上的那些精彩故事。

"爱情关"最复杂。这一关也最难过。为了能上大学，我给自己定了一条死规矩：上大学之前坚决不谈恋爱。我坚定地认为，谈恋爱会影响我上大学目标的实现。这是我给自己定下的铁律，并且是我咬牙坚持做到的。事实证明，这一条对我能上大学至关重要。如果我有了恋人，我会分散很多精力，势必影响工作，影响群众关系。

当然，知青的爱情，是一个复杂的、几天几夜说不完的话题。我自己定的规矩对我自己适合，对别人不一定适合。

我对我们团知青的爱情做了一点分析。

28　禁锢的爱情

谈情说爱本是人的正常行为，更是年轻人的"特权"。美好的爱情是自由的、放松的，是有利于身心健康的。但当年北大荒知青却没有那么幸运和轻松。由于当年兵团实行半军事化管理，上级规定：不允许知青谈情说爱。可是，年轻人谈恋爱的天性是禁锢不住的，有的年龄较大的知青克制不住，就把谈情说爱转移到了"地下"。但北大荒的"广阔天地"很难找到合适的"地下"。在广袤的土地上，那麦浪滚滚的田野、奔驰在田野上的铁牛、神奇的白桦林、高高的苞米地和美丽的小兴安岭边缘的片片黄花……本来是年轻人谈情说爱的浪漫地方。可是，在那个爱情被禁锢的年代，北大荒所有的浪漫之地都变成了"危险"的爱情禁地。

静静的白桦林珍藏了多少知青的浪漫故事

所以，知青们只能偷偷跑到麦库、马号、猪号、拖拉机站、零件库等有些隐蔽但并不浪漫的地方"会晤"。当时，知青们开玩笑，将两人约会称作"升旗、会晤"，这是借用中苏边境两国边防军的做法。边境上如有事需要跟对方见面协商，就会在瞭望塔上升旗，向对方发信号。对方看到信号后，如果同意见面，也就通过升旗表示同意。然后双方约定时间、地点进行见面协商，外交上叫"会晤"。

那时，晚上连里经常开大会，传达中央文件或进行政治学习。有些人最害怕开会时连长讲话，因为连长经常在大会上批评说："昨晚上在麦库又发现了一对！又有人'升旗、会晤'了，两个人在角落里搂搂抱抱、吭哧吭哧，成何体统！兵团战士不许谈情说爱，这是纪律。如果再发现有这样的行为，就公布于众，给予处分。"每当这时，我就会看到有几个年龄稍大的知青低着头不敢看连长。可是，虽然连长经常在会上"敲打"，但从来没有真正公布过人名，也从没给过谁处分。连长心里肯定也明白，这种事情怎能禁得住，他也不愿意棒打鸳鸯。其实，知青的"地下工作"从一开始就没有断过，直到几年之后才慢慢"合法化"了。后来，大家还经常开玩笑，给几个知青的孩子起外号，有个叫"王麦库"，有个叫"李马号"，还有个叫"零件库"。

北大荒知青的爱情很复杂。从表面上看，有古板也有浪漫，有苦涩也有甜蜜，有自由的结合也有不情愿的无奈，有轰轰烈烈也有平淡无奇，有心血来潮也有"小火慢炖"，有青梅竹马也有一见钟情，有偷偷摸摸也有热热闹闹。从结构上看，有知青和知青的结合，有知青和转业战士的结合，有知青和当地老职工的结合，有知青与当地老职工、老战士子女或亲属的结合等。从地域来看，有同一城市一起来的知青结合，有南北不同城市知青的结合，有在北大荒结婚并生子后一起返城的，也有知青与当地职工结婚后一个人返城的，也有知青与当地职工结婚后两人都留在北大荒的，还有一个人返城后又回到北大荒的。从结果上看，有幸福的，也有不幸的……

我总结了我们团知青的爱情和婚姻，大概有以下几种情况，我把它称为知青爱情的"九段式"：

地下式——上面说的就是地下式。特别是在知青到兵团的前几年，大部分知青不敢谈恋爱。少数胆大的或是两人真的产生出爱情火花的，也不敢公开，只能采取地下行动。但这种方式往往会有闺蜜或一两个铁哥们儿帮忙，才能不被人发现。地下式是初期知青谈恋爱的主要形式。因为上级规定不允许谈恋爱，但年轻人的爱情火花又很难浇灭，所以大家只能转入地下。前面提到的"王麦库""李马号""零件库"等都属于这一种形式的"成果"。虽属无奈也很可怜，但也留下了不少"黑色浪漫"故事。

瞒天过海式——这是高手的恋爱招式，也可以归为地下式的一种，但不需要别人帮忙，两个人长时间瞒过了所有人。不知道他们从什么时候开始的，也不知道他们什么时候、在什么地方"会晤"。在几百号人的眼皮底下竟然没有被发现，让人佩服。这个方式有的会用一种"障眼法"做掩护，如一直以姐弟相称，或以同学关系、邻居关系做掩护，转移了大家的视线。突然有一天，两个人宣布确定恋人关系，甚至准备结婚了。遇到这种情况，大家会在一片惊讶之中，用友好的拳头为他们庆贺一番。

守株待兔式——有一类知青，思想比较成熟，群众关系好，对自己今后的生活有清楚的认识和规划，爱情观明确，平时不着急、不着慌，稳坐钓鱼台。表面似乎对爱情不感兴趣，其实心中有数。一旦遇到合适的对象，不管是知青，还是职工，是兵团的，还是外来的，立马下手，直接拿下。这样的人比较成熟，自己很清楚自己喜欢什么样的人。只要是认定了这个人，就跟定了，义无反顾。

暗恋式——心里有明确喜欢的人，但只能藏在心里，默默暗恋着，忍受着心里的痛苦，不敢向前走一步。也有的是两个人都比较含蓄，虽然彼此喜欢，却由于各种原因不能表达。其实在每个青年心中，或多或少都有自己的意中人。但由于当时不准谈恋爱的规定束缚，把很多人爱情的萌芽扼杀在摇篮中。也有的是因为个人、对方或双方家庭等原因，最终没有走到一起。这类情况的结果，也许是若干年后再遇到让自己心动的对象结婚生子，生活也会幸福；也许是碰到一个差不多的人就草草结婚，完成"任务"。听说有一对知青，在学校时两人就比较投缘，但到兵团后没有分到一个连队，相隔十多千米，见面很不容易。后来女知青给男知青写了一封信，让人带给男知青。可是信却落到了连长手里，连长在大会上没点名的一顿批评，彻底浇灭了这两个知青的爱情小火花。从此，两人再也没有单独联系，分别走上了不同的人生道路。这种情况在知青中不是少数。但无论后来两人事业、生活如何，这种思恋都会始终藏在他们的心底，并陪伴着他们，成为他们心底的一个美好回忆，抑或是一个永远的痛。

崇拜式——那个年代，很少有人崇拜"歌星""影星"，年轻人最崇拜的是科学家、教授、医生、劳动模范、战斗英雄或高级工程师等，特别是穿着四个兜军装、戴着三块红（领章帽徽）的现役军人，是当年很多知青的偶像。所以，这类情况主要表现在女知青身上。那时，如果谁的男朋友是军人，大家都会很羡慕。虽然有的年龄相差较多，但对偶像的崇拜，远远超过了年龄上的差距。也有少数人把对英雄人物、劳动模范，包括为救人或抢救国家财产而负伤、立功、受奖的人物的崇拜、敬仰，变成发自内心的关心、爱慕，并以身相许，直接结婚。心甘情愿陪伴一辈子，照顾一辈子。但也有的因为没有恋爱基础而导致后来的结果并不理想。

顺其自然式——或者叫听天由命式。多数知青还是老老实实，按照兵团的规定，不让谈恋爱就不（敢）谈恋爱，直到几年后可以谈恋爱了，或者返城后，才开始考虑恋爱问题。可这时有的年纪已经偏大了，只能在周围有限的范围内寻觅对象，或者由别人介绍对象。不管对方是知青还是当地人，或是熟人介绍兵团以外的人，只要对方对自己好，就可以考虑成为恋爱对象。经过一段时间的相互了解，增进感情后，就结婚生子。这类情况在知青中为数不少。这类人的特点是有一颗平常心，实事求是，一切从实际出发。不求对方多漂亮或多英俊，而是少一些浪漫，多一些实际。他们不怕生活艰苦，也不求大富大贵，以安稳过日子为主要目的。所以，这类人到后来一般都生活得比较顺意、安康。当时团里有个女知青嫁给了一个当地人，我们都为她感到有些可惜。但多年后，我们去农场看望他们，他们很早就过上了城里人羡慕的田园生活。丈夫也是一个老实人，在农场有一份稳定的工作，家里住着带前后院子的房子，自己种点绿色蔬菜，吃不完就带到城里送给战友和亲戚朋友。退休后，两人一起回到大城市养老，可以在城里和农场两边换着住，生活无忧无虑。日子比我们很多返城的知青都过得好。事实证明，无论是事业还是生活，都应该脚踏实地，一切从实际出发。不管你当了多大的官，成了多有钱的富豪，或是成为多么有名的"明星"，归根结底，大家都一样，柴米油盐酱醋茶一样也不能少，加上一家人的健康身体，才是生活中最重要的。

曲线式——有一小部分知青，目的明确，为了返城，坚决不在北大荒谈对象，特别是坚决不找当地人。为了离开北大荒，哪怕不一定喜欢对方，但只要结婚可以离开兵团、离开北大荒，或者可以解决一些家庭实际困难，就可以先结婚、后恋爱，或者只结婚、不恋爱。这种听起来不那么靠谱的现象，虽然不是很多，但也确实不少。因为它可以解决实际问题和困难，且立竿见影，也不失为一种明智之举。

被拉下水式——有少数年龄较小的女知青，还不够成熟，对年龄较大的知青或老战士、老职工对自己展开的猛烈的爱情进攻招架不住，被成熟男人的魅力所俘获。虽然自己开始不情愿，但由于某些原因，被搞昏了头，一时没把握住，迷迷糊糊掉进了爱情的圈套，不得已上了"贼船"。我把这种情况叫作"被拉下水式"。但这种情况后来不一定不幸福。有个单身老战士在知青来后，第一眼就看中了一个漂亮的女知青，并开始了疯狂的追求，虽然他比那个女知青大了十几岁，后来又闹得满城风雨，还差一点受到团里处分，但他坚持不懈的追求和真挚的感情终于打动了那位女知青。最后两人在兵团结婚、生子，并且没有赶上计划生育政策，育有一儿一女，日子过得幸福美满。由于儿女双全，退休后的生活无忧无虑，令很多老知青羡慕。

最后一种叫禁锢式——我就是属于这种。开始几年，由于年龄小、不够成熟，不懂得谈情说爱，再加上兵团的严格规定，也不可能谈恋爱。后来到了情窦初开的年龄，也有条件谈恋爱的时候，却被立志要上大学的愿望占据了我整个思维空间。我坚定地认为，如果我谈恋爱，肯定会影响甚至耽误我上大学。

为了上大学，我把自己的感情禁锢起来，不去谈情说爱，也不接受来自任何方面的示爱信号。当然，诱惑时常会出现。在男女青年集中的连队里，大家每天一同学习、一同劳动、一同吃饭、一同流血流汗，朝夕相处，很难做到不产生感情。特别是在文艺宣传队的战友，经常一起练歌、练舞，切磋交流，男女青年接触较多，更容易日久生情。到了这个年龄，遇到心仪的姑娘，哪有不心动的。有时，我也能感觉到有对自己钟情的女孩。外语学校的女同学加战友一个比一个漂亮，又热情似火，主动帮我们洗衣服、拆洗被褥。别人也一直看好我们，以为我们五男五女肯定能成几对。但遗憾的是，阴差阳错，一对也没成。有时，连里有漂亮的女战友对你深情地一笑，偷偷塞到你手里一个大红苹果；或者玩跳棋的时候"无意"间触摸到你的手，看到她的脸微微起了红晕……都会让我心里怦然一动。还有经常偷偷为我洗衣服的女生，洗好后叠得整整齐齐放在炕边，心里很明白她的一片心意……但无论是什么情况，我都没有丝毫动摇，一直坚持自己的原则和"铁律"。

有一次，一位战友大姐郑重其事地找我，转达了一位女知青对我的一片情谊，并认真地说："我一定要给你们牵线搭桥。"我真心地感谢这位大姐的一片好意，同时坚决婉言拒绝。那时我已二十岁出头，正处在青春旺盛期，但为了我心中上大学的梦想，我咬紧牙关，毫不动摇。我把自己青春的涌动包裹得严严实实，不允许释放出去，也不允许有半点风透进来。

禁锢自己的情感并不是一件容易的事，特别是到后来年龄越大，情感的欲望也越强烈。哪个男人胸中没有一团爱情之火？哪个青年不喜欢浪漫？哪个青年不喜欢与自己心爱的人成双成对？到北大荒四五年以后，连队的环境自由多了，连长也不会在大会上批评了。很多战友都有了自己的伴儿，两人互相帮助、取长补短、甜甜蜜蜜、幸福无比，并且开始有人结婚了。

但人各有志，有人先成家后立业，有人先立业后成家。根据自己的情况，我选择了后者。我了解自己，是个极重感情的人，是属于那种陷进感情里就很难拔出来的人。一旦谈对象，就肯定要把很多业余时间都倾注进去，甚至工作也会分心，工作注意力就要受到影响。还有，如果有了女朋友，就算没影响我上大学，就算她也支持我上大学，我怎能舍得扔下她一个人在北大荒，而我去上大学，我肯定做不到。我一直坚定地认为：要想上大学就不能谈恋爱，要谈恋爱就不要想上大学。这是我给自己定下的雷打不动的原则。为了上大学这个神圣的、唯一的目标，我必须把全部精力都放在工作和学习上，必须排除一切不利于上大学的因素以及一切可能产生的不利影响。既然确定了目标，就要全力以赴去实现目标，绝不能半途而废。

我为自己能闯过这"五道关"而自豪，特别为闯过"爱情关"而庆幸。否则，如果过不了这"五道关"，我就不可能上大学，那样我可能会后悔一生。

29　我的知青浪漫曲

浪漫和快乐不是富人的专利。开着玛莎拉蒂带着女友在海边兜风是浪漫；前线战士在战火纷飞的战场上结成的爱情也是浪漫；农民工在傍晚坐在即将完工的高楼上，一边俯瞰大城市夜景，一边憧憬未来能在这个城市拥有一套自己的房子也是浪漫。当年北大荒知青在黑土地上的爱情也有很多浪漫。快乐不仅在衣食无忧的富足生活里，也存在于人们各种各样的生活之中。富人有富人的快乐，穷人有穷人的快乐，知青有知青的快乐。当年我们在北大荒的生活也有很多快乐和浪漫的时光。

我在北大荒的快乐和浪漫是"制造"出来的。我天生喜欢音乐，有那么一点音乐天赋，甚至有一次差一点就被招去成都军区文工团，因为那时我弹扬琴已经有了一定基础。在北大荒的那些年，参加文艺宣传队，经常排练、演出，文艺和音乐让我感到无比快乐和浪漫。尽管生活艰苦、劳动繁重，又没谈情说爱，但我的业余生活很充实。

学习弹扬琴也是天赐良机，有点巧合。我从小就喜欢乐器，家里有小提琴、笛子、二胡等，但都是自己玩玩，并没有专门去学。记得小时候在家里，我在自己睡觉的木床头，用螺丝钉把几根钢丝拧在床头上，用钢丝的松紧度调出不同的音高，我把它叫作"床头琴"，能弹出几个简单的小曲，受到大人们赞扬。想一想，也许那就是后来学扬琴的原始基础和动力。上中学时我和几个同学又一起玩过手风琴等，但也没有正规去学。

到兵团后，我参加了连里的文艺宣传队，基本把业余时间都占满了。我们外语学校的同学都有点文艺细胞，能歌善舞，是当时文艺宣传队的主力。

风华正茂

上左起：全锦红（哈尔滨知青）、李秀华（哈尔滨知青）、孟贤（哈尔滨知青）

下左起：刘俊英（天津知青）、马林（佳木斯知青）、晁振杰（天津知青）

说起文艺宣传队，有很多趣事。春节前是文艺宣传队最忙的时候，有时连续几个晚上都要出去演出。有一个很有意思的现象：我们是双重角色：因为兵团是军队编制，要搞好军民关系，我们要去嘉荫县等地方演出。这时，我们是代表中国人民解放军慰问地方人民群众。演出开始时，我们的报幕员报幕："中国人民解放军沈阳军区黑龙江生产建设兵团独立一团一连毛泽东思想文艺宣传队慰问演出，现在开始！"每当这时，我们都会感到非常自豪。但第二天我们去边防站或到当地驻军演出时，我们的身份就变了，就是代表地方去慰问解放军了。报幕词的前面是一样的，但后面要加一句"慰问人民子弟兵演出开始！"因为人家是正规部队，是戴着三块红的。所以大家调侃说，军民鱼水情，我们既是鱼又是水。我们戏称自己是"土八路"。

一连文艺宣传队战友刘玉秋（哈尔滨知青）、赵明（天津知青）

　　参加文艺宣传队，不仅使枯燥、单调的业余生活变得丰富多彩，也锻炼了自己的能力，增长了见识，增强了自信心，同时也让全连战友更多地了解到自己。开始，我主要是唱歌和跳舞，演一些小节目。巧的是，在文艺宣传队遇到了一位好老师。他叫姚国臣，原来是沈阳军区某部文工团的扬琴手，弹得一手好扬琴，是文工团的主力。那时，大家都喜欢在排练休息时向他学习弹扬琴，他也非常热心地教大家。扬琴不是一个易学的乐器，但很奇怪，在别人都还没有找到感觉的时候，我很快就奇迹般地学会了弹扬琴的基本技能，掌握了弹扬琴的一些技巧，能弹不少曲子，只要看姚老师弹上一两遍，我就会了。所以，没过多久，我就替代了姚老师成为乐队的主力扬琴手，姚老师就改为其他乐器了。这件事让战友们吃惊不小，也让我自己感到好像我身体里的音乐细胞比别人多些。后来有一段时间，我把自己的业余时间大都用在了音乐上，扬琴越弹越熟练。我利用回哈尔滨探亲的机会买来几本专业的《扬琴演奏法》，跟着书学习。那时，我对弹扬琴到了痴迷的程度，如果给我时间，我可以一个人连续几个小时不停地弹琴。一台扬琴让我沉浸在自己浪漫的音乐世界里，忘记烦恼忧愁，洗去疲劳辛苦，在充满无限遐想的音符组合中自由驰骋、快乐飞翔。

在田头畅想未来，中间者为部队转业的扬琴手姚国臣

第四章　青葱岁月

　　战友们都很喜欢听我弹琴，特别是在北大荒寂静的傍晚，琴声伴着田野里传来的阵阵蛐蛐声、蝈蝈声、鸟声，随风在空气中荡漾，会使人产生无限憧憬。很多时候，战友们会和着琴声唱起喜欢的歌。那时的歌曲虽然没有现在多，主要是藏族的、蒙古族的和维吾尔族的歌，但听起来富有感情，且通俗易上口，大家都会唱。还有样板戏也很好听，"红灯记""白毛女""红色娘子军"等，大家都能唱上几句。还有很多歌曲，用扬琴演奏出来别有一番风味。这对我来说，很惬意，很快乐，也很浪漫。

　　但有时我弹着弹着，不知不觉就弹出了当时的"禁歌"，大家也会跟着琴声，越唱越兴奋。比如，"洪湖水呀，浪呀嘛浪打浪啊，洪湖岸边是呀嘛是家乡啊……""送君送到大路旁，君的恩情永不忘……""深夜花园里，四处静悄悄，只有风儿在轻轻唱，夜色多么好，心儿多爽朗，在这迷人的晚上……""正当梨花开满了山岗，河上漂着柔曼的轻纱，喀秋莎站在峻峭的岸上，歌声好像明媚的春光……""冰雪覆盖着伏尔加河，冰河上跑着三套车……""一条小路曲曲弯弯细又长"，等等。大家开始都是小声唱，但有时越唱越起劲，越唱越激动，越唱声音越大，我也越弹越高兴。特别是有时唱到"我的心上人坐在我身旁，默默看着我不作声……"时，就像是有一只小手拨动了每个年轻人的小心脏，有的人还会故意大声地吼出来。每到这时，就会有人提醒："小声点，小声点，别把连长招来！"而每当有人提醒后，大家才如梦初醒，停止了唱歌，心情犹如刚点燃的火苗被一瓢凉水浇了下去，带着郁闷的心情，回到大土炕上躺着，望着屋顶发呆，有的人还会流下眼泪。

　　我的扬琴技能越来越娴熟，很快成为全团闻名的"会弹扬琴的知青"。有一天，团部宣传股的俞晓敏干事来到我们连，她是一位漂亮的杭州知青，会用左手拉二胡。她和另外一个人专门带着一个挺大的录音机来到一连，为我弹扬琴录音，录了两个多小时，然后带回了团部。后来，在很长一段时间里，每天早上团里的广播站都播放我弹的扬琴曲，响彻黑龙江畔的全团各个连队，有的连队还伴着琴声做早操。当时播放得最多的曲子是"金瓶似的小山"。

　　弹扬琴有了一点小名气后，我在北大荒又干了一件"大事"，自认为是知青中惊人的浪漫之举——我手工制作了一部扬琴。前面说的每天早上响彻在独立一团上空的扬琴曲，就是用我自制的扬琴演奏的，这台扬琴成为文艺宣传队的主力乐器，跟着我们"走南闯北"。

事情是这样的，有一天，六连的杭州知青吴忠华来到一连找我。他好像比我大一岁，之前我并不认识他，他说自己是慕名而来的，找我学习弹扬琴。我很高兴地答应了他，从那天后，他只要有空就到一连来。有一次，我随口说道："要是再有个扬琴就好了。"吴忠华也附和着说道："咱们要是会做扬琴就好了。"我说："是啊，那就不用买了。"说者无意，听者也无意。但突然，我脑子动了一下，想起了我小时候的"床头琴"。为什么不能做一个？不就是用木板做音箱，把琴弦固定到两边吗，小兴安岭的木材很多，硬木、软木都有，人家能做，我们为什么不能做？想到这里，我马上说："忠华，你愿不愿意跟我一起试试，你的木工活好，我了解扬琴，咱俩合作做一台扬琴怎么样，我来设计，画出分解图纸，你负责木工。如何？"他高兴地说："好啊，好啊！咱俩想到一块了。"

说干就干，我俩进行了详细的研究、分工。我先把一架扬琴的构造进行分析、分解，一个一个研究它的结构、比例、用料等，然后画出图纸。其中最难的是琴面，因为它有个弧度，要计算出这个弧的度。然后，我们研究用什么木质，既能保证这个弧度，又能保证音质好听。经过详细地分析、研究，我们确定琴面用白松木，因为白松木脆，传声效果好，两边的木头因为拉力大，要用较硬的木材。当时小兴安岭有一种上等的树木，非常适合，叫"黄玻璃"或是"黄菠萝"。可是，听老战士讲，那属于军用物资，据说是军工厂做枪托用的。国家法律规定不允许民用，砍一棵小的"黄玻璃"就要判一年，所以我们不敢用。后来经过一番对比后，我们决定用柞木。我俩制定了详细的工作方案，然后分头准备，一点一点做。那段时间，他只要一有空，就到一连来。

开始时，由于琴面的弧度和厚度不好掌握，白松木又比较脆，稍不注意就会破裂，试了几次都没成功。我们就去请教连里的木匠尹小毛，他是一位河南籍的老兵，他耐心地手把手教我们，用手工慢慢刨出一块漂亮的面板，终于成功了。但是两边的硬木，特别是右边的硬木，需要钻出密集的钉孔，然后用大约 5 毫米粗的钢筋截成大约 1.8 寸的 100 多个金属柱，再把每个金属柱下段用车床车上螺丝扣，当作琴弦柱。每个金属柱上还要钻出一个小眼，用来穿琴弦。我们在木头上算好距离，画好位置，用木钻一个一个钻眼，再把一个一个金属柱钻进去。这是一项非常细致且精密的工作，哪怕有一个计算错误或木头开裂，就会前功尽弃，就要换一块木料重新开始。为此，我们不断向尹木匠请教，在他的指导下，经过多次返工，我们终于制作完成了一台"土扬琴"。为了省钱，我们向木工房要了一点现有的天蓝色油漆，把扬琴漆成了天蓝色，琴面刷了三遍无颜色的清漆，保持了原木的本色。我估计，天蓝色的扬琴可能全国再也找不出第二个。

然后，我利用回哈尔滨探亲的机会，买了琴弦、琴码、滚轴、琴捶、调音器等，还买了自行车用的气门芯做琴捶垫。前后用了几个月的时间，一架完整的扬琴终于做好了，并且具有北大荒的鲜明特点：小兴安岭的原木，白松木的面板，柞木的框架，天蓝色的外观，简直就像一艘人民海军的小舰艇，别有风味。最可贵的是，它的音质非常好，因为我们特意把它的音箱设计加宽了一些，比一般的扬琴要厚一些。所以，我们文艺宣传队就用这台扬琴替代了原来姚老师从部队带来的那台老扬琴。后来，这台扬琴跟着我们文艺宣传队走遍了全团的山山水水，在北大荒的上空留下了许多美丽的音符。

这台扬琴也为一连战友生活带来了快乐，增添了浪漫色彩，也成为我在北大荒业余生活的主要伴侣。

这个事很快传遍了全团，在知青中引起了反响，也引起了团部领导的注意，所以才有团宣传股派人来我们连为我弹琴录音。这台扬琴也是我在北大荒的一件重要宝贝和最好的纪念物。但遗憾的是，我离开北大荒时没有把它带走，留给了连文艺宣传队。几十年过去了，现在已经找不到了。连同我们后来又做的一台（比第一台小一点，漆成了咖啡色，外观更像是买的品牌扬琴，但音质没有第一台浑厚）也找不到了。那时，一共做了两台扬琴，都不知去向。我一直后悔，当初为什么不带走一台？

真希望能够找到这两台扬琴。如果有哪位战友或后人保存了它们，我将万分感激，只需要通知我一声，知道它们的下落即可，我无意要回。因为它不只是属于我的，也是属于你的，更是属于整个知青一代人的。它是当年北大荒知青业余生活的真实写照，也代表和反映了知青一代的勤劳、智慧和浪漫的生活态度。

如果能有人把它们保存到现在，那是大幸，哪怕已经破损了也没关系。我相信，会有某个博物馆愿意收藏它们，那将是一件很有意义的历史文物。

我一定要在有生之年找到它们。

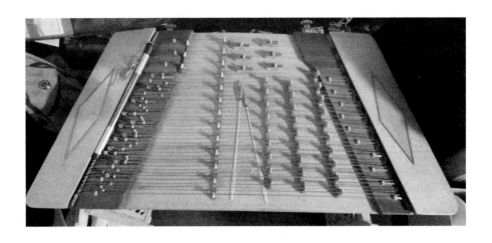

到北京后买的扬琴一直陪伴着笔者

30 北大荒知青夜校

大约是到兵团三年时，我被选为连队的团支部副书记，这是一个很重要的职位。跟部队一样，连队的团支部书记是由连副指导员兼任。但由于那时我们连的栾副指导员调走后，一直没有任命新的副指导员，所以团支部书记一直空缺，我这个团支部副书记就理所当然把副指导员的一些工作承担了起来。比如，组织各种文艺活动、体育比赛、学习活动、谈心活动，出黑板报、给团宣传股写报道等。

能选上团支部副书记也是个不简单的事，很多知青那时还不是团员，都在积极争取入团。我虽然年纪小，但由于表现出色，到兵团后不久就被吸收为共青团员了，后来又被选为团支委，而后又入了党。但那时因为年龄小，没当过"官"，最初，不知道怎样当好这个团支部副书记。我就事事为大家着想，虚心向大家请教，努力学习，想方设法做好工作。

我当团支部副书记的第一次开会讲话，是从一道小学水平的算术题开始的。

做团支部工作有时需要跟人谈话、谈心和在会上讲话。开始，我不知道谈什么、讲什么。我就苦思冥想。后来，从当年对我们这一代人影响较大的小说《钢铁是怎样炼成的》中得到启发。书中保尔·柯察金说的一段话，那时我们很多人都能背下来，大意是说青年"不能虚度年华"。但怎样才不算虚度年华？我就想，要算一下，一个人一生到底有多少时光？不算不知道，一算把我自己吓了一大跳！一年有 365 天，一个人的寿命有七八十年（其实那时人均寿命还达不到这个岁数）。70 年乘上 365 天等于 25550 天；如果按 80 岁算，也才 29200 天，还不到 3 万天。才 2 万多天？不可能吧?！我又反复计算了几遍，结果真的只有 2 万多天。我没想到会被这样一个小学生水平的算术题惊到——一个人的生命竟然只有 2 万多天！我们有什么理由浪费时间、虚度时光！我把这个数字跟战友们讲后，大家跟我一样，开始都不相信。但认真一算，都感到有些不可思议。我跟大家说，我们经常说要珍惜时光，不虚度年华，对一个人来说，生命是多么短暂！时光是多么有限！美好年华转瞬即逝，我们应该怎样度过自己有限的一生呢？听了我的话后，大家都陷入了沉思。

这是我在北大荒体验生活后，经过自己大脑思考，对人生的一次深刻理解和认识。我那时还不到 20 岁。从那时起，人生只有 2 万多天的概念一直伴随着我。现在人的寿命延长了许多，但也就是 3 万多天。很多年来，在我接触的各阶段年龄的人群中，每当听我说起这个数字，大多数人都表示惊讶。直到近些年，人类已经进入信息时代，这个概念才被很多人熟知。

那些年，为了做好团支部工作，我想了很多办法，团支部的工作有模有样。组织各种文艺、体育活动等，过年过节我还会组织全连游艺活动，套圈、扔皮球、猜谜语等，至今我还保留着当年的笔记本里收集的一些谜语。我还向连长申请过一点经费，买铅笔、本子、气球等作为奖品，每次全连人都玩得高高兴兴。

在团支部工作中，有一件事是我最引以为豪的，就是组织了知青文化夜校。至今想起来仍觉得很有意义。

当时，我结合自己渴望学习的思想实际想到，知青都是处在学习文化的年纪，虽然身在北大荒，但除每天的劳动之外，我们不能把有限的业余时间都放在打牌、下棋、抽烟、喝酒、侃大山上面，那就真的是虚度年华了。父亲对我说的两个不能丢，第一个就是文化学习不能丢。青年任何时候都不能忘了学习知识。并且，如果想上大学，就必须坚持文化知识学习，要随时准备迎接考试。特别是知青中很多人是初中生，远远不能适应社会发展的需要。我一直不甘心，总觉得会有上大学的机会，所以我自己从没放松过对文化知识的学习。业余时间我也很少打牌、下棋，也不抽烟、喝酒。这些自律的生活习惯的养成，要感谢我的家庭教育。

喜欢学习也是连里任命我当统计的原因之一。连里先是派我到嘉荫县参加统计学习班和美术学习班。在统计班，我的成绩名列前茅。在美术班，我画的几幅素描受到从省里请来的老师的称赞。老师说我画的人物"每根头发丝和胡须都很有感觉"。这些都为我后来做好统计工作打下了一些基础。在做统计工作时，我画的那张很大的彩色的"独立一团一连全景平面图"，对掌握全连生产、生活情况起到了很好的作用。

我当上团支部副书记后，就不能仅考虑自己的学习和业余生活了，要为全连知青着想。我觉得绝大多数知青都是爱学习、想学习的，只是没有人组织，没有形成氛围。经过一番调查和策划，我决定利用业余时间办夜校，组织大家学习文化知识。

办夜校的想法成熟后，我征求了大家的意见，得到了广泛的支持。一切准备就绪，夜校就开办了。时间是每周一、周三、周五晚饭后的 7~8 点，教室就用连队小学的教室，开始主要上三门课：数学、语文、哲学。教师是现成的，就是本连的老高中知青，他们都是我一直很敬佩的人。

这些老高中生的知识水平很高，有了他们当老师，夜校肯定能成功。

教数学的是哈尔滨的老高三知青王天喜，他后来当上了连指导员，他的数学非常好。有两件事我一直记忆犹新：一件是有一次业余时间，大家在宿舍休息聊天，其中有一个知青用扑克牌在地上摆魔术，让大家猜。一些人围着看，但谁也看不出名堂，猜不出是怎么回事。我看见王天喜进来后，也站在那里看，并拿着一张纸，一边看一边记。然后，他又趴在炕边计算着，纸上密密麻麻地写了一些数字和计算公式。然后他走过去说："来，让我也试一下，我来摆，你们来猜。"他竟然用数学计算把那个小魔术给破解了，他摆出来的竟然和前面那个人摆得一模一样，还一边摆一边给大伙讲其中的奥妙，这让我很惊讶。另一件是，那年连队大食堂着了火，食堂被夷为平地，过了些日子，连长决定要重建一个大食堂。那天，我见他又拿起了笔和纸在计算。经过他的计算，盖这个大食堂需要多少人干多少天，需要多少块土坯、多少沙子、多少草泥拉合辫，都清清楚楚地写了出来交给连长。连长说："好，就按你说的干，你来指挥。"在他的组织、指挥下，很快就建好了一座新的大食堂。人工、用料基本准确。这些都让我十分佩服。所以，让他来教数学再合适不过了。

　　语文课请佳木斯老高二知青马林来当老师。他一表人才，是个文学才子，性格好，人缘好，是连文艺宣传队的队长。吹拉弹唱、跳舞、作词、作曲样样通。文艺宣传队的演出的串场词、诗朗诵、三句半、表演唱等大都出自他的手。他在北大荒留下了不少诗词作品，后来他还出版了《马林诗集稿》《芳草集》等，至今还在知青中流传。他讲语文课正是量才适用。

　　教哲学课的是杭州老高三知青韩永梁。正是因为有他这个才子，所以我们才能开哲学课。他是个天才的演说家，讲起话来有声有色，眼睛瞪得很大，脸上表情丰富。他的哲学功底很深。那时团里经常办各种学习班，经常请他去给各级领导讲哲学课。我还留意到，他有一个习惯，平日里他很注意观察生活中的趣事、有趣的语言和有用的东西。他说，学习是靠平时生活中的积累，有些东西不记下来就溜走了。因为他是南方人，对一些东北话很感兴趣。有一次，大家在宿舍休息时，窗外有一个瘦瘦的、个子较高的人走了过去。这时，一个知青随口说了一句："这个人，端着肩膀走路。"大家都没太在意，但我看见韩永梁从上衣口袋里拿出一支笔和一个小本，一边记，一边说着："端着肩膀走路，挺生动、形象。"他这个随时随地学习的好习惯，对我很有启发，值得我终身学习。

　　他在夜校讲的哲学课深刻且生动，潜移默化、深入浅出。那是我第一次听到黑格尔、费尔巴哈等名字，并且永远不会忘，也从此唤起了我对哲学的兴趣。他讲课有一个特点，讲得投入时，两只眼睛瞪得圆圆的，嘴张得很大，脖子往前伸，说话很快，唾沫星子能飞出一米多远，害得大家一到他讲课都不敢坐在前排，但他讲的内容大家十分爱听。

　　一连有不少有才华的知青，都可以当夜校的老师。比如，老高三的吴存生能文能武，数学、语文都能教，他的篮球也打得非常好；老高三的孙桂琴大姐，也是个比较全面的优秀人才，是个女中豪杰，她高高的个子，泼辣能干，后来当上了一营的副教导员。多年后她在哈尔滨退休，组织了一个"自行车队"，亲自担任队长，带领队员们从黑龙江骑到海南岛，又骑到云南、新疆等地，骑遍了祖国的大江南北，被媒体称为"硬核奶奶"。

　　但知青中上大学的幸运者毕竟是少数，很多有才华的知青没那么幸运，没有获得上大学的机会，我一直为他们感到遗憾。但不管他们后来做什么，是否上了大学，都已成为社会的栋梁之材。在我的心里，他们永远都是好样的，他们都是我在北大荒的良师益友。

办知青夜校，是我当时的一个"杰作"，受到了战友们的赞扬。虽然时间不长，但在当时也是挺不容易的，后来想想，这是一件很有意义的事。

北大荒本身也是一所丰富的大学。它拥有世界上最大的校园和课堂，有最好的师资，它是一个充满人生知识的宝库。在这个大学里，我经过六年的努力学习，闯过了"五道关"，并经历了反复的"过山车式"的考验，终于成为千百万知青中的少数幸运者，实现了我真正上大学的梦想。

但我曲折的求学路才刚刚开始。到北京后，更多的"考验"在等着我。我到北体报到后不久，就发生了一件事，让我重新燃起了外交官梦想的火苗。

第五章
体育最高学府里的"另类"

31 第二次握手：无缘"小碧池"

1974年9月29日，我只身来到北京报到。说来很巧，这一天正是我六年前离开哈尔滨登上火车奔赴北大荒的日期。从16岁到22岁，我六年最美好的青春年华献给了北大荒。六年后，我又开始了新的学生生活。但这个校园对我来说是完全陌生的，它不是我向往已久的外交官的摇篮，而是中国体育的最高学府。

火车缓缓开进北京站，我怀着激动的心情走下车厢，耳边响着那首熟悉的乐曲和广播员的播报："列车已经到达本次列车的终点站——北京站，北京是祖国的首都……"望着蓝蓝的天空，我深深吸了一口气，心里喊着："北京，我来了!"走出北京站，一派热闹景象映入眼帘。那正是我期盼已久的场面：站前广场上彩旗飘扬、人声鼎沸，几十所大学的新生接待站一字排开，五颜六色的遮阳伞显得格外漂亮。每个学校都挂着自己学校名称的横幅和校旗，横幅下面有一排课桌，课桌后面坐着一排老师，有年纪稍大一点的，也有很多年轻的老师坐在那里，他们胸前都佩戴着自己学校的校徽，学生的校徽是蓝底白字，老师的校徽是红底白字。那个场面跟我无数次梦到的一模一样。广场上有很多行人远远地站在那里，投来羡慕的眼光。我一边走一边看，"北京钢铁学院""北京邮电学院""北京大学""清华大学"……猛然一抬头，我看见了"北京外国语学院"，我身不由己地停下了脚步，睁大眼睛看着，几位新生正在高兴地办理手续，老师们在热情地接待他们。我心里有一种似曾熟悉的感觉，脑子里开始浮想联翩。过了一会，一个戴着红色校徽的年轻女老师走过来热情地说："这位同学，是来报到的吗？来这边，我帮你办手续。""啊，是……啊，不……我是别的学校的。"说完，我赶紧走开了。心里感到有点酸酸的，好像眼角有些湿润。

我找到北京体育学院的接待站，报到后，跟其他新生一起上了一辆大轿车，向西北方向驶去。北体位于北京西北郊的海淀区上地路，离著名的圆明园遗址公园很近。后来，我们经常早上出操就从宿舍跑到圆明园东门，再折回跑。大轿车从北京站出发，一路向西，那时北京还没有环路，我看到，途中经过了北京动物园、白石桥，然后一直向北，路两边有很多田地。再往前就是北京的文化教育区域，我们看到了北京图书馆、中央民族学院。过了一会，我看见路旁的一个站牌上写着"魏公村"，再往前走一点，就看见了"北京外国语学院"的大门，我的心又动了一下。很快又看到了"中国人民大学"。到了中关村，带队的老师说："旁边就是北京大学。"汽车沿着北大东墙继续一直向北，过了蓝旗营，就看到了清华大学西门。一个一个大学闪过去，让我好生羡慕。老师说："蓝旗营往东不远就是学院路，著名的八大学院都在那里。"汽车过了圆明园后不久，终于到了北京体育学院，这是离市中心较远的一所大学。从中关村到北体只有一个365路公交车，并且一个小时才有一趟车。我看到学校周围都是菜地。想想20世纪50代初期刚建校时，这地方肯定更荒凉。我真佩服当时选北京体院校址的人，太有远见了！

但当汽车开进学校后，我看到北体校园很美，绿树成荫的校园环境，绿瓦红墙的中式建筑的办公楼、教学楼，现代化的体育场馆设施……据说，北体的校园是北京高校里最漂亮的，体育设施是亚洲最先进的。下车后，我们被领到一栋被绿树环绕的三层红瓦、红墙的学生宿舍楼，门旁边有个牌子，上面写着"南二楼"。我后来几年的校园生活都是住在那里。楼虽然不是很新，但干净、素雅，让人感到很舒服。楼前是一些大树，树下的空场是我们经常活动的地方，对面就是学生食堂。

入学后，同学们很快融入了北体的校园生活。我虽然几经周折，并不是心甘情愿上体育大学，但也无可奈何。自己失去的良机，后悔也无济于事。既然突破不了自己的信条，也怪不了别人，既来之则安之吧。用我安慰父亲的话说："在体育战线也一样为人民服务，也许有一天我会在体育领域做出一番别人想不到的成就。"我努力调整自己的心态，争取尽快适应这里的学习生活。

但命运好像有意要折腾我，没过几天，北京外国语学院又一次向我抛出橄榄枝，再一次搅动了我这颗刚要平静下来的心。

事情是这样的：早就听说我们哈尔滨外语学校有四个同学上了北外，到北京后，我们很快就取得了联系。利用周末，我去北外看望老同学。走进北外校园，一种酸溜溜的感觉又油然而生。校大门上的"北京外国语学院"的牌子是那么漂亮、醒目。校园里的学生，有的坐在树下看书，有的站在小碧池边背单词，有的在交流，他们脸上的认真与自信，以及洋溢着的笑容，让人好生羡慕。北外校园不大，但干净、简洁。虽然没有北大的皇家园林气派，也没有清华那样城市般的宏伟，但小巧玲珑的典雅和透出的那股"洋味儿"更让我喜欢。他们的学生宿舍也是一座老式的三层楼。几个同学热情地跑出来迎接我，大家见面格外高兴，多年不见，回忆往事说不尽，畅想未来聊不完。

郭文斌说："一晃我们都六七年没见了，我们在北京的同学不多，要经常联系。"

"是啊，"我说："咱们离得不算远，下周末你们到北体来，看看中国体育的最高学府。"

聊着聊着，张爱华突然说："孙大光，你怎么上了体育学院，那能有啥出息？"

我说："没办法，这是天意，去年我们团有外语专业的名额，连里不让我走，今年我们团一个外语专业的名额都没有。上北体还经过了很多周折呢。"我没好意思说在师部遇到北外老师，并且北外老师动员我上北外的事。

"听说我们北外今年没招满，还有名额。明天我找学校领导帮你争取一下。"张爱华说。

"好啊，我要是能来，咱们就又成同学了。"我随口说了一句。

没想到，几天后张爱华就把电话打到我们北体的宿舍楼，兴奋地告诉我："成功了，孙大光，我们学校领导同意你来北外，咱们又可以是同班同学了。你尽快过来一下，见见校领导。"拿着电话，我又一次傻了。张爱华是个秀外慧中、性格开朗、热心肠的女生。本来我以为是随便说说的，可没想到她还真的去找了校领导，校领导还真的同意了。这个张爱华可真厉害！我这颗刚刚安定下来的心，又开始加速跳动。

我很快就又到北外，见了校教务处的一个领导和英语系的一个领导。教务处的领导说："你的情况我们都了解，去北大荒招生的李老师也跟我说过，你们这些哈外校的学生条件都不错，校领导也研究批准了，只要北体同意，欢迎你来北外上学。"英语系的那位领导说："孙大光同学，我非常希望你能来北外上学，这对你将来的发展大有好处，你回去一定跟北体领导好好争取，尽快来报到。我等着你的好消息。"我高兴地说："谢谢老师！谢谢领导！我一定回去争取。"见面十几分钟就结束了，但这对我来说，可是一个天大的喜讯。

这次我没有丝毫犹豫。

回到北体，我立刻写了一份《转学申请报告》，交给了系主任，同时跟她讲了我这次上学前的一些情况。系主任叫耿国辉，是一位和蔼可亲的女领导，在同学中有很高的威信。她爱人赵斌是北体主持工作的常务副院长，两人都是抗战时期的老革命。耿主任拿着报告看了看，对我说："你说的情况我很了解，我个人同意你去北外，但这件事可能有难度，好像还没有过大学之间转学的情况。我给你报到院党委，也一定帮你争取，但最后院党委能否批准不好说。如果能批准，很好；如果不批，希望你能在北体安心好好学习。"

我满怀信心回去等消息。

但我还是太天真了。几天后，耿主任找我谈了一次话，彻底打消了我上北外的念头。她说："院党委很重视你的报告，专门开会进行了研究，决定是不批准。你的情况学校都了解，你要发挥在北大荒时的工作能力，当好班干部。我国体育战线也需要各种人才，包括学好外语在体育工作中也是可以大有作为的。"我认真听着耿主任讲话，没有再说什么，只是点着头。最后，她又说："大光啊，你们能到北京上大学都是很不容易的，你是党员，又是班干部，除了自己要好好学习外，还要带动其他同学，团结大多数人，共同提高、共同进步。中国体育事业是很有发展前途的事业，今后，很需要你们这样的年轻人接班啊。"耿主任的语重心长，让我无言以对。其实我心里早有预感。

这次谈话，让我彻底打消了去北京外国语学院的念头，把当外交官的梦想彻底埋藏起来。

耿主任是深受我们爱戴和尊敬的领导和师长，她一直把我们当作自己的孩子般关心和照顾。毕业几十年后，在她98岁生日时，我们十多名学生专门去家里看望她，但没想到第二年，她就永远离开了我们。我们永远怀念她。

自从耿主任跟我谈话后，我才真正安下心来，并逐渐适应了北体校园的生活，踏踏实实在北体学了三年。因为那时国家搞教育改革，缩短学制，全国普通大学的本科学制都改为了三年。

32　北体芳华

北京体育学院（1953 年建校初期叫中央体育学院，现在叫北京体育大学）坐落在北京西北郊，在中关村北部的上地镇附近，现在那里早已是北京知名的上地信息产业园区。北体的师资力量很强，老师们的综合素质很高，培养了不少体育运动人才，是名副其实的中国体育的最高学府。每天，操场上、训练馆里，学生们个个生龙活虎、青春洋溢；教室里，胸怀祖国、放眼世界、认真学习、刻苦钻研。下午四五点钟下课后，同学们穿着短衣、短裤、拖鞋，带着毛巾和洗澡用品，女同学有的还要拎个小桶，走向洗澡房。北体一派朝气蓬勃的景象和靓男俊女的风采，形成一道道亮丽的风景线，这是其他大学不能比拟的。

北体校门里的牌楼，雄伟、壮观

当年的北体大门，朴实无华

那次耿主任找我谈话对我很重要，我开始慢慢解开自己的思想疙瘩，真正下决心安定下来，很快融入了这个集体。大家选我当副班长，我就热心地为大家服务，并带头好好学习、刻苦训练。当时北体只有运动系和体育系两个系，我所在的是体育系。运动系强调一专多能，体育系强调多能一专，要学的项目很多。除要学习各种运动项目的基本技能外，我还特别认真地学好各科理论课，包括体育理论、体育史、人体解剖学、运动生理学、运动生物力学、运动生物化学、运动心理学等，还有政治理论课的马克思主义哲学、马克思主义政治经济学、中共党史等，这些对我来说都没有什么难的。

同时，我下功夫学习英语，一心想把被耽误的英语学习抢回来。但没想到的是，英语竟然不是必修课，只是选修课，我很想不通。那时年轻，有股冲劲，我为此跑到学校教务处去提意见，建议学校将英语课改为必修课。结果被教务处的老师批评了一通，说你一个学生竟然对学校课程安排指手画脚，我灰溜溜地回到宿舍。但后来上英语课时一看，我高兴了，选修课有一大好处，就是上课时人少。一开始有不到 20 个人选修英语，到后来只剩下六七个人了，一个老师教我们六七个学生，比外语学校的小班人还少，这简直太好了。只是学时太少，一周只有两次课，四个学时。我如饥似渴地利用这个机会，好好地"享受"了一年的小班英语课。但一年后又出现了新情况。第二年正是英语学习的关键时期，我们几个人也正是学习热情很高的时候。可是开学后，我在课程表上找不到英语课了——英语选修课竟然被取消了。我再一次跑到学校教务处去建议恢复英语选修课，又被教务处的老师批评了一通，我为此苦闷了好几天。

后来我真正学习英语有较大收获是在毕业后工作期间的三段学习：第一段是在北体马列主义教研室任教期间，参加了学校组织的英语班，系统学习《新概念英语》，但在学到第三册的时候，我就被调到国家体委工作了。第二段是在国家体委办公厅工作期间，我自费参加了北京第二外国语学院办的一个学费较高的周末英语班，效果很好。但也是刚学了一年，正在学习的关键时候，由于我受中组部委派去广西工作而中断了。第三段是 2003 年国家体育总局派我到上海外国语大学脱产参加一个出国人员英语强化班，侧重口语学习，我收获很大。但时间较短，只有三个月，也是正在关键时期就结束了。就这样，我这个外语科班出身的英语"骄子"，磕磕绊绊地学习了大半辈子英语，也一直没有真正过英语口语这一关。虽然一般的对话可以应付，也去过很多国家，"走不丢、饿不着"，还去过英国、爱尔兰等国家参加国际会议，用英语做过演讲。但那都是事先经过充分的准备和练习，基本上是背下来的。所以，我一直没能实现自己年轻时的这个夙愿，没有达到精通英语的水平。这是我一生的遗憾。

北体的大学生活是我一生中非常重要的经历，它是我第一次真正体验了大学校园生活。同学们个个学习都很努力。虽然体育基础参差不齐，有的同学上学前是国家级或省级优秀运动员，也有极少数从农村来的基础较差的同学，但大家的学习精神都非常好，互帮互助，刻苦训练。上午，坐在教室里上课，聚精会神，认真听课，感觉很惬意；下午，在训练馆或操场上训练，挥汗如雨，激烈竞争；晚饭后抢着到图书馆占座是当时学生的普遍现象。

除了各种体育理论课，在北体还要学习多种运动项目，掌握其基本要领。如田径、游泳、体操、武术、篮球、排球、足球、乒乓球等都要学习。我虽然从小不太喜欢体育，但身体素质还过得去，当初在宝泉岭兵团二师师部考试时，吴老师和赵老师就对我的几项身体素质测试都很满意。可是毕竟 22 岁了，没法跟当过专业运动员的同学比。开始，我对田径、体操等科目不太感兴趣，只是被动地去应付。但经过一段时间学习，我在田径、体操、游泳等训练中慢慢去体会，认识自己、锻炼自己。把自己放在大自然中，使自己既成为大自然的一部分，又不断克服大自然给自己的压力、阻力。这样，在训练中，就自然地少了很多苦和累，多了几分意境和自觉。

有一年，我们去北京第二毛纺厂"学工"两个月，我每天早上跑步，从地处昌平县城的厂区跑到十三陵水库边上，再跑回来。迎着初升的太阳，看着路两边"夹道欢迎"的石人、石马，有节奏地调整呼吸，一个多小时跑回来，一点都不觉得累。每当这时，我就想起刚到北大荒时，第一次夜里被紧急的哨声叫醒，然后跑步去救火的时候，跑得心慌、恶心要吐，很重要的原因是那时不懂科学训练，不会跑，不会调整呼吸，没有节奏，只知道一味地使劲往前冲。经过北体的学习和训练，我的100米跑的速度也从15秒多跑到了13.1秒。这对于我已经很不错了。由于我的协调性比较好，我投标枪的成绩竟然超过了一些比我身强力壮的同学，获得了优秀。那时我才知道，投标枪和铅球都不是靠蛮劲，而是全身协调的结果。体操课我原本最不喜欢，一进体操馆，那股白粉味道就很刺鼻。但后来经过一段时间的学习，由于我的协调性还不错，一些动作还比较标准，特别是单杠弧形下做得很标准，教体操的陈老师还经常让我给大家做示范。很奇怪，后来进体操房，再也不觉得白粉味道刺鼻了。

北体有一位教武术的老师让我难忘，他叫秦淳，是著名的教授。那年，他跟我们一起到北京第二毛纺厂"学工"。他的业务非常好，体操、武术等课程教得都非常好，人却很谦虚。他两眼不大但炯炯有神，身体健壮，肌肉发达，特别是那漂亮的8块腹肌，是那种会令所有人羡慕的身材。那时，我们要教全厂职工打太极拳，所以我们自己必须先学好。我的动作比较标准，秦老师非常喜欢我，把他多年经验中的精华传授给了我。在中央电视台采访时，还让我在全厂职工前面领队打太极拳。后来很流行的24式太极拳，就是那时秦老师带领人员创编完成的，然后请中央民族乐团帮助作曲配乐。有一天，秦老师让我去中央民族乐团取刚配好曲子的录音带，那时还是那种大圆盘的带子。然后，秦老师带着我，在"二毛"厂大礼堂的舞台上，让我一遍遍和着音乐配合24个动作，练了一上午，最后把24式太极拳的动作速度确定下来了。那是这套24式太极拳第一次和音乐配合。若干年后，这套音乐基本上在全国家喻户晓了。那首曲子我现在还能背下来。

第二天，我又做了一件让秦老师赞不绝口的事。回到宿舍后，我利用自己的一点音乐知识，一边听一边把乐谱用简谱写在一张大纸上。把24个太极拳的分解动作，像填歌词一样，对应写在谱子下面，这样24式太极拳便像一首歌一样，可以直观看到歌谱和动作。秦老师说："太好了！我就没想到还能这样做。这下子我们的教学更直观了，教学效果会提高好几倍。"后来好多年，北体的太极拳教学都是采用我编写的这个对照"歌谱"进行的，并且印在了教科书里。

在北体，我还加入了学校的文艺宣传队，担任扬琴手，成为乐队的主力。业余时间我的扬琴声响在了北体校园里。北体的文艺宣传队在北京各高校中是比较出名的，那时每到节日或重大活动，都要出去演出。每年"五一""十一"，北京都要举办大型游园活动，我们北体文艺宣传队是在颐和园的大戏台进行专场演出的。学校原来没有扬琴，由于我会弹扬琴，所以学校专门审批让我们买了一台新的专业级扬琴。记得那天我和73级的一位同学（忘记他叫什么名字，只记得他的舞蹈跳得非常好）去新街口乐器商店买的扬琴，我们两人坐公共汽车轮换扛着，回到学校，天都黑了。乐队有了扬琴，演出效果提高了很多，大家非常高兴。拉大提琴的王铁来、队长吕志华等人一休息就会过来弹几下扬琴。

那时排练多是在晚上，每次排练的特殊待遇是每人发一包黑巧克力，有十几块。每次我都舍不得全吃了，总要留几块带回宿舍给同学们尝尝。看着同学们吃巧克力高兴的样子，我感到比吃到自己嘴里还甜。结果，同宿舍的同学经常问我："今晚你们有排练吗？"

大学生活总是最难忘的。北体的校园美丽而充满朝气，春天繁花似锦，夏天鸟语花香，秋天黄叶铺地，冬天雪景迷人。冬天的北体校园是一个洁白无瑕的世界，室外的大游泳池变成了一个大滑冰场，可以随时滑冰，室内还可以上游泳课。

那时北体学生每月的伙食标准是21.5元，个人不用交钱，全都由国家承担。很多百姓全家的生活费，每月也就是几十块钱，所以其他大学都羡慕我们。周末不吃的还可以退伙食费。我作为副班长，主动承担了每周为大家退伙食费的工作。

上北体就好像是老天特意安排，让我来弥补"知识水桶"的短板，使我更加全面发展。通过系统的学习，大大提高了我的身体素质。体育，不仅锻炼了我的身体，还让我更深刻地认识自己、认识世界，这是在其他大学学不到的。人类要认识世界、认识社会，必须先认识自己，包括认识自己的物质身体和精神世界。

在当年宿舍楼前留影，身后是半个世纪前
笔者住过的学生宿舍南二楼 104 房间的窗户
（2023 年 10 月 28 日拍摄）

北体的大学生活，不但"野蛮"了我的体魄，"文明"了我的精神，更让我认识了体育对培养人的综合素质的重要性，也让我较早接触了奥林匹克，拓宽了眼界，从奥林匹克的视角融入世界、了解世界，更深刻地认识人类社会和世界发展规律。

在北体学习的日子很快，我已完全适应并喜欢上这里的生活。

可是，正当我心无旁骛，一心扎进学习，享受北体校园生活的时候，北京大学又跟我开了一个不大不小的玩笑，再一次掀起我心中的波澜。

33　一纸之差：再别"燕园"

北大也是我朝思暮想的学校，当时在北大荒团干部股已经通过了我上北大的方案，如果没有连长的那份通知，我应该早就坐在北大未名湖畔的长椅上读书了。当年与北大的擦肩而过让我痛苦了很长时间。到北体后又看到，北大校园离北体很近，但它的围墙很高。每次进城，都要经过北大的西门或东北门。有时为了走近路，就从北大的东北小校门进去，从校园里边穿过去，从南门或西南门出来。而每次走过，我都有一种羡慕感油然而生。羡慕坐在教室里上课的学生，羡慕他们三一群、五一伙，有说有笑走进食堂、走进图书馆的情景。遗憾自己没有成为他们当中的一员！

　　没想到，在北体毕业前一年，机会真的来了，并且这次是组织上的决定，校党委决定保送我上北大。这对我来说，真是"天上掉馅饼"的大好事。

　　那是在北体毕业前一年的9月下旬的一天下午，耿主任通知我到她办公室去一下。当我走进她的办公室后，耿主任第一句话就让我很吃惊："大光同学，祝贺你！学校准备送你去北京大学学习，校党委已经开会决定了，现在让我征求一下你的个人意见。"我听着有点"丈二和尚摸不着头脑"，只是睁大眼睛用疑惑的眼光看着她。耿主任继续说："我们学校的马列主义教研室师资力量一直较弱，需要充实新鲜血液。校党委决定，并已经报上级批准，挑选一名优秀的学生保送上北大哲学系本科学习，毕业后，发放北大和北体两个本科文凭。只有一个要求，就是毕业后要回北体马列主义教研室任教。经过研究，校党委已经批准你去，不知道你个人有什么意见？"我真的是被惊到了，似乎不太相信。我睁大眼睛看着耿主任，嘴里不停地："啊，啊？"还有这样的好事？！可耿主任是不会随便开这种玩笑的。"不要犹豫了，"她又说"我知道上北大也是你的梦想，校党委都已经决定了，上级也已经批准了。你自己准备一下，到'十一'休息时洗洗衣服、拆拆被子，过了'十一'就会接到北大的通知书，去北大报到。"我连连点头说："不犹豫，我同意，没有任何意见！谢谢耿主任！谢谢校党委！"

　　出了系主任办公室，我还是没有缓过神来，回到宿舍躺在床上望着天花板发呆。这样的好事，哪里还有不同意的理由！就是再多几个要求我也同意，只要能上北大！可是我心里还是不踏实，还是觉得这个"馅饼"来得太容易。不知道为什么，那几天，我没有特意准备，没有拆洗被褥。我也没跟任何人说这件事，"十一"后我照常上课。

　　过了几天没有动静，又过了几天还是没有动静，没接到北大的通知书。

　　终于有一天，耿主任又找我了："大光啊，很遗憾，北大去不成了。因为中央工作的变动，下面的一些日常工作都暂停了，去北大的手续也办不了，校领导也很遗憾。"停了一会，她又说："但校党委又开会决定了，你明年毕业后，先留校在马列教研室任教，然后再送你到其他学校去学习。"我平静地说："耿主任，不管怎样，我都要感谢您！感谢校党委！我一定继续好好学习，不会受到任何影响。"

我当时的感觉是一种很奇怪的平静，可心里又像是在翻江倒海……

自从耿主任通知要保送我上北大的那天起，我的心就一直不踏实，总觉得有点不真实。所以那些天我既没有做任何准备，也没有跟任何人说，就好像有预感似的。所以，我表面上并没有表现出特别的惊讶，但心里却似乎又一次要崩溃了。已经摸到北京大学校门的我，又一次失去了踏进北大的机会，不能不说是一个莫大的终生遗憾！

那天傍晚，我独自一个人徒步到北大西门外，在高高的围墙下站了半个小时，望着那虽然不是很大，但古朴、典雅，似乎还有些威严的北大西校门，看着进进出出的北大师生，心里无比酸楚，眼泪不知不觉地流了出来。没人知道我对北大的仰慕、向往。我知道，我再也不会有上北大的机会了。我站在那里，心里默默地向北大告别：再见了，我心中的神圣殿堂！再见了，燕园！今生今世我与你无缘，来世再见吧！

然后，我转身离开，慢慢地走到北大西南门对面的海淀镇上一个僻静的小饭馆，要了二两用一个小白碗散装的高度"二锅头"、一小碟花生米和一碟小菜，学着一些老者喝酒的样子，默默地，一口酒、三粒花生米、一口小菜。每咽下一口酒，就像一块烧红的木炭从嗓子眼儿滑向食道，又滑向胃里，每一口酒都能清楚地感觉到它的滑行路线。就这样，带着痛苦和无奈的心情，伴着咸咸的泪水，慢慢地品着这碗苦涩的、辛辣的老酒。

我第一次喝得晕乎乎的，夜里一个人从海淀镇徒步回北体。

命运啊，为啥总是这样无情地、肆意地折磨我！

我把这件事压在了心底，没有向任何人提起。

34 聆听"南开校钟"：我的第二次大学生活

就这样，我遗憾地抽回了已经迈入北大校门的一只脚，惜别北大，回到北体继续安心学习。但我很感谢北体的院领导和老师对我的信任、栽培。虽然没有上北大，但北体院党委提前一年就决定我毕业后留校任教，这在当时也是不可想象的。那时大学生是国家统一分配工作，很多同学从一入校就开始想办法，四处跑关系，为毕业分配做准备，一些同学为此伤透了脑筋。有的同学因为不满意分配结果，毕业后不去报到，几个月、半年甚至一年都没有着落。而我提前一年就知道了自己将留校，不必为此再伤脑筋了。我很快调整了情绪，压住了又一次的思想波动，带着平常心出现在同学面前，回归了正常的学习生活，直到第二年毕业。

　　一年后，我"顺理成章"留校，成为北体马列主义教研室的一名教师，胸前换上了红色的校徽。同时，按照一年前校党委的决定，留校后，北体有关部门已经为我办好了一切手续，送我去南开大学学习，这次没有出现任何问题。我和全国 77 级新大学生一起，被隆重欢迎进入南开大学历史系学习。按照规定，我的户口也从北京迁到了天津。

　　在南开，我又开始了新的大学生活，这是我一生当中感觉最好、最难忘的一段大学经历。相比北体，这才是我心中理想的大学生活。南开的校园学习气氛浓厚，教学内容和水平在国内领先。研究、探讨问题有深度，这很适合我的追求。我如饥似渴地聆听老师们讲的每一堂课中的每一个细节，吮吸着南开给予我的科学文化知识和精神食粮，亲身感受张伯苓老先生在近一个世纪前的教诲。

满载历史故事的南开大学

南开大学历史系全国闻名，人才济济。我的班主任陈志远老师就是个名人，他是中共一大的代表、中共建党元勋陈潭秋的儿子。陈老师特别受学生们的爱戴，他长得很像他父亲。他1933年出生在上海，出生两个多月，他母亲就被国民党当局抓捕入狱，牺牲在南京雨花台。在他10岁的时候，父亲也牺牲了，他与父亲从未见过面。而后他流浪街头。多年后，我们党派人找到他的时候，由于小儿麻痹后遗症，他的左半身是残疾的，他只能带着残疾的身体生活。但他的头脑非常睿智，办事认真严谨，备课一丝不苟，他讲的中共党史课生动而富有感情，是我们最爱听的课。多年后，我在国家体委办公厅工作期间，专门开车到天津去他家看望他，他高兴地拉着我的手，让我坐在他的旁边说："大光啊，你能来看我，我很高兴！你给我的印象很深，话不多，但脑子好使，能够站得高、看得远，分析问题深刻，你本科是体育专业的，但一直是班上的佼佼者，在高手如云的班里毕业考试获得第二名，我一直记忆犹新。"那时，我们进修班的同学都是来自全国各地的专业高材生，有一多半是已经小有成就的专业人员，其中还有国防大学的高材生，只有我和孟宪清是改行过来的。所以，刚入校时我的成绩并不占优，但经过刻苦的努力，我的学习成绩很快赶上来了。到毕业时我超过了班上绝大多数人，除了来自国防大学的一位"资深"老大哥李××，他考第一，我考第二。

在南开学习期间，我印象最深刻的几位老师，他们个个"身怀绝技"，各显神通。因为我们这个班是国家教育改革后的第一个进修班，是高于本科教育的，所以学校非常重视，选派了一流的教师上课。

教古代史的古老师，个子不高、其貌不扬，五十来岁就秃顶了。讲课不用看讲稿，如云似水、古今贯通。听他的课就像听小说故事，根本不会犯困。

教近代史的金老师是个大个子，身材魁梧，戴着一副黑框高度近视眼镜。他讲课最有特点，我们很喜欢听。可能是个子高的原因，每次走进教室后，他不上讲台，站在讲台的旁边，右胳膊肘放在讲台上，先用戴着大黑框眼镜的双眼巡视一下教室的四周，然后，右胳膊肘不动，用右手的两个手指伸进上衣的左口袋，夹出来几张卡片，顺势用手指像捻扑克牌一样把卡片捻开。看一眼后，又顺势合上卡片放进口袋里："今天我们讲……"洪亮的男中音一下子就吸引了全班同学。整一堂课，姿势基本不变，从不板书，只有右手偶尔重复掏出卡片、捻一下、合上、再放回口袋里的一套动作。让我们感到奇怪的是，金老师的课虽然不用板书，没有讲稿，但同学们却一致认为，上金老师的课，大家记的笔记最清楚、最整齐，记忆最深刻。

教现代史的是左志远老师，他的特点是细、趣、实，他博览群书、熟知史料，对现代史了如指掌，人称他是中国现代史的活字典。他结合丰富的史料把现代史讲得风趣且深刻，给人以启迪。他上课还有一个特点让我们难以忘怀——因为他小时候车祸失去了右臂，所以生活中只能靠左臂。在长期的教学工作中，他练就了一套背向黑板用左手板书的特殊技能。每次进入教室走上讲台后，站在那里看看大家，然后开始慢慢地说："同学们，上次课我们讲了……今天我们要讲……"他一边说，一边用左手拿起一支粉笔，后退一步到黑板边，身体仍然面对学生，嘴里仍然在继续说着今天要讲的内容。同时，拿着粉笔的左手从耳边伸向后面的黑板，快速地写下今天讲课的题目。口中在讲课，眼睛看着学生，手在头背后写字，三管齐下。那情景用现在的话来说，简直是帅呆了！那一手漂亮的粉笔板书绝对称得上是一流的粉笔书法家，同学们佩服得五体投地。

南开这些老师给我们树立了鲜明的榜样，让我终身受益。他们都是国内该领域的学术带头人和权威。历史系的老师个个不可小视，还有一个老师，入学好长时间后我们才知道，历史系办公室那个胖胖的、有时和我们一起讨论问题的和蔼可亲的"胡大妈"竟然是大名鼎鼎的胡适的女儿。

有这样一批好老师和南开良好的学习氛围，我无比兴奋地畅游在学习知识的海洋中，贪婪地吮吸着精神营养。每天宿舍、教室、图书馆、食堂四点一线，我丝毫也不觉得疲劳。那时，正赶上我得了荨麻疹，大夫给我开的氯苯那敏，吃得我经常头昏脑涨还犯困，但我一直坚持克服困难，从未耽误过一次课。开始时，我们每次下课回来都要重新抄一遍上课记的笔记。陈老师到宿舍来看我们时说："不用重新抄写，那样浪费时间，应该多看书，多看些资料。"他经常到宿舍来看我们，与我们一起探讨问题。在他的指导下，我到学校图书馆看了很多外面看不到的书和资料。那时图书馆刚刚开始对学生开放了很多原始资料，每天晚饭后到图书馆占座位，是我们一天中最重要的任务，也是最亢奋、最高兴的时候。

天津是我国著名的历史文化名城，特别是在近代发生了不少著名的故事。天津有很多旧书店，那里珍藏着许多历史文化宝藏。我和几个同学利用周末和休息时间，几乎把全城所有的旧书店跑了个遍，去淘20世纪二三十年代甚至更远些的原版书和绝版的古书、旧书。那是当时的一大乐趣。

南开大学的学习生活特别充实，收获颇丰。它不仅圆了我的一个上综合性大学的梦，更重要的是使我树立了一个学习目标，学到了正确的学习方法，并为我的知识积累奠定了重要基础。

2010 年笔者应邀回南开大学作报告，报告会前会见校领导

1979 年，我带着南开大学毕业证书回到北体，满怀豪情，下决心当好一名人民教师。我的户口也从天津迁回了北京。

但当我回到北体马列主义教研室后才发现，马列主义教研室的问题可不简单。我开始理解上级领导为什么要给马列主义教研室输入"新鲜血液"，为什么要"掺沙子"。我慢慢地看清了马列主义教研室存在的主要问题，正像北体很多人说的"马列主义教研室缺马列"。

35 "孙氏教学法"

从南开大学回到北体后，我很快就投入到边教学边继续学习的奔波之中。干一行爱一行是我们这一代人的口号，也是我的工作准则。既然社会需要我做一名人民教师，我就下决心尽最大努力，一辈子当好一名默默无闻的园丁。我喜欢教师这个职业，喜欢站在讲台上，几十双眼睛看着我，听我讲课时的感觉。眼睛是不会骗人的，我能从每一双眼睛里看到很多东西。学生坐在下面的一举一动，每一个小表情，我都看得一清二楚。我讲课的效果如何，学生爱听不爱听，也能很快从学生们的眼睛里反馈回来。我很享受那种在课堂上与学生实时交流的氛围，特别是从学生的眼神里反馈出来他们愿意听你讲课，丝毫没有疲倦的感觉，甚至是意犹未尽的感觉。很快，我的教学效果就显现出来，获得了学生们的肯定，我越来越受到学生们的喜欢和爱戴。每天早上起床时，一想到教室里学生们那种对你信赖的眼光，我的心情就充满幸福和快乐。

那时大学本科政治课主要有三门，哲学、政治经济学和中共党史，后来研究生有国际共运史等课程。政治课一直是大学里的"老大难"，是最不好教的课程之一，学生大都不愿意听。很多学生一提到政治课就头疼。其实这不怪学生，是老师的问题。很多老师都把哲学、政治经济学和中共党史教成了死记硬背的一些名词、教条。其实，我们的大学生从中学就开始上哲学、政治经济学的基本知识课，上了大学又有哲学课、政治经济学课。学了好几年，很多学生还是说不清楚什么是哲学、什么是政治经济学。

虽然我刚刚从南开历史系学习回来，但教研室领导并没有让我教中共党史课，而是让我去教哲学和政治经济学课。凭着"初生牛犊不怕死"和"拼命三郎"的钻研精神，靠着多年学习的"老底子"，再加上"现学现卖""临阵磨枪"等，我一边到北京大学、北京师范大学、中国人民大学和中央党校等进修、旁听学习，一边给学生上课。同时，我加倍认真备课。

我打破了一些老教师传统的死板授课方式，自己琢磨出一套"从大到小""从宏观到微观""从浅入深""从简到繁"的"孙氏教学法"，受到学生的欢迎。学生们既学到了知识，又掌握了学习的基本方法，学习成绩明显提高了。我可以自信地说，我教过的学生，哪怕他只上过我的一堂课，你问他什么是哲学，他也能给你一个简单而满意的回答。

经过反复学习和研究，我改变传统的灌输式哲学教学思路和方法，采取分层次理解的启发式教学方法。第一堂课我就结合板书告诉大家，我们这门课简称"哲学"课，全称"马克思主义哲学"课。我想让学生知道，世界上除了马克思主义哲学，还有一些其他哲学流派，有东方哲学，还有西方哲学；有马克思主义哲学，还有资本主义哲学等。在那个年代，能讲这样的观点是不容易的，这是个很大的突破，其他老师都是不敢讲的。但学生很爱听我讲课。因为学生们是第一次听到这些，以前他们都以为哲学只有马克思主义哲学，马克思主义哲学就是全部哲学。这是我讲的第一个层次，是让学生掌握的第一个观点。第二个层次是，我告诉学生，我们所讲的是马克思主义哲学，但你如果有兴趣，可以在业余时间去看看其他哲学的书。第三个层次是，我们要学习的马克思主义哲学的基本理论，可简单分为两大块：辩证唯物主义和历史唯物主义。第四个层次是，今天我们要先从学习辩证唯物主义的理论开始，因为它是马克思主义哲学的主要基础理论。第五个层次是，简单记住辩证唯物主义的基本理论，可以概括为一句话："世界是物质的，物质是运动的，运动的物质是有规律的，这个规律是可以被人认识的。"我把这五个层次在黑板上用图表的方式画了出来，清清楚楚、一目了然，收到了非常好的效果。

讲完这五个层次，我就可以告诉学生，今后再有人问你有关哲学，或者是马克思主义哲学的问题，你就可以先讲这五个层次，知道了这五个层次，你就没有白上哲学课。再往下讲，就是把马克思主义哲学的基本理论，一层一层深入下去。这样，所有学生都会有收获，都能回答一些哲学问题，考试也肯定能提高成绩。然后我说，我们中国共产党人是信奉马克思主义的，你只有先把马克思主义哲学学好，才有能力、有可能去看其他哲学方面的书，有对比才有鉴别。

这样一套教学方法，在教学实践中取得了意想不到的好效果。

后来在讲马克思主义政治经济学课时，我也是先给学生讲一个总的概念，然后从宏观开始，从微观入手，把重点放在了解资本主义生产和再生产过程中，看剩余价值是怎样生产出来的。我把这个过程画成一张流程图，一边演示一边讲解，让学生一目了然，很快就能理解。把这个流程了解后，学生就可以举一反三，对任何生产流程都可以有自己的思考。

第一个学期下来，我就有了一点小名气，学生对我的课评价非常高。后来，北体曲副校长来找我，让我给他的女儿辅导哲学、政治经济学和中共党史，准备考研究生。还有教务处长的女儿和校长办公室主任的侄子等，一些准备考研究生的学生，也来找我辅导。经过我辅导后的学生，都考了很好的成绩，这下我在北体更出名了。我自己也感觉良好，把全部精力都放在了教学上，并一直没有间断校外学习。

还有一件事，本来是对我教学效果的最好评价，在学校引起了很好的反响，却成了教研室的"出头鸟"，实实在在地得罪了教研室的唯一领导——袁副主任。

那年，北体办了一个体育明星大专班，学生都是著名的世界冠军和国家级教练。有一次给他们上哲学课的×老师病了，教研室领导让我临时去代几次课。我去上了两次课，深受学生们欢迎。可是这下子惹了麻烦，那个×老师病好了以后回去上了一次课，学生就不干了。这个班的30多位世界冠军，有梁戈亮、张立、黄玉斌、李翠玲等，都是那个年代家喻户晓的体育明星。他们在班长周××的带领下，集体跑到校教务处，一致要求请孙老师来继续上课，学校协调了几次都没成功。最后，只能同意让我去给他们继续上课。那一年，我在给他们上课的过程中，与这些冠军们结下了深厚的友谊。毕业时，他们特意邀请我参加全班同学的总结会，还专门买了一本很大的相册，全班同学签上名后送给我做纪念，我一直保留至今。

其实，那几年是我家庭生活最困难的时期。我儿子出生后不久，就查出先天性淋巴管囊肿。而我与爱人两地分居，她在大西北工作，单位又不能长期请假。所以，我只好一个人带着刚刚11个月大的儿子，住在北体红七楼的一间11平方米的单身宿舍里。那时，我一边上课，一边到外面学习、听课，还要经常跑医院，我背着孩子跑遍了北京的各大医院。那时北京肿瘤医院刚成立，还没通公共汽车，从北京西北郊区的北体到北京的东南角，去一次就要大半天。那时儿子还没有北京户口，因为国家规定孩子的户口要跟着母亲所在地。没有户口就不给订牛奶，所以孩子的"口粮"成了当时最大的困难。

还不到1岁的孩子只能喝奶，教研室的谢作黎老师知道后，联系了学校的另外两位老师，每人送我一瓶牛奶的指标。我每天有了3瓶牛奶的指标，基本保证了儿子的"大半个饱"，我又买了一些"健儿粉""糕干粉"等，算是解决了儿子的"口粮"。龙天启老师把她家用的蜂窝煤炉子借给了我，放在门口的楼道里。我到海淀买了几百块蜂窝煤也堆在楼道里，这样每天可以给孩子热奶。那是我第一次学会用蜂窝煤炉子，那绝对是个"技术活"。晚上睡觉前加上一块煤，把下面的炉门留上一个小缝隙，不能太大，也不能太小。缝隙大了到半夜煤就烧完了，早上炉子就灭了；缝隙太小空气不够，炉子就容易灭。夜里外边风大时，缝隙就要小一点；没有风的日子，缝隙就要稍大一点。开始没有经验，经常早上一看，炉子灭了，马上想办法重新点燃。有时，来不及了，就到别人家借用一下炉子热奶，经常搞得狼狈不堪。好在那时住的是筒子楼，大家都在楼道做饭，邻里之间关系融洽，都爱互相帮助。"筒子楼交响乐"是那个时代知识分子经历的一道特殊的风景线。

我到北体的幼儿园，找园长软磨硬泡，终于感动了园长，破例收留了还不满一周岁的孩子，给人家添了不小的麻烦。但幼儿园只能日托，需要我每天早上送、晚上接。我忙得不亦乐乎。特别是每天早上，就跟打仗似的，头天晚上要计划好先做什么后做什么，抓紧每一秒钟，7点半之前一定要把孩子送到幼儿园。然后，8点前准时赶到学校教室上课。下课后，我手上的粉笔末都来不及洗，就骑上那辆旧自行车去北大或人大听课。晚上接孩子经常迟到，都是幼儿园老师帮忙照看孩子。幼儿园的王老师（我同学吴立春的爱人）了解我的情况后，给了我很多的帮助。夜里孩子哭闹，不是尿了就是拉了。有时夜里把手伸进孩子被窝，摸到热乎乎的一手屎。这时，就要马上起来扯掉被褥扔到屋门口的楼道里，拿来洗澡盆，倒上睡前准备好的温水，把孩子洗干净后，再抓紧时间继续睡会儿。

我一个人带着一岁左右的儿子，既要上课，又要学习，每周还要背着孩子跑医院，困难是可想而知的。等到我爱人来探亲，到幼儿园见到儿子时，儿子竟然不认识妈妈，看着妈妈叫了一声："阿姨好！"我爱人当时就哭了，一把把儿子搂在了怀里……

那几年，我克服了所有的困难，丝毫没有耽误工作，还进修了大量的课程，并取得了很好的教学效果。虽然又累又辛苦，但我不觉得苦，我下决心当好一名光荣的人民教师。我每天都是乐呵呵的，感觉生活很充实。所以，那时大家都对我很好，校领导还把我列为青年教师骨干，重点培养对象。特别是，校党委开会决定把我作为"青年骨干教师"，排在了20多位老教师前面，优先解决夫妻两地分居的问题，这是北体给我的最大奖赏和鼓励。我下决心，用加倍的努力来回报党组织和领导对我的厚爱。同时，我十分感谢在我困难时期给予我帮助的，并在工作、学习上给我大力支持的同事们，我永远感谢他们！

36 "不屈不挠" 的工农兵大学生

那几年，正是全国"工农兵大学生"受到排挤的时候，"工农兵学员"的帽子越来越沉重，压得大家喘不过气来。一会说要"回炉"，一会说要"补课"，这些都没关系，学习我是喜欢的。但一会又说不能承认学历，还听说有的高校就直接让"工农兵学员"下了岗。

"工农兵大学生"中有很多是知青，他们大都是知青中的佼佼者，经过了很多曲折、坎坷，在众多的知青中脱颖而出才上了大学，那是千里挑一的人才！但他们没想到，毕业后却遭受如此尴尬和无奈。一顶"工农兵学员"的帽子变成了他们莫大的遗憾。虽然工农兵大学生里面确实有个别人条件差一些，但绝不应否认大多数人是优秀的、合格的大学生。任何年代，任何一届大学生都不能保证100%的优秀。对于工农兵大学生的三年学制，是国家"教育改革"压缩学制的结果，不能因此就不承认他们本科毕业的学历。否则，那些年我国就没有大学生了。事实证明，大多数工农兵大学生是优秀的，有的还是特别优秀的，他们身上有着其他大学生所不具备的、难得的优秀品质和综合素养。

我是个工农兵大学生，又是个改行的工农兵大学生，所以从南开大学毕业回到北体后，我就开始了工作事业上的"冰河期"。但我没有气馁、没有惧怕，反而这更激起了我继续学习的决心。对于"回炉"、补课我举双手赞成，补多少课我都愿意。我开始了边教学、边补课、边进修学习的最繁忙的"充电"阶段。事实上，这也成为我夯实理论基础难得的重要阶段，为我后来一生的工作和事业发展奠定了坚实的、综合的理论基础。

那几年，我除上课以外，就是拼命学习、学习、再学习，心无旁骛。在学校参加助教进修班、英语班，"回炉"班补课，到北大、北师大、人大、中央党校、北京市委党校等进修听课。在参加北体组织的助教班等"回炉"补课中，我都取得了优异的成绩。记得心理学考试后，吴友莹老师（北体心理学教授）告诉我，我得了满分，并且成绩远远高于第二名，是全校多个年级中唯一的满分。她高兴地告诉我："在我教过的学生里，还没有人取得过这样的好成绩。"因为试卷是从北师大的国外权威的心理学题库中选出来的试卷。她说："从心理学角度看，你今后会有更好的发展。"我心里很高兴，但并没有当回事，只当是吴老师对我的鼓励。

为了方便出去进修学习，有一次，我硬是塞给校医院杨大夫20元钱，把她送给我的一辆旧自行车买了下来。那几年，我骑着这辆旧自行车到处去听课。我从北体校办公室开了介绍信，然后到北大等高校办理进修证或听课证。那时费用很便宜，而且老师们都喜欢有人来听课。在北大，我作为一名旁听生，跟着经济系政治经济学专业的学生一起上课，他们的专业课，我从头听到尾，听了整整四年，哲学课听了一年，并且都参加了考试。这多少也算弥补了一点我没有上北大的遗憾，圆了一点我的北大梦。同时，中国人民大学哲学系李秀林教授和其他教授的哲学课，我听了两年；北师大陶大镛教授讲的《资本论》，我从头到尾听了一年；我还经常去中央党校听一些知名专家、教授的讲座。这些学校都留下了我和那辆旧自行车的足迹，很多老师都认识了我这个骑着旧自行车来听课的旁听生。

当年去听名家讲座很方便，也很便宜，有时还免费

那年，当我带着这些成绩单到北体教务处汇报时，教务处郑处长惊呆了。他拿着我的成绩单，看了好半天才说话："你太厉害了！没想到这几年你考了这么多成绩！佩服，佩服！"我粗略算了一下，在北大听政治经济学课四年、哲学课一年，在人大脱产进修一年，旁听哲学课两年，北师大《资本论》一年，北体"回炉"补5门课，助教进修班6门课，英语学习班两年，参加中央党校研究生考试5大门课（涵盖10余门课、14本原著），共有考试、测验成绩50多个。如果再加上在南开大学期间的多次考试，就更多了。此外，还有很多没有考试的科目。郑处长激动地说："恐怕全国也找不出像你这样的工农兵大学生。"

为此，教务处请示北体的校领导批准，专门给我又颁发了一个北体本科毕业证书。

37　情缘"明德楼"：我的第三次大学生活

1984 年，我通过考试进入了中国人民大学历史系进修班。我住进了人大的学六楼，开始了我的第三次大学生活。与以往不同的是，这次我学习的目的性更明确，选择课程更有针对性。除学校规定的课程之外，我重点选修了李秀林教授等著名哲学家的哲学课。

笔者的第三次大学生活是在这里度过的

进入人大学习是我继南开大学学习后的又一次重要的大学校园经历，它与南开大学有很多相似的地方，如学习风气浓厚、师资力量强大等，也有一些不同的特点，如由于人大在首都，又是处在国家改革开放大背景下，学生更关心社会的现实问题，关心国家大事；我在人大学习期间，国家已经进入改革开放年代，20世纪80年代的中国著名大学校园里，充满了朝气蓬勃的新气象。我徜徉在这所大学的校园里，如饥似渴地利用有限的时间，尽量多听课，多与老师、同学交流，多去图书馆查资料。那时还没有手机和电脑，连复印机都没有，看书、查资料就是靠手里的笔记本和一支笔。改革开放后，大学生思想比较开放，学校经常举办一些舞会等活动。但我的业余时间几乎是在图书馆里度过的，收获颇丰。可惜的也是感觉时间太短，还没学够就毕业了，学校给我们颁发了中国人民大学进修班毕业证书。

在人大学习期间发生了很多故事，这里，我讲一个和学习无关的小故事，是我当时做了一件好事，当了一回无名英雄。近四十年过去了，今天可以"解密"了。

事情是这样的：一天中午下课后我去食堂吃饭，快到食堂时，忽然看见一辆马车从食堂门口向我这个方向冲来，有人在喊："马惊了！马惊了！快闪开！"一位赶车的农民老大爷拼命拽着马的缰绳，跟着马车往前跑。突然，他好像被马车的辕木撞到了头部，摔倒了，马车轮子一下子就从他的身上压了过去，他躺在地上动不了。这时，受惊的马拉着车狂奔过来，路上的人很多，年轻的学生们惊慌失措，四处乱跑，情况十分危险！我当时来不及多想，毫不犹豫地向马车冲了过去，凭着在北大荒练就的本领，调动全身的细胞，一股劲跟着马车跑了十几米，我用手拉住马缰绳，双手使劲往下扣，往下扣……嘴里冲着惊马大声喊着："驭！……驭！……"终于控制住了惊马，它一边打着鼻响，一边把两条前腿高高地抬起，试图挣脱。渐渐地它也累了，慢慢平静了下来。

我把马安抚好后，拴在路边的一根电线杆上，迅速跑到被马车压过的农民身旁，他还一动不动躺在地上。旁边有些同学在看着，不知道怎么办。我赶紧跑过去扶起他的脑袋，看到他脸色苍白，胸口一起一伏费劲地喘着粗气。他大约有五十岁的样子，我问他："你能听见我说话吗？"他一边大口地喘着气，一边用微弱的眼神表示自己听见了我的问话，但他的嘴好像想说话又说不出来的样子。我对旁边的一位同学说："赶快去打电话，叫救护车！"我坐在地上扶着他的脑袋对他说："别害怕，马车都已经安全了，放心吧，救护车马上就来了。"海淀医院的救护车很快就到了，还来了两位医务人员。我帮他们一起把伤者抬上了车，医务人员说，你们要有人跟着一块去医院。我说好，我去，就和我一同来的同学田慧芝上了救护车。我在车上扶着伤者的头，救护车鸣着笛、闪着灯奔向海淀医院。

那是我第一次坐救护车，看着躺在担架上一动不动的农民，我心里有点紧张。车速很快，两旁的车辆都自觉让出道路，我们的车很快通过。到医院后，我们把伤者推进了急诊室后，坐在楼道里等候。几个大夫进进出出忙活着，一位大夫出来说："家属先去交费把。"我毫不犹豫地到收费处替伤者交了钱，好像是几十块钱，然后，继续坐在楼道里等着。大约过了半个多钟头，一位大夫出来说："你们送来得很及时，如果再晚些送来就麻烦了，经过紧急处理，现在患者已经醒了，但需要住院观察至少24小时，才能脱离危险期。"我又去给他办理了住院手续，交了一些押金，然后把他推到病房，还给他买了包子，并给他家的村委会打电话通知了家人。都安置好后，我们两人就悄悄离开了医院。过了几天，伤者家属到学校感谢，但找不到人。那几天，人大校园的大喇叭每天都在广播校保卫处的寻人启事，寻找救人的"英雄"，但我们一直没有露面。后来这事就慢慢过去了，至今也无人知道。快40年了，现在可能已经没有人记得这件事了。

在人大的学习，除加深了对中共党史的学习外，我最大的收获是夯实了哲学基础；在南开的学习主要是历史学和中共党史；在北大主要是学习政治经济学和哲学；在北师大的听课主要是学习马克思的《资本论》；在中央党校和北京市委党校听课主要是学习马恩列斯的原著、国际共运史和党建。那些年的拼命学习，为我后来做好工作并取得一些成绩打下了坚实的理论基础。

38　与"克格勃"的斗争

马列教研室的袁副主任是个副处级干部。因为只有马列教研室是处级设置，其他教研室都是科级设置，所以他在全校各教研室领导中的级别是最高的。他虽然是副主任，但因教研室长期没有主任，也没有其他副主任，所以由他主持工作。

袁副主任是个从来不会笑的人，大家平时都礼貌地叫他袁老师或袁主任，但背后都叫他"克格勃"。他的脸上从来都毫无表情，只有大黑眼镜框后面那两只白眼珠不时闪动着阴森森的、莫名其妙的灵光。但这两只眼睛从来不会正视任何人，就是走在楼道里迎面碰上，他也是两眼直勾勾地看着前方的地面，不会与任何人打招呼，似乎别人都不存在。

马列主义教研室在他的领导下，内部矛盾重重，对外影响很坏。他不按照每个人的特长排课，而是随意安排课程，不许年轻教师到社会上参加有关学术交流活动和会议，不安排年轻教师出去进修，不许年轻教师复习考研，甚至不许年轻教师与其他老教师有过多的接触。年轻教师被他压得喘不过气来，没有地方去说理，大家只能聚在一起发发牢骚。其实马列教研室的十几位年轻教师都是很有才华的好青年、好教师，其中有南开大学、北京大学、中国人民大学、东北师范大学、武汉大学等毕业的优秀人才，只是因为头上戴了一顶"工农兵学员"的帽子，就都被打压，后来大都调走了。经过努力和奋斗，这些人都很有成就。有在国务院研究室做研究员的，有成为清华大学、中国人民大学、北京科技大学、对外经贸大学、国家青年政治学院、北京商业大学等高校教授的。

我是后来自己要求调走的。我在教学上所取得的成绩，本应是个大好事。这是对我教学工作的肯定，是我的荣誉，同时也是马列主义教研室的荣誉。哲学课、政治经济学课的教学难度很大，能受到学生们的欢迎和各方面的肯定，是不容易的。时任校党委书记梅振耀在大会上多次表扬我，说我是青年教师的榜样，还说要培养这样的人做接班人；赵亚平副书记也几次在参加教研室的会议时表扬我。这引起了袁副主任的"高度重视"，他担心我会篡了他教研室的"领导权"，所以我在马列教研室的日子越来越难。他处处给我设置障碍，出难题，不让我去参加任何业务活动，也不让我参加任何科研课题的研究，不安排我出去参加任何业务会议，甚至有一次在东北长春举办的一个教学业务的会议，举办方点名邀请我参加，他却千方百计阻拦我去。最后，没办法了，对我说经费紧张，要去可以自费去参加。我也很较真，就真的自费去长春参加了这个业务研讨会。

我当时并没有想那么多，只是一门心思扑在上课、备课、进修学习上，一心想当一名好教师。我深知自己是改行的，理论基础不够扎实，必须加倍努力提高自己。直到后来一个同事跟我说："你还在傻干呢，你都被蒙在鼓里了，'克格勃'对你下手了！"我这才知道事情的严重性。

原来，袁副主任一直认为我是教研室里年轻教师的主要人物，认为我是他的

"最危险因素"。他想方设法挑拨其他人与我的关系，但由于我的群众关系很好，他的挑拨没有成功。他一看这招不行，就使出了最阴险的招数——诬告。他向校领导告黑状，给我罗列了几条"罪状"，其中最致命的是，说我放弃了本校教学课的本职工作，私自跑到外面去上课挣外快。这在当时是相当严重的事。校领导听后非常生气，开会研究准备给我处分。

听到这个消息后，我非常气愤，没想到袁副主任竟然如此阴险，几条罪状完全是无中生有。我立刻找到校长杨福禄澄清情况，并希望组织上调查清楚。没想到校领导很重视，而且工作效率非常高，不仅很快就召开了党委会，马上派人调查，并且不到两周就有了结果：袁××完全是诬告，并且他自己有不少违规、违纪的腐败行为。事实澄清后，校党委又专门开会改变了原来的决定，并让人事处曾（祥宜）处长专门找我谈话。传达校党委的会议精神，转达对我的道歉，并征求我的意见。我很感动，我只说了两条意见：一是非常感谢校党委能这么快调查清楚并及时处理；二是对袁副主任的这种恶劣行为，强烈要求给予相应的处分。校领导接受了我的建议，没过多久就把他撤了职，并调离了马列主义教研室。这件事让"克格勃"露出了原形，搬起石头砸了自己的脚。

这件事在学校有不小的影响。在高校的教师队伍里，竟然有这样的恶劣行为。让我感动的是，北体校领导有这么高的工作效率和魄力，这么快就有了公正的处理结果，这是我没有想到的。我真心感谢杨福禄校长和那届校领导班子。可惜的是，杨福禄校长退休后，较早地离开了我们。后来，他爱人杨老师和我住在同一个小区里，只要见到我，就会热情地跟我打招呼。

这件事也让我长了不少见识，我不但没有被"克格勃"打垮，反而让学校看到了我的工作成绩，后来我很快就晋升为讲师职称，成为"工农兵大学生"中的佼佼者。通过这件事，我也看到了个别高校教师的丑陋，看到我们党内基层的腐败问题也很严重。我从心里不喜欢在这样的环境里工作，我要换一个环境，我要继续学习、深造，要向更高的目标努力。

奥林匹克交响曲

第六章
重回体育　结缘奥林匹克

39　又一次艰难抉择

重回体育，是我经过了一番激烈的思想斗争后做出的抉择，这是我人生中又一次较大的转折。

毕业后，我正式进入北体马列主义教研室，脱离了体育专业，成为一名政治理论课教师。那几年在北体马列主义教研室，我一边教学，一边进修，获得了较好的教学效果，受到学生们的欢迎。尽管改行的这顶帽子一直压在头上，但我没有退缩，一心想争口气，摘掉改行的帽子。我心无旁骛，争取做一名优秀的人民教师。经过多年的不懈努力，我取得了显著的成绩。特别是在中国人民大学学习后，更加激发了我继续求学，向更高层次努力的信心。

但正在这时，人生之路又出现了一个更大的岔口，北京市委党校和国家体委同时向我抛出橄榄枝。是继续从事政治理论工作，还是重回体育行业？我一时陷入了两难的选择。

事情是这样的：

1985 年，在中央党校王教授的鼓励下，我作为全国唯一的体育本科学历者，报考了中央党校的研究生，结果总成绩差 3 分没考上。但我没有气馁，反而因自己的成绩而增强了信心。因为参加考试的人大都是科班出身，其中不乏中央宣传部、中央组织部和有关部委的高材生和专业人员，以及各省区市党委宣传部等部门的精英人才。我跟他们同台竞技，取得这样的成绩，受到很多专业老师的赞扬。

考试后，有一天我到北京市委党校去感谢在考试之前给我提供吃住、复习等帮助的市委党校赵红老师。因为考场在市委党校，离我家（北体）较远，交通也不便。所以，考试前一段时间，经朋友介绍，赵老师帮我在市委党校安排了食宿，方便复习、考试。赵老师是一个非常热心的大姐，不管考上与否我都应该去感谢她一下。没想到，一见面，赵老师就把我批评了一通。她问我考试结果，我告诉她没考上，并把成绩单给她看。她看着成绩单，突然大声地责怪我："你这孩子，怎么不早点告诉我，真耽误事！"我被她说得不知所措，愣愣地看着她。

她冷静下来后告诉我，在这次考试中，市委党校为了培养新生力量，在北京市的考生中择优选了几个委培生，保送上中央党校研究生，毕业后留在市委党校任教。因为我是属于国家部委的考生，所以她们没有看到我的成绩，她以为我考上了。临走时，她对我说："我回头跟校领导反映一下情况，看怎么处理，你回去等我的消息。"我很感谢赵老师的关心。

几天后，我接到赵老师的电话，让我尽快到市委党校去一趟。

到市委党校后，赵老师高兴地拉着我说："走，我领你去见范老，他要跟你谈谈。"

我说："谈什么内容？"

她说："去了你就知道了，是好事。"

范老是市委党校的老教授，后来好像当了副校长。赵老师把我引荐给范老。范老问了我一些个人和家庭情况，然后话锋一转，完全出乎我的预料，他说："大光同志，你的情况我们了解了，今天我是受校领导的委托与你面谈，校党委已经开会研究了，决定调你来市委党校党建教研室任教，并决定明年保送你到中央党校读研究生，毕业后回市委党校工作。现在征求你本人意见，只要你同意，其他事项我们来办。当然，你也可以回去考虑一下，然后尽快给我答复。"

这话怎么这么耳熟？

我感到很意外，没想到市委党校会做这样的决定。如果是一周前，我会当即爽快地答应范老师，同意调到市委党校任教。可是现在，我犹豫了。因为就在一周前，国家体委政策研究室领导跟我谈了话，希望我去国家体委政策研究室工作。

所以，我又陷入了两难的情况。

如果同意到市委党校任教，我就可以彻底离开北体，离开体育行业，并且第二年还可以被保送到中央党校读研究生，而中央党校研究生毕业后的待遇较好，这对我有很大的吸引力。

如果去国家体委，就意味着我要重新回到体育行业，也许就要一辈子从事体育工作。

两个方面都有吸引力，我举棋不定。

那几天，我使劲调动大脑的所有细胞，不停分析、比较，反复思考。

记得那天从市委党校回家的途中，在木樨地等320路公交车的时候，我一个人坐在马路边，两眼直勾勾地望着前方，脑子里在权衡去市委党校还是去国家体委的利弊。身边好几趟320路公交车都开走了，我也没上。后来，一个好心的阿姨走过来说："小伙子，想什么呢？别想不开啊，我看你好久了，是不是有什么不顺心的事？别坐在那儿，太危险。"我抬头看了看她，一边站起身来一边说："谢谢阿姨，放心吧，我已经想通了。""那就好，年轻人，不管遇到什么事，都要往远了想，不能光看眼前，以后的路长着呢。"那位阿姨说着就上了一辆大1路公交车，还回头向我摆摆手："再见！"望着她的背影，我心中感慨！是啊，以后的路还长着呢，我又要开始一段新的征程了！

经过几天的分析和与爱人共同商量、研究，请朋友帮忙参谋，我基本上厘清了思路，明确了方向，舍去北京市委党校，舍去保送中央党校读研，我决定去国家体委！

选择去国家体委，重回体育，有两个人对我下这个决心起了重要的作用：

国家体委政策研究室卢先吾主任，当时他是副主任。就在北京市委党校范教授找我谈话的前一周，在国家体委干部司徐利处长的引荐下，我到国家体委去见了卢先吾副主任。那是我第一次见到国家部委的司局级领导，开始有点紧张。但见面后，卢副主任的言谈话语，很快就让我放松下来了。他是一位知识型的领导，江苏人，原来是国际司的干部，专业是俄语。他做过翻译，文笔很好，是国家体委的一根"笔杆子"。他工作极其认真又是一个具有丰富情感的性情中人。他对我很满意，谈完话立刻就带我去见国家体委副主任张彩珍，并积极向张彩珍副主任推荐我到国家体委政研室工作。

国家体委张彩珍副主任（体委的人都亲切地称呼她彩珍主任）是个能力很

强的领导，政研室是她一手创建的。她是国家体委有名的才女，是国家体委组建之初，贺龙元帅亲自点名把她从西南军区调来的。她思想敏锐、和蔼可亲。她对我说的一番话，让我非常钦佩和感动。她说："政研室是国家体委的智囊团，需要有真才实学的人才，既要有体育知识，又要有较强的基础理论知识。目前政研室基本上由两方面人员组成，一是学体育专业的，但缺乏基础理论知识；二是学文科专业的，但缺乏体育专业知识。你的条件不错，既有体育专业知识，又有较好的理论基础知识，很适合政研室的工作，希望你能来国家体委工作。"随后她又补充道："你可以再考虑一下，回去跟你爱人商量后再做决定，因为短时间内还不能同时把你爱人也调来，你来后，上班会较远，很辛苦。但下一步会尽快考虑你爱人的调动问题。"

短短的几句话，让我感到很温暖，也让我对国家体委政研室的工作产生了很大的兴趣。彩珍主任后来一直对我很器重，还多次让我陪同她到地方调研。多年后，彩珍主任90多岁高龄时还经常参加社会活动，脑子非常清晰，讲话口齿清楚，逻辑性强，不减当年风采，一点都看不出是一位90余岁的老人。前年我的第二本书《中国奥运智慧——100个精彩启迪》出版，她一口气看完后，第一时间就给我打电话，讲了50多分钟，对这本书给予了很高的评价。她说："你这本书的视角很独特，如果没有实践经验，没有一定理论功底是写不出来的。北京奥运的辉煌是来之不易的，我们国家体育总局就需要能这样思考的人。"那天她很高兴，饶有兴趣地和我讨论书里的一些细节，还跟我讲了很多她对体育事业的看法和观点。受到这样一位有水平的老领导的赞赏我很受感动。

这都是后话。

有时候，一句话就可能点亮你前行的道路和方向。当时彩珍主任的一番话是促使我下决心选择到国家体委工作的重要因素。那天我在国家体委不仅第一次见到了司局级领导，还见到了部级领导，对我的影响很大。让我感到很亲切，觉得跟这样的领导工作肯定能更好地发挥自己的特长，会成长进步得更快。所以，我下决心去迎接这个新的挑战！

后来的事实证明，这个选择是正确的。一是从事政策研究是一个新的挑战，我比较喜欢。二是既然阴差阳错"误入"了体育专业，这辈子就跟体育结缘吧。三是去国家体委是回归"专业"，再也不会有"改行"和"半路出家"的困扰了。自从在北体毕业留在马列主义教研室后，我经历了很多改行的委屈和无奈，不管你工作做得多好，不管你取得多大的成绩，你永远都是"改行的"，永远是"半路出家"的。四是国家体委领导的话，一直在激励着我，我好像看到了自己的特点和长处，感到去国家体委应该可以更好地发挥作用。

就这样，我被调入了国家体委政策研究室，以大学讲师的身份成为一名国家机关的普通科员。

40　如鱼得水

来到国家体委机关工作，对我而言是一个全新的环境。开始，我连怎么称呼别人都不懂。后来发现，这里有一个好的习惯，无论是司长、处长，还是科员，大家都不称对方的职务，都叫"老卢""老李"或"小李""小张"，也有叫对方名字的，但工作上的上下级关系是非常明确的。因为我的名字叫起来比较顺口，所以，大家就都省略了姓，直接叫我的名，我觉得很好，很喜欢这样的工作环境。

到国家体委工作，我有一种"如鱼得水"的感觉。我多年学习钻研打下的理论基础，找到了用武之地。同时，也让我开始逐渐感到体育工作不是蹦蹦跳跳、拍拍皮球那么简单，它有着深刻的内涵，科技含量也很高，并且综合性很强。它是关系人民群众的身体健康、生活质量和民族兴旺发达的大事。社会越发展，人类越进步，就越能体现体育工作的重要性。作为领导全国体育工作的政府部门，国家体委在国家发展大战略中，有着特殊的重要作用。

因为我是大学的讲师，所以到机关工作没有实习的过程，而是直接上手。领导很重用我，到政策研究室调研处上班的第二天，室领导就让我跟他一起列席国家体委主任办公会议，并负责会后整理国家体委李梦华主任在会上的即兴讲话。我当天晚上加了个班，第二天早上一到办公室就把文稿交给了卢先吾副主任，受到了室领导和委领导的表扬。并且领导审后没有做大的改动，很快就作为正式文件下发全国体育系统。我记得题目是《李梦华主任谈加强运动队思想文化建设》，落款还写了我的名字"×××整理"。从那以后，领导就经常让我参加一些重要会议，和同事们一起出差到各地进行调研，还多次跟随委领导到地方指导、调研，参加重要活动等。就这样，我很快就成为政策法规司（我到国家体委不久，政策研究室就改名为政策法规司）的工作骨干。

两年多后，我被任命为国家体委政策法规司情况汇编处副处长，并主持全处工作，同时兼任国家体委内刊编辑部负责人。那时工作比较辛苦，需要经常加班。由于单位住房紧张，调到国家体委的几年里，我的家仍住在北体。一个在北京的东南角，一个在西北角，每天上下班要往返七八十千米。而那时的条件所限，只能坐公交车和地铁，每天来回在路上就要三四个小时。记得那时公交、地铁联程月票是 3.5 元。

这里插说一个小故事：

20 世纪 90 年代初，有一天上班时，在电梯里碰到了国家体委主任伍绍祖，他随意问我家住在哪里，我说住在北体大，每天要用三四个小时坐公交、地铁上下班。然后，我又随口说了一句：这几年，我上下班走过的路加起来已经相当于围绕地球两圈半了。没想到这个数字让伍绍祖主任记住了。后来有一次他在全委大会上说，这样的处级干部分房的时候应该加分，要保证分上房子。但在后来的分房过程中，由于后勤部门的一些腐败现象和不正之风，我不但没加上分，反而连房子都没有分上，而个别分数没有我高的人却分上了房。我没有跟他们计较。那时，社会上各单位的分房工作都是"老大难"，也非常乱。当时我想，如果让我负责分房，我一定要做到公平、公正、合理，让大家都满意。

事情也很巧，两三年后，在我担任办公厅副主任期间，正好赶上一次分房。我责无旁贷承担了这个被称为"天下第一大难的工作"。几个月的分房工作结束后，奇迹出现了，在我领导下的那次国家体委分房工作中，竟然做到了"五个没有"：没有一封告状信，没有一个人有意见，没有闹过一次纠纷，没有一个遗留问题，没有出现任何纰漏。这在当时各个单位中，都是难以想象的，以至于在年终总结时国家体委有领导不相信这"五个没有"，专门批示"请人事司和监察局去核实一下"。核实结果，监察局赵炳璞局长拿着材料高兴地跑到委领导办公室汇报："真的是五个没有！大家对这次分房工作都非常满意！"甚至有个离休的老处长，拿到新房钥匙后，流着眼泪，激动地说："我终于看到国家体委公正地分房了！"这个事当时在机关里轰动一时。直到多年后，机关党委已退休的诸大姐，见了面还经常跟我说起这件事。其实，当时我就是想争口气，不相信分房工作做不好。

第六章　重回体育　结缘奥林匹克

　　我的做法很简单，就是大家所说的"三公"——公开、公正、公平。经过思考和实践，我总结出，只要真正做到公开，就能做到公平、公正。凡是不敢公开的，肯定有猫腻，就不可能做到公正、公平。而我自己在那次分房中主动谦让，我又一次没有给自己分房。作为国家体委办公厅副主任的我，仍然住在北体，我没有搞特殊，每天跟几个"跑友"一起，花三四个小时挤公交上下班。直到我跑了近10年才分上房，我的家从北体搬到了体育馆路，至此结束了我每天长途跋涉上下班的历史。

　　在政研室（政策法规司）的那些年，我每天早上5点就要出门赶第一班365路公交车，到中关村（或蓝旗营）换乘331路、375路或320路，到平安里或北太平庄或木樨地，再换乘地铁一号线或大1路到崇文门，再换乘41路或35路、60路到体育馆路下车，才能到国家体委。晚上回来再倒过来走一遍，但要赶在8点半前（原来是8点，后来改为8点半）到中关村，乘最后一班365路公交车。有时赶不上末班车，就要步行五六千米，9点或10点钟才能到家。有一次冬天下大雪，我没有赶上公交车，从人大冒着大雪走回北体，到家已经夜里11点多了。吃了点东西，洗漱完睡觉时已经快1点钟了。早上不到5点就又爬起来去赶公交车。

　　那时工作很忙，工作量很大。同时，还要经常下地方调研，回来要写调研报告；或者陪领导到各地去检查、指导工作，回来也要写工作总结和领导讲话；出去参加一些会议，都要发言，回来也要汇报；政策法规司每年年底还有一项重要工作，起草全国体育工作会议的报告、委领导讲话稿和有关文件；每年还要组织各地一些专家学者参加科研课题研究等。此外，我们处每年还要编辑24期指导全国体育工作的国家体委内部刊物——《体育工作情况》，发到全国县级以上体育部门，所以那时每天睡得很少，经常在公交车上站着就睡着了。那时的公共汽车人很多，大家都不排队，经常挤不上去，需要有经验、会挤车才行。那时的车也没有空调，夏天人挨着人，满车都是汗臭味，冬天又很冷。那时我干劲十足，并不觉得累。一方面是年轻、身体好；另一方面是由于多年求学的知识积累和储备，在这里工作找到了用武之地，能够发挥自己的能力和特长，工作成绩能够得到领导和同事们的肯定，这是工作的最大动力。每天早上闹铃一响，虽然很疲乏，不想起床，但一想到白天的工作，就立刻有了精神，马上起床，迎接新的一天。

当年从中关村到北体唯一的公交车——365路，一个小时一班车，
有近十年的时间笔者几乎每天要坐一个来回

　　这些困难和辛苦对我这个从北大荒出来的人来说，根本不算什么。我结合实际工作的需要，边工作边继续加强学习，自学编辑学、逻辑学、领导力、运筹学等，在实践中都取得了明显的成效。

　　没过多久，我又遇到了一个更大的人生舞台，给了我一个更加充分施展才华的机会，并与奥林匹克结缘。

41　不为当官，只为追求

　　1989年，北京亚运会正在紧锣密鼓地筹备中，第二年9月就要开幕了，工作千头万绪。这是中国第一次举办大型国际综合性赛事，没有任何经验。这时，中央派国防科工委政委伍绍祖少将到国家体委接替李梦华当主任，并担任北京亚运会组委会执行主席。伍绍祖是清华大学物理专业的研究生，又有长期国防科技工业领导的实践经验，具有很强的领导能力和现代管理思维。他把我国组织"两弹一星"的现代管理思想和方法，带到组织筹备北京亚运会工作中。他要求国家体委的工作人员一要学会用电脑，二要学会用计划网络法。而那时，电脑还不够普及，很多人对计划网络法更是一无所知。同时，他要求北京亚运会组委会用系统科学的方法编制《北京亚运会筹备工作计划网络图》。北京市和国家体委分别选了几个人落实，但结果都不理想。两方分别制作了比较简单的与各自有关的工作计划图，但没有形成一个总体的工作计划网络图。

1989 年底，北京亚运会组委会成立了总体处，这是我国第一次在大型运动会组委会设立总体部门。一种直觉告诉我，我适合总体处的工作，但这时，我所在的国家体委政策法规司还没有一个人参与亚运会组委会工作。司领导认为我们日常工作很忙，没有时间参与亚运会工作，但我有不同的想法。我找到卢先吾司长，建议我们政策法规司应该更多地参与北京亚运会组委会工作，这有利于我们更好地进行体育政策研究。同时，我申请自己先去亚运会组委会兼职工作。我说："亚运会是我国第一次举办国际大型综合性体育活动，也是体育界难得的一次锻炼队伍的机会，我觉得作为体育政策的研究、制定部门，不能错失这个实践和调研的好机会。"

卢司长是个善于听取意见的领导，经过两次与他的谈话，汇报我的想法和建议。最后他同意了我的建议，并问我想去组委会的哪个部门。我说："总体处。"他说："好，我帮你联系。"

很快，第二天就有了反馈。卢司长对我说："组委会很欢迎你去工作，但总体处不行，因为处长和副处长都已经有人了，一个是国家体委的，另一个是北京市的。你是处级干部，起码应该去当处长。"

我毫不犹豫地说："老卢，我不是要去当官的，我觉得我更适合总体处的工作，不当处长没关系，我去做一个工作人员就行。"我又说："我已经是国家体委的处级干部了，到那里挂不挂个头衔都无所谓。"

卢司长瞪大眼睛看了我好半天，说："真的?"

我说："真的。"

他又连续问了我三遍，我回答了三遍："真的。"口气很坚决。

最后，他说："那好，我再跟组委会联系一下。"

卢司长没想到我会这样决定，因为很多人到组委会还可能高配一级，像我这样的人不多。组委会人事部门当然很高兴，所以，我很快就到了组委会总体处。卢司长也接受了我的建议，后来政策法规司的大多数人员也都参与了亚运会组委会工作。

就这样，我成了唯一一个在北京亚运会组委会做一般干部的处级干部。

有的人不理解，但我觉得我的选择是正确的。在组委会，我再次找到了"如鱼得水"的感觉，多年学习打下的理论基础和实践经验，让我在北京亚运会这个更大的平台上得到了爆发——一次次高质量的工作成果，得到了组委会领导的表扬，并且多次得到中央领导的肯定和表扬，其中有一项工作还受到了党和国家最高领导人的表扬。

42　跳出体育规划北京亚运

"海阔凭鱼跃，天高任鸟飞。"这是我年轻时喜欢的一句话，但更深刻理解它的含义是参加了北京亚运会总体工作后体会到的。北京亚运会就像是一个展现中华文化和中国人智慧的大舞台，我也在这个大舞台上得到了驰骋、放飞。

一开始，我对总体处工作并不是十分了解，只知道领导很重视总体工作，但我对"总体"两个字很感兴趣。后来慢慢了解到，伍绍祖同志调任国家体委主任并兼任北京亚运会组委会执行主席后，把国防科工委领导组织研制"两弹一星"的大型国防科技工作的管理模式，引入组织和筹备北京亚运会中。在国际大型体育活动的组织机构中设立总体部门还是第一次，这在我国现代科学管理方面是一个开天辟地的事情，得到了国家最高领导人的肯定和国内著名科学家的大力支持。

到北京亚运会组委会报到之前，我又到新华书店买了一堆书，突击学习，恶补知识，除买了哲学、逻辑学、运筹学类别的书外，还专门买了与系统科学、系统工程学、网络计划法相关的书，共十余本。

我一到总体处，处长老顾就对我说："大光，有一项工作，组委会领导交给我们好长时间了，我们还没有完成，我和老熊（总体处的副处长、北京市建委的总工）很着急。你也来试试吧。"我说："好，我试试。"

老顾说的这项工作，是组委会领导要求总体处研究并理清楚"北京亚运会组委会内部的组织系统以及与外部各方面的关系"，并且要画出一张"北京第十一届亚运会组织系统图"。目的是搞清楚北京亚运会这个组织系统是一个什么样的结构，包括哪些方面以及各方面之间是什么关系等。因为我们是第一次举办亚运会，国内各方面积极性很高，都想参加组委会，比如，国家外交、新闻宣传、安保、交通、航空、卫生、海关、税务等部门是否都属于组委会，还有国家体委，北京市委、市政府，北京市几十个部、委、办、局等，几乎涉及所有部门，还有国内一些体育组织，如中国奥委会、中华全国体育总会、几十个国内单项体育协会等，这些部门和组织与组委会是什么关系？还有一个很现实的具体问题：组委会官员服要做多少？给哪些人员做？另外，还要厘清组委会与国际上有关体育组织的关系，如国际奥委会、亚奥理事会、几十个国际单项体育组织、几十个亚洲单项体育组织等。这听起来似乎不是个太难的问题，但没有人能把它们与组委会的关系说清楚。领导要求总体处尽快拿出方案，但时间已过去近两个月，总体处还没有完成任务，组委会领导听了两次汇报都没有结果。作为总体处领导的老顾和老熊都很着急，先后找了几位专家和学者开了几次会还是没有完成任务。

我抱着试试看的心态，也没有感觉有多大的压力，毕竟自己刚来，完不成任务也说得过去，但我骨子里那种喜欢挑战、不服输的天性和面对复杂事务喜欢钻研的韧性逐渐显露出来。我越琢磨越感兴趣，越是琢磨不出来越是想琢磨。到后来白天想，晚上想，吃饭想，睡觉做梦也想，脑子每天都在高速运转。每天下班回到在北体的家，吃完饭就坐在桌子旁开始工作，到夜里12点后才睡觉。

十多天后，我终于来了灵感，作出一个《北京第十一届亚运会组委会组织系统》方案。老顾一看，高兴极了，马上报告了领导。

第二天，我和老顾去向组委会执行主席办公会汇报。到会议室一看，好几位领导已经到了。会议没有其他议题，就是听我的汇报。我把材料分送给领导，然后认真地把我的思路和方案做了详细汇报。北京亚运会是中国第一次举办大型国际综合性运动会，结合我国的特点，我把北京亚运会的内部组织系统分为横向五个层次（党中央、国务院，国家各领域领导小组，组委会领导，组委会各部门，各项目委员会和分组委会及各场馆）。前两个层次属于国家领导层面，后三个层次属于组委会内部工作系统。既明确了组委会工作在党中央、国务院的直接领导下进行，又明确了系统的边界与各方面的关系。纵向分为六个系统：新闻宣传、对外联络、安全保卫、交通、卫生防疫、竞赛。外部有四大系统（亚奥理事会、国际奥委会、国际单项体育协会、各国家地区奥委会）三个方面（国际体育技术官员、国际赞助商、国际新闻媒体）。我感觉各位领导对我的汇报都很感兴趣，听得聚精会神。

我汇报完后，就见伍绍祖主席把手往桌子上一拍："太好了！我要的就是这个！""这就厘清了我们亚运会组委会和国内外各方面的关系，确定了北京亚运会组委会这个系统与国家大系统，以及与国际上各方面的关系，也确定了亚运会的组织机构设置，明确了各子系统的工作目标和任务，以及各子系统之间的关系。"随后他又开玩笑地说："这下子就解决了我们该给哪些人做官员服，不给哪些人做官员服的难题了。"

我在方案中还提出一个建议，在组委会主席、副主席下面设立一个独立的部门，为组委会领导当参谋、助手，在整个组委会工作中起到上传下达、承上启下的作用，我说："这个部门叫什么名字我还没有想好，叫'指挥所''主席办公室''执行主席办公室'，都不太满意。"大家都赞同我的建议，议论了一阵子叫什么名字。最后，伍主席说："就叫'指挥室'吧，它既是一个当好领导助手的参谋部门，又要有一个大的空间，就像部队的作战室一样。"就这样正式确定了北京亚运会组委会的组织系统。会后，我把方案整理后，形成正式文件交由组委会主席签发执行。

这是我在亚运会组委会工作的第一炮，应该说打得比较响。通过完成这项任务，我认识到，要做好亚运会的规划，不能就体育谈体育，必须站起来，要跳到空中俯瞰大地，才能做好亚运规划；必须用文化的高度认识体育，用系统科学的思维规划亚运，要跳出体育办亚运。

没过多久，又一项艰巨的任务落在了我的头上。

1990 年笔者在北京亚运会组委会工作

43 受到党和国家最高领导人的表扬

有一天，领导秘书通知我，伍主席让我去参加一个会。我去后才知道，是组委会领导听取外联部关于北京亚运会迎送工作计划的汇报。听了一会我明白了，是领导交给外联部的一项工作，很多天过去了没有完成。根据国际大型综合性运动会的特点，领导要求用系统科学的方法制定出详细的北京亚运会迎送工作流程，但外联部工作人员一直没有理解领导的思想，仅仅停留在一般常规性的机场接待工作的计划安排上，并一再强调："领导不用担心，我们常年搞接待工作，出不了问题，机场方面我们都很熟悉，也已经联系好了，机场接待的礼宾官人选也确定了。请领导放心！"言外之意是，我们经验很丰富，不用搞什么接待工作流程。

　　因为我是第一次参加这种会，又没有专门搞过接待工作，所以只是一直在听，不好插嘴。我看到伍主席一边听，一边一脸严肃地皱着眉头。等到别人都汇报完后，伍主席突然说道："大光同志，你有什么想法吗？"既然领导点名了，那我就一定要说说自己的想法。我谦逊地问外联部领导："朝鲜代表团有没有可能坐火车从丹东过来？"他们回答："有可能。"我又问："越南代表团有没有可能从凭祥进来？""有可能。""蒙古代表团是否有可能从二连浩特进来？""有可能。"我又问："如果因为天气原因首都机场不能降落，是否应该确定一个备用机场？"他们没有回答。我继续说："既然有可能，是否应该提前跟这几个地方的火车站、机场联系，或者派人去一下，做好准备。另外，可以把天津机场作为备用机场，应对由于天气或者其他因素导致的首都机场不能起降。我认为，亚运会的接待工作与日常的接待工作有相同的地方，但也有不一样的地方。亚运会期间，大量外国人集中进来、出去。除了中国代表团外，其他代表团都要从国外、境外来到北京。还有大量的贵宾、技术官员、国际体育官员、记者、赞助商等，都要集中在 20 多天的时间里交叉进行。这是一个庞大的系统工程，应作一个统一的、周密的计划流程。"

　　我是初出茅庐不怕虎，不管人家爱不爱听，一顿放炮，外联部的人肯定会感觉很不舒服，可没办法，领导点名了，我只能硬着头皮发言，怎么想就怎么说了。

　　听我说完后，几位领导都说讲得很好。我看到伍主席的眉头也解开了。我松了口气，看来发言效果还不错，要我参会的任务完成了。但没想到的是，领导让我来参会可不只是发个言就完事了，"老鼠拉扫帚"——大头还在后头。伍主席开始总结："今天的会议很有成效，外联部大都是体委国际司的同志，多年来做了大量工作，积累了大量外事接待方面的经验，你们要继续利用这次亚运会更好地练兵，做好亚运会期间的外联工作。亚运会的接待工作不同于日常的机场接待工作，是一个庞大的系统工程，一定要有系统的考虑、系统的设计，这不是我个人的意见，这是中央领导给我们提出的具体要求，要求我们汇报落实情况，我们要高度重视。"停了一会，他又接着说："今天会后，请大光同志接手，对亚运会外来人员接待工作进行调研、设计，并制订出一个详细周密的工作计划流程。同时，请都浩然同志牵头，更方便大光同志进行工作。"

我丝毫没有准备，没想到会是这样的结果。我这才明白领导让我来参加会议的用意，我甚至有点后悔刚才的发言，肯定会得罪外联部的同志，但已经没有办法了。会议结束后，伍主席让我和都浩然同志留下。都浩然是组委会的主席助理，是国家体委的老司长，是一位工作能力非常强，而且非常有威信的老领导。我们都叫他老都。别人都走后，伍主席说："大光同志，相信你一定能完成这项任务，中央领导交代的事我们一定要高质量做好。这段时间我一直很着急，没法向中央领导汇报，让浩然同志配合你，浩然同志是组委会的主席助理，可以代表组委会出面协调有关方面的事宜，又有专车，这样便于你们工作。如果还有什么困难直接找我。"看来伍主席都已经想好了，安排得这么周密。我没什么可说的，也没说什么豪言壮语或"保证完成任务"之类的口号，因为我心里真的没有底，我只是说："好的，我一定尽全力去做。"会后，我又开始了一段艰苦难熬的日子。

下面是《中国申奥亲历记——两次申奥背后的故事》一书中的节选，能看出当时的工作难度。

在北京亚运会开幕前还不到半年的时候，一个偶然的机会，组委会领导交给我一项重要工作，接替有关部门完成编制"北京亚运会外来人员迎送工作流程"的工作。同时让组委会主席助理都浩然同志帮助我进行工作。伍主席说，这是中央领导交办的一项工作，担子可谓不轻。

接受任务容易完成任务难。那天会后，我和都浩然同志每天坐着他的专车，马不停蹄地奔波。我们跑遍了北京亚运会所有住宿、比赛和大型活动场所、机场、火车站等重要地点及所有路线。仅首都机场就去了十几次，我还亲自顺着行李传送带顺行、逆行，反复从行李出口爬进去直到机场运行李车的入口处，再爬出来，计算时间。在首都机场共召开了10多次协调会。那时我才知道，首都机场那块地方并不是一个单位，而是共有七八个司局级单位，互相都不是隶属关系，谁也管不了谁，所以协调起来困难很大。每次开会都是都浩然同志主持并作开场白，然后由我"唱戏"。虽然各方面对我们的工作都很支持，但遇到具体问题，特别是涉及自己单位利益时，都要扯皮。

我们连续跑了半个多月，然后我坐下来整理思路、寻找规律、编制流程。开始还算顺利，很快就把所需要的素材全部理了出来，但要形成一个科学严谨的流程，理清楚各方面的关系，并且要用网络图的形式画出来，就不那么容易了。又过了两个多星期，写了七八稿，还是不成形。脑子里怎么也形成不了一个清晰的总体概念。迎送工作听起来简单，但要理出规律来就不那么容易了。比如，光入口就有首都机场、北京火车站、天津备用机场，还有前面提到的二连浩特、丹东、凭祥等六七个口岸；进来后就更多了，运动员住亚运村，记者住五洲大酒店，技术官员住大都饭店，赞助商住北京饭店，贵宾住贵宾楼和中国大饭店；活动的范围分散在北京市的各个角落：各个驻地、几十个比赛场馆、训练场馆、旅游场所……活动结束后还要从各口岸离开。也就是说，在20多天里，全部来参加亚运会的各国代表团、国际体育官员、运动员、教练员、裁判员、记者、旅游人员等形成一个纵横交错的大循环系统——各口岸同时有进有出、各比赛点有比赛的也有看比赛的、记者们一天就可能跑好几个场所……需要把这里面共性的、规律性的东西找出来，使组织者按照规律性的、规范的程序进行管理。怎样才能理出头绪呢？

我卡壳了，脑子乱了，想打退堂鼓了，但难以启齿。

怎么办？

真不知道怎么办。

只能继续一天一天地"熬"。

坚持、坚持、再坚持！强迫自己让大脑不停地转！转！转！

那些天真难熬啊，吃饭也不香，睡觉也不安，嘴里急得起了好几个溃疡。真后悔当初接下这个任务，更后悔那天在会上不应说那些话，结果把自己给套上了。虽然我在坚持，但人已经麻木了。大脑就像熄火后打不着发动机的汽车。整个人好像处于半抑制状态，那些口岸、机场、饭店、比赛场馆……整天在脑子里晃晃悠悠、转来转去。我把事先买的有关书都摊在桌子上，强化阅读，从专业书籍中汲取营养，寻找灵感和启发。

7月末的一天，我照例在会议中心的办公室里"熬"了一天，没有任何进展。晚上很晚才无精打采地回到家，吃完饭又继续"熬"。那时正是北京最热的季节，家里又没有空调，我只穿着一条短裤，脚下一双拖鞋，旁边放着一把扇子，抽空扇几下。那天晚上我照例"熬"到很晚，快到一点了，还是没有更好的思路。我爱人已经是第三次过来了，端来一小碗面条，对我说："我觉得你应该放松一下，想不出问题时就放松一下不去想，让脑子休息休息，越想不出来你越较劲，那脑子受得了吗？"我吃着面条，捉摸着她的话，觉得挺有道理。我说："对，不想了，吃完就睡觉。"

说来很奇怪，也许是她的话起了作用，以前躺下后脑子里还要思考一段时间才能睡着，而那天躺下后没多久就睡着了……

迷迷糊糊我梦到自己会飞了，飞到空中，好舒服呀。一会飞到哈尔滨老家，一会又飞到北大荒，一会又飞到了国外……不对，是在中国，在北京的上空，是北京亚运会开始了……我清晰地看到那些来参加亚运会的外国运动员、教练员、官员、记者等，从不同的口岸进来了，按照我设计的流程在有序地运转，就像是有一台电脑在空中指挥着，整个北京亚运会在科学地进行……

啊！我看见了，我在北京上空，清清楚楚地看见了一张很大的流程图，我多日没有想出来的图表、节点就在那里：清晰的线路、有序的网状结构，我最苦恼的问题已经解决了，没错，就是它！这就是我梦寐以求的流程图……

我一下子惊醒了，睁眼一看，眼前漆黑一片，赶快又把眼睛闭上，啊，那张图还在——它清楚地在我的脑子里，闭上眼睛就能看到它，就是它！

我一翻身起来，下床、开灯、看表——还不到2点。

我冲到桌子旁，把几天来的七八个草稿和桌子上的东西，一下子全部推到地上，拿来几张新纸铺在桌子上，眼睛半睁半闭，按照脑子里的图样，一气呵成——一张北京亚运会迎送工作流程的草图躺在了我的桌子上。

我看表，已是快凌晨4点了。

我如释重负，好像压在心头的一块大石头落了下来。多日以来的苦恼、痛苦、压力、不知所措一下子都散去了。我丝毫没有睡意，真想立刻跑到会议中心向领导汇报，我心里有一种超常的、似乎很奇怪的狂妄，但又是非常清醒的自信：领导肯定满意！目前绝不会有人能超过我的这个思路！

躺下，关灯，眼前又出现那张图，就在脑子里，非常清楚。

起来，开灯，看看桌子上的草图，真的在眼前，十分真实。

又躺下，又起来……我折腾了好几次，睡不着。

第二天早上，我带着兴奋的心情，早早地就来到北京国际会议中心的办公室。

无巧不成书，说来真是巧。

我用了一上午时间，用几张 A4 纸接起来，按照流程的草图把《北京第十一届亚运会外来人员迎送工作流程》画了出来，到中午，只剩下一个小尾巴。这时听到有人叫我，是伍主席的秘书来了："大光，下午领导想听你汇报迎送工作流程编制的进展情况，怎么样，能汇报吗？"我一听，这也太巧了，莫不是领导有先见之明？我说："可以，没问题！"

下午，我向领导们做了详细的汇报。

我把所有从境外来北京参加、参观或采访亚运会的人，包括代表团、运动员、教练员、记者、技术官员、裁判员、亚奥理事会和国际奥委会官员、赞助商代表、各国家奥委会官员、各国际体育组织官员、来自世界各地的观众……所有外来人员，从下飞机、下火车后，经过安检、制证，到进驻亚运村、记者村、大酒店等，再进入工作场所进行工作，到工作完成后登机离开北京的全部过程，分为 11 个大环节，每个环节又分为若干个小环节和步骤及具体事项。我把 11 个环节横向画了出来，各环节及各节点之间的联系用斜线连上，事项、节点、联系等都清楚地标了出来，使这项杂乱无章的工作变得科学有序、清清楚楚。

听汇报的领导都聚精会神。我汇报完，就见伍主席高兴地站了起来说："好！就是它！"他立刻吩咐秘书："马上跟中办联系，我要向中央汇报！"

在伍主席向中央常委会汇报时，得到了中央最高领导同志的表扬。中央最高领导同志说："这个流程图做得非常好，体现了现代科学管理的高水平，也体现了中华文化的精华。组织亚运会是一个大型社会系统工程，体育比赛我不担心，你们国家体委多年搞比赛，经验很多，不会出大问题。但我最关心的是，这样大的运动会，外来人员多，来去集中，这实际上是一次最大的国际性外交活动，所以必须用系统科学的思想和方法进行组织，制定科学的流程，才能保证万无一失，你们这个流程图的经验要推广出去。"

后来几年，高层领导多次在重要会议上表扬我，还把这个流程图推荐给 1994 年的"远南"运动会和 1995 年的北京世界妇女大会，派我去给世妇会组委会等讲课并帮助工作。后来，凡是在国内举办的大型国际活动和体育比赛都借鉴这个方法，成为具有中国特色的一个"规定动作"。

这件事对我触动很大。我想起了一句话叫"坚持就是胜利！"为了这个《北京第十一届亚运会外来人员迎送工作流程》，我煞费苦心，使尽浑身解数，苦熬了多个日日夜夜，掉了好几斤肉，并一度想打退堂鼓，最后才"熬"了出来，结果没有白"熬"。

攻克了这个难关，使我在工作上又有了一个突破性的提高。

这两件事在北京亚运会组委会影响很大，领导对我更加器重，同事们都夸我是现代管理所需要的"复合型人才"。其实我自己很清楚，我是被领导"逼"出来的，是"现学现卖"加上拼命坚持"熬"出来的。客观地说，如果没有机会接受这个挑战，就不会有这样的成绩；没有那巨大的压力，就没有成功的结果。实践证明，我毅然选择到北京亚运会组委会总体处工作的决定和努力是正确的。同时我也认识到，从主观和内因来看，是自己多年不懈努力学习的追求和勇于实践的结果。假如之前没有在北体近十年的哲学、政治经济学教学实践经验，没有南开大学、中国人民大学的专业学习，没有在北京大学听课四年、在北京师范大学听课两年的坚持，没有大量刻苦的钻研汲取，要取得这样的成绩是不可能的。

随后，我一发不可收，继续为北京亚运会的筹备和组织做了一些开创性工作，成为高层领导的"好参谋"，为中国举办大型国际综合性运动会积累了宝贵经验。后来，组委会成立了"北京亚运会组委会指挥室"，我也"顺理成章"成为指挥室的重要成员。

44　北京亚运会指挥室的年轻人

按照我制定的"北京第十一届亚运会组委会组织系统"中的建议，经组委会主席办公会通过，在北京亚运会开幕前几个月，组委会决定，在总体处的基础上组建"北京亚运会组委会指挥室"，我也成为组委会指挥室的重要成员之一，负责总体规划和协调工作。组委会调集了有关方面的精兵强将，包括几个像我一样的年轻人进入指挥室，后来他们都成为各方面的骨干。指挥室设在北京国际会议中心七层701室，是一个较大的房间，它既是高层领导开会决策的地方，又是整个亚运会系统的运转中枢，中央领导也经常在这里碰头，一些大的决策都是在这里决定的。指挥室成员的办公室就设在 701 室的大阳台上。

从指挥室成立那天起，我就更忙了。按照领导的要求，为了保证亚运会的顺畅、高效、安全，使组委会领导身在指挥室就能对整个亚运会运转情况了如指掌。领导让我开动脑筋，任意发挥，做好总体布局，协调有关方面，承上启下，为领导决策、指挥服务。为此，我又完善了《北京第十一届亚运会筹备工作计划网络图》，并制定了定期检查和反馈制度，督促各子系统按照工作计划，保质完成每一项工作。我还设计完成了《北京第十一届亚运会组委会指挥程序图》，加上《北京第十一届亚运会组委会组织系统》和《北京第十一届亚运会迎送工作流程图》，还有我与指挥室同志一起编制的《北京第十一届亚运会开、闭幕式筹备工作计划网络图》《北京第十一届亚运会开幕式组织指挥工作流程图》《北京第十一届亚运会闭幕式组织指挥工作流程图》，以及竞赛部门提供的一些表格等，都挂在了指挥室的墙上，成为北京亚运会组委会的一大亮点。凡是涉及亚运会的大事和重要活动，都可以参考这些图表进行研究决策，使指挥室真正成为"运筹帷幄，决胜千里"的总指挥部。

北京亚运会是在中央直接领导下进行的，有两位中央领导同志兼任北京亚运会"国家领导小组"的组长、副组长，北京市和国家体委的主要领导及有关部委的领导都是领导小组成员。他们都经常到指挥室来，从开幕前几天到闭幕，每天都要来开例会。每次开会前，总会有领导同志饶有兴趣地观看墙上的这些图表，并一边看一边与我讨论有关问题。

时任北京市常务副市长张百发担任亚运会组委会常务副主席，他是全国闻名的工人出身的高级官员。通过一件事，我亲眼看到了他的水平和素质。本来我以为百发同志对这些流程不会感兴趣，但出乎我的预料，他每次都看得很仔细，而且经常问这问那，还让我给他讲，他每次也听得很认真，有时还跟我探讨。有一天，在开幕前几天的组委会领导例会上，由各部门领导汇报工作，其中一个部门领导在汇报中说到，他们准备接待一些国外来的技术官员，还有一些问题不知怎样解决。张百发认真听了一会后，打断了那个部门领导的话："这个问题你不用汇报了，我听明白了，你是没有学习好，回头你看看墙上的《北京第十一届亚运会外来人员迎送工作流程图》，你就会知道怎么做了，那上边的流程很清楚，都给你标出来了，你照着做就没错。如果再不明白，你问一下大光同志，让他给你讲讲就清楚了。"这件事让我很受鼓舞。会后我给那位部长仔细讲解了接待流程，他满意而归。他走后，老顾对我说："能得到百发同志的肯定，很不容易啊！"

1990 年北京亚运会组委会指挥室工作人员
左起（顺时针方向）：孙大光、戴健、王宣庆、顾尔承、丁燕生、文制中、
孙克俊、郭淑萍、王国琪、王永新

还有一件难忘的事。指挥室是组委会的运转中枢，需要 24 小时有人值班，我们几个年轻人经常晚上不回家，第二天也不休息，继续上班，也没有什么加班费、补助费。大家都觉得能够参加亚运会很幸运、很值得，根本就没想过什么加班费、补助费的事。那时条件比较艰苦，晚上就睡在屋里和阳台的地面上。我和王国旗、王宣庆、李强、王永新等都是从家里背来被褥，还有上海来的戴健是到后勤部借的被褥，晚上往地板上一铺就睡了，早上起来后把被褥卷起来放到办公室的角落里。那个地板其实就是水泥地面上铺了一层很薄的地毯，到夜里有时会感到很凉。

有一天晚上，开完会已经较晚了，其他领导们都走了。伍绍祖对我说："大光，你叫人帮我到后勤部借一套被褥，我今晚不回去了，跟你们一起值班。"我说："主任（在非正式场合我们都习惯叫他主任），那可不行，这个地板很凉，我通知司机，还是送您回家吧。"伍绍祖说："我知道，你们每天睡地板很辛苦，我就是要和你们一起体验一下。"

从那天起，伍绍祖和我们一起睡了好几次地板。有几天，白天忙忙碌碌，忘我工作。晚上很晚才能休息，他和我地铺挨着地铺，躺在国际会议中心 701 房间的地板上，看着窗外亚运村的灯光，伴着北四环街上的汽车声聊天。他给我讲了很多在国防科工委工作时，如何运用系统科学组织国家"两弹一星"科研工作的经验和科学的思维方法，也讲了他小时候在延安保育院时得到毛主席等老一辈革命家照顾和教育的故事……我在系统科学方面的知识和运用，大多是得到了他的传授。他的系统科学思想和高超的领导艺术，以及无私无畏的思想品德深深地影响了我，使我受益匪浅；他身先士卒、以身作则的工作作风使我深受教育，让我更加满腔热血地投入工作，而不去考虑个人的荣誉、待遇和得失。

举办国际大型综合性运动会，有两项重要工作需要在组委会层面协调组织。一是外来人员迎送工作，因为参加运动会的人员除中国代表团外，其余所有人都要从境外进来；二是开、闭幕式。北京亚运会的开、闭幕式工作也是由指挥室代表组委会进行全面协调、组织落实的。开、闭幕式工作不仅是开幕仪式那几个小时的事，而是开幕当天从早到晚的全部程序和工作，包括开幕式上场内的文艺表演，各种仪式，运动员入场式，运动员、教练员宣誓，升旗，领导人讲话，领导人宣布开幕，点燃火炬，运动员退场，放气球，放飞和平鸽，下届主办城市表演，会旗交接……这里面很多都不是文艺表演的导演能决定的，需要我们按照主办方的规定来协调组织。所以，这个任务在总体处成立时就明确了。我刚到总体处时，就与熊光权副处长一起参与编制《北京第十一届亚运会开幕式筹备工作计划网络图》《北京第十一届亚运会开幕式工作流程图》《北京第十一届亚运会闭幕式筹备工作计划网络图》《北京第十一届亚运会闭幕式工作流程图》。筹备工作计划网络图是解决开、闭幕前的筹备工作，开、闭幕式工作流程图是解决开、闭幕式当天的全部工作流程。前者时间长、涉及广，基本上是以"天"为单位；后者细致、具体，最短的时间节点是以每分钟为单位。在同一个时间节点，要组织协调若干不同方面的人员、团队到达不同的地点，完成不同的任务。这是一项非常烦琐且细致的工作，需要高屋建瓴、运筹帷幄。我非常喜欢这项工作。

1990 年 9 月 22 日，北京第十一届亚运会开幕。组委会秘书长万嗣铨同志亲自坐镇指挥，我和熊光权配合指挥、协调，加上几个工作人员组成了开、幕式指挥小组。当天凌晨 4 点前，我们就到了开幕式现场——北京工人体育场，一直到夜里 11 点多才离开体育场，我们是最早到场、最晚离场的几个人。开幕式指挥所设在主席台左边的一间视线最好的房间，三面都是大玻璃墙。我手里拿着对讲机，随时与分布在会场内外的几十个工作点的各分项负责人联系，各项工作有序进行。各个分系统从早上开始，按照流程，有序地按时到达指定地点，一步一步推进。下午 4 点 52 分，北京第十一届亚运会准时开幕。这是中国首次举办大型国际综合性运动会，向全世界现场直播。

亚运圣火在北京上空熊熊燃烧了半个月，在 1990 年 10 月 7 日的闭幕式上熄灭。我们指挥小组又圆满完成了闭幕式的指挥、组织与协调任务。

参加北京亚运会工作是我第一次接触国际性大型活动，开拓了思路，打开了眼界。北京亚运会取得了圆满成功，在国际上也获得了空前的好评。我个人也收获满满，我学习、运用系统科学，并能在亚运会这样大的社会实践中得到锻炼且取得成绩，是我最大的收获，也为我后来承担更重要的工作奠定了基础。

也正因如此，我与奥林匹克结下了不解之缘。第二年，1991 年初，北京第一次申办奥运会一开始，我就被任命为北京 2000 年奥运会申办委员会总体部部长，负责策划北京申奥总体规划，也使我成为中国最早开始申奥工作的人员之一。我也开始了一生中最重要、最深刻的一段工作历程，并开创了用系统科学思想和方法进行规划、组织奥运会工作的先河。

第七章
在奥林匹克大海中学习游泳

45 受命组建北京 2008 奥申委

1999 年 9 月 6 日，按照中央决定，在人民大会堂召开了北京 2008 年奥运会申办委员会成立大会。这标志着北京又一次踏上了艰苦而辉煌的申奥之路。会后，我被任命为北京 2008 年奥运会申办委员会筹备组组长，带领人员组建北京 2008 年奥运会申办委员会。这是一项光荣但更加艰巨且复杂的任务。伍绍祖同志作为国家体育总局局长和北京奥申委执行主席亲自召集筹备组开会，并部署任务。他认真而严肃地说："申办奥运会是世界瞩目的事，是国家的大事，是中央常委会议决定的，我们责无旁贷，一定要全力争取成功。你们是代表中国人形象的，申奥成功，你们就是'国家功臣'，是要载入历史的，是要嘉奖的……总之，你们的工作很光荣，但很艰巨。希望你们打好北京申办 2008 年奥运会第一炮，高质量完成任务。"

随后，我又被任命为北京 2008 年奥运会申办委员会驻会副秘书长，与刘敬民副主席、王伟秘书长一起负责北京奥申委的日常工作。

9 月 16 日，我带领筹备组人员正式进驻北京新侨饭店，开始了光荣而艰难的创建工作。北京旅游集团和新侨饭店对我们很支持，我跟饭店的领导谈得非常愉快，很快落实了筹备组的基本工作条件——跟饭店的员工一起在职工食堂就餐，我们先在饭店 1 号楼 4 层办公，同时，开始装修 6 楼，把 1 号楼的 6 层全部给奥申委用。这样，我们在 1 号楼 4 层楼道竖起了"北京 2008 年奥运会申办委员会"的第一块牌子，北京 2008 年奥运会申办委员会就正式"开张"了。

遗憾的是，那时工作太忙，再加上我的思想太保守，只顾眼前工作，没有考虑为以后留些资料，所以在北京 2008 奥申委筹备组 5 个多月夜以继日的开创性工作中，筹备组只留下了一张照片，许多精彩难忘的场景都没有留下影像资料。被称为"七君子"的筹备组人员很多汗水、泪水都静静地溜了过去。

**1999 年 9 月北京 2008 奥申委筹备组"七君子"与伍绍祖在
新侨饭店合影（这是筹备组唯一的一张照片）
左起：伍绍祖、刘屯、韩雯、王正夫、黄可应、潘志杰、赵宗锋、孙大光**

组建北京 2008 奥申委的工作量很大，有些事很具体。我们要从最基本的办公条件开始：到电信局申请电话，我们得到电信局的大力支持，满足了我们的所有要求，最早的两部电话的号码是 65282008、65282009。从此，这两个号码就成了北京 2008 奥申委联通全国人民和国际奥委会等国际组织的热线电话。还要到银行申请账户，记得各银行都在积极争取，有的银行还托人找我帮忙，但我按照申奥工作特点，毫不犹豫选择了一家有外汇业务的最合适的大银行。

我们还一起到中关村购买电脑和办公用品。那天还有个小插曲：我在广西驻京办借了一辆桂字车牌的轿车去拉电脑，我们把车停在路边，然后从路边的店里往车上搬电脑。这时，过来一名年轻警察，很严厉地说我们违规停车，要罚款。我们跟他理论了半天不管用。后来，来了一位像是领导的老警察，听说我们是北京奥申委的，马上客气地说："没事，没事，走吧，申办奥运会是大好事，别耽误了你们的工作。"

那时，刚好国家体育总局换新家具，我请总局办公厅的武华处长把换下来的旧家具拉一部分到新侨饭店，我们筹备组一下子就武装起来了。那批旧家具非常好用，既结实又环保。可是后来第二年搬到6楼后，那批老办公桌椅都让行政部门给处理掉了，我一直觉得很可惜。

筹备组有大量的行政事务性工作。我把它归纳为12大类100多项具体工作，一项一项落实，工作井井有条，但当时有一项工作事先估计不足，没有想到工作量会那么大。中国申办2008年奥运会的消息刚宣布两三天后，来自国内外的信件就像雪花一样不断地飞到新侨饭店，每天的信件都要装满一两个麻袋。负责这方面工作的同志根本招架不住，我不得不安排大家在晚上和周末业余时间，集体在会议室拆信、登记、梳理、回信，经常干到深夜。但大家一点也不觉得累，因为那些信件里有太多令人感动的内容，经常是大家一边拆信，一边分享来自全国和世界各地的感人故事。

还有一件事也是大家想象不到的，我们北京2008奥申委是以两辆自行车起家的。那时，工作人员每天要往返于北京市政府和体育总局等各个地方，但当时由于一些特殊原因，我们一辆汽车都没有。我当即决定花400元买了两辆自行车，大家高兴地在新侨饭店后院骑了好几圈。这样起码解决了进北京市委大院不用步行的问题。那5个多月，北京2008奥申委筹备组克服了很多难以想象的困难，那两辆自行车也为北京申奥立下了汗马功劳。直到第二年4月奥申委才有了上海别克公司赞助的工作用汽车，但大家始终没有忘记那两辆自行车，也怀念那段虽然艰苦但充满激情的日子。

筹备组的工作千头万绪，最核心的任务是策划、制定"北京2008年奥运会申办工作总体计划"并编制《北京2008年奥运会申办工作计划网络图》，同时要"招兵买马"，组建队伍。而策划申奥工作总体计划和编制《北京2008年奥运会申办工作计划网络图》，只能在晚上夜深人静的时候进行。

那几个月，白天忙于大量的事务性工作。很多扯皮的事情需要与体育总局和北京市委、市政府进行大量协调、沟通。每天晚上，我坐在新侨饭店 1 号楼 4 层 401 的办公室里静下心来，苦思冥想、绞尽脑汁，策划在未来北京 2008 年奥运会申办、举办的若干年里，需要做的大量工作和各阶段的方针、策略、步骤等。既要了解、预测未来国际大形势的发展变化，又要掌握和预测国内发展的前景；既要勾画出 9 年后北京 2008 年奥运会的美好愿景，也要理清楚在 2 年申办和 7 年筹备过程中，要面临的重点工作、主要困难和需要解决的难点；既要做出宏观上的规划，又要列出几年之内我们要做的重点具体工作；既要制定各阶段的指导方针、策略，又要部署各项重点工作等。要充分认识到整个过程的艰辛、复杂，并要充分预测将会遇到、发生的突发事件，做好各种预案，真正做到"知己知彼"，心中有数。

北京 2008 奥申委办公地北京新侨饭店
1999 年 9 月至 2001 年 9 月，笔者每天在这里上班，经常伴着饭店大厅的钢琴声和窗外绚丽多彩的霓虹灯工作到深夜

那时，每天夜里我都在新侨饭店的办公室工作到很晚才回家，但从未感到累。我的办公室窗外是新侨饭店的天井，下面是西餐厅，还有咖啡厅。每天夜晚都是咖啡厅的钢琴声陪伴着我，到下半夜才逐渐安静下来。每当我透过窗子，看着楼下西餐厅里人们在窃窃私语、无忧无虑的画面，空气中飘来一阵阵咖啡和美食的香味，耳边传来悠扬的琴声……我都会感到一种神圣的、庄严的使命感油然而生。

直到第二年4月1日，筹备组圆满完成了各项任务，北京奥申委工作人员陆续到位，全体人员搬到了1号楼6层办公。

北京2008年奥运会申办委员会全体人员

摄于2001年7月，前排右2为孙大光

46　为中国两次申奥做规划

中国举办奥运会是来之不易的，是克服了艰难险阻，历经十年，经过两次申办才取得的。能够为中国两次申奥做策划、规划，是我引以为豪的事，也是我的荣誉和幸运。

　　1991 年初，中国向世界宣布：由北京代表中国申办 2000 年奥运会，这是震惊世界的一件大事，表明中国即将真正打开大门走向世界。随即，在中央的指示下，成立了"北京 2000 年奥运会申办委员会"，并于 3 月 18 日在北京惠侨饭店召开了北京 2000 年奥运会申办委员会第一次主席办公会。会上，我接受了北京申奥的第一项重要任务——策划、编制北京申奥工作总体规划。从这时起，我开始真正结缘奥林匹克，并逐渐认识奥林匹克对中国的特殊意义。此后的多年来，我参与了在中国举办的所有带"奥"字头的国际大型综合性运动会的有关工作，参加、观摩过 1992 年巴塞罗那奥运会以来的历届奥运会，积累了越来越多的有关奥林匹克的经验和知识。

笔者在北京惠侨饭店挂的
"北京二〇〇〇年奥林匹克运动会申办委员会"牌匾前留影

1999 年 9 月至 2001 年 9 月在北京新侨饭店门口的
"北京 2008 年奥林匹克运动会申办委员会"铜牌

万事开头难。在中国奥运发展的历程中，最艰难的是北京两次申办奥运会的过程。我在《中国申奥亲历记——两次申奥背后的故事》中，对北京第一次申奥工作有如下描述：

1991 年 3 月，北京 2000 年奥运会申办委员会成立了，中国开始踏上艰难而富有历史意义的申奥历程。所谓艰难，主要有两个方面：一是国际上对中国改革开放以来的情况了解不多。虽然 1990 年我们成功举办了北京亚运会，在世界上产生了极好的影响，但由于多年来我国对外宣传工作比较薄弱，国际上对我国了解太少。二是中国第一次申办奥运会没有任何经验，完全要靠我们自己边干边学。

我作为北京 2000 奥申委总体部部长，开始了最艰难的申奥第一步工作——拟定《北京申办 2000 年奥运会工作总体计划》，提出申奥工作总体方针、策略、步骤、重点工作和各阶段的工作方针、任务，并确定各项工作的完成时间、要求，同时要编制出《北京 2000 年奥运会申办工作计划网络图》。

我们没有前车之鉴，没有老师，没有资料。我手里所拿到的，只有一张白纸，只是这张纸上写着国际奥委会规定的申办奥运会程序的 6 个时间节点。接任务之前，就知道这是一项困难很大的工作，但困难程度如此之大，是事先没有想到的。与平时我们在机关的日常工作不同，申办奥运会是实实在在的硬碰硬的工作，需要制订一个实实在在的工作计划。当时，看着手里这张纸，我有点傻眼了。可是，没有退路。

经过几天的苦思冥想和查找资料、找何振梁等老专家咨询、调查，我决定，先制订一个编制计划的工作方案。我总结出制订申奥工作计划的四看、四分、四结合方法：

四看——横看、纵看、俯瞰、闭上眼睛"看"。就是要超越时空概念，跳到空中去看世界、看地球、看北京，看现在、看未来。因为计划是对未来而言的，所以很多时候，还需要闭上眼睛"看"。

四分——横向分任务、纵向分阶段、斜向分配合、管理分层次。

四结合——国际奥委会的规定与中国国情结合、工作定性与定量结合、工作计划的动态管理与定期检查结合、宏观指挥与微观管理结合。

在此基础上，我进行了大量的调查研究和预测：

——了解国际奥委会等国际体育组织在未来几年内，将有哪些重要的会议或活动。比如，国际奥委会执委会、全会，国际体育记者协会年会，各州奥林匹克协会会议，每年6月23日的"国际奥林匹克日"等。

——了解1993年9月23日前将有哪些重要比赛，如1992年巴塞罗那奥运会、世界杯赛等。

——了解每年世界上的重要节日等。

——预测未来几年国际上将发生的大事，如美国的大选等。

——预测未来几年国内将发生的大事。

——了解未来几年国内将要举办的重要体育赛事和活动，如1993年的全运会、1994年的北京"远南"残疾人运动会、1995年在北京举办的世界妇女大会等。

在大量调查、分析、研究、预测的基础上，围绕和利用这些将要发生的事件，特别是与国际奥委会委员有关的事件，我们可以开展哪些工作，再找出其中的重要工作。这样，经过反复分析论证，规划出在未来两年半的北京申奥工作中我们可以做和必须做的全部重要工作。

最后，我完成了北京申办2000年奥运会工作规划，并编制了《北京2000年奥运会申办工作计划网络图》，规划出北京申奥在未来两年半的时间里，需要完成 365 项工作，经过主席办公会批准后形成正式文件下发执行。

《北京 2000 年奥运会申办工作计划网络图》把北京申奥工作分为三个阶段，确定了各阶段的方针、任务、策略，把 365 项工作全部列出来，并标明起止时间、责任部门、配合部门、重要程度等。

一张长近 5 米、宽 1 米多的大网络图挂在总体部的墙上，蔚为壮观，一目了然，便于高层领导掌握全局、指挥和组织管理。所有工作都在计划之中，用伍绍祖主席的话说，就像孙悟空跳不出如来佛祖的手掌。该计划突出了对外联络和对外宣传两条工作主线；同时，对已完成的工作、正在进行的工作和即将开始的工作进行了动态管理，以做到心中有数、头脑清晰；各部门分工明确、主次清楚，矩阵结构清晰，协同作战、协调配合，并根据情况的变化和发展，随时调整方针，部署有关工作。

实践证明，这 365 项工作的规划完全符合北京申奥的要求，涵盖了申奥需要做的所有大事，正像俗话所说的，做到了"法网恢恢，疏而不漏"。

北京申奥工作计划和计划网络图遵循了申奥规律，也使北京申奥工作一开始就避免了盲目，在最大程度上克服了无申办经验的弱势，变不利因素为有利因素，将申办工作纳入科学规范管理，形成了良性的运转。在策划、编制网络图的过程中，我根据申办奥运会的特点，打破了传统的计划网络图唯一工作主线的编制原则和常规的思维方式，确定了两条工作主线：对外联络和对外宣传。这是以前编制网络图所没有的，后来被国内著名专家称为国内在推广应用系统科学方面的一大突破。

编制《北京 2000 年奥运会申办工作总体计划》和《北京 2000 年奥运会申办工作计划网络图》是我在工作中遇到的一次较大挑战，也使我从一开始就掌握了申奥工作的全局和总体布局，以及各项重要工作的进程情况，成为北京奥申委高层领导的主要参谋和助手。

北京第一次申奥是中华人民共和国第一次参与这样大规模的国际性竞争，是 1949 年以来最大规模的一次外交活动和对外宣传活动。虽然没有成功，但其意义深远，被国际上认为"中国在外交上与美国打了个平手"。中国人的智慧和组织管理才能在北京申奥中展现，令世人刮目相看。

在第一次申奥去摩纳哥进行最后决战之前，中央电视台对我有一次专访。我在北京惠侨饭店一楼大堂，把《北京 2000 年奥运会申办工作计划网络图》挂在墙上，为他们讲解北京申奥总体规划和奥申委两年半以来是如何进行工作的。当时，在场的记者们热情高涨、气氛热烈，让人难忘。但由于第一次申奥没有成功，所以那次采访和中国人如何运用系统科学的思想和方法指导、组织申奥工作没有播出，有点遗憾。

1993 年 9 月，笔者在北京惠侨饭店接受中央电视台采访，介绍北京申办 2000 年奥运会总体工作情况，背景为《北京 2000 年奥运会申办工作计划网络图》，这成为仅存的珍贵照片

　　但还有一个遗憾是，这张壮观的《北京 2000 年奥运会申办工作计划网络图》，在第一次申奥结束后就找不到了，它虽然不怎么漂亮，因为那张四五米长、一米多宽的纸，是我用胶水将一张张 A4 纸粘起来的；上面的字，都是我带领大家用复印机反复放大、缩小后，手拿镊子一个个贴上去的，那是我们的心血。那上面策划的 365 项大事和重要工作节点，以及标出的北京申奥各个阶段的方针、策略、任务，更是我们中华文化和中国人智慧的体现。

　　我想，如果是被哪位收藏爱好者收藏了也好。

　　北京第二次申奥比第一次的难度要大很多。国际奥委会经过改革，对申奥城市做了许多新的规定和限制，特别是提出了"九不准"，把申奥城市的手脚给捆得紧紧的。这就使我们第一次申奥的很多经验用不上了。所以，在拟订 2008 申奥工作计划时，我打破了原有的一些思路和方法，重新定位、重新思考，开辟新战场。

1999 年 9 月，在北京申办 2008 年奥运会一开始，我又开始策划、规划北京 2008 申奥工作，拟定北京申奥工作总方针、任务、策略及各项具体重点工作和步骤。经过两个多月的努力，我克服了国际奥委会规定的"不许申办城市与国际奥委会委员互访""不许申办城市对外宣传""不许使用奥林匹克标志""不许参加奥林匹克会议""不许馈赠或接受礼品"等带来的众多困难和不利因素，规划出在未来 20 多个月的时间里，北京申办 2008 年奥运会需要做的 286 项重要工作，编制出《北京 2008 年奥运会申办工作计划网络图》。后经主席办公会通过，作为正式文件下发执行，为 2008 年奥运会申办工作开了个好头，奠定了基础，迈出了重要的第一步。

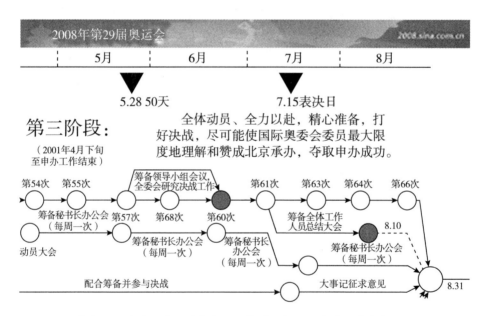

北京 2008 年奥运会组委会官网上的《北京 2008 年奥运会申办工作计划网络图》中的一角，里面有一处与实际不符，你能看出来吗？

申奥期间，《北京 2008 年奥运会申办工作计划网络图》是对外保密的，直到最后投票前夕，才向国内外记者公开。公开后，我接待了许多来访的国内外记者，特别是有些外国记者对此图很感兴趣，评价很高。有一个欧洲记者说："没有想到你们工作这么细致，这么有前瞻性，没有一个国家的申奥工作策划得如此周密、如此清晰。这上面的几百项工作是你们在申办之初就策划出来了，我感到很震惊，这说明北京奥申委工作人员的脑子是最清晰的，中国人太厉害了，看来你们的'孙子兵法'名不虚传！"

这名外国记者的评价一直激励着我，让我充满自豪感，也促使我多年来一直坚持探讨、研究中国奥林匹克现象在中国社会发展中的特殊作用和在博大精深的中华文化传承中的深远意义。

47　《北京2008年奥林匹克运动会申办报告》的背后

在北京申办2008年奥运会工作中，我还兼任《北京2008年奥林匹克运动会申办报告》（以下简称《申奥报告》）总编室主任，并且担任《北京2008年奥林匹克运动会申办报告》的总编辑和中文总统稿人，全面领导了《北京2008年奥林匹克运动会申办报告》工作。

编制《申奥报告》是公认的申奥工作中最重要，也是最难的一项工作。特别是由于国际奥委会对申办奥运会的规则和程序作了较大的改革，使《申奥报告》成为申奥城市报给国际奥委会的唯一正式文件，也是国际奥委会了解申奥城市的唯一正式依据，国际奥委会正是根据各城市的《申奥报告》，对每个城市进行考察。仅国际奥委会下发的《申奥报告编辑手册》，就是一本200多页的书，要求非常严格、细致。按照要求，《申奥报告》分为18个大主题，几乎涉及国家及城市的所有行业，内容涵盖经济、政治、社会的各个方面。所以，组织编制《申奥报告》是一项宏大的社会系统工程，无论在规模上，还是在参与人数、涉及范围等方面，都是申奥中的最大战役。其涉及的部门、单位达150多个，从中央办公厅、全国人大办公厅、国务院办公厅、全国政协办公厅到国家各有关部委、国务院各直属机构；从北京市政府及各部门、各区县政府，国家体育总局及各直属单位到各有关省区市人民政府；从各有关高等院校、新闻单位、科研单位到有关公司、机场……几乎涵盖了各行各业。

其实，在编制《申奥报告》之前，还提交了一个"小申奥报告"（2000年初国际奥委会给各申办城市发的一个关于22个问题的答卷，被称为"小申奥报告"），涉及社会各个方面，要求也非常严格。2000年上半年，国际奥委会请国际上各个领域的有关专家对五个候选城市的"小申奥报告"进行了综合评估和打分排名，结果对我们很不利。在五个候选城市中，我们仅排在第三位，连多伦多都比我们得分高。也就是说，到这个时候，北京的申奥形势十分严峻，在几个申奥城市中，只能算是中游水平。照这样下去，北京申奥怎能成功？这对北京奥申委的震动很大，一股无形的压力罩在北京奥申委几位主要领导的头上，特别是对我这个《申奥报告》的总负责人，那时的压力太大了。那段时间我每天加班到深夜才回家，第二天早上很早又来到新侨饭店的办公室。那种心理、精神，包括身体压力可想而知。

但没想到，更大的压力是来自高层领导的一句话。

有一天晚上十点多了，我正带着《申奥报告》总编室工作人员在会议室开会，突然，会议室的门开了，想不到北京奥申委主席来了，事先也没有工作人员通知我们，大家都很紧张。他坐下后，很随和地问候大家辛苦了，并表扬总编室人员的工作精神，鼓励大家继续努力。他还和我们一起讨论了几个具体问题，大家都慢慢放下了紧张的心情，但他最后临走前说了一句话，却如又一个千斤重担压在了我的身上。他说："《申奥报告》是重中之重的工作，是国际奥委会要的唯一正式文件，也是反映我们工作水平的唯一正式文件，直接关系到申奥的成功与否。所以，你们的任务非常艰巨，当然也非常光荣，如果申奥成功，党和人民会给你们记大功的。但这项工作来不得半点虚假，因为它不是我们自己能做评价的，而是要接受国际上最高水平的评估。所以，我只看结果，我对你们的要求很简单，只有一句话——我们北京的《申奥报告》不是要世界一流的，而是必须是世界第一的！因为申奥是没有亚军的竞争，只有冠军才是胜利者，亚军就是失败！"

这一句话，像一块巨石压在我已经不堪重负的身上。从那天起，我们顶着常人难以想象的压力，每天感到24小时不够用。只能用"革命加拼命"的精神，在党中央、国务院、全国人大、全国政协、国家有关部委以及北京市，特别是在全国人民的大力支持下，用了4个多月的时间，最后获得了北京《申奥报告》的全胜！

　　参与北京《申奥报告》编制工作的是一支庞大的队伍。其中，仅直接参加起草的人员就达 260 多人；参加有关工作的人员达数千人。上至党中央、国务院最高领导，下至有关单位的普通工作人员，都在北京《申奥报告》中凝结了辛勤的汗水。参与的单位，上到中央办公厅、国务院办公厅，下到基层企业、饭店，共有几百家。

　　在编制北京《申奥报告》的队伍里，还活跃着一些黄头发、蓝眼睛、高鼻子的人，他们每天在新侨饭店 6 楼和我们一起并肩战斗。澳大利亚人、日本人、英国人、瑞士人、瑞典人……都来了，帮助我们一起工作。这是一支真正的"多国部队"，是一支高质量的现代化特种部队。无论是黑眼睛、黄皮肤的中国人，还是蓝眼睛、黄头发的外国人，还是虽然黑眼睛、黄皮肤，但说不流利中国话的海外华人，他们每天早上从北京的四面八方来到崇文门路口，走进新侨饭店 6 楼，形成一道五颜六色的靓丽风景线。

　　2001 年 1 月 9 日下午 6 点，我带领由 15 位中、英、法文专家，外文编辑专家，出版设计专家和奥申委工作人员组成的"《北京 2008 年奥林匹克运动会申办报告》监制小组"，登上了北京飞往深圳的航班。在这架飞机的贵重物品舱里有一个大纸箱，里面装着《北京 2008 年奥林匹克运动会申办报告》的菲林（胶片）、光盘、采样等。

　　晚上 8 点 40 分，飞机抵达深圳黄田机场，负责印刷《申奥报告》的深圳雅昌彩印公司万捷董事长和何曼玲副董事长带领公司的员工们早早就在机场等候了，许多记者也在机场等候。我坐上万捷董事长的专车，万总递给我一份雅昌公司制定的"《北京 2008 年奥林匹克运动会申办报告》印制工艺规范"，说："孙秘书长，我们公司上下全部动员起来了，我们一切准备就绪，大家热情很高涨，都感到能为申奥做贡献是我们的荣誉。"

　　"谢谢万总，这是你们对申奥最好的支持，《申奥报告》的印刷是最后一个环节，也是最重要的一个环节，现在就看你的了。"我说。

　　"请孙秘书长放心，我们就等这一天了。这个重量我心里是有数的，我们一定会为申奥增光，绝不会给申奥抹黑。"万总郑重地对我说。

　　万总给我的印象不像个企业家或商人，更像个学者。我欣赏学者型的企业家，不仅会赚钱，而且能说出来为什么要赚钱、赚了钱如何回报社会。

　　我们的车直奔"雅昌"。下车后没有休息，马上开始了检查菲林的工作，这是印刷前最后一遍检查，结果又发现了一个小问题：在第三卷序言的英文标题里多了一个单词"AND"。因为按照国际奥委会第二次修改的《申奥报告编辑手册》，这个 AND 应该是逗号。要不要改？改，就意味着第三卷要全部重新出菲林，重新出蓝纸，全部要重新校对，起码要一整夜的时间；不改，意味着这一点跟国际奥委会手册的要求不一致，但意思是一样的。我迅速征求了大家的意见。大家一致认为，要确保《申奥报告》的高质量，哪怕是一个标点符号，也要纠正过来。于是，我果断决定：改！

　　紧接着，我们连夜投入了紧张的工作之中。虽然只是一个单词的改动，但等到全部工作完成，已是第二天晚上了。忙了一天一夜，到此全部准备就绪，只等开印。

2001 年笔者在深圳印制《申奥报告》前审核印刷校样
正面左起：孙大光、何曼玲（雅昌公司副董事长）、杨采奕（北京奥申委处长）
背面左起：朱国华（北京奥林匹克出版社副社长）、袁芬（北京外国语大学法语翻译）、
万捷（雅昌公司董事长）

　　为了记住这个有意义的时刻，10 日晚，雅昌公司专门举行了一个《北京2008 年奥林匹克运动会申办报告》开印仪式。全体人员集合在公司印刷车间，

在 1 号机前布置了一个会场，挂起了横幅。万捷董事长向全体员工讲话，并宣布由我启动印刷机。22 点 45 分，我认真地按动了印刷机的开关，高速印刷机立刻开始转动，《北京 2008 年奥林匹克运动会申办报告》正式开始印刷。

在场的所有人都无比激动和喜悦，长时间鼓掌。

但意外还是出现了。

11 日凌晨，工作人员突然发现，纸张出现了不同的颜色，有 4000 张纸不符合要求，不是我们用的奶黄色，而是白色。当时我们用的是美国生产的再生纸，是从香港定的货，从深圳入关的。仅是订货、入关这些程序就不是几天能完成的事。经过简单的思考，我立刻决定，必须保证纸张的统一，确保《申奥报告》的质量。我让北京奥林匹克出版社的老朱立刻与香港方面联系。同时，让北京奥申委与深圳海关联系，最后，在半天之内解决了问题，4000 张再生纸，在当天中午就安全运到了雅昌，保证了印刷。

12 日下午又出现了一个小问题，还是纸张问题，印保证书的纸不够了。这种纸是法国生产的，是通过一家在北京的日本公司进口的。我马上与北京联系，让人火速送来，结果，当晚工作人员抱着 100 张纸从北京飞到深圳，解决了问题。

这种惊人的工作效率是我们前所未有的，它充分证明了全国人民和各个部门，特别是香港人民对北京申奥的大力支持。

13 日凌晨，450 套《申奥报告》印刷顺利完成。

13 日上午，《申奥报告》装订成册，经过了最后的质量检查和验收后，装进了特制的书匣和牛皮纸箱。

经过 4 天 4 夜的连续奋战，克服了一个又一个困难，我们终于迎来了最后的胜利。

13 日下午 6 时，在雅昌会议室，举行了《申奥报告》交接仪式，我代表北京奥申委在《申奥报告》印刷交接清单上郑重签字，并从万捷董事长手里接过文件。这标志着《北京 2008 年奥林匹克运动会申办报告》编制工作正式完成。

2001 年 1 月 14 日上午 9 时，我们 15 人带着"胜利果实"登上了回北京的班机。

《北京 2008 年奥林匹克运动会申办报告》工作最激动人心的时刻就要到来了。

2001 年 1 月 13 日在深圳雅昌举行《申奥报告》印刷完成交接仪式

2001 年 1 月 14 日在深圳机场,《申奥报告》
印刷监制小组即将登机回京,万捷董事长等到机场送行
左 4. 何曼玲、左 5. 何川、左 7. 杨采奕、左 8. 万捷、左 10. 孙大光、左 15. 李辉

1 月 16 日下午，我们北京 2008 奥申委一行 5 人，乘车来到北京首都国际机场。我亲自提着这个将近 1 米长、60~70 厘米宽、20 厘米左右厚的大包装箱，里面装着一套精美的《北京 2008 年奥林匹克运动会申办报告》和一套包括党中央、国务院最高领导亲自签名的支持信、保证书共 165 个原件，登上中国国际航空公司 CA781 航班，飞往苏黎世，在欧洲时间当天夜里顺利到达瑞士洛桑。

第二天，2001 年 1 月 17 日上午 10 点，在洛桑国际奥委会总部，我和王伟、袁斌、杨采奕、何川五人代表北京奥申委、代表中国人民，亲手向国际奥委会主席萨马兰奇的代表递交了《北京 2008 年奥林匹克运动会申办报告》。

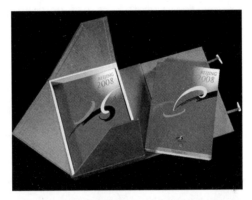

《北京 2008 年奥林匹克运动会申办报告》（共三卷）

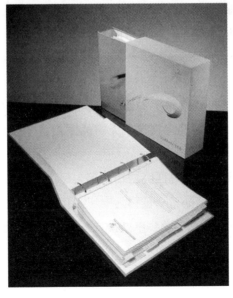

《北京 2008 年奥林匹克运动会申办报告》中的保证书部分，共 165 份

经过近一年的奋斗，我带领大家克服了无数想象不到的困难，顶住了来自各方面的压力，尝够了各种酸甜苦辣，最终获得了欣慰的回报，取得了巨大的成功。《北京2008年奥林匹克运动会申办报告》无论是在内容上，还是在装帧设计、印刷上，都充分体现了中华文化的博大精深和当代中国人的风采。

《北京2008年奥林匹克运动会申办报告》分为上、中、下三册，共计40多万字，英、法文对照，加上一本有165份保证书的大文件夹，装在一个特制的精美的大包装箱里，它凝聚了我和同事们以及成百上千人的无数心血，我们把它称为自己的"孩子"。它也被誉为北京和中国的"大百科全书"，是"中华文化的精品"。

北京2008年《申奥报告》被国际社会公认是力压群雄的精品，是所有申办城市《申奥报告》中最好的，是公认的第一！

2001年2月的一天，时任国际奥委会副主席何振梁先生从国际奥委会开会回来，下飞机后直接来到新侨饭店我的办公室，进屋就紧握我的双手："感谢大光同志！你带领大家做出了一套世界上最好的《申奥报告》，它显示了中华文化的魅力！为我们申奥成功奠定了最好的基础。我要专门向你表示感谢！"

时任国际奥委会委员、国际羽毛球联合会主席吕圣荣女士，从国外开会回来，也在第一时间来到我的办公室，给了我一个大拥抱，深深地表示祝贺和感谢！她说："国际体育单项协会普遍认为北京《申奥报告》无论是内容，还是编辑、装帧、设计、印刷都是No. 1！"

在国际奥委会评估团对各申办城市的总结报告中，对《北京2008年奥林匹克运动会申办报告》给予了最高的评价，评语完全超过其他四个城市，获得名副其实的冠军！

至此，我和我的《申奥报告》总编室的同事们长长地舒了一口气，大家紧紧拥抱在一起，没有欢呼，没有庆祝，无声的眼泪代表了我们五味杂陈的复杂心情。

现在，在瑞士洛桑国际奥林匹克博物馆永久保存的精品中，有我和同事们以及所有参与者辛勤劳动的结晶——被称为中华文化的经典之作和现代北京百科全书的《北京2008年奥林匹克运动会申办报告》，它代表着北京，代表着中国，将永远在那里闪耀着"中国红"的光芒！

在我的有生之年，我真想再去瑞士洛桑国际奥林匹克博物馆，看一眼自己的"孩子"。

走近《北京2008年奥运会申办报告》套装

北京　王彤瑜

在国家体育总局档案馆，珍藏着一件珍贵的档案——《北京2008年奥运会申办报告》套装礼盒。这是一个长90、宽60、高20厘米的套装手提盒，提手是宫墙红色的宽绫带。打开提盒的盖子，在边是用玻璃黄礼盒包裹的《北京2008年奥运会申办报告》书匣，书匣内是被誉为"北京大百科全书"的《北京2008年奥运会申办报告》。它重5.6千克，长32、宽23、厚9.5厘米，共三卷，596页，英、法两种文字；右边是由玻璃黄中国传统书匣包裹的一个合叶式三孔文件夹，长34.5、宽34、厚11厘米，内有165份保证书。《北京2008年奥运会申办报告》汲取了中国古代书籍的菁华和现代艺术的设计理念，封面颜色为中国传统的宫墙红，显得极为高贵。全书采用淡黄色再生纸，十分典雅，外包装盒采用瓦楞纸，美观环保，充分体现了"绿色奥运"的理念。

这套《北京2008年奥运会申办报告》被国际奥委会和世界体育界公认为奥运会的精品。目前，在国外只有国际奥林匹克博物馆保存一套，在国内也是罕见的珍贵体育实物档案。

组织编制这套《北京2008年奥运会申办报告》的直接领导者和中文总统稿人，是时任北京2008年奥运会申办委员会副秘书长、现任国家体育总局体育文化发展中心主任的孙大光。他是北京两次申办奥运会的组织者和参与者，组织制定了两次北京申办奥运会的总体计划，编制了两次北京申奥工作计划网络图；并曾为1990年北京亚运会设计出"北京亚运会组织指挥系统"、"北京亚运会迎送工作流程图"等，把系统科学理论第一次应用于国家大型赛事的组织工作。他的设计为确保这个完美精彩的盛会成功举办作出了重要贡献，并且受到了江泽民主席的表扬。同时也为后来中国两次申奥以及筹备、举办北京2008年奥运会和后续国内很多大型活动提供了相当宝贵的经验。他撰写的《中国申奥亲历记》一书，与世人分享了两次申奥的酸甜苦辣，在国内外引起了很大反响。书中还详细描述了组织编制《北京2008年奥运会申办报告》的具体细节。

《北京2008年奥运会申办报告》从正式开始编纂到完成，历时仅4个月的时间，涉及的部门、单位达160多个，几乎涵盖了各行各业、各部门、各单位。直接参与起草的人员达260多人，参加有关工作的人员达数千人。上至国家主席、国务院总理，下至有关单位的普通工作人员，都在其中凝结了辛勤的劳动。

《北京2008年奥运会申办报告》共三卷、18个主题。第一卷包括国家和候选城市特点、法律、海关和边防平续、环保和气象、财政、市场开发六个主题，对国家及北京的政治、法律、经济、环境等方面都作了全面的介绍；第二卷包括竞赛的总体构想、比赛项目、残奥奥运会、奥运村四个主题，主要编述了北京举办奥运会、残奥会的总体规划与构想，对场馆的设计、布局和比赛的组织安排等作了详细的说明；第三卷包括医疗卫生服务、安全保卫、住宿、交通、技术、新闻宣传与媒体服务、奥林匹克主义和文化七个主题，详细描述了北京奥运会将提供的专业服务、安全高效的运作方式和火炬传递、开闭幕式等活动的精华。

《北京2008年奥运会保证书》共有保证书、支持信和确认书165个。包括国家主席和国务院总理亲自签名的支持信，北京市市长和国家有关部门主要负责人签署的保证书，北京市各协办和各协办城市市长签署的保证书，以及各国际单项体育组织领导人签署的确认书。这项工作得到了国内许多部门、单位和广大群众及国际单项体育组织的大力支持和帮助。

北京奥申委在编制《北京2008年奥运会申办报告》一开始，就非常重视其装帧设计工作，制定了详细的工作计划，并向全社会征集《北京2008年奥运会申办报告》的版式和装帧设计方案。经过大量艰苦的工作、精心的组织、严密的构思，终于与设计公司一起，设计出让人为之一振的方案，并最终成为奥运文化的经典。

目前，人们见到的多为书匣式三卷装、中英文版的《北京2008年奥运会申办报告》，而英法文原版的《北京2008年奥运会申办报告》和保证书的套装礼盒极为罕见，它堪称中华体育文化之珍宝。

辉煌的履尖　光荣的梦想

Oriental collection 043

中国体育档案馆副馆长王彤瑜关于《北京2008年奥运会申办报告》的文章

48 IOC 考察团的奇遇

接受 IOC（国际奥委会）考察是申办奥运会的一项重要工作。在接待 2008 年奥运会考察团时，老天爷好像故意要考验我们一样，完全出乎预料，给我们来了一个下马威——在 IOC 考察团到北京的五天里，经历了四个不同的季节，那是北京有史以来最奇特的天气变化。

2001 年 2 月 21 日，是考察团开始工作的第一天，我很早就出了家门，开车赶往北京饭店。一出门，就感到天气很奇怪，漫天大雾，我开车在大雾中慢慢地行驶，好不容易才到北京饭店。看时间还早，我和几个同事坐在饭店的大落地窗前，看着街上的人们匆匆赶路，汽车排着队在雾中行进，别有一番风味。好在考察团上午在大会议厅听汇报，不用出去。到下午考察团出去考察时天气好多了。

第二天下起了小雨，气温下降，到了晚上地面都结了冰。一天的活动都是在雨中进行的。晚餐安排在国际饭店旋转餐厅吃自助餐。透过窗子看到外边的街道上是亮晶晶的，被灯光反射出来的北京城倒是有一种特殊的美。

第三天继续下雨，而后又变成了下雪，而且雪越下越大，最后竟下起了鹅毛大雪。一派北国风光，千里冰封、万里雪飘。连续三天的工作，考察团的成员显得有些疲劳，加上天气变化较大，这天晚上又较冷。但北京奥申委的工作让考察团非常满意，他们的兴致一点也没减，晚饭后，有的人还去酒吧喝酒看雪景了。

第四天终于晴了。雪停了，太阳出来了，地上的积雪开始变成了灰色，又从灰色变成了深灰色。很多街道上都成了"水泥马路"。街上很多人走在一半雪、一半水中，鞋子都湿了。

在这样的天气下接待 IOC 考察团，我们确定了"天气不好人气补"的方针，用高水平的工作质量赢得了考察团的青睐，获得了高分。

到考察团要离开北京的那天，天气特别好。考察团乘车去机场的路上，个个都兴高采烈，有说有笑。就连下飞机后一直没有笑脸的一位欧洲的国际奥委会委员，也在车上讲起了笑话。所有考察团成员都开开心心地登上了去日本大阪的飞机，到下一个城市考察。

在接待国际奥委会考察团的工作中，我总结了一些经验，写进了我的第一本书《中国申奥亲历记——两次申奥背后的故事》中。其中有一个概念是：接待工作需要打"时间差"。就是很多工作要做到"前面"，尽量向前，绝不能拖后。许多时候，做到前面一分钟就是高质量，拖后一分钟就是低水平。有时，高质量和低水平之间就是那么一点前后时间的差别，而根本不需要多花一分钱。

在第一次接待国际奥委会考察团工作时，我提前几个月就开始设计方案，前后十几次易稿，必须做到万无一失。比如，我们提出考察团下飞机后，"行李要先于人到房间"。当时有的同志认为不可能，说："我们搞了几十年的接待工作，这是很难做到的。"也有的同志认为没必要，"早一点晚一点无所谓，只要不耽误客人使用就可以"。但很多同志支持这一主张，不怕做不到，就怕想不到。后来，我们不仅做到了，而且做得很好，并获得了考察团的高度评价。为了实现这个小目标，我曾再次到首都机场进行实地考察，跟着从飞机下来的行李，乘坐运行李的电瓶车到航站楼外行李传送带的入口处，并且亲自从行李传送带的入口处钻过去，跟着行李一起钻出来，前后反复试了两三遍一秒一秒地计算时间，从而掌握了第一手数据。

为了掌握情况，提高工作效率，我们提前几周甚至更长时间，就了解到每个考察团成员所乘飞机的航班号，把制作精美、醒目的北京奥申委的 VIP 行李牌寄送给本人，请他拴在自己的行李上，以便下飞机时我们接待人员很快就能找到其行李。在考察团下飞机后，我们首先请他们进机场的 VIP 室。这是一种高规格的待遇，我们的领导和礼宾官为他们举行了一个简单的欢迎仪式，然后，请记者们照相，进行简单的采访。他们会感到我们对他们的重视和热情。但同时我们利用这个仪式打了个"时间差"，仪式何时结束由我们根据行李下飞机的时间决定。

简短的欢迎仪式结束后，我们引导考察团成员出门上车。考察团的车子出机场后一路畅通，从刚建好的机场高速路上驶过，这是首都机场高速路通车后迎接的第一批客人。汽车很快到了中国大饭店，考察团成员一进饭店大堂，饭店总经理带领部分员工列队欢迎，总经理与团长及每位成员握手，并且能够叫出每位成员的名字，考察团成员感到非常吃惊和亲切。这也是我们设计的内容，要求饭店做到，这个效果非常好。

这是受到我去哈尔滨外语学校第一天报到时，第一次见到吴老师给我的启发，使我终身受益。

然后，由饭店服务员分别引导考察团成员去各自的房间。当他们进入自己的房间后，第一眼看到的是自己的行李已经舒适地摆在行李架上，都很高兴、很感动。当然，房间里还有鲜花、水果和饭店给他们的欢迎信等，办公桌上摆着我们为他们准备的详细的日程安排和各种需要的文件、资料等，坐下就可以办公了。饭店门口停着专用汽车，他们随时可以出行。

人都是有感情的。我想，考察团成员下飞机后的第一感觉，也会像我少年时第一次进入哈尔滨外语学校时的心情一样，感到温暖。

49 考察美国的收获

为了解世界发展的前沿和趋势，提高北京申奥工作的质量，在第一次申奥时，我与万嗣铨秘书长等一行五人访问了美国。美国是世界上举办奥运会最多的国家，曾举办过四次夏奥会、三次冬奥会。我们这次去主要还是学习人家的长处和经验。我们先后到了亚特兰大、盐湖城和洛杉矶。当时，亚特兰大正在筹备1996年奥运会，盐湖城正在申办冬奥会，洛杉矶是举办过1984年奥运会的城市，那是一届对世界奥林匹克运动发展有着重要影响的奥运会。洛杉矶奥运会的市场开发模式，使奥运会开始盈利，为后来的奥运会提供了一个样板。从那届奥运会开始，奥运会成了一块香饽饽，申办奥运会成了世界上最大的一个竞争项目。另外，我们在洛杉矶还与美国好莱坞的一个影片公司商谈了合作事宜，取得了很好的效果。

在亚特兰大，我们与亚特兰大奥运会组委会进行了两天的会谈、交流，我亲身体会到了他们工作的高效率。接待我们的是一位金发碧眼的漂亮女士，是亚特兰大奥运会组委会的礼宾官，名字叫南希（Nancy），她气度非凡，言谈话语、一举一动都显得十分高雅、得体。不过，我更被她那干练的工作作风和惊人的美式工作效率所折服。

那天上午9点，我们准时来到会谈的会议室，看到我们每人面前的桌子上除了摆着一个精美的名签，还有一本装订素雅、漂亮的资料。那是她专门为我们做的工作方案，简洁而精致、现代而低调。这是一套他们拟帮助北京奥申委作形象设计的方案，并且是中文的。虽然一看就知道是台湾同胞翻译的繁体汉语，但那并不妨碍我们完全能看懂里面的内容。我们都很赞叹这位南希小姐的工作效率。因为一看内容便知，这个方案是在昨天下午我们会谈的内容基础上，撰写而成的，并且方案内容水平很高，很适合中国的特点。而昨天晚上南希小姐还陪我们吃的晚饭，饭后又聊了很长时间，回到家里肯定很晚了。显然，这个方案是她"开夜车"赶出来的，还要连夜找人翻译成中文，再打印，并简装成册，肯定一夜没怎么睡觉。但我看到南希小姐换了一套比昨天稍亮丽一点的套装，还是那么精神且自信，丝毫看不出倦意。

我们都被南希小姐这种精神和工作的高效率所折服。许放感叹道："我们中国人什么时候能达到这样的工作效率和质量，我们的发展就快了。"许放是北外英语专业的高材生，毕业后20多年一直工作在国家体委国际司，是体育总局英语的头几把交椅。第一眼看到他，可能会误认为他是个篮球运动员，因为他的身材比一般人大一号，高高的个子，稍胖的身体，戴个宽边大眼镜。他那两只明亮幽深的眼睛和两片稍厚的嘴唇，似乎是专门为说英语而长的，说起英语来表情特别丰富。我们在美国时，无论走到哪，见到什么人，只要与他聊上两三句话，对方就会哈哈大笑起来，然后两人就会像老朋友一样攀谈起来。这对我这个非英语专业的人来说，真是羡慕，这也促使我加紧了英语学习。那时，我们对"marketing"一词还不太熟，在与美国人座谈时，美国人讲这个词的频率很高。许放跟我们一起讨论"marketing"这个词翻译成什么好，最后认为，翻译成"市场开发"更合适，如体育"市场开发"、奥运"市场开发"等。

可惜许放走得太早了。第一次申奥后，他被调到中国足协担任副主席，负责国际联络和市场开发工作，为中国足球事业做出了很大贡献。但在他刚刚49岁的一天夜里，突发心脏病，再也没有醒来。对于为中国申奥做出贡献的人，我们都不应该忘记。

在美国西北部的著名城市犹他州的盐湖城（Salt Lake City），我们考察了盐湖城冬奥会申办委员会。盐湖城是一座很有特色的城市，皑皑的白雪、蔚蓝的天空，映照着古老而现代的建筑，使这座城市显得非常干净、纯洁，像一个"世外桃源"。然而，令人没有想到的是，正是这座"干净、纯洁"的城市，在后来暴露出国际奥林匹克运动史上最肮脏、丑陋的申奥贿赂事件，由于它在申奥过程中贿赂国际奥委会委员被揭露，使这个美国的"世外桃源"更加闻名于世，也使10余名国际奥委会委员遭到了被"开除"的厄运，并且促使国际奥委会改变了申奥程序，从而大幅增加了后来申办奥运会的难度。但盐湖城在申奥中的很多好的做法还是值得我们学习的。

我这次出访的任务，主要是考察美国在申办、筹备、举办奥运会的工作规划和计划方面的情况。这是我第一次去美国，以前我对美国了解得不多，大都是听说或是从书本上看到的情况，所以去之前自己的心里没底。但通过一番考察、学习和对比，我极大地提高了信心，也增强了对博大精深的中华文化的认识和对中国申奥成功的信心。

我专门考察了美国筹备亚特兰大奥运会的工作计划和盐湖城申办冬奥会的工作计划，分别与他们进行了座谈，交流运用科学的方法进行规划的经验和体会。通过与美国人的座谈、交流，我看到了我们的不足，同时也看到了我们的优势。美国有很多方面值得我们学习，但我们的一些做法，美国人听后也赞不绝口。我们运用系统科学的思维和方法，特别是我们的申奥工作计划网络图，让美国人很吃惊，赞叹不已，他们没有想到中国人会在系统科学的运用方面与他们进行这样深入的探讨和交流。

考察后，我归纳了五个方面的收获和启示：

第一，美国人的各项具体工作网络流程图做得很细，但总体计划网络图不如我们。亚特兰大奥组委和盐湖城奥申委的总体工作计划网络图都很简单，只用一张纸列出了一些工作项目及起止时间；但各分项目工作计划网络图做得较详细，每项工作计划网络图都有十几页纸，甚至更多，可以装订成一本。这一点，我们应向他们学习。但我们的总体工作计划网络图对掌握全局一目了然，更便于高层领导指挥和督促检查。

第二，美国人的计划强调责任，中国人更强调协作；美国人重微观管理，中国人更重宏观管理。美国人对各项工作的计划和管理落实很清楚，责任分明，但强调协作不够；在宏观管理方面较放手，控制力不如我们。我们的总体工作计划和网络图对总体宏观的管理更清楚，特别重视横向联系和各项工作之间的关系及各协作单位的关系。

第三，美国人在计划中重视经费预算，而我们在工作计划中对预算问题重视不够。但这个问题在我们筹备北京2008年奥运会中，已经大有改观。

第四，美国人的计划网络图是用电脑绘制的，我们的计划网络图是手工加电脑绘制的。

第五，美国人的计划网络图主要是"面条式"的，单向结构；我们的计划网络图是网状的，矩阵结构。这一点我们比他们做得好。

把中美申奥和筹备奥运会工作方案、计划进行比较后，我心里更有了底，更加坚定了对中国申奥成功和举办奥运会的信心。同时我体会到，我们既要看到自己的不足，也要充分看到自己的优势。虽然中国当时在很多方面落后于美国和一些发达国家，但我们也在很多方面并不亚于他们。中华民族有深深的文化渊源，又是一个善于学习、敢于创新的民族。

有时候，我们的优秀文化和实践经验，我们自己可能认识不够深刻，或不够珍惜和重视，而别人却看得很清楚，也很羡慕。

50　知己知彼，深入虎穴

我领导编制《北京 2008 年奥林匹克运动会申办报告》完成后，本应可以松口气，但作为兼任北京奥申委研究室主任的我，还有一项重要工作一直压在我的心头，让我日思夜想、昼夜难眠。这就是要"了解、掌握申奥对手的情况和动态，分析对手的申奥策略、方针，定期提出调整我们的方针、策略"。

知己知彼方能百战百胜。在整个申奥期间，特别是后期，研究室向高层领导提出了大量的策略建议，保证了领导随时掌握发展动态，调整我们的方针、策略，但唯独对我们的主要竞争对手巴黎的情况，心里还不够有底。到 2001 年初，申奥已经进行到了最后一个阶段，我们对巴黎的申奥情况了解不够。我心里非常着急，当时各种信息渠道能够搜集到的有关巴黎申奥的信息很少。

法国巴黎是个非常强的竞争对手。巴黎这个世界第一的旅游城市的优势也是有目共睹的。巴黎申奥工作也一直保持较强的势头，他们一直标榜巴黎申办奥运会没有缺点，巴黎奥申委的新闻官曾拍着中国记者的肩膀说，"北京各方面都不如巴黎，你们争不过我们，你们退出申奥吧"。在 2000 年中期，国际奥委会公布了对"小申奥报告"的评估结果，巴黎的各项综合指标都明显高于我们，排在几个候选城市的第一位。当时我们北京只排在第三位，还在加拿大多伦多的后面。这给我们的压力非常大。

法国人的傲慢是出了名的，巴黎奥申委从一开始就把北京作为主要对手，经常在各种场合攻击中国，并时时处处体现在他们申奥工作的各个环节中。为击败北京，巴黎可谓煞费苦心，使出了各种招数。巴黎奥申委和法国舆论界在兴奋剂问题上大做中国运动员的文章。悉尼奥运会期间，法国媒体但凡报道兴奋剂事件，必谈中国，有意制造舆论，损害北京申奥的形象。后来，法国人又打所谓"人权"牌、环境牌，甚至打出了动物保护牌。

但我们北京申奥工作一步一个脚印，稳扎稳打，稳步推进，势头越来越好。特别是《申奥报告》得到国际社会和世界各大媒体的很高评价，排在了巴黎之上。这也引起了巴黎奥申委的嫉妒。2001 年 3 月 15 日，巴黎奥申委主席亲自操笔，直接给北京奥申委主席写抗议信，同时也给国际奥委会主席萨马兰奇和一些国际奥委会委员寄了这份抗议信的复印件。这使北京和巴黎这两个主要对手之间的竞争，达到了"白热化"程度。申办 2008 年奥运会的竞争，已经成为当时世界瞩目的"世纪大战"，火药味越来越浓。

为了了解对手的真实情况，掌握一手信息，有针对性地做好最后阶段的申奥工作，2001 年 3 月，领导派我带一个代表团去欧洲访问，顺路考察法国巴黎申奥情况。我下决心，这次一定要摸清这个主要对手的"软肋"。这次去巴黎，与以往不一样，我们肩负着特殊的使命。国际奥委会的考察团将于 3 月 25 日至 29 日考察巴黎 2008 年奥运会申办情况。很巧，我们也是在同期到达巴黎。我们自己开玩笑地说，我们可以"陪同"国际奥委会考察团进行考察。这也是我们"知己知彼"、向巴黎学习的一次好机会。在法国期间，我国驻法大使馆给了我们很好的支持和配合。我们就住在大使馆，我与吴健民大使进行了深入的沟通、研究。经过几天的实地考察，收获非常大。

巴黎的条件确实很好。巴黎是一个世界闻名的美丽城市，它坐落在风光明媚的塞纳河两岸，气候宜人，城区人口约 217 万，包括郊区在内的大巴黎人口 906 万，是法国的政治、经济、交通和文化中心。

巴黎有 2000 多年的悠久历史，是历代王朝京都和历届共和国首都。工业以汽车、电器为主，纺织和化妆品工业也很发达。它汇集全国工业生产能力的 1/5，服务业的 1/4。塞纳河东岸的蒙塔特区遍布咖啡馆和酒吧，是夜生活中心。

巴黎是全国交通中心，全市有 5 个火车站、3 个现代化机场，塞纳河自巴黎以下终年水运畅通。历史悠久的巴黎大学是世界著名的高等学府。巴黎还集中有全国性的各种学术机构和团体。

巴黎也是世界著名的旅游城市，拥有众多举世闻名的历史文化遗迹。始建于 1163 年，历时 182 年落成的巴黎圣母院是古老巴黎的象征，是巴黎最古老、最高大的天主教堂，在欧洲建筑史上具有划时代的意义。为庆祝法国大革命 100 周年而建的埃菲尔铁塔高 320.775 米，可供游客眺望巴黎全景，是现代巴黎的标志。欧洲最宏大、最豪华的皇宫凡尔赛宫、凯旋门和香榭丽舍大街也都是来巴黎的必游之处。

作为世界知名的浪漫之都，软硬件等很多方面在世界上都是首屈一指的，它不仅体育设施完善、交通便利、名胜古迹众多，而且又有组织大赛的经验，曾经在 1900 年和 1924 年成功地举办了第二届和第八届奥林匹克运动会，举办大型国际体育赛事的经验比我们多。

贝贝阿也说："巴黎的王牌是多方面的：巴黎文化旅游资源丰富，拥有便利发达的空中、地面和地下立体交通网，奥运会 28 项比赛绝大部分集中在市中心和半径适合的市区范围内举行，现有的体育馆已具备了 80%，法国积累了举办国际大型运动会的丰富经验等。此外，巴黎气候宜人，法语是奥运会的官方语言，法国通信条件先进，巴黎污染治理成效显著。可以说，巴黎申奥的人文条件和城市环境都是比较好的。"而一位法国记者说得更直白："巴黎申奥没有缺点，如果硬要说巴黎申奥的不利条件，那只有一个地缘因素。"

那几天，我们考察了所有国际奥委会要考察的地方，基本了解了巴黎申奥的优劣势。其实，并不像巴黎奥申委和法国媒体大肆宣扬的那样十全十美、没有缺点。申奥一年多来，他们只宣传自己的优势，把自己的劣势全都掩盖起来，似乎他们没有缺点和劣势，而我们这几天的考察和亲身体验，看到了一个真实的巴黎。

其实巴黎申奥的困难、问题很多，他们的劣势和不利因素一点也不比北京少，有些方面甚至比北京严重得多。经过考察，我归纳出巴黎申办 2008 年奥运会的八大劣势和不利因素，并把它称为——巴黎申奥的"八大软肋"。

软肋一：地缘因素。这是巴黎奥申委自己承认的一个不利因素。分析一下法国媒体的报道和法国、巴黎市及巴黎奥申委一些高层领导人的讲话，不难看出，他们在这个问题上也一直很心虚。因为，2004 年奥运会已经确定在欧洲的希腊雅典举办，接下来的 2008 年奥运会如果还在欧洲，显然不合适。并且，目前已有多个欧洲城市表示要申办 2012 年奥运会，其中就有英国的伦敦和德国的一个城市。因此，为避免本国将来在申办奥运时遇到类似情况，这些国家的国际奥委会委员很可能把票投向欧洲以外的城市。这是客观存在的现实问题，是巴黎申奥躲不过去的第一大劣势。

软肋二：兴奋剂问题。法国运动员在自行车、足球、手球和冰球等国际比赛中不断传出服用违禁药物的丑闻。而法国政府视而不见，令国际奥委会担忧和恼火，并多次明确指责法国政府这种包庇运动员的做法（后来证实，IOC 考察团在 2001 年 3 月 28 日会见法国总理时，提出了一份意见清单，并要求法国在兴奋剂问题上做出书面保证。直到考察团离开巴黎的头一天晚上，才由体育部长交上有关保证书，此举令考察团很不满意）。兴奋剂问题本是巴黎在申办之初用来攻击中国的武器，没想到自己的运动员不争气，成了自己头疼的问题。

软肋三：频繁的罢工和示威游行成为举办奥运会的不稳定因素。当时法国企业裁员势头较猛，各种腐败现象又层出不穷，2002 年又是总统选举年，左右两派政治势力都要利用工会组织为自己拉选票。这些都可能引发新的示威游行和抗议，给巴黎申奥带来了不利的影响。

我们在巴黎期间也亲眼看到了这个问题。我们到达巴黎的第一个晚上，就在电视上看到街头很多出租车和大卡车停在街头和十字路口，司机们在街上举着小旗子和横幅，一看就知道是罢工，但好像不是在巴黎。第二天早上吃早饭时，我问我们使馆的参赞，她告诉我们，法国交通工会组织司机罢工，但时间正好赶上 IOC 考察团要来考察期间。所以，法国奥委会就与法国交通工会商定，在 IOC 考察期间，其他城市可以罢工，巴黎就先不罢工，等 IOC 考察团走后，巴黎再罢工。我们在电视上看到的是里昂等其他城市的罢工。

软肋四：安全问题。在世界杯足球赛时，法国屡屡发生球迷闹事，警方对此束手无策。2000 年以来，巴黎市内盗窃抢劫等刑事案件呈上升趋势。IOC 在后来的《评估报告》中指出："安全方面预计不会有大的风险。"其中也不难看出有另外的含义。

我们代表团在巴黎期间遇到的惊险一幕，也让我们亲身体验到了巴黎安全问题的严重性。那天，我们代表团的一位女处长就在巴黎规划的奥运村预留地的路旁遭到了两个骑摩托车的黑人小伙子抢劫，幸亏这位女处长是练体操出身的，身体素质极好，身手不凡，没有让他们得逞。我们都目睹了这惊险的一幕。

软肋五：奥运村问题。我们亲自考察了巴黎奥运村的规划地，问题很严重，"八字还没有一撇"呢。后来，我看到IOC也看到了这个问题。IOC考察团认为，巴黎奥运村的规划"实施起来具有一定的困难"。考察团还对奥运村安保问题表示担忧，指出国际区比较小：要求对奥运村交通做更好的规划，并需要修改奥运村交通理念等。

软肋六：政界矛盾显露。据悉，法国左、右翼两派对申奥态度不一致。一是有的不愿政府背上奥运会的经济负担；二是担心申办奥运会为对手竞选造势，不愿看到对手通过申奥获利。

软肋七：民众支持率不高。根据IOC的调查，巴黎市民众支持率为69%，法国全国民众支持率为65%，远远低于巴黎申奥机构公布的79%的支持率。

软肋八：法国人的傲慢。这是巴黎申奥软肋中最软的一根，也是最致命的一根。法国人在申奥的事情上太自以为是，甚至有点蛮横。一些欧洲朋友也对法国人的傲慢表示反感。

2001年3月，国际奥委会考察团考察巴黎奥申委规划的奥运村用地

通过这次考察，我的心里也有了底，我们肯定能战胜巴黎！我们肯定能赢！

回国后，我把考察的情况和巴黎的"八大软肋"向主席办公会做了汇报，并写成考察报告，报给高层领导参阅，受到高层领导的表扬。

在知己知彼的基础上，我们以己之长，发挥优势，克服不足，有针对性地制定了最后关键阶段的申奥工作方针，有的放矢地开展工作，最终大获全胜！

经历了前后十年的申奥，我们与强大的竞争对手进行了面对面的、"火药味儿很浓"的竞争，同时也与世界上少数反对中国的顽固势力进行坚决斗争才获得了最后的胜利。

我感谢巴黎，因为它是个真正的对手。正是因为有了巴黎这个强大的对手，才使我们体验到参与世界上这样大的竞争，并获得胜利后带来的乐趣和刺激，体会到作为中国人的自豪与骄傲！

51 第一次申奥档案解密

作为北京两次申奥总体策划的负责人，我在北京申奥中做的多数都是幕后工作，很多是鲜为人知的。其中，我领导总体部门经过大量分析、研究，撰写了不少报给高层领导的"内参"，这些文件和研究报告，对北京申奥的胜利，无疑起到了重要的决策参考作用。现在很多文件应该可以解密了。下面举两个例子。

这两个例子是第一次申奥中的两个文件，现在，我自己读起来仍然觉得很有意义。其中对国际奥委会及其委员状况的分析是正确的，对国际奥委会委员投票规律的分析是十分精准和精彩的，对那次投票过程和结果的预测是准确的。这对在20世纪90年代初第一次参加这个世界上最大竞争项目的中国人来说，是十分难能可贵的。迄今为止，我们还没有见过有哪个国家在申办奥运会工作中能像中国人那样做得如此科学、严谨、运筹帷幄，没有见过哪个国家有类似的文章。这是北京申奥中珍贵的历史资料。可以说，这也是难得的、高质量的科研报告，今天看，也一点不过时。

例1：对国际奥委会及委员、奥运会举办地等的分析（1992年5月15日）

总体组送奥申委领导参阅件1

根据申办工作的需要，我们对有关资料进行了统计和分析，谨供参考。

总体组　1992-5-15

申办奥运会的过程，也是各申办城市和国家在体育、政治、经济、文化等各方面全面竞争和较量的过程。举办权的最终确定受到多种因素的影响，有极大的不确定性。总的来说，发展中国家，特别是我国这样一个社会主义的发展中国家在申办中所遇到的阻力会远远超过发达国家。其重要原因之一是申办竞赛的最终裁决者——国际奥委会在各种因素的影响下难以保持其应有的公正性。这些因素主要是：

1. IOC 委员地域分布的不合理性

回顾历史，从1896年到1988年，IOC 前后共有374名委员，其中欧洲占54.27%，美洲占21.65%，大洋洲占4.5%，而亚洲和非洲分别只占11.76%和7.75%。从目前 IOC 的94名委员的地域分布来看，欧美占主导地位的状况依然存在（见图1）。

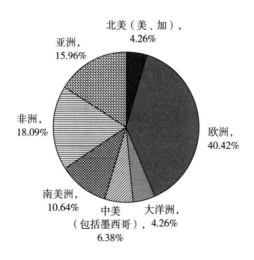

图1　IOC 委员地域分布

2. IOC 中相当数量的委员比较保守

1）年龄老化，平均 63.37 岁。60 岁以上的为 68 人，占 73.91%；65 岁以上的占 56.52%。（注：根据 1990 年的 92 名委员统计）

2）现任 IOC 委员担任委员的平均年限为 14.09 年，任职 10 年以上的 59 人，占 64.13%，也就是说大部分人是在 IOC 还处于相当保守的时期进入 IOC 的。（注：根据 1990 年的 92 名委员统计）

3）大多数委员具有金融界、企业界、政界、法律界或王室的社会背景，政治上比较保守。20 世纪 70 年代初期，人们普遍认为"它（IOC）是一个贵族的、独断专行的、有钱人的团体，远远脱离现实"。近 20 年来，由于发展中国家的崛起，这种状况有所改善，但并未从根本上改变。一些委员意识形态方面的偏见可能会影响到他们投票时的选择。

3. 20 世纪 80 年代以来奥林匹克商业化的迅速发展

20 世纪 80 年代以来，商业利益已成为 IOC 权衡利害的主要考虑之一。电视广播公司（特别是美国的电视广播公司）和国际商业集团对 IOC 的影响力日益提升，有举足轻重的作用。自洛杉矶奥运会以来，在发达的或发展较快的资本主义国家举办盈利较大的奥运会已经有了比较成功的模式。对这些商业集团来说，在发展中国家举办奥运会，盈利的风险较大。

争夺 2000 年奥运会举办权的角逐中最核心的问题在于 IOC 的 94 名委员，这不仅是由于他们有表决权，而且因为这些人多有广阔的社会关系，以及与各国奥委会、国际单项组织等联系密切。上述因素的影响，可能会使我们的申办处于一种缺乏公平竞争的不利条件中。

但是，奥林匹克运动是一个国际性的运动，在世界各地广泛地开展奥林匹克运动，保持奥运会国际主义的良好形象，不仅符合奥林匹克的精神，也被 IOC 内外利益集团所需要。这是我们申办最有利的一个基础条件。下面仅从地理位置的角度分析几个主要申办对手的优劣势：

1. 在中国举办奥运会有利于这一国际运动在全世界的均衡发展

今天，奥林匹克运动的发展就地域而言，还很不平衡，如表 1 所示，近百年来，申办夏季奥运会约有 121 城次，其中人口和国家都最多的亚洲只有 6 城次，占 5%；非洲 3 城次，占 2.5%。

在获得夏季奥运会举办权的 26 城次（包括 3 届因战争未举办的奥运会）中，

亚洲只有 3 次，占 11.53%。这种情况，显然有利于中国申办。

表 1　夏季奥运会申办城次统计

申办次数	未获得举办权	获得举办权
7	底特律	洛杉矶
6	布达佩斯	雅典
5		蒙特利尔、罗马
4	洛桑、芝加哥、布宜诺斯艾利斯	柏林、伦敦、巴黎、阿姆斯特丹、巴塞罗那
3	明尼阿波利斯、费城、亚历山大	赫尔辛基、东京、斯德哥尔摩
2	都柏林、布鲁塞尔、里约热内卢、里昂、贝尔格莱德、多伦多	莫斯科、墨西哥城、墨尔本
1	布拉格、维也纳、马德里、佛罗伦萨、曼彻斯特、布里斯班、伯明翰、名古屋、旧金山、米兰、纽约、克利夫兰	圣路易、慕尼黑、亚特兰大、汉城、安特卫普

2. 奥运会有在各大洲轮回举办的传统

自 1956 年在澳大利亚的墨尔本举办第 16 届夏季奥运会以来，奥运会有了在几大洲轮回举办的惯例。从奥运会轮回的状况来分析（见表 2），第 27 届，即 2000 年奥运会，应该轮到非欧洲城市。这是国际奥委会委员们在投票时会考虑到的一个因素。特别是当其他洲有实力较强的竞争对手时，奥运会轮回举办的规律可能会发挥较大的作用。巴西利亚和悉尼的申办口号也有意识地提醒国际奥委会注意这一事实。

这样，从洲际轮回的角度来看，不利于位于欧洲的三个申办城市，而似乎对澳大利亚更有利，因为第 24 届夏季奥运会是在亚洲的汉城举行的。但是澳大利亚曾举办过 1956 年的奥运会，而中国这样一个人口众多的国家却从未举办过，这是中国的优势。

表 2　历届夏季奥运会的举办洲

1	2	3	4	5	7	8	9	10	11	14	15	16	17	18	19	20	21	22	23	24	25	26
欧	欧	北美	欧	欧	欧	欧	欧	北美	欧	欧	欧	澳	欧	亚	北美	欧	北美	欧	北美	亚	欧	北美

227

3. 同一城市举办两次夏季奥运会需要特殊理由

在现代奥运史上曾有 4 个城市举办过 2 次夏季奥运会：巴黎（1900 年、1924 年），伦敦（1908 年、1948 年），洛杉矶（1932 年、1984 年），斯德哥尔摩（1912 年、1956 年）。这 4 个城市获得第二次机会有其特殊的历史原因：

1924 年第 8 届奥运会在巴黎举办是因为：①在国际奥委会的诞生地纪念该组织成立三十周年；②现代奥林匹克创始人顾拜旦即将离任，在他的故乡举办这届奥运会，表示对他的敬意。

伦敦和洛杉矶的第 2 次机会都是因为独家申办，没有对手。

斯德哥尔摩则是因为 IOC 与当时的主办国澳大利亚政府就马匹入境问题谈判失败，而临时承担马术一个单项比赛，与申办无关。

例 2：对国际奥委会委员投票规律的分析、预测及对策建议（1992 年 10 月 31 日）

关于 IOC 投票情况的分析、预测及对策建议

IOC 确定奥运会的举办城市，是采取逐轮淘汰、过半数者获得举办权的秘密投票方式进行的。对较近的两次投票，即 1990 年 9 月 18 日 IOC 在东京投票确定 1996 年第 26 届奥运会举办地和 1991 年 6 月 15 日在伯明翰投票确定 1998 年冬季奥运会举办地的情况进行分析，可以看出 IOC 投票的一些规律和委员的一些心态。

一、两次投票的基本情况

争夺 1996 年第 26 届奥运会的举办权是在雅典（希腊）、亚特兰大（美国）、多伦多（加拿大）、墨尔本（澳大利亚）、曼彻斯特（英国）和贝尔格莱德（南斯拉夫）6 个城市之间进行的，投票前雅典和亚特兰大的呼声较高，投票结果是亚特兰大以较大优势取得了举办权。参加投票的 IOC 委员为 86 人，共投了 5 轮，具体投票情况如下：

第一轮：雅典 23 票、亚特兰大 19 票、多伦多 14 票、墨尔本 12 票、曼彻斯特 11 票、贝尔格莱德 7 票，贝尔格莱德下。

第二轮：雅典 23 票、墨尔本 21 票、亚特兰大 20 票、多伦多 17 票、曼彻斯特 5 票，曼彻斯特下。

第三轮：雅典 26 票、亚特兰大 26 票、多伦多 18 票、墨尔本 16 票，墨尔

本下。

第四轮：亚特兰大 34 票、雅典 30 票、多伦多 22 票，多伦多下。

第五轮：亚特兰大 51 票、雅典 35 票，亚特兰大获胜。

把各城市每轮得票情况分解如下：

亚特兰大：第一轮 19 票　　　　　　多　伦　多：第一轮 14 票

　　　　　第二轮（19+1）20 票　　　　　　　　第二轮（14+3）17 票

　　　　　第三轮（20+6）26 票　　　　　　　　第三轮（17+1）18 票

　　　　　第四轮（26+8）34 票　　　　　　　　第四轮（18+4）22 票

　　　　　第五轮（34+17）51 票　　墨　尔　本：第一轮 12 票

雅　　典：第一轮 23 票　　　　　　　　　　　第二轮（12+9）21 票

　　　　　第二轮 23 票　　　　　　　　　　　第三轮（21-5）16 票

　　　　　第三轮（23+3）26 票　　曼彻斯特：第一轮 11 票

　　　　　第四轮（26+4）30 票　　　　　　　　第二轮（11-6）5 票

　　　　　第五轮（30+5）35 票　　贝尔格莱德：第一轮 7 票

1998 年冬奥会举办权的争夺是在长野（日本）、盐湖城（美国）、哈卡（西班牙）、厄斯特松德（瑞典）和奥斯塔（意大利）5 个城市之间展开的，当时呼声较高的是盐湖城和长野。88 名 IOC 委员进行了 4 轮半投票，投票进行得紧张激烈并出现了一些戏剧性变化：第一轮，长野得票最多，而盐湖城竟同奥斯塔一样得票最少（15 票），因此，IOC 不得不加半轮单为这两个城市投一次，盐湖城才以 59∶29 战胜奥斯塔保住了进入第二轮的资格，并且一路冲杀，同长野一起进入最后一轮决赛，结果仅以 4 票之差（42∶46）输给了长野。

二、分析以上情况进行可以看出以下几个特点

（一）IOC 投票的过程和结果，基本上同投票前的舆论分析一致，呼声较高的城市都进入了最后一轮决赛。

（二）要获得申办成功必须有足够的基础票（铁杆票），即自始至终投你的票。亚特兰大、雅典和长野都有一定数量的基础票。亚特兰大有 19 个基础票（占投票委员总数的 22.1%），使它在实际上已稳进第三轮；雅典有 23 个基础票（占投票委员总数的 26.7%）使它在实际上已稳进第四轮；长野的基础票也是五个城市中最多的；而盐湖城输给长野的重要原因是基础票较少（仅 15 票，差一点在第一轮就被淘汰）。

亚特兰大和雅典得票情况如下图所示（100%＝86）：

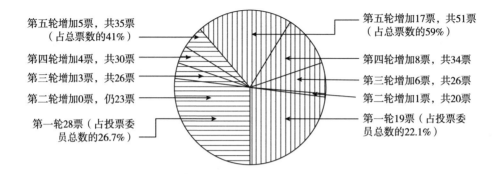

第五轮增加5票，共35票（占总票数的41%）
第四轮增加4票，共30票
第三轮增加3票，共26票
第二轮增加0票，仍23票
第一轮28票（占投票委员总数的26.7%）

第五轮增加17票，共51票（占总票数的59%）
第四轮增加8票，共34票
第三轮增加6票，共26票
第二轮增加1票，共20票
第一轮19票（占投票委员总数的22.1%）

（三）对有一定基础票的城市，争取转移票是获胜的关键。亚特兰大的基础票虽然比雅典少4票（共19票），但它的转移票大大多于雅典（共32票，占总票数的37%），最后以较大的优势获胜；而雅典虽然基础票较多，但转移票仅12票（占总票数的14%），远不及亚特兰大。特别是第四轮投多伦多的22票中，在第五轮有17票转移给亚特兰大，转移给雅典的仅5票，这最后一轮的转移票起到决定性的作用。因此，从这个意义上说，两个实力较强的城市竞争的实质是争夺转移票（参见下图）。

雅典共得35票（23个基础票、12个转移票）

亚特兰大共得51票（19个基础票、32个转移票）

（四）委员的投票选择比较明确，绝大多数人在自己选择的城市被淘汰前，不转向其他城市。从亚特兰大和雅典竞争的结果来看，有大约42个委员（19+23，占48.8%），可能自始至终都投自己的第一选择；其余44个委员中多数进行了2次或3次选择；只有极少数（约占总数的3.5%）的委员进行了4次选择。

（五）有少数委员在前两轮不投呼声较高的城市，从感情出发，给"弱者"投了安慰票或照顾票。从曼彻斯特第一轮11票到第二轮减少到5票被淘汰，墨尔本第二轮21票（跃居第二位）到第三轮减少到16票而被淘汰的情况，以及盐湖城在第一轮险些被淘汰而后又顺利进入最后一轮决赛的情况可以看出这种心态。

（六）从最后一轮转移票的情况看，原来投多伦多的22票中有17票都转投了亚特兰大，这是值得研究的问题，其中可能有地区倾向性的因素。

（七）从确定 1996 年奥运会举办权的投票过程看，在这次投票中，英联邦国家的申办城市（多伦多、墨尔本、曼彻斯特）得票较分散，没有形成联盟。

三、对 1993 年 9 月 23 日 IOC 投票情况的预测分析及对策建议

（一）按 93 名委员投票计算，如果不出现意外情况，在可能进行的 7 轮投票中，每轮我们至少要达到的票数如下：

第一轮：12 票

第二轮：14 票

第三轮：16 票

第四轮：19 票

第五轮：24 票

第六轮：31 票

第七轮：47 票

（二）从获胜的角度分析，北京在投票中可能有三种情况：

1. 正常进行，顺利取胜。最大的可能性是塔什干、伊斯坦布尔、巴西利亚、米兰在前四轮逐个被淘汰，柏林、曼彻斯特在第五、第六轮被淘汰，北京在最后一轮同悉尼的争夺中获胜。

2. 艰难取胜。艰难的可能性有二：第一，基础票不稳定；第二，转移票不足，特别是第五、第六轮可能来自柏林、曼彻斯特的转移票。

3. 在意外情况下取胜。第一，由于一些原因，悉尼在前几轮就被淘汰，悉尼的基础票多数转向北京，可能提前取胜；第二，悉尼提前被淘汰，转移票出现混乱，最后多数转向北京。

（三）经过近 20 个月的工作，目前北京的呼声恰到好处（在前两名，是第一方队），今后一年必须继续保持前两名的较高呼声，但不一定争第一。从前两次投票结果看，呼声较高的前两名都进入了最后一轮，关键是要做好 IOC 委员的实质性工作，即基础票和转移票工作。因此建议如下：

1. 建议公联组逐个对 IOC 委员的情况再进行一次分析，重点预测第一轮投票情况，分析每名委员的第一选择，也就是每个城市的基础票。不论实力强弱，每个城市或多或少都会有自己的基础票。

2. 必须确保我们一定数量的基础票，这些基础票的委员工作是申办工作的

第一重点。从前两次投票情况看，我们最好能拥有占总数 26% 的基础票（如雅典），按 93 名委员计算就是 24 票。如果我们能有 24 个以上的基础票，就说明我们已经可以通过第五轮进入第六轮了，我们的压力就会小得多，只要再有 23 个转移票就能确保获胜。我们的基础票应以亚、非为主，但绝不应仅局限于亚、非。

3. 下力气做好转移票的工作。其他城市的基础票就是我们要争取的转移票。

一是争取塔什干、伊斯坦布尔、巴西利亚、米兰的转移票。如果投票情况正常，争取这四个城市的转移票，对于我们在前四轮的形势起着重要的作用。针对这四个城市的情况，可以争取这些委员的第二选择，甚至第三选择，但工作方针应十分明确：只要他们不转向悉尼。

二是下力气做好柏林和曼彻斯特的转移票工作。如果这两个城市在第五、第六轮被淘汰的话，它们基础票的转移方向将对最后结果起着关键的作用。对这两个城市的基础票工作，我们必须全力争取他们的第二选择，这些转移票可能是我们同悉尼争夺的主要对象，也是我们做转移票工作的重点和难点。因为其中大部分可能是欧洲委员，而悉尼和曼彻斯特又同属英联邦国家。对英联邦国家的 IOC 委员（目前共有 22 人）要给予注意，其中有些可能成为曼彻斯特的基础票。

三是不能忽视悉尼基础票的工作。对支持悉尼的委员也要尽可能争取他的第二选择。

4. 建议公联组结合 95 名 IOC 委员的具体情况，进行分类、预测后，提出下一步对委员工作的具体计划。

5. 建议宣传组根据 95 名 IOC 委员的分类预测情况，开展有针对性的宣传工作。

总体组

1992 年 10 月 31 日

第一次申奥最后的投票决战是 1993 年 9 月 23 日在摩纳哥。我们中国去了很多人，除北京申奥代表团外，还有很多企业家、明星、海外华人华侨、记者等。为了统一协调，我按照万嗣铨秘书长的要求，制定了《北京申办 2000 年奥运会赴摩纳哥代表团工作方案》，把所有去摩纳哥的中国人分为八个组、五个分团。

我和阎仲秋（时任北京奥申委办公室副主任，后任北京市政协副主席）是团部总值班组的负责人，配合领导协调全团在摩纳哥的每天日程和所有大事。在摩纳哥期间的每天晚上，代表团的高层领导都要开碰头会，经常都要到下半夜。我每天都要协调安排碰头会的具体时间、地点，以及梳理当天发生的大事、国际媒体动向和第二天的重要日程安排等，然后通知各位领导同志开会的具体时间、地点。因为要防止被窃听和泄密，所以每天开会的时间、地点要不断地变化。李岚清同志是代表团的团长，每天都要亲自参加会议并总结当天情况，部署第二天的任务。

第一次申奥的两年半工作，包括在摩纳哥的 17 天决战，北京申奥工作一直都是非常出色的，工作质量是很高的，效果是显著的。中国作为第一次申办奥运会就获得了这样令世界震惊的结果，充分显示了中华民族的智慧和中华文化的伟大，其中有很多宝贵的经验值得总结。

北京2000年奥运会申办委员会
组织机构及负责人名单

主席	■■■■			
执行主席	伍绍祖			
常务副主席	何振梁	张百发		
执委	韩伯平			
执委、秘书长	万嗣铨	魏纪中		
执委	都浩然			
执委、副秘书长	刘建业	屠铭德		
执委、新闻发言人	吴重远	丁维峻		
执委、体育主任	楼大鹏			
办公室	魏玲	阎仲秋		
总体组	孙大光	熊光权		
计划财务组	陈授朝	李宜		
公关联络组	屠铭德（兼）	李国彬	潘志杰	车向东
新闻宣传组	吴重远（兼）	周铭共	陈晓希	
工程规划组	王宗礼	依乃昌	周治良	朱燕吉

北京 2000 年奥运会申办委员会组织机构（对内叫组，对外叫部）及负责人名单

52 决战莫斯科前夜的我

2001年初，北京申办2008年奥运会进入了胶着状态，火药味越来越浓。国际媒体以"人权"问题等为借口，反对北京举办2008年奥运会的鼓噪陡然增强，境外舆论界对北京申奥掀起一股寒流。就连国际奥委会的个别高级官员也在公开场合讲："人权是北京申办奥运会的潜在绊脚石。"

从法国回来后，我的工作重心主要是密切注意世界上各种动态以及国内发生的一些事件，随时分析、研究，及时向高层领导提出对策和建议。我们对巴黎的情况已经基本掌握，但国际上反对势力却越来越猖狂，反对北京的动作越来越多。我们必须认真对待，不能有丝毫放松。

2001年上半年，是北京申奥工作最紧张的决战阶段。这时，国际上反对势力越来越猖狂，他们千方百计阻止北京申奥成功。因此，我的工作也越来越忙碌，直到最后要登上飞往莫斯科飞机的前夜，我们还在开会分析情况，研究应对策略。

1月20日，我参加了北京奥申委高层领导小范围会议，就申奥形势的新动向及应对措施进行了深入讨论和认真研究。21日，我带领研究室的人员分析、研究、整理，并向奥申委领导报送了《关于当前的申奥形势及应对措施》。2月28日，我们又报送了《关于下一步申办工作的建议》。

知彼更要知己，紧接着，为了充分看到自己的优势，进一步厘清思路、明确方针，做到心中有数，增强必胜信心，我编写了《北京申办奥运会的优势与特点（88条）》（见《中国申奥亲历记——两次申奥背后的故事》）报奥申委领导，并由奥申委领导签发各部门，收到了非常好的效果，也大大丰富了对外宣传的内容。

3月14日，根据当时国际上反对势力大肆用所谓"人权"问题攻击北京，我们收集了大量信息，经过分析、整理，向奥申委领导报送了《关于人权问题对北京申办2008年奥运会的影响及其对策建议》，对境外反对势力借"人权"问题反对北京申奥的动向进行了全面分析，并提出了具体应对措施，对下一步可能出现的情况提出了应对预案。

接待国际奥委会考察团后，申奥工作进入了决战阶段，竞争越来越白热化。就在这个重要时刻，在美国个别顽固分子的鼓动下，3月28日，美国众议院国际关系委员会投票通过了一个议案，要求国际奥委会拒绝同意中国申办2008年奥运会，这使申奥形势越来越复杂了。这时，距7月13日投票还有107天。可是"祸不单行"，4月1日，又发生了中美撞机事件，美国一架先进的EP-3海军间谍侦察机在海南岛海域上空与一架中国的歼-8战斗机相撞。这一突发事件给我们的外交带来了一个很大的难题，也给北京申奥带来了不小的影响。同时，那两个月国内连续发生恶性事件，在世界舆论上产生了一些不利于我们的现象。

所以那段时间，我领导的研究室的工作又进入了一个没有白天、没有黑夜的"非常时期"。每天都要收集来自国内外的大量信息，并随时分析、及时处理。我很感谢我国的外交、外贸、公安、安全等部门以及驻外机构等给予我们的大力支持，为我们提供了大量信息。

4月4日，在距投票日还有100天时，奥申委领导召开专题会议，研究了我领导的研究室提出的《关于最后100天申奥工作的对策建议》，会议决定，建议高层领导尽快召开会议，专门听取我关于最后阶段申办工作的建议方案。

4月17日上午，在北京市委北小楼第一会议室，中央领导同志主持召开了中央申奥领导小组"专题会议"，这是申奥进入决战阶段后召开的一次极其重要的高层会议。

会议只有三项内容：

1. 听取孙大光同志关于北京申奥形势的分析和决战阶段工作方案的汇报。

2. 讨论。

3. 领导同志讲话。

会议开得认真、紧张、高效，没有人讲大话、废话。我在汇报中分析了申奥的形势和我们面临的四大方面的困难、障碍；分析了北京确保获胜的四大有利条件；分析、预测了下一阶段北京将面临的十个具体问题；提出了最后决战阶段的工作方针、策略的建议和应着力做好三个方面12项重点工作。会议确定，根据我的汇报整理成会议纪要，下发执行。

下面是当时会议纪要的部分内容：

经过一年多的工作，北京奥申委圆满完成了国际奥委会的所有规定动作，主要有：22 个问题的回答、递交《北京申奥报告》和接受国际奥委会考察等，在国际社会赢得了主动，为申奥成功打下了较扎实的基础。目前，申奥已经进入关键的决战阶段，我们的基本方针和策略是："知己知彼，灵活策略，稳扎稳打，不出差错。"要"以我为主，正面宣传；内松外紧，加强'滴灌'；分析对手，有的放矢；确保领先，拿下决战"。

我们要积极应对以"人权"为借口反对北京申奥的伎俩，虽然已在我们的意料之中。但从这次反对势力的动作中，有两个特点必须高度重视：一是发动时间提早了。我们从现在开始的下一步工作将一直处于与"人权"问题相联系的舆论压力之下。二是形成了内外呼应的态势。

一方面是因为我们扎实有效的申奥工作使北京保持了领先地位，给对手城市造成了很大的压力。对他们来说，在所有能够对付北京的牌中，其他的都显得不够有力和奏效，如环境、设施、交通、通信、语言、兴奋剂等。现在，他们最寄予希望的就是这张"人权"牌。

另一方面是反对势力千方百计要占领舆论阵地，我们对此要格外密切关注。这次由于国际奥委会规定的"九不准"，申办城市不能与国际奥委会委员直接接触，因此媒体舆论成为更重要的战场之一。

因此，在决战阶段，我们必须认清形势，找准并把握我们将要面对的敏感问题，主动工作，积极应对。从目前情况来看，我们将面临至少以下 9 个具体问题：

1. 美国众议院国际关系委员会通过的反对北京申奥的决议，已经上报美国国会，如果得到批准，将对我们产生不利影响。

2. 正在召开的日内瓦人权会议，以美国为首的反华势力将不遗余力地对中国进行发难，无论结果如何，都将对申奥产生一些影响。

3. 国内外的反对势力，可能会在一些国际重要会议期间及国际奥委会在莫斯科开会投票期间，进行各种活动，破坏、阻止北京申奥成功。

4. 中美撞机事件的进展情况及最终结果的影响。这一突发事件必然在国际舆论上给我们带来一个很大的难题和影响，要密切关注事态的发展。

5. 国际奥委会主席选举问题。按照国际奥委会的规定，国际奥委会在莫斯科会议期间，将选举产生新的主席。目前正式参加国际奥委会主席竞选的有 5 人，分别是加拿大的庞德、韩国的金云龙、比利时的罗格、美国的德弗兰茨和匈牙利的施密特。虽然其主席的选举在 2008 年奥运会举办城市投票后进行，但两个选举之间的关系十分密切且微妙。

6. 5 月中旬国际奥委会考察团将对 5 个候选城市做出评估报告。我们要提前分析，并及时采取对策，要有预案。

7. 最近国际动物保护组织指责中国虐待圈养动物，以及吃狗肉、蛇肉等，并以此向国际奥委会呼吁，反对北京举办奥运会。我们也要密切关注，防止其扩大影响。

8. 台海局势的演变及其对中美关系影响的发展趋向，这也直接影响国际社会对中国政治、经济稳定的认识。

9. 国内的稳定问题直接影响申奥结果，特别是最近两个月内连续发生的恶性事件以及处理方式，在国外媒体中产生了一些不良影响。建议请中央有关部门予以重视。

按照我的建议，会后，成立了"北京奥申委申办对策研究小组"，组长由刘敬民、于再清担任，副组长由王伟、孙大光担任。成员除奥申委有关部门领导外，还特邀了中宣部、外交部、公安部、安全部、国务院新闻办等领导参加。4 月 27 日，召开了第一次会议，并确定，接下来每周定期召开一次会议。

随着投票时间的临近，我带领研究室的同志，还做了大量分析、研究，提出了一系列对策建议：

5 月 11 日，提出了《关于未来 60 天申办工作的对策建议》，包括 14 条具体措施。

5 月 21 日，提出了《关于未来 50 天申办工作的对策建议》，针对反对势力和对手城市必然进行猖狂的破坏活动，在形势越来越严峻的情况下，为确保最后成功提出了 23 项具体工作建议。

6 月 6 日，按照领导的要求，起草了北京奥申委《关于申办工作向中央政治局的汇报》，结合今后一个多月申奥的部署，向中央做一次全面汇报。

6 月 24 日，提出了《申奥最后 20 天有关的政治问题和对策建议》。这时申奥已经进入了白热化阶段，我们收集了反对势力和对手城市攻击我们的一些报道和言论，并有针对性地提出了对策建议。

紧接着 6 月 25 日，又提出了《关于未来 18 天申办工作的对策建议》，针对国际奥委会对"各候选城市在投票表决前的两周内停止国际宣传"的规定和竞争越来越激烈、敏感的客观形势，提出了 5 条回应措施和 15 条具体策略。

6 月 25 日下午，在我们的建议下，由奥申委主要领导主持召开了一个"最后 20 天政治问题对策研究会"。除奥申委的有关领导外，还邀请了中央外宣领导小组、国务院新闻办领导、中国驻美国旧金山领事馆总领事、外交部发言人和新闻司领导、《人民日报》副总编辑、《中国日报》副总编辑、新华社体育部主任等参加。当天，我们还整理出《对手城市的申办策略和反对势力的动向分析》。

7 月 5 日，我们准备了《关于政治问题回答口径要点》，给奥申委主要领导同志带去莫斯科参考。

7 月 7 日上午 8：30，北京奥申委赴莫斯科代表团人员的行李被集中运到了新侨饭店小后院，准备送往首都机场。中午 12：30，几辆大轿车从新侨饭店出发直奔首都机场，下午 3：50，中国国航 CA907 专机拉着我们北京奥申委代表团和工作团 100 多人，冲上蓝天，飞往莫斯科。

53　从摩纳哥到北京

经过十年的申奥、七年的筹备，2008 年 8 月 8 日北京奥运会终于开幕了，我的心情非常激动。

2008 年 8 月 8 日下午 4 点，我带上自己花 5000 元购买的北京 2008 年奥运会开幕式 A 票，带上身份证、手机、相机、扇子等必要的东西，与同事一起，走到龙潭湖游乐场门口，登上开往鸟巢的奥运会开幕式专线大巴。我们一路畅通，很快就来到奥林匹克公园的安检大厅。通过一道道程序，虽然走路远了点，但还是顺利地（除了因我的胃不太好，妻子给我带的一小袋饼干被"扣留"）进入了鸟巢。

环顾四周，看台上还没有几个人，我来到 H 区、1 层、133 通道，这是鸟巢东北角的下层看台（我怀疑组委会票务中心工作不细，错把这个最多可以算作 C 类票的位置定成了 A 类）。这时，除工作人员和志愿者外，还没有几个观众。我想，如果评选最积极观众，我肯定是 H 区的前三名。我找到座位，一个人坐在那里，掏出扇子，一边扇着，一边欣赏鸟巢，看起来很放松的心情实际上有一点紧张，甚至还伴随着一些担心。为什么？因为我对开幕式的期望值比较高。都说开幕式是奥运会成功的一半，这话一点都不假。

我看过1992年以来的各届奥运会开幕式。巴塞罗那奥运会的开幕式给我的感觉是惊讶，因为那是我第一次亲身感受到西方人举办大型国际体育活动的特点，与我们北京亚运会是完全不同的风格；亚特兰大奥运会开幕式给我的感觉是宏伟、壮观，看到了美国的经济实力；悉尼奥运会开幕式给我的感觉是震撼，它让我体会到人类的伟大和对未来的憧憬，这是我看到的最好的开幕式；雅典奥运会的开幕式使我看到了古代文明与现代文明的完美结合，让我感觉到了历史的厚重与现代的神奇。

由于开幕式的内容对所有人都是保密的，所以，我是带着无限的期望和审视来到鸟巢的，不知道这些大导演会给我们带来什么样的惊喜？

随着观众的不断进入，场内气氛也越来越热闹，如同这天气一样，越来越高涨。通道里卖食品的地方也开始排起了队。

过了一会，仪式前的表演开始了：南粤雄狮、沧州金狮、余杭滚灯、京华情韵、海安花鼓……内容很丰富。

但我基本上没有看进去。这些表演虽然很好，却没有给人新鲜的感觉。我脑子里只是惦记着后面正式的仪式。

观众越来越多，快到8：00时，看台上已基本座无虚席了。

终于，让我惊喜的场面出现了：在还有1分钟到8：00的时候，由2008人组成的"击缶"倒计时"显示器"，把现场观众的情绪调动起来了，大家一起跟着"显示牌"数着：10、9、8、7、6、5、4、3、2、1！

霎时间，焰火四射，鼓声雷鸣！全场变成了一片红色的海洋。鸟巢沸腾了！奥林匹克公园沸腾了！从大屏幕上看到整个北京都沸腾了！我想这时整个中国，甚至大半个世界也肯定沸腾了！此时此刻，地球上至少有40多亿双眼睛都在看着中国！看着北京！看着鸟巢！

我有些激动，鼻子有些发酸，眼圈有些湿了。

过了一会，更让我激动的场面出现了：耳边传来一个稚嫩的童声，唱着一首熟悉又似乎很遥远的歌声："五星红旗迎风飘扬，胜利歌声多么响亮……"多么熟悉、威武而又有些抒情却又是那么铿锵有力的旋律和歌词，却是从一名天真无邪的儿童嘴里唱出来的，这多么动人心弦，多么让人激动啊！她像是从远古走来，又像是从未来传回；她像一股洪流，又似一股清泉，钻进了我的心房，拨动了我的心弦。

逐渐，这歌声响彻全场，人们被小女孩的歌声所打动，都情不自禁地挥着国旗，一起跟着大声唱起来：

"越过高山，越过平原，跨过奔腾的黄河长江……歌唱我们亲爱的祖国，从今走向繁荣富强……"

坐在我旁边的穿着一身红色衣服的女士，早就从包里拿出了国旗，高高地举在手里，一边唱着、一边挥舞着。全场观众都激动地挥动着五星红旗、唱着"五星红旗……"

这一刻，我流泪了……

歌声过后，主持人宣布："升中华人民共和国国旗，唱中华人民共和国国歌。"所有人都站起来，面向旗杆，表情庄严，随着军乐团的伴奏，唱起国歌。全场气氛达到高潮。

我两眼注视着冉冉升起的五星红旗，大声唱着："起来，不愿做奴隶的人们，把我们的鲜血筑成我们新的长城……"

激动的眼泪弄湿了我的眼镜，挡住了我的视线。泪水和汗水融在一起，闷热的天气与人们的热情融在一起。到处是国旗，到处都是一片红……

这歌声、这场面太熟悉了。我的脑海里浮现出另一个极为相似而又截然不同的场面——15年前在摩纳哥。

1993年9月23日，是北京2000年奥运会申办委员会代表团在摩纳哥的蒙特卡洛最难忘的一天。我作为北京申奥代表团的成员，在那里经历了一次由极度兴奋、瞬间的自豪，到无比的痛苦、酸楚和失落的情感折磨。

那天下午，我们北京申奥代表团早早地来到路易二世体育馆，等候国际奥委会宣布结果。北京代表团的人数虽然没有悉尼、柏林的多，但体育馆里到处都能看见黑头发的中国人，到处都能看见五星红旗，到处都能听见中国人在大声说话、尽情地照相，一片庆祝的场面。每个人都带着饱满的精神状态，高高地抬起自己的头，手里高举着小红旗，好像是为了告诉别人：我们就是胜利者！

进到体育馆坐稳后，我们不甘寂寞，就组织大家唱起了歌："五星红旗迎风飘扬，胜利歌声多么响亮……"坐在馆内不同地方的中国代表团成员，都跟着大声地唱了起来，一边唱、一边高高地挥动着手中的国旗。全场的目光都集中到了中国代表团身上。

歌声过后，全场响起了热烈的掌声，然后是瞬间的安静。突然，看台对面响起了柏林代表团的歌声，歌声过后也得到了热烈的掌声。随后是悉尼代表团的歌声。虽然互相都听不懂别人唱的歌词内容，但各代表团都情绪高昂地大声唱着。似乎谁的声音响亮谁就能获得奥运会的举办权，也似乎是把憋了几年的申办工作中的那股劲在这一刻全部通过唱歌释放出来。

这场面跟国内解放军部队开会前各连队拉歌一样。到后来，不等悉尼代表团唱完，我们就又开始唱了："我们走在大路上，意气风发斗志昂扬……""大刀向鬼子们的头上砍去……"，然后唱国际歌、国歌。在我们的带动下，各国代表团都不甘示弱，但中国代表团明显占上风。

我的嗓子都唱嘶哑了。当时很激动，那种感觉非常奇妙。我是中国人！在那一刻，中国人的民族自豪感、民族自尊心似乎得到了淋漓尽致地发挥和满足。直到后来唱累了，场内逐渐安静下来，静静地等待，但我们手里的小红旗一直举着、摇着。

终于，20：17，主持人宣布：现在，由国际奥委会主席萨马兰奇宣布投票结果。这时，体育馆内的气氛开始紧张起来，全场的人都在密切注视着萨马兰奇的每一个动作，紧张得让人喘不过气来。

萨马兰奇从口袋里取出一个信封并慢慢地打开，从里面取出一张折叠的纸，慢慢地打开……

全场极其安静。

萨马兰奇开始宣布："获得 2000 年奥运会举办权的城市是——悉尼。"

接下来的几秒钟，体育馆内的时间似乎停止了，空气凝固了，我感到大脑出现了瞬间的空白。

连澳大利亚人自己也不敢相信他们获胜了。好几秒钟之后，他们才反应过来，像洪水暴发，一片黄色波涛泛起。只见坐在体育馆下方比赛场地右半区的、那些穿着黄色衣服的悉尼代表团成员，突然都跳了起来，有的疯狂地互相拥抱着、吻着，有的哭，有的笑，有的喊，有的叫，有的蹦，有的跳，有的把衣服、帽子脱下来扔向空中……

黄色的波涛在疯狂地涌动着、翻滚着……

与此形成强烈反差的是我们——这些坐在看台四周的人，是我们这些手里拿着五星红旗的人。我们傻了、呆了，不知如何是好，没人理我们！眼前只是一片黄色波浪，脑子里一片空白，不知所措。

我茫然地坐在那里，一动不动。我忽然感觉领带怎么这么紧，脖子上挂的小相机怎么这么重，压得我喘不过气来。我下意识地动了动脖子，眼睛扫了一眼周围的战友们。突然，一个非常细微的又是那样整齐划一的动作，令我震惊的一个场面，钻进了我的眼里，令我一生难忘：

我的同事们、北京申奥代表团的成员们、体育馆内的所有中国人，像有人指挥一样，都下意识地把手里举着的五星红旗、北京申奥的旗子慢慢地放了下来，放到胸前、放到腿上，越放越低……越放越低……

体育馆内的五星红旗几乎看不见了，中国人的声音听不见了。

中国人哪去了？

那嘹亮的中国歌声哪去了？

北京申奥的旗子哪去了？

五星红旗哪去了？

那代表中国颜色的"一片红"哪去了？！

我们脆弱的心难以接受这个现实。在残酷的现实面前我们都显得那么无能为力！

我们像打了败仗的士兵，冒着小雨、伴着泪水走出体育馆……

然而，也就是在那一刻，我从心底发出了誓言：中国需要富强！中国必须富强！中国一定能够富强！五星红旗一定要在奥运赛场上高高飘扬！"中国红"一定要超过那"一片黄"，成为世界上最动人、最美丽的颜色！

是的，五星红旗一定要在奥运会场上高高飘扬！这个誓言终于在 2001 年 7 月 13 日实现了。当萨马兰奇在莫斯科世贸中心向世界宣布"获得 2008 年奥运会举办权的城市——北京"后，在中国驻俄罗斯使馆大礼堂里，我们中国申奥工作团沸腾了！莫斯科沸腾了！整个世界沸腾了！无论是北京奥申委的工作人员，还是来自祖国各地的各界人员；无论是政府官员、企业家，还是体育明星、文艺明星；无论是男的，还是女的；无论是认识的，还是不认识的……，大家互相祝贺、互相拥抱，激动地喊着、笑着、蹦着，有的流下激动的泪水，有的默默拍下了这难忘美好的时刻……人们忘记了这是在哪里，忘记了烦恼，忘记了生活中或工作中的困难，忘记了一切！大使馆里的每个人，都在尽情地发泄自己。每个角落都散发着激动的空气，到处是五星红旗和北京申奥的旗子，到处都是一片红……

从那时起我就开始企盼，七年后一定要在北京奥运会开幕式上亲耳听到《义勇军进行曲》，亲眼看到开幕式上的"一片红"。

今天，这个愿望终于实现了！我终于在自己的祖国、在北京的鸟巢，与来自204个国家和地区的代表团、80多个国家元首一起，听着《义勇军进行曲》，看着五星红旗冉冉升起、高高飘扬！看那红色焰火照亮四方，看那红色的海洋流向远方，看那五星红旗多么美丽、多么昂扬！

我沉浸在无限的幸福与憧憬之中，以至于下面的表演都没有好好欣赏。

我一直在心里唱着：

五星红旗，你是我的骄傲！

五星红旗，我为你自豪！

我为你祝福，为你祈祷，

你的名字比我生命更重要！

2008 年 8 月 8 日，北京 2008 年奥运会开幕式现场

54 "准外交官"也精彩

北京奥运会是中国外交事业的一个大平台，在这个大平台上，中国外交事业，特别是体育外交事业得到了空前的大发展。在筹备北京 2008 年奥运会的重要时期，2006 年初，作为北京 2008 年奥运会组委会委员的我，又被任命为国家体育总局对外体育交流中心主任，同时兼任中华全国体育总会对外联络部部长。这是一项重要且光荣的任务，我也又开始了一段真正的体育外事工作经历。

多年来，国家体育总局一直被称为国家第二外交部，这在北京 2008 年奥运会的申办、筹办、举办工作中得到了更加充分的体现。中华人民共和国成立以来，从乒乓外交，到恢复中国奥林匹克大家庭席位的奥运模式，再到北京奥运会的申办、筹办、举办的辉煌成功，体育已成为我国外交事业不可缺少的重要组成部分。在筹备和举办北京奥运会的那些年，也是我国对外体育交流活动空前活跃的时期。结合北京奥运会筹备工作的全面开展，国家体育总局每年外事活动都有上千起，仅出访活动就达几百起，出访活动数量在国家各部委中是最多的，而且涉及国家高层领导的出访活动也是最多的，接待国外来访活动更多。

按照国际奥委会和各国际单项体育组织的要求，在筹备奥运会的七年中，每年都要举办各种体育文化活动，承接一些国际奥委会和各单项国际体育组织的会议、比赛等。从奥运会开幕前两三年开始，还要举办一些单项比赛、测试赛。国际奥林匹克大家庭成员共有 200 多个，其中很多国家都积极与我们联系，要提前一两年来中国训练，适应环境。同时，国际奥委会以及各单项国际体育组织每年都要来检查奥运会的筹备工作情况等。所以那几年，是我国体育外交事业发展的一个黄金期。

北京 2008 年奥运会开幕前后，除大量的接待工作外，国家体育总局还组织了很多国际体育活动、会议，出访、来访活动很多。其中，新加坡（举办第一届青奥会）、日本（申办东京奥运会）、英国（筹备 2012 年伦敦奥运会）、爱尔兰等国家还专门邀请我去介绍中国举办奥运会的经验。作为中华全国体育总会对外联络部部长，我还多次应邀去香港、澳门和台湾，受到热烈欢迎，亲身感受到同胞之间的骨肉亲情。

这里，讲一个北京2008年奥运会闭幕后的故事：

2008年11月，北京奥运会结束不久，应伦敦2012年奥运会组委会的邀请，我作为团长带领中国体育代表团访问英国。任务主要有两个：一是参加英国奥委会举办的一个关于"奥运会国际影响力"的大型国际研讨会；二是向伦敦2012年奥运会组委会介绍北京举办奥运会的经验。在"奥运会国际影响力"研讨会上，邀请了几位来自各国的著名奥运专家、学者做了演讲。其中，我也直接用英语做了30分钟的演讲。说实话，我的英语水平很差，特别是口语一直没过关。这是我这个曾经的"外语骄子"一生的遗憾。但我想，我一定要争口气，亲自用英语演讲，不能讲一句就让翻译人员翻译一句，哪怕是背我也要背下来，我一定要啃下这块骨头！就算是出现一点错误也没关系。那次，我提前下了很大功夫，做了充分准备。每天夜里在家里一个人练习，白天抽空让翻译帮我调整文字、纠正语法、练习语调等。好在我的发音还比较准确，老外们都听得很高兴。这得益于我中学在哈外校时的那一点"童子功"。另外，外国人特别是英国人不会笑话我的英语说得不流利，或是哪句话的语法错了。相反，他们对我的演讲报以真挚而热烈的掌声。我甚至有一点激动。这是我一生中很有意义的经历，我总算完成了自己的一个小小的心愿，也为我的母校哈尔滨外国语学校争了一口气。

但那次访英给我留下最深刻印象的不是我演讲的成功和英方的高规格接待，而是英国人对与会的外国人的谦虚和虔诚。因为此时与十五六年前，第一次申奥时，我们去欧洲国家访问时西方人的态度，形成了鲜明的反差。那天，我和伦敦奥组委执行主席保罗先生的会谈有两个多小时，主要是我向他们介绍北京举办奥运会的经验。北京2008年奥运会的辉煌成功，让西方人改变了对中国的看法，让伦敦奥组委感到震惊，他们没有想到中国人能把奥运会办得如此辉煌，如此不可思议。让他们有点不知所措，他们急于向我们取经，想知道北京奥运会到底有什么奥妙。所以，会谈基本上是他们问，我来答。保罗先生旁边那位漂亮的女秘书，手不停地在笔记本上记着，一刻也没有停过。那天，英国人对我们真诚的谦虚态度让我终生难忘，但更让我有点激动的是，伦敦奥组委执行主席保罗先生在会谈结束时对我说的一番话。

下面是我在《中国奥运智慧——100个精彩启迪》一书中的一段记载：

北京奥运会的辉煌成功，给世界带来了极大的震动，也给当时正在筹备2012年奥运会的英国伦敦组委会带来了很大的压力。2008年11月，北京奥运会闭幕后不久，我受命带领一个中国体育代表团赴英国访问，同时参加一个由英方主办的关于"奥运会国际影响力"的大型研讨会。国际上一些知名专家、学者应邀参加。英方对我们的来访非常重视，伦敦2012年奥运会组委会执行主席保罗先生亲自全程陪同我们，一起参加研讨，专门安排会谈，听我介绍北京奥运会的经验，晚上还陪我们一起观看文艺演出；利兹市市长会见我们，并在市政厅设欢迎晚宴等。我在研讨会上做了一个学术报告，受到了与会专家、学者们的高度重视。但让我感受最深刻的不是这些热情的接待，也不是研讨会的高规格，而是一向傲慢的英国绅士们表现出的谦卑姿态和友好，特别是伦敦奥组委执行主席保罗先生在与我会谈时讲的一番话。

那天的会谈大约两个半小时，英国人对我所介绍的北京奥运会的经验听得十分认真，一点一滴都不漏掉，坐在保罗旁边的秘书不停地在本子上记。他们还不时地问一些问题。看得出来，他们对北京奥运会的经验非常重视，对北京奥运会的成功和恢宏气势表现出明显的美慕，对中国文化的展示和奥运会志愿者的组织等表现了很大的兴趣。他们没有想到北京奥运会竟然如此震撼、无与伦比。奥运会原来可以这样办？中国人的能量到底有多大？中华文化到底有多大的魅力？接下来伦敦奥运会应该怎么办？他们在犹豫，在彷徨，在寻求帮助。他们不得不放下自己的身段，不得不虚心向中国人学习、请教，不耻下问。在会谈即将结束时，我说："伦敦和北京在申办奥运会和举办奥运会方面有很多相似之处，我相信2012年伦敦奥运会也将是一个非常精彩、难忘的奥运会"。没想到，保罗先生的一番话让我至今难忘。他非常认真地说："非常感谢你的祝愿，但我们无论如何也赶不上北京奥运会，你们的表现很完美，完全超出了我们的想象，我们要好好向你们学习。因为你们不仅有《孙子兵法》，更有博大精深的中华文化，这是我们无法超越你们的原因。"

听了他的话，我很震惊，甚至有点激动。那是一种作为中国人的神圣感。17年了！从1991年中国第一次申奥到2008年北京奥运会举办，我接触了很多西方人，特别是英国人和法国人，他们大都自我感觉良好，绅士而高傲，其中有的人经常表现出傲慢的、带有很强烈的优越感，让人感到不舒服。在20世纪90年代前，中国人在西方很少受到尊敬，我也亲身经历过尴尬的场面。直到2001年"7.13"那个红色的夜晚以后，西方人开始正视中国人，在西方国家的大街上，有的离很远就会对我们竖起"大拇哥"，向我们喊："China! Beijing! 2008!。"而这次英国人的谦恭表现，特别是伦敦2012年奥运会组委会执行主席保罗先生的一番话，拨动了我的心弦。它代表了西方人对中国的一种思想深处的根本性转变，是发自内心的一种对中国和中国人新的认识，是西方人对中国文化的一种新的理解和接受。

2008年10月，笔者在英国伦敦与伦敦2012奥组委执行主席保罗先生交谈

多年来，在体育外交战线做的一些工作，对我来说，有着特殊的意义。虽然我不是一个真正的外交官，但作为一名体育外事工作的"准外交官"也是很荣幸的，也算是部分实现了我少年时期的外交官理想。

2008 年 10 月，笔者在英国会见利兹市市长，并在市政大厅受到高规格款待

2007 年笔者在爱尔兰参加国际会议期间与各国专家交谈

2009 年笔者与国际奥委会官员在会议茶歇时亲切交谈

右 2 为国际奥委会执委、北京奥运会协调委员会主席维尔布鲁根先生

2012 年笔者在英国伦敦奥组委主办的国际高层论坛上用英语发表演讲

2012 年笔者在英国与伦敦 2012 奥组委官员交谈

55　奥林匹克友谊长存

　　多年参与奥林匹克的工作，让我接触了一些国际奥林匹克人物，有的结成了纯洁的奥林匹克友谊，有的成为一生的挚友，有的在我生活中留下了难忘的经历。其中，与国际奥委会终身名誉主席萨马兰奇先生的友谊让我受益匪浅。

　　萨马兰奇全名是胡安·安东尼奥·萨马兰奇（Juan Antonio Samaranch），西班牙人，1920 年 7 月 17 日出生在西班牙巴塞罗那省巴塞罗那市伊伦大街 28 号，毕业于德语学院和巴塞罗那高级商业研究院，精通西班牙语、法语、英语、俄语及德语。他父亲给他灌输的对体育的热情给他带来了一系列影响，引导他在体育组织方面承担起责任。1940 年，正值青年时期的他进入巴塞罗那研究生院深造；1943 年担任西班牙皇家体育俱乐部旱冰球队教练；1946 年代表西班牙出席在瑞士蒙特勒举行的国际旱冰球联合会大会，国际旱冰球联合会接纳西班牙为会员；

1951 年起任西班牙冰球联合会会长；1954 年出任国际旱冰球联合会副主席，当选巴塞罗那市政府官员；1955 年当选为巴塞罗那议员；1961 年建立了巴塞罗那航海沙龙，不再担任巴塞罗那市政府官员；1966 年 4 月 27 日，在罗马当选为国际奥委会委员，接替埃洛拉-奥拉索担任西班牙体育运动委员会主席；1967 年担任西班牙奥委会主席，不再担任巴塞罗那议员；1977 年 6 月 10 日，被任命为西班牙首任驻苏联大使；1980 年在苏联莫斯科举行的国际奥委会第 83 次全会上，他当选为国际奥委会主席，接替爱尔兰的迈克尔·莫里斯·基拉宁勋爵，任期 8 年；1989 年 8 月 30 日，在波多黎各再度当选为国际奥委会主席，任期 4 年。此后，他连续当选，曾担任国际奥委会主席长达 21 年。1992 年 8 月荣获第一届杰西·欧文斯国际奖。

他长期关心和支持中国的体育事业，为中国 1979 年重返国际奥林匹克大家庭和中国成功申办 2008 年奥运会给予了重大帮助。2001 年 7 月 13 日，他在莫斯科向全世界宣布中国北京赢得了 2008 年奥运会举办权。2018 年 12 月 18 日，党中央、国务院授予胡安·安东尼奥·萨马兰奇中国改革友谊奖章。

2001 年 7 月 16 日在莫斯科举行的国际奥委会第 112 次全会上萨马兰奇正式退休，随即被授予奥林匹克金质勋章。

2010 年 4 月 21 日北京时间 19：25，萨马兰奇因心脏病（冠状动脉供血不足）抢救无效在西班牙巴塞罗那市吉隆医院逝世，享年 89 岁。

萨马兰奇的一生受到媒体的高度评价。他被称为"精力充沛，充满智慧，天生是个外交家，是 20 世纪最伟大的外交家之一"。《今日美国》评价他："一位看起来十分弱小的西班牙人，他平静，看起来似乎有些无情。他虽然身材弱小但成就巨大。"法国《法新社》对萨马兰奇出色的组织能力高度肯定，并称其为"20 世纪最伟大的政治家之一"。

萨马兰奇在国际奥委会主席任期内，成功推动了奥运会商业化，使国际奥委会脱离财政危机。他用 21 年的努力，把国际奥林匹克运动变成一个体育、经济、政治等各领域完美结合的世界性组织。他在任期内成功使中国和南非重返奥林匹克大家庭，将奥运会规模不断扩大；让女性更广泛地参与奥运；将奥运会比赛专业化；使申办奥运会城市数量大大增加；奥运会的商业赞助和电视转播权费增长惊人。他一生获奖无数。

而我觉得，除上面所述以外，他还是一位充满正义感的慈祥老人，更是一位真实可信赖的朋友。

由于参与奥林匹克工作，使我很早就认识了萨马兰奇先生，见证了他逐渐成为中国人民的好朋友。多年的接触，我对他有了较深的了解，并结成了真诚的友谊。结识这位世界著名的政治家、外交家，也使我开阔了眼界，更准确地理解了奥林匹克，并对这个世界有了更深刻的认识。

最初认识萨马兰奇，还是在 1991 年中国第一次申办奥运会期间，他几次来北京访问，我作为北京奥申委总体部部长陪同领导一起接待他，还陪同他参观过中国美术馆、中国体育博物馆等。在后来多年的有关奥运的工作过程中，也与萨马兰奇多次见面。此外，我陪同领导在瑞士洛桑国际奥委会总部拜访过他。

与萨马兰奇更多、更深入的接触是从 1999 年北京第二次申奥开始，其中，2007 年他来中国访问，我作为中方的主陪，每天与他一起参加各种活动，协调有关事项，相互有了更深的了解。

2007 年笔者在北京首都国际机场迎接国际奥委会主席萨马兰奇

那些日子，我作为中方的主陪，全程陪同萨马兰奇。从萨马兰奇下飞机到每日在中国的活动，再到最后登机离开北京回国，我们在一起度过了愉快的 7 天。我与萨老近距离接触，一起探讨有关奥林匹克的一些问题。同时，也在有限的闲暇时间里聊聊家常，了解了他的一些故事，进一步加深了我们之间的友谊。他听说我的《中国申奥亲历记——两次申奥背后的故事》一书即将出版，非常高兴地说："太好了！中国获得奥运会举办权是一件大事，应该好好写写。这方面的书其他国家还没有人写，你是第一个，应该祝贺你！"他说话时的真挚表情我一直记忆犹新。他还说书出版后一定送他几本，他可以送给别人。他还专门送我两支钢笔，说："希望你继续写作，书写奥林匹克文化历史，不要停笔。"

我一直把它们珍藏在我的书柜里。我的书出版后，托人给他带了几本。很遗憾的是，我的书没有翻译成英文。

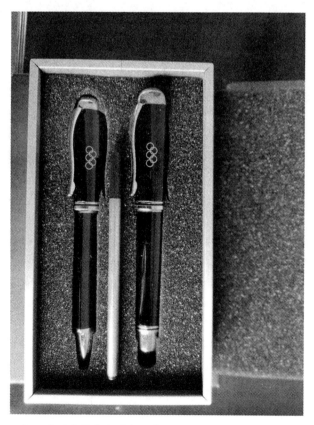

国际奥委会终身名誉主席萨马兰奇赠送给笔者的钢笔

　　萨马兰奇精力充沛、充满活力。他总是很平静，脸上有些严肃，表达缜密、逻辑性强。那几天的日程排得很满，马不停蹄。他的秘书经常提醒他："要注意休息，有些活动可以不参加。"但他说："没关系，我不累，我要多看看中国，多接触一些中国朋友。"那段时间，我和他在中国留下了很多难忘的回忆。

　　有一天在北京贵宾楼顶层餐厅吃饭时，我向他介绍窗外北京故宫的全景，他高兴的脸上一直带着笑容，并亲切地与我合影，还特意用手搂着我的腰，脸上洋溢着他少有的天真、灿烂的笑容，我也顺势用手搂住了他的腰，留下了珍贵的瞬间。然后，他又与我和何振梁一起合影留念。那是一次有历史意义的留影，他脸上少有的笑容表明了他对我的信任，也表达了他对我和中国人民的友好情谊。

2007 年笔者在北京与萨马兰奇主席合影留念，他带着少有的笑容

　　如今，萨老已经作古。那天我听到他逝世的消息，忍不住流下了眼泪。萨马兰奇这位不苟言笑的老人留给我的，永远是照片上他那很少见到的、最好的笑容。

　　多年从事奥林匹克工作，让我结识了不少国内外的朋友，其中与一些人结下了珍贵的奥林匹克友谊。现在，他们有的年事已高，有的已经离开了我们。我从他们身上学到了很多宝贵的东西。

左起：何振梁（中国奥委会前主席、国际奥委会前副主席）、
萨马兰奇（国际奥委会终身名誉主席）、孙大光

2010 年笔者与国际奥委会前主席罗格先生在广州一同参加活动

2007 年笔者在北京与多年的老朋友、曾任国际奥委会副主席吴经国先生一起出席活动

2019 年在北京饭店，笔者与万嗣铨（北京 1990 年亚运会组委会秘书长、北京 2000 年
奥申委秘书长、北京 2008 年奥申委顾问、北京市政协副主席）合影留念
从 1990 年开始，在多年的工作中我们结下了珍贵的友谊，他既是领导又是朋友

2008 年笔者在北京会见国际奥委会执委、北京奥运会协调委员会主席维尔布鲁根先生

还有一些同事，他们既是奥林匹克战友、朋友，又是老师。

都浩然，我的好领导、好朋友。北京 1990 年亚运会组委会主席助理，北京 2000 奥申委执委。

吴重远，北京亚运会组委会宣传部部长，北京 2000 奥申委执委、新闻发言人，北京 2008 年《申奥报告》中文审稿人之一。

楼大鹏，北京 2000 奥申委执委、体育主任，北京 2008 奥申委顾问，北京申奥决战陈述人之一，北京 2008 年《申奥报告》英文审稿人之一。

王正夫，人称"老夫子"，熟练掌握 7 国语言，第一外语是西班牙语，多次为国家领导人会见外宾当翻译。参加两次申奥全过程，北京 2008 奥申委筹备组"七君子"之一，为北京申奥成功立下了功劳。

潘志杰，英语翻译笔头快如飞，人称中国汽车运动达人，曾任中国汽车运动联合会副主席，经历了从北京亚运会，到两次申奥的全过程。北京 2008 奥申委筹备组"七君子"之一，为北京申奥成功立下了功劳。

顾尔承，北京亚运会组委会总体处处长、北京 2000 奥申委总体部顾问，从北京亚运会到第一次申奥，我们结下了深厚的友谊。他是一位脸上永远带着笑容，和蔼可亲的老人，为北京亚运会、北京申办奥运会都做出了重要贡献。他带着对北京奥运会成功的欣慰离开了这个世界。

熊光权，北京市建委的高级工程师、北京亚运会总体处副处长、北京第一次奥申委总体部副部长，一位有才华、有性格的建筑规划专家。为北京亚运会、北京申办奥运会都做出了重要贡献。他也是我的好搭档。多年后，少数几位第一次申奥的老朋友在北京饭店相聚。没想到，那竟是我们的永别。

朱国华，原北京奥林匹克出版社副社长、北京 2008 年《申奥报告》总编室成员，为北京申奥成功做出了无私的贡献。不幸的是，在北京申奥成功后不久他就离开了我们。

……

还有很多默默无闻为中国申奥、办奥做出重要贡献的朋友，现在还在不同的工作岗位上继续为国家做贡献，但都是各自岗位上的骨干。他们有一个共同的特点——经过奥林匹克精神的洗礼，都有着深厚的奥林匹克情缘，我永远珍惜与他们的友情，怀念北京申奥那段刻骨铭心的岁月，怀念那种无私奉献的工作氛围，更怀念那时人与人之间的真实情感和简单却高尚的关系。

第八章
"双奥"情怀

56　我的冰雪"童子功"

2022 年 2 月 4 日，北京冬奥会开幕了，这是中国奥林匹克现象中的又一件大事。这是继北京 2008 年夏奥会、南京 2014 年青奥会后，中国人又一次在家门口举办的奥运赛事。以此为标志，中国成为既举办过夏奥会，也举办过冬奥会的"双奥国家"，北京成为世界上唯一的"双奥之城"。北京冬奥会也成为世界冬季奥林匹克运动发展史上的一个里程碑。

由于地缘的关系，我对冰雪运动项目有着天然的情怀，从小就玩冰、玩雪，这也算是"童子功"了。当然，我这个"童子功"仅仅是停留在娱乐、玩耍层面，不能和专业运动员相比，甚至不能和一些冰雪"发烧友"相比。我北京的同事里，就有一批滑雪"发烧友"，他们多年前（比北京申办冬奥会还早），就合伙在崇礼买了一个较便宜的单元楼，专为方便去滑雪。每年冬季，周一到周五下班就结伴而行，开车直奔崇礼。按照他们的话说，滑雪就像是"白色鸦片"，滑上就不能自拔。我很佩服他们这种痴迷的精神。我也很喜欢滑雪，并且比他们当中的一些人更早就接触了滑雪，著名的黑龙江亚布力滑雪场建设不久我就去滑过，并且当时我就可以滑二级雪道，很刺激、很爽，但我却一直没有达到"白色鸦片"的高度。

比起滑雪，我学滑冰就更早了。我还没上小学时就在冰城哈尔滨玩"冰上运动"，那时滑冰的主要方式是滑"脚滑子"，用两根粗铁丝固定在两块差不多和脚大小一样的木板上，用绳子绑在棉鞋上，滑起来也很快。有时人多还组织打"土冰球"，乐趣无限。那时，很多男孩子都是人手一双"脚滑子"伴随整个冬天。也有个别比较高级一点的，找来两支旧冰刀，绑在鞋上，滑起来更带劲。

20世纪90年代初笔者在亚布力滑雪场

但真正意义上的滑冰，我是从上初中一年级开始的，那时13岁。前面提到，我的中学先是考上了哈尔滨十三中，那是一所非常好的重点中学，从初一到高三，每个年级只有4个班，每个班的人数也是固定的，全校共24个班。哈尔滨冬天来得早，过了"十一"天就冷了，不久学校就开始浇冰场，都是体育老师带着学校的几个工人师傅自己浇。没几天，原来的田径场就变成了一个大滑冰场。让我们没想到的是，学校给我们每个学生发了一双滑冰鞋，大家喜出望外。上体育课时老师教动作要领，业余时间大家自己去滑冰，所以我的同学都会滑冰。那时滑冰很有瘾，经常是下午放学后就去滑，一直滑到很晚才回家吃晚饭，第二天又背着冰鞋高高兴兴去上学。

所以，后来我在国家体委政策法规司研究群众体育政策的时候，一直强调一个观点：学校体育工作最重要的是要为学生提供"三加一"服务，即三个条件、一个指导：足够的场地、基本的设备和充足的时间条件，加上老师的科学指导。

所以，我对冰雪总有一种特殊的情怀，但由于条件所限，到北京后，就很少滑冰了。20世纪90年代以前在北体，到了冬天，室外游泳池就变成了滑冰场，学生可以去冰场上课，业余时间大人和小孩都可以去滑冰。我家三口人都会滑冰，特别是我儿子才三四岁时，第一次穿上小冰鞋，上去走了几下就能自己滑跑了，很有天赋。

20世纪80年代以前，北体家属区有一个很大的室外游泳池，冬天就是一个很大的滑冰场，免费开放，深受群众欢迎，所以那时周边的孩子几乎没有不会滑冰的

北体那时还组织了冰球队，参加北京市的比赛。可是后来没过几年，游泳池就被填平了，上面盖了教职工宿舍楼，夏天不能游泳，冬天也不能滑冰了，我总觉得有点可惜。可以想象，如果那个游泳池还在，冬天还能滑冰，北体的孩子肯定大都会滑冰。而现在，北体的孩子大都不会滑冰。20世纪90年代后，整个北京市几乎没有一块可供大众滑冰的冰场，有名的什刹海，冬天也失去了往日的辉煌。只是在几个大商业中心的大楼里有那么几个巴掌大的收费的室内滑冰场。滑冰似乎成了孩子们的奢侈活动。

从那以后我也再没有滑过冰。

57　曲折的中国申冬奥之路

中国申办冬奥会也不是一帆风顺的。与申办夏奥会一样，中国申办冬奥会也是经历了两次申办才成功的。我们在庆祝北京2022年冬奥会辉煌成功、北京成为"双奥之城"的时候，不能忘记那些曾经的失败和痛楚，更不能忘记那些为之而奋斗的幕后英雄。

很多人不知道，中国第一次申办冬奥会的城市不是北京，而是哈尔滨。中国冬季体育第一大省份非黑龙江莫属。黑龙江是中国开展冰雪运动最早的省份，更是冰雪运动冠军的摇篮。迄今为止，中国在历届奥运会上获得的22枚金牌中，有13枚与黑龙江运动员有关。在世人瞩目的北京2022年冬奥会短道速滑混合接力赛上，获得金牌的4名运动员都来自黑龙江。在北京冬奥会上，有441名技术官员来自黑龙江。冰雪运动是黑龙江民众最喜爱的体育项目，每年的"百万青少年上冰雪"活动，成为全省推广冰雪运动的一个好形式。国家统计局调查的结果显示，到2021年底，黑龙江省居民冰雪运动参与率达57.8%，位居全国第一。省会哈尔滨是著名的冰城，连续20多年的"哈尔滨冰雪大世界"是冬季旅游的打卡胜地，每年都吸引来自世界各地的上百万游客前来度假旅游。其总占地面积60多万平方米，每次用冰量11万立方米，用雪量12万立方米。每年"冰雪大世界"还组织数百场精彩活动，展出超过2000件冰雪艺术作品。

哈尔滨的冰雪运动起源较早。有资料显示，哈尔滨是中国最早的人工滑雪场诞生地。全国解放后，玉泉滑雪场始建于 20 世纪 30 年代，后经过多次扩大、修缮，一直是各地滑雪爱好者喜欢的、离市区最近的滑雪场，也是黑龙江省的一个滑雪培训基地。

全国闻名的黑龙江亚布力滑雪场始建于 20 世纪 80 年代，由于 1996 年成功举办了哈尔滨亚洲冬季运动会而名声大振。那时，亚布力滑雪场是中国唯一可以承办国际大型雪上项目比赛的场地。哈尔滨顺利举办了亚冬会，也促使哈尔滨人萌生了申办冬奥会的想法。

我是最早建议中国申办冬奥会的人之一，并且多年为之而努力。作为哈尔滨人，我很希望自己的家乡能够举办奥运会。也是在 20 世纪 90 年代，在中国申办夏奥会的时候，我就曾与当时的黑龙江省体委领导一起探讨如何改善哈尔滨条件，为申办冬奥会做准备。那时人们都认为，中国有能力申办冬奥会的城市只有哈尔滨，所以从那时起，哈尔滨走上了一条艰难曲折的申办冬奥会之旅，并成为中国第一个申办冬奥会的城市，虽然没有成功，但为后来中国申办冬奥会做了很好的铺垫，也对进一步开展冬季群众体育运动起到了积极的推动作用。

2001 年，经中国奥委会批准，哈尔滨市向国际奥委会递交了申办 2010 年冬奥会的申请。2002 年 1 月，国际奥委会正式批准哈尔滨成为 2010 年冬奥会的申办城市。当时共有 8 个城市申办这届奥运会，国际奥委会根据政府重视、群众支持率、环保、交通等 8 大方面 30 多个小项进行综合排分评定并进行筛选。结果奥地利的萨尔茨堡、韩国的平昌都获得了满票 12 票，加拿大的温哥华获得 11 票，瑞士的伯尔尼获得 7 票，哈尔滨获得 4 票，其他三个城市则没有得票。排名前 4 位的城市成为候选城市。哈尔滨排名第 5，未能进入候选城市的行列，遗憾地结束了第一次申办冬奥会的历程。

哈尔滨申办冬奥会失利后并没有气馁，2008 年哈尔滨又申办了 2012 年首届冬季青年奥运会，但由于一些条件与国际奥委会的要求还存在一定差距，仍然未能如愿。

2004 年哈尔滨向国际大学生体育联合会正式申请举办 2009 年世界冬季大学生运动会，为继续申办冬奥会做准备，2005 年哈尔滨战胜了对手土耳其的埃尔祖鲁姆，获得了 2009 年世界冬季大学生运动会的举办权。2005 年黑龙江省专门开会研究是否申办 2014 年冬奥会，并向中国奥委会建议哈尔滨暂不申办 2014 年冬奥会，中国奥委会同意黑龙江省的建议，全力办好世界大冬会。2009 年，哈尔滨成功举办了第24届世界大学生冬季运动会。哈尔滨又联合吉林省长春市向中国奥委会提出联合申办2018年冬奥会，中国奥委会进行完评估后，长春放弃了申办。2009年10月，中国奥委会正式回复黑龙江，认为哈尔滨申办冬奥会的时机还不成熟，没有批准，哈尔滨再次失去申办冬奥会的机会。

从哈尔滨申办冬季奥运会的历程来看，虽然已经具备了举办国际大型冬季体育赛事的基本条件，但在配套设施、交通、环境及软件等方面与发达国家相比，还存在许多不足，与举办冬奥会的要求还存在较大差距，特别是在自然条件上不占优势。由于来自北极的寒流在西伯利亚进一步加强后进入中国，形成冬季的强冷风，使其冬季既寒冷又漫长，使东北地区与世界同纬度的其他国家地区相比更寒冷。这也成为哈尔滨申办冬奥会的较大不利因素之一。当然还有一个重要原因，就是那时冰雪运动在中国的普及率和竞技水平不高。除了个别项目，如花样滑冰、短道速滑等几个小项目可以和世界顶尖选手竞争外，其他项目，特别是雪上项目无论是规模还是竞技水平都与世界水平差距较大。

2013年，中国奥委会经过慎重考虑和多方论证，以有利于申办成功为原则，决定同意北京携手张家口申办2022年第24届冬奥会，并于11月3日，正式致函国际奥委会，由北京申办冬奥会，北京承办冰上项目，张家口承办雪上项目。国际奥委会于11月15日，公布了6个提出申办的城市名单（城市按字母顺序排列）：阿拉木图（哈萨克斯坦）、北京（中国）、克拉科夫（波兰）、利沃夫（乌克兰）、奥斯陆（挪威）、斯德哥尔摩（瑞典）。2014年1月17日，斯德哥尔摩（瑞典）退出申办；5月，克拉科夫（波兰）退出申办；6月，利沃夫（乌克兰）退出申办。根据申奥程序，国际奥委会将选出三个候选城市，由于只剩下三个申办城市，所以就没有城市被淘汰。2014年7月7日，国际奥委会宣布了奥斯陆（挪威）、阿拉木图（哈萨克斯坦）和北京（中国）成为三个候选城市。10月1日，奥斯陆（挪威）宣布放弃2022年冬奥会的申办。这样，候选城市只剩下阿拉木图（哈萨克斯坦）和北京（中国）。

2015年7月31日，在马来西亚首都吉隆坡举行的第128届国际奥委会全体会议上，经过国际奥委会全体委员投票，北京以44∶40战胜哈萨克斯坦的阿拉木图，获得2022年第24届冬奥会的举办权。北京也由此成为世界上唯一一座既举办过夏季奥运会，又将举办冬奥会的"双奥"城市。从此，北京和张家口正式开始了自己的冬奥时间。

哈尔滨虽然几次申办冬奥会都受挫，但哈尔滨并没有气馁。他们和全国人民一样庆祝北京申办冬奥会成功，并积极为北京奥运会贡献力量，在全国各省区市支援北京冬奥会方面担负了名副其实的"老大哥"重担。同时哈尔滨作为中国冰雪体育的发祥地和冰雪体育后备人才培养的主要基地，继续坚持开展"百万青少年上冰雪"和"全民上冰雪"系列活动，推动市民在冰雪体育健身活动中"动起来、热起来、火起来、嗨起来"。以独特的冰雪形式，为北京冬奥会加油！哈尔滨在各区兴建了10座冰上运动中心。

在北京筹备冬奥会期间，哈尔滨在10座冰上运动中心同时举行冰上特色展演和花样滑冰、冰球、冰壶、冰盘、速滑、冰舞、队列滑轮滑、旱地冰球、越野滑轮等多彩的冰雪体育项目展示，让市民提前感受到冬奥氛围，领略奥运精神散发的独特魅力，为即将到来的北京冬奥会加油助威。并且，哈尔滨以冰雪体育拉动全市旅游、文化、经济的全面发展。通过国际冰盘公开赛、芬兰蒂亚滑雪马拉松、冬季铁人三项世界杯、冰雪汽车挑战赛等新潮冰雪品牌赛事活动，产生了极大的社会反响和轰动效应，提升了城市品质和国际化程度。在积极培养冰雪体育人才的同时，还通过一系列高水平、极富观赏性的精品冰雪赛事，深植"体育+旅游""体育+文化""体育+教育"等融合发展。虽然北京冬奥会已经落下帷幕，但是冰雪文化在哈尔滨的热度并没有减退。

哈尔滨虽然没有成为"冬奥城市"，但它是名副其实的"申冬奥城市"，虽然申办冬奥没有成功，但让世界对哈尔滨有了更多的认识。"申冬奥城市""冰雪体育+文化"已成为哈尔滨新的"城市名片"。世界正在领略哈尔滨这座东西文化交融的冰雪文化之城的时尚和风采！

我要为我的家乡鼓掌，为家乡人民锲而不舍的奥林匹克精神鼓掌。我祝愿哈尔滨明天会更好！祝福哈尔滨父老乡亲的日子像那首《太阳岛上》唱得一样，越来越幸福、美满！

58 助力北京申冬奥

2013年10月，我正在南京参加南京青奥会组委会工作时，接到一位在北京市政府工作的朋友打来的电话，他兴奋地告诉我，中央已经批准北京和张家口联合申办冬奥会了，并开玩笑地说："快回来吧，申办冬奥会不能没有你。"我那时虽然忙于南京青奥会工作，但也一直密切关注北京申办冬奥会和国际奥委会的消息，因为按照国际奥委会的规定，正式提出申办 2022 年冬奥会的截止日期是 2013 年 11 月 14 日，要申办 2022 年冬奥会必须在这个日期之前提出书面申请。

2013 年 9 月 10 日，巴赫当选第九任国际奥委会主席，当日我在南京的办公室里，电话连线接受了中央人民广播电台黄金时间的采访，我还谈到了巴赫上任后对中国体育和申办冬奥会的积极影响。所以，对由北京代表中国申办冬奥会我是有心理准备的。但眼下我毕竟身在南京，南京市委、市政府主要领导亲自邀请我来帮助工作，我不能说走就走。所以，我跟北京冬奥申委有关领导说："我虽然暂时不能参加北京冬奥申委，但请领导放心，我会毫无保留地奉献我的经验，并随叫随到。"

不久，北京 2022 年冬奥会申办委员会成立了。与以往不同的是，这次是由三方联合组成：国家体育总局、北京市和河北省，每个部门也是由三方人员组成的。我因为身在南京不能参加申办冬奥会的日常工作，主要是远程参与工作，但也经常回北京参加有关会议。那时，从南京到北京的高铁 4 个多小时，比飞机还方便，我已轻车熟路，有一段时间我差不多每周往返一次。我在南京绿博园的办公室开完会，下午直接开车到南京南站，把车停在高铁站停车场，乘高铁回北京，第二天白天参加有关北京申办冬奥会的活动，晚上又从北京乘高铁回到南京，夜里 11 点多开车从南京南站回到江湾城小区，次日早上正常到南京青奥会组委会上班。

青奥会结束后，2014 年 11 月，我从南京回到北京，更多参与了北京冬奥申委的有关工作。其中，很重要的一项工作是审阅《北京 2022 年冬奥会申办报告》，这项工作量较大。和申办 2008 年夏奥会一样，《北京 2022 年冬奥会申办报告》也是申办冬奥会中最重要的文件，虽然比《北京 2008 年奥运会申办报告》的内容和字数都少一些，但也是涵盖了政治、经济、文化、法律、财务、市场、安全、交通、住宿、媒体等各个方面，被称为小百科全书。我对《北京 2022 年冬奥会申办报告》报送稿全稿进行了认真的审阅，并逐条、逐句进行了细致的修改，保证了《北京 2022 年冬奥会申办报告》的高质量和按时完成，为北京 2022 年冬奥会做出了重要贡献。

《北京 2022 年冬奥会申办报告》共三卷，14 个主题，回答了国际奥委会提出的诸多问题，共选配了 120 多张图片、40 多个图表。此外，还有 154 份由党中央、国务院最高领导人签署的保证书。《北京 2022 年冬奥会申办报告》集中体现了北京申办冬奥会的三大理念，以及筹备和举办冬奥会的愿望、条件和能力等。申办成功后，北京冬奥会的筹备工作都要按照《北京 2022 年冬奥会申办报告》中所确定的条款逐项落实。比如，开幕时间定在 2022 年春节期间，开幕式地点定在国家体育场 "鸟巢"，北京冬奥会最贵的门票定为 787 美元（约合 4882 元人民币）、最便宜的门票定为 8 美元（约合 50 元人民币），还有经济、文化、法律、财务、市场、安全、交通、住宿、媒体等各个方面的规划和 154 份保证书，都必须兑现。

进入 2015 年，北京申办 2022 年冬奥会工作进入关键的决战阶段，我对下一步申办工作提出了八条建议，受到大家的重视。根据冬奥申委领导的要求，我把这些建议整理成文，报给高层领导参阅。建议的主要内容是：

第一，确定决战阶段的战略方针——既不攻击对手，也不回避问题，积极应对，以不变应万变，重点做好应对来自敌对势力攻击的准备。从历史经验来看，申奥的最后阶段，国际上反对势力肯定会有所动作，千方百计阻止中国申办冬奥会成功，应该引起我们的高度重视。

第二，成立一个专门小组，研究对手城市的情况和动向。比如，详细了解对手城市的申办策略、部署，国际奥委会考察团在阿拉木图考察时的情况等。面对唯一的对手，必须把它研究透，真正了解它的优势和劣势，特别是要抓住他的软肋。只有掌握了对手的软肋，才能有针对性地做好宣传工作，更好地发挥我们的优势。

第三，提前做好策划最后陈述工作。只剩下一个对手使最后陈述变得更加重要，也使国际奥委会委员受陈述影响投票的因素增大。因此，精心做好最后投票前陈述的策划、设计尤为重要。

第四，加强信息情报工作。认真研究分析国际奥委会及各国际单项体育组织动态和委员投票规律。

第五，借鉴北京申办 2008 年奥运会接待国际奥委会考察团的经验，认真策划与设计接待这次国际奥委会考察团工作。这次申办冬奥会，考察团来北京的时间对我们很不利。2015 年 3 月的季节与往年不太一样，雪少，特别是考察团要去张家口的沿途景象、人文特点、雪场的酒店驻地、场地规划设计和交通的介绍陈述等，都需要反复的精心策划与设计。

第六，重点做好"微观滴灌"和"宏观控制"。"滴灌"的重点是每个国际奥委会委员。要继续加强分析、研究国际奥委会投票规律，具体分析投票人的投票指向，全方位掌握我们的基础票和反对票情况。要确定"滴灌"重点对象，做到心中有"数"。最后阶段"滴灌"的方针应是"打牢基础票，分化反对票，重点争取中间票"。"宏观控制"的重点是国际舆论。要利用国际著名的 10~20 家主要媒体的影响力，有针对性地发出我们的声音，抑制反对势力的影响，形成有利于我们的国际大环境。

第七，加强国内媒体的引导，提高报道水平，把握好国内宣传的火候。国内媒体的报道要有利于申办冬奥，绝不能"帮倒忙"。这方面以前有过许多经验和教训。从某种意义上看，这次申冬奥的国内宣传工作要比前两次都难：一方面应加强正面宣传申冬奥会的好处和积极意义，获得更多民众的支持；另一方面要实事求是地报道群众的建议。

第八，"做好自己"，击破反对势力的攻击。"做好自己"永远是最重要的。无论反对势力怎样攻击，无论对手怎样做，我们都要做好自己。特别是申办冬奥最后阶段的接待国际奥委会考察团、国际单项体育组织的考察、决战期间的陈述等几个重要战役，绝不能犯错误。如果因为自己犯错误或某些方面做得不当而失去最后胜利，那将成为历史的遗憾。从这一点上看，我们在冬奥申委内部必须强调志在必得！

总之，高质量做好下一步各项工作，是获得最后胜利的重要保证。如果放松努力，打个盹儿，松一口气，甚至出现一点小失误，就可能前功尽弃。目前，从现象上看，北京的唯一对手哈萨克斯坦的阿拉木图在总体实力上比北京略逊一筹。但其中也隐藏了一些不利于我们的因素，必须引起高度重视。首先是阿拉木图也有自己明显的优势，比如，场馆集中、设施较完备、冰雪运动开展较好、参加冰雪运动的人较多、办赛经验较好等。其次是由于竞争对手少了，使竞争的形势变得更加激烈：一方面竞争更加简单化，非此即彼，投票人不用过多思考每一轮投票的目标，也减少了"安慰票""转移票"等思考因素，这次投票的大概率是一轮定胜负；另一方面使一部分处于中间状态的投票人增加了游离性、摇摆性，不确定因素增大，投票的偶然性增大。此外，国际上敌对势力必然会乘机捣乱，搅浑水，千方百计阻止中国申冬奥成功。

投票是不讲道理的，它是投票人的特权，其他人都无法指责投票人的投票倾向。但投票是有规律的，我们需要做的是，下力气在研究国际奥委会委员投票规律的基础上，主动、有目的、有目标地利用各种方式开展工作，而不能坐等胜利。

同时，我还分析了反对势力借所谓"人权"问题攻击我们的新动向，提出了相应的对策建议。我还把北京申办夏季奥运会时的《关于国际奥委会委员投票规律的分析》和《对国际奥委会及委员、奥运会举办地等的分析》两篇质量较高的文章等附在后面做参考。这些对北京申冬奥工作都有很重要的参考和借鉴作用。

此建议受到北京冬奥申委高层领导的重视，并在申冬奥工作中得到了很好的体现。

59 为张家口"开小灶"

作为承担北京冬奥会"半壁江山"的张家口，在北京冬奥会中的作用和表现不能忽视。国家体育总局（中国奥委会）在北京冬奥会中的角色是对举办城市的有关工作承担指导、协调的职责。其中，北京市有 2008 年奥运会的丰富经验以及包括北京亚运会在内的多年的举办大型运动会的经验，我们不担心。但河北省在这方面几乎是空白的，一切要从零开始。所以，初期我们有大量的工作是要加强对河北省有关工作的指导、协调和培训等。河北省、张家口市及崇礼县（那时还没改为区）都很重视。所以，从申办开始，我们几位有经验的同志被张家口和崇礼县聘为顾问，经常一起或轮流到张家口和崇礼县去帮助工作，以提高张家口的申冬奥工作质量。下面是当时《河北日报》的一个报道：

2014 年 2 月 10 日，张家口市第二期奥运大讲堂开讲，国家体育总局体育文化发展中心原主任、中国体育博物馆原馆长，原北京 2008 奥申委副秘书长孙大光教授应邀作了题为《宣传先行总体跟上——对张家口 2022 年冬奥会申办工作的建议》专题讲座。为进一步提高张家口市申奥工作的整体水平，树立国际化的理念、国际化的视野，提升该市广大干部群众的思想观念、能力素质，转变工作作风，张家口市组织开展了奥运大讲堂活动。作为北京 2008 年奥运会申办、筹办、举办全过程的参与者、组织者和京张冬奥研究中心首席研究员，孙大光教授对奥运申办工作有着丰富的经验和深刻体会。他以丰富的资料、鲜活的例证、生动的语言，围绕京张联合申办 2022 年冬奥会进行了多视角、多层次的深刻解读和精辟论述。讲座深入浅出，具有很强的针对性、可操作性和指导性，对张家口联合申办 2022 年冬奥会具有重要的指导意义，给人以信心和力量。他说，申冬奥给张家口搭建了一个新的更广阔的平台，申奥工作是一项系统工程，它涉及相关的方方面面的硬件和软件的条件，可以扩大张家口在国内和国际的知名度和美誉度，赢得世人关注；可以加快调结构、转方式的步伐，有力地带动城市建设、交通发展、旅游休闲、会展经济、健身娱乐、体育产品等服务业的发展，激发内在活力，为可持续发展注入强大动力；还可以加快推动区域经济一体化进程，实现优势互补、融合发展，最终造福张家口人民。

各县区党政主要负责人，市直有关部门主要负责人，中心城区社区居委会代表，市委宣传部科级以上干部，市申奥机构全体人员共 300 多人听取了讲座。

北京冬奥会申办成功后，我们几位有经验的同志被张家口聘为顾问。从 2015~2022 年北京冬奥会开幕前的七年筹备工作中，我也多次去张家口市和崇礼区继续帮助他们进行规划、咨询、评审等工作，还帮助他们筹备接待中央领导来视察等工作。我和当地的领导和工作人员也结下了友谊。

由于国际奥委会的规定，一个国家只能由一个城市出面申办奥运会，不能同时出现两个城市名字申办的情况。所以，2022 年冬奥会只能叫"北京冬奥会"，而不能叫"北京、张家口冬奥会"，也不能叫"北京和张家口冬奥会"。后来，我们内部把它叫作"北京携手张家口申办、举办冬奥会"。但正确的规范叫法只能是"北京冬奥会"或"北京 2022 年冬奥会"等。

由于北京"双奥之城"的名片受到世人的更多关注和媒体的青睐，所以，相对于北京，张家口的名字在整个冬奥过程中出现的频率没有北京多，影响力没有北京大。在光芒四射的"北京冬奥"，特别是"北京双奥之城"的光环下，张家口在北京冬奥会中似乎显得没有那么辉煌，没有像北京一样充分地展示它的魅力。但实际上，张家口在北京冬奥会中的表现一点也不比北京逊色，并且很多方面展现了其独特的魅力和风采。

我亲眼见证了张家口太子城等地区从荒芜之地变成了现代化的都市区，仅仅七八年的时间就发生了这么大的变化，未来的发展更值得期待。

记得2014年冬开车去张家口工作，当时看到路边一些低矮的房屋和远处光秃秃的大山，这样的景象，我很为张家口担心。想到第二年国际奥委会考察团来的时候，看到这样的景象会有什么感想？我把这个担心向市领导讲了，并与市领导及崇礼区领导一起研究了解决方案。后来，在河北省和北京市的共同努力下，2015年国际奥委会考察团来考察时，皑皑的白雪笼罩着大山，一派银装素裹的北国风光，分外妖娆。接待国际奥委会考察团工作取得很好的效果。

张家口在整个申办、筹备和举办冬奥会过程中的表现是可圈可点的，它承担了北京冬奥会全部比赛项目的47%，可谓"半壁江山"。通过举办冬奥会，张家口古杨树地区不仅建设了世界一流的滑雪场馆，也建设了一流的服务设施，成为世界级的"冰雪小镇"。先进的京张高铁的开通及太子城站的设立，使这里未来的发展大有可为。"目前世界上还没有哪个滑雪目的地有高铁直接从小镇穿过。"

我在网上看到一段话说得很好："申冬奥之前，外国人几乎没听过张家口，但在申冬奥开始以来的多年里，张家口完成了从几乎一片空白到中国顶级冰雪运动城市的蜕变。这个京西北的旱码头以独特小气候造就的冰雪资源和靠近北京的绝佳位置跻身北京申办冬奥的搭档，并'摇身一变'成了海外知名度颇高的'国际张'。"

北京冬奥会后的规划确定，将以冬奥场馆资源和奥林匹克公园为依托，巩固冬奥成果，传承利用好奥运遗产，加速推动建设京张体育文化旅游带，助力京西"首都城市复兴新地标"、延庆"最美冬奥城"和张家口"全亚洲冰雪旅游目的地"建设，为促进城市可持续发展，持续带动京津冀区域一体化长远发展注入新动力。

在多年亲历中国奥林匹克现象过程中，我一次又一次见证了中华民族是一个具有创造性的伟大民族，社会主义中国是能够创造奇迹的伟大国家。北京2008年奥运会、北京2022年冬奥会等创造的一个又一个奇迹，令国际奥委会佩服，让世界对中国刮目相看。

我为自己能为张家口人民做了一点贡献感到高兴和欣慰。

北京2022年冬奥会圆满成功后，张家口市委、市政府还专门给我发了感谢信，并为我颁发了荣誉证书。

60 为办好北京冬奥会尽微薄之力

2015 年 7 月 31 日北京申办 2022 年冬奥会成功，中国冬季体育运动进入了一个新的阶段。北京冬奥会筹备工作开始后，我被聘为北京京张冬奥研究中心首席研究员。

筹备北京冬奥会的七年，也是我国历史发展的重要阶段，我们利用冬奥会这个大平台，为我国发展大目标服务，取得了重要的成果。特别是正赶上罕见的"新型冠状病毒感染"，给北京冬奥会筹备工作蒙上了一层阴影，带来了很多不确定因素。但在党中央的正确领导下，在冬奥组委全体同志的共同努力下，按照国际奥委会的要求，圆满完成了各项筹备工作，保证了北京冬奥会的顺利、精彩，向世界交上了一份优秀的答卷。我作为一名多年从事奥林匹克有关工作的老同志，责无旁贷贡献了自己的经验，与京张冬奥研究中心的各位专家一起，发挥了应有的作用。

2018 年笔者在京张冬奥发展论坛上做主旨报告

其中，我提出的"办好北京2022年冬奥会的十条建议"，受到北京冬奥组委领导的重视，并体现在筹备和组织北京冬奥会的实际工作当中。在"2018京张冬奥发展论坛"上，组委会请我以这十条建议为基础做了本次论坛的主旨报告，这个报告被收录到《2018京张冬奥报告》中。现在读起来，仍然很有价值，其中一些观点至今也不过时。

当时，很多媒体都做了报道，"新浪体育"对报告做了全文报道，题目是"共享奥林匹克，共享北京时间"。下面是"新浪体育"的报道摘要：

在北京冬奥雪上项目比赛地张家口崇礼云顶酒店举行的"2018京张冬奥发展论坛"，得到了社会各界的大力支持，来自北京、天津、河北、辽宁、江苏以及相关部门的专家学者和企业代表200余人参加论坛。本次论坛特邀京张冬奥研究中心首席研究员、国家体育总局体育文化发展中心原主任、原北京2008奥申委副秘书长孙大光发表了主旨演讲，受到了与会者的高度评价。孙大光演讲的主要内容摘要如下：

2018年2月25日，第23届冬奥会在韩国平昌落下帷幕，北京市市长从国际奥委会主席手中接过奥林匹克五环旗，冬奥会开启"北京周期"，正式进入了"北京时间"。国家主席习近平通过视频，向全世界发出诚挚邀请——2022年相约北京！一时间，万人欢腾！我们好像又回到了17年前北京2008年奥运会申办成功的那个不眠之夜。从那时起，奥林匹克运动开始第一次进入"北京时间"，中国人在奥林匹克这个大舞台上，为世界贡献了一个又一个惊奇。然而，17年过去了，这个历史瞬间对于中国来讲，可谓是翻天覆地的变化。此"北京时间"已不是彼"北京时间"。筹办2022年冬奥会与当年筹办2008年奥运会相比，在时间、空间上都发生了很大的变化。因此，在筹备和组织2022年冬奥会工作中，既要有继承，也要有发展，更要有创新。相比在筹办北京2008年奥运会时的"了解世界，融入世界，让世界更多了解中国"，这次2022年冬奥会的筹办需要突出"共享奥林匹克，共享北京时间"的理念。为此，我对筹备和组织北京2022年第24届冬奥会工作，提出十点建议。

一、用文化的视角解读北京冬奥会

奥运会从本质上讲是全球的文化大聚会。奥林匹克运动从一开始就极其重视文化的作用。从现代奥林匹克的倡导者顾拜旦开始，始终把奥林匹克与文化和教育紧密结合在一起。国际奥委会终身名誉主席萨马兰奇有句名言："奥林匹克精神就是体育加文化"。奥林匹克源自西方，这也是历史上大多数奥运会都是在西方国家举办的主要原因。中国是一个具有5000年文明史的东方大国，其高贵典雅的东方神韵和带有神秘色彩的东方古老文化，正是中国最吸引世界的特点之一。

文化是人类社会发展的灵魂，也是奥林匹克能在世界上长期存在和发展的灵魂。如果说奥运会对中国经济、政治、社会发展的影响是巨大的，那么，奥林匹克来到中国，中西文化融合，对中国乃至对世界的影响则是更深远的。我们举办北京2008年奥运会、南京2014年青奥会和北京2022年冬奥会，其最大的意义也正是东西方两大文化体系在东方这块古老的土地上碰撞、对话、交流、融合。毫无疑问，源远流长的中华文化及其特点，拨动了众多国际奥委会委员和许多外国人探知中华文化渊源的心弦，并深深吸引了他们对中国和中华民族的兴趣。

体育是文化中最具活力的部分，是一种既看得见、摸得着，又极具深刻内涵的文化形式。体育也是全球共通的文化，是一种通俗的世界语言，是沟通世界各种不同文化的桥梁。奥林匹克运动既是典型的西方文化代表，又是一座沟通中西文化的桥梁。源远流长的中华文化，通过奥林匹克之桥，缓缓流向世界各地；西方文化也通过奥林匹克之桥，缓缓流进来。奥林匹克又像是一个大熔炉，中西文化在这个大熔炉里，提取精华，炼成经典，流芳百世。

体育的本质是文化。中国体育事业多年来取得了长足的进步和辉煌的成绩，也还存在不少问题。深入分析当代中国体育存在的一些明显问题和弊端，特别是还有一些腐败问题，其根本原因是对文化重视还不够。很多金牌背后的那些深层次的、体现中华民族精神的精髓，还远远没有被挖掘出来；一代代老体育工作者积累的很多好传统、好经验正在一点点流失；中国人在10年申奥、7年筹办北京奥运会和14年申办冬奥、多年筹备北京冬奥会过程中创造的北京奥运精神和中华体育文化经典，体育界还没有做过认真总结。多年来，体育文化在体育决策部门一直没有真正提到重要的日程上来。一些体育人，包括个别体育部门的领导对奥林匹克运动的认识，还仅仅停留在单纯金牌意识的层面，没有提高到应有的文化高度。

从深层次看，筹办和举办北京2022年冬奥会的过程，就是一个巨大的文化大平台，中国人就是这个大平台上的主角。

所以我建议：要用文化的深度认识举办北京冬奥会的意义；要用文化的高度规划北京2022年冬奥会筹办工作；要用文化的广度开展北京冬奥的各种活动；要用文化的视角解读未来几年以及更长远的"北京时间"和"奥林匹克与中国"

的内涵与外延。

二、用系统科学的思想和方法规划、组织北京冬奥会

运用系统科学思想和方法，就是用法治而不用人治。用系统科学的思想和方法进行科学规划、管理，是多年来体育界筹办大型国际综合性运动会的好传统、好经验。1990年北京亚运会是中华人民共和国成立以来第一次举办的国际大型综合性运动会，从筹办北京亚运会开始，体育界把我国组织"两弹一星"大型科研项目的系统科学思想和方法，运用到组织大型综合性体育活动中。被钱学森同志称为是"一件更深层次的事，对领导干部尤为重要""是一件要大书特书的事""以唤起各级领导的注意"。这也受到了中央最高领导的表扬。从那以后，北京两次申办奥运会和北京2008年奥运会以及所有大型体育比赛和活动的筹备、组织和举办中，都借鉴、运用了系统科学思想和方法。既提高了工作效率，又克服了官僚主义、形式主义等不良风气，避免了一些腐败现象。这方面我们积累了丰富的、行之有效的好经验，同时也受到国际奥委会的肯定。

具体建议：一是要尽早建立组委会组织指挥系统，在高层领导决策层下面设立组委会指挥中心。二是要运用计划网络法。明确管理的三个层次：组委会层面制定北京2022年冬奥会总体工作计划网络图；各部门、各系统制定部门、系统工作计划网络图；各项重点工作（如组委会迎送工作，开、闭幕式组织工作等）制定详细工作流程图。并用文件的形式确定下来，作为组委会正式文件下发执行。

三、重视体育的政治功能

体育的政治功能不应避讳，体育也从来没有离开过政治，并且有时还在政治活动中扮演着极其重要的角色。最著名的中国"乒乓外交"闻名于世，小球转动地球，实现中美两国"破冰"，多少政治家为之赞叹！古代奥运会举办时，处于交战的各方都必须停止战争，这为后来现代奥运会打下了良好的基础。当从战火纷飞中走出来的伊拉克运动员出现在奥运会开幕式上时，全世界为之欢呼；当韩国、朝鲜两国运动员携手参加奥运会开幕式和比赛时，全场人起立鼓掌祝贺，电视机前多少人为他们流下了激动的热泪。2001年7月13日那个注定不平静的夜晚，当听到宣布：北京获得2008年奥运会举办权时，多少人为此兴奋而失眠！"中国红"传遍了世界各地，中国社会主义制度开始引起世人的高度关注，中国的政治地位在世界上迅速提高，中国开始走上国际舞台的中央。当北京奥运会开幕式上那天籁般的童声唱出"五星红旗迎风飘扬，胜利歌声多么响亮……"的

歌声传向世界各地的时候，全世界 1/5 的人为自己是龙的传人而感到无比骄傲和自豪！从这个意义上说，北京奥运会的成功首先是中国政治上的成功。

奥运会的意义绝不仅仅在奥运会或体育本身，绝不仅仅是在比赛场上争金夺银，也绝不仅仅在于它的经济效益，它更深层的意义在政治和文化上。奥运会本身就是一个全球性的大舞台，世界上很少有像奥运会这样的大舞台，把地球上几乎所有国家、所有民族、各种肤色、各种不同信仰、不同政治派别的人集中到一起交流、融合。

2022 年冬奥会是北京实现"双奥城市"的标志，是张家口第一次举办奥运会。2022 年又恰逢中国改革开放发展的重要历史节点，历史赋予了北京冬奥会特殊的使命。有一句话总结得好，"体育的政治色彩很淡，但体育的政治功能很强"。因此，要利用体育的这个特点，在筹办 2022 年冬奥会过程中，在今后的"北京时间"以及后冬奥会若干年里，充分发挥奥运会和体育政治功能强的特点，实现经济、文化和政治上的全面丰收。

四、全面重视群众的意见

群众支持是做好工作的基础，申办、举办奥运会更离不开群众支持。中国老百姓对举办奥运会的热情是最高的。有关资料显示，京张冬奥会的支持率，全国是 95%，北京是 92%，张家口是 99.5%。还有资料显示，国际奥委会做的调查结果是，北京及其周边地区是 77% 支持、3% 反对。无疑，与历届冬奥会相比，北京 2022 年冬奥会的支持率在所有申办、举办城市中是最高的。但是，我们不能头脑发热，要清醒，要淡定，要全面、客观分析各种问题。虽然绝大多数人民群众的热情很高，但我们不能只看到 90% 多的群众支持率，不能仅仅满足于 90% 多群众的愿望和要求，不能忽视少数群众的利益和要求。要充分了解那 8% 和 3%，甚至那 0.5% 群众的想法和要求。真正反对举办 2022 年冬奥会的只占其中很小的比例。但由于我们人口众多、基数大的特点，8% 的绝对人数也不少。即便是0.5% 的群众数量也是不少的。如果按照国际奥委会调查的结果，北京周边有 3%的人反对，这也是不小的人群，应给予高度重视。

在 2022 年冬奥会进入"北京时间"的今天，筹办冬奥会的国际、国内环境，与当年筹办北京 2008 年奥运会时相比，已发生了很大的变化。中国举办冬奥会的能力和各种条件已得到世界的普遍公认。但我们不能骄傲自满，要更加细心工作，不忽视任何一点意见。在中国进入新时代的重要历史时刻，筹备 2022 年冬奥会工作要与国家"两个一百年"奋斗目标同步进行，要坚持以人为本，不仅要保证绝大多数群众的利益，同时也绝不能忽视那些"少数人"的想法和利益。不能以照顾大多数人的利益为借口，影响甚至损害"少部分群众"的利益。要力争把负面影响降到最低。要认真对待每一条意见，让全体人民共享奥林匹克，共享"北京时间"。

五、建立反馈机制，办一届透明的冬奥会

新时代办冬奥要有新思维、新举措。广大人民群众的热心支持是我们顺利举办冬奥会，并实现圆满、精彩、节俭的冬奥会的重要保证。新时代的特点之一是人民群众的思想觉悟更高了，认识问题更深刻了，对事物的评价水平和要求也越来越高了，当然，"胃口"也越来越"挑剔"了。这是好事，是我们做好工作，提高工作质量的动力。中国的发展变化极大地影响了世界发展的格局和趋势。中国已经成为世界关注度较高的国家之一，中国的一举一动都会引起世界的高度注意。因此，客观来讲，"北京时间"是在国际、国内高度监督下进行的。一方面，需要我们高度重视、严谨工作，不断提高工作水平；另一方面，要求我们在工作方式、工作程序上加以改进，适应新要求、新变化。

为此建议，北京2022年冬奥会组委会要加强反馈机制，在指挥中心或总体部下设立一个反馈部门。随时了解情况，掌握动态，特别是来自国内外各方面的不同意见，包括国际上的反对声音及其动向，国内反对或不支持举办冬奥会人员的理由、具体意见等，为高层决策提供依据，并根据实际情况及时调整工作方针策略和计划方案。

六、要努力兑现3亿人参与冰雪运动的承诺

关于3亿人参与冰雪运动，是我们申办冬奥会时的宣传重点之一，也是我们获得2022年冬奥会举办权的重要因素之一，更是我们向国际社会做出的庄严承诺。国际奥委会委员们对此数字非常感兴趣，"3亿人"让他们为之一振。国际奥委会主席巴赫曾多次在公开场合讲到这个数字。要知道，按照有关方面2017年公布的数据，目前全世界参与滑雪的人数是1.2亿人，参与滑冰的人数是1.7亿人。中国举办冬奥会将会使这个数字成倍增加，这对国际奥委会和世界冬季运动项目组织来说，将是一个很大的成绩。

冬奥会申办成功后，3亿人参与冰雪运动成为我们筹备冬奥会中的一项重要工作和目标，也是国内外媒体追踪的热点之一。国家体育总局也高度重视，制定了规划，采取了一些措施。时任国家体育总局主要领导也在接受采访中，对3亿

人参与冰雪运动进行了阐述。要"以北京申冬奥为契机，以京冀优先快速发展为带动，以东北地区稳步全面建设为主要基础，以西北、华北地区发展为重点，大力促进、带动、引领我国北方地区和部分南方地区冬季体育运动的开展，带动更多的人参与冰雪运动，从而达到冬季项目群众体育活动在中国的普及"。并解释了 3 亿人参与冰雪运动的参与者主要是两部分群体：一部分是"直接参与冰雪运动的群体"；另一部分则是"通过冰雪体育比赛和冰雪活动影响到的群众"。

但我认为，仅仅提出原则和解释参与群体是不够的。要实现 3 亿人这个目标，困难很大，需要做的工作很多。如果没有切实可行的方案和措施，不下大力气抓，这个目标是很难实现的。

因此建议：第一，承诺一定要努力兑现，绝不食言。第二，要遵守国际规则，不能玩文字游戏。不能申办时一个说法，申办成功后又一个解释。无论是"上冰雪"，还是"参与冰雪运动"，都要按照国际惯例和世界各国共同的理解。应以亲身参加冰雪运动和冰雪健身活动为主体。第三，参与人数可分三类进行统计：运动员、业余爱好者以及观众和其他。第四，要有切实可行的具体规划，并且认真落实。也可分步实施，时间已经很紧了，不能光喊口号。体育主管部门必须认真下一番功夫才行。

但中国奥林匹克现象的实践证明，中国人已经把许多不可能变成了可能，我相信，通过努力，3 亿人的目标也一定会实现。

七、加强重视北京冬奥会遗产工作

国际奥委会特别重视奥运会的遗产工作。在近几届奥运会筹备过程中，国际奥委会都专门对遗产工作做出具体要求。其实，奥运会遗产问题更应该是举办城市自己高度重视的问题。北京 2008 年奥运会最大的成果之一，就是不仅为中国，也为世界留下了一批独特的遗产。我一直认为，"遗产"最能体现办奥运会的目的和成果，也是检验奥运会是否真正成功的最好方式。目前，我们有很多人对遗产工作的认识不够，认为是奥运会以后的事，与奥运会筹备工作是"两张皮"。

2022 年冬奥会更是张家口发展史上的一个重要里程碑事件，必将对张家口人民的生活产生深远的影响。对于张家口甚至河北省来讲，冰雪文化可能是今后若干年发展都离不开的一个重要平台和抓手。从这个意义上讲，冬奥会遗产正是举办冬奥会的目的所在。

遗产工作既要重视硬遗产，更要重视软遗产。冬奥会的软遗产覆盖冬奥会工作的各个方面。所以，遗产工作涉及冬组委会的每个部门，同时涉及城市规划、运转的很多方面，是一项工作量很大的工作。

具体建议：第一，冬奥组委要有专门领导分管遗产工作。第二，冬奥组委应成立一个专门的机构，负责冬奥会遗产工作，并且要赋予这个机构一些特殊职能，可以协调各部门的有关工作，使冬奥会遗产工作与冬奥会筹办工作同步进行。第三，要在冬奥组委树立"遗产意识"，形成共识。

八、鼓励有条件的城市申办奥运会

自 1991 年北京申办奥运会以来，中国奥林匹克现象一直伴随中国改革开放的进程，引领社会的文明、积极、向上，并已成为中国当代社会发展中的重要内容，对实现中国发展大目标起到了重要的促进作用。南京成功举办了第二届青奥会，杭州已经成功申办了 2022 年亚运会。近几年，国内一些有条件的城市都有意愿申办奥运会。可见，中国奥运现象还远没有结束，"后奥运时代"还远没有到来，中国奥运现象仍方兴未艾，"中国奥运时间"还在"现在进行时"。

中国是一个大国，在向强国努力奋进的路上，借助申办、举办奥运会或一些大型综合性运动会，不失为一个有益的、多赢的举措。

所以建议，鼓励有条件的城市积极申办奥运会或国际大型综合性运动会，特别是要鼓励有条件的城市申办冬青奥会，实现我国举办奥运会的"大满贯"。

九、与世界"共享奥林匹克，共享北京时间"

"北京时间"就是"中国时间"。自 1991 年北京正式开始申办奥运会以来，奥林匹克的"中国时间"就没有间断过。现在筹备北京冬奥会，更是强化了奥林匹克的"中国时间"，中国奥运现象迎来了一个又一个高潮。

现代奥运会是 1896 年举办的第一届，到今年才 122 年，共举办了 31 届夏季奥运会和 23 届冬奥会。我们正处在现代奥林匹克运动发展的上升期，奥林匹克运动必将伴随并深刻影响人类社会向更高阶段发展。

为此建议，将"共享奥林匹克，共享北京时间"作为一条重要主线，贯穿于北京和张家口筹备、举办冬奥会的全过程，以至于后冬奥会的更长时间里。要让"共享"覆盖更多人民群众，不仅与北京和张家口人民共享，也要与京津冀人民共享，与全中国人民共享，更要与全世界人民一道共享奥林匹克在中国结出的硕果，一同见证中华民族复兴伟大目标的实现。一同为构建人类命运共同体而努力。

十、2022 年是重要时间节点不是巧合

北京携手张家口申办 2022 年冬奥会成功，一方面，表明中国人将继续一如

既往地践行奥林匹克运动，把实施奥林匹克战略更好地与实现中华民族伟大复兴的目标结合起来；另一方面，2022 年是中国发展目标中的一个重要时间节点，筹备和举办 2022 年奥运会，恰是中国发展史上重要的时期，中国共产党将度过百岁生日，中国将实现两个一百年之一的发展目标。京张冬奥会将伴随着中国进入新时代，见证新时代下中国发展的重要历史过程。奥运梦与中国梦交织，中国奥运现象与国家发展战略目标紧紧依偎，中国奥运现象必将在凝聚民心，聚集民族精神等方面，更好地服务于中华民族伟大复兴的目标。

关键的时间节点是"巧合"吗？不是。这正是中国政府的深思远虑，运筹帷幄，高瞻远瞩，英明决策的结果；是符合民意的一个正确的大决策。再次显示了中国人决胜千里的大智慧。两个一百年的重要时间节点是一个里程碑，它承前启后，是中华人民共和国发展史上的一次重要总结。以举办冬奥会来配合国家大战略，保证大目标的实现，意义深远。

2018 年笔者在崇礼云顶滑雪场参加京张冬奥发展论坛期间与爱人一起合影

这是历史赋予北京2022年冬奥会的历史使命，是我们这一代奥运人的光荣历史使命。

在这些建议里，我对办好北京冬奥会的宗旨、指导思想、科学方法，以及需要注意的几个问题都提出了具体建议，受到各方面的好评。我高兴地看到，这些建议在冬奥会的筹备、组织工作当中，得到了很好的体现。

北京冬奥会闭幕后，2022年底，我又获得了一份荣誉——被"北京冬奥之友评委会"评为"2022北京冬奥之友"。这是北京2022年冬奥会圆满成功后的"收官之作"，是一份值得我珍惜的荣誉。

当时组委会发布了新闻稿，国内许多媒体都进行了报道，题目为《2022北京"冬奥之友"名单揭晓》，还配了我的照片。下面是新闻稿的摘要：

2022年度"冬奥之友"评选工作，从2022年2月4日正式启动，至2022年11月7日结束。这是北京冬奥筹办和举办期间，京张冬奥研究中心与相关单位共同组织的最后一届"冬奥之友"评选活动。

本届"冬奥之友"经过多方面评选，孙大光等四人获此殊荣，他们从2008年北京夏季奥运就开始投身奥运事业，并为推动北京2022年冬奥会和冰雪产业发展做出贡献。

......

我很珍惜这份荣誉；我感谢组委会，我将把它珍藏在我的奥林匹克情缘之中。

61　与全球华人心连心

2021 年 12 月，我应邀出席了在北京奥林匹克塔举办的、由"全球华人支持北京奥运会联合委员会"发起召开的"全球华人支持北京冬奥会暨该组织成立20 周年纪念大会"。

说起这个组织，与我还有着多年鲜为人知的故事。

20 年前，在北京申办 2008 年奥运会的重要时期，我按照高层领导的指示，在北京奥申委的安排下，到欧洲几个国家做北京申奥宣传工作。2001 年 3 月，我来到德国，在时任中国驻德国大使卢秋田同志的支持下开展工作。有一天，我在柏林为从德国各地赶来的几十位华人、华侨代表介绍北京申办 2008 年的奥运会情况，他们大都是在德国工作多年的华人、华侨。我讲完后，大家都迟迟不走，继续问这问那，心情激动，他们对中国举办奥运会充满渴望，他们对祖国的热爱和眷恋让我十分感动，他们那激情似火的目光和兴奋的表情，让我难忘。

卢大使也一直跟大家一同讨论。最后大家把话题集中在如何为支持北京申办奥运会做些贡献上。这时，一个中年人提出："我们能不能联合起来组织一个在德华人支持北京申办奥运会委员会？"也有人说："也可以组织一个在欧洲的华人支持北京申办奥运会委员会。"紧接着又有人说："那还不如直接组织一个全世界华人的组织呢。""对啊。"还有人说："欧洲的好组织，但其他洲的难度大些。"

这时，卢大使说："其他洲我们使馆可以帮忙联系，但这个事还是要听听孙秘书长的意见，不知道是否违反国际奥委会的有关规定？"我当即表态说："这个问题我现在就可以代表北京奥申委表态，支持你们在德国的华人发起，组织一个'全球华人支持北京申办奥运会联合委员会'。国际奥委会规定的申办城市'九不准'我已经研究了，这不违反国际奥委会的规定。我们绝不能违反规定，不能让对手城市抓住我们的任何把柄。但我们的原则是，既不犯规，也不犯傻。"大家听后，都激动地鼓起掌来。我又说："也希望你们在组织过程中，严格按照各国有关法律法规办事，绝不能出差错。"大家又讨论了一些具体问题，确定了联系人，并约定到4月或5月有一定进展时，请他们派代表到北京，我请高层领导出面接见他们。

事情很顺利，一切按照计划完成。5月我在北京接待了他们的代表，也请高层领导接见了他们。我又代表北京奥申委参加了在全国政协礼堂举行的成立大会。会后，他们回到国外，按计划开展了工作。为中国申办、举办北京奥运会做出了特殊的贡献。

20年后，在北京冬奥会开幕前的重要时期，他们又积极为北京冬奥会献计献策，我感到格外欣慰。

2021年12月21日，在还有一个多月北京冬奥会就要开幕的重要日子，在具有象征意义的北京奥林匹克塔，我又与来自世界各地的华人、华侨代表欢聚一堂，心情很激动。我满怀激情地在大会上做了主旨演讲，获得与会的国内外专家、学者们的高度评价。

2021年12月笔者在全球华人支持北京冬奥高峰论坛上做主旨演讲

我在演讲中说：

今年是一个具有重要历史意义的年份，是中国共产党的百岁生日，也是北京2008 年奥运会申办成功 20 周年，20 年前的 7 月 13 日，我们亲身经历了那辉煌的夜晚，"7.13" 已成为中国历史上的一个重要节点。很多人可能忘记了，今年还是中国第一次开始申奥 30 周年。1991~1993 年，那是一段刻骨铭心的但更精彩的历史。虽然 "9.23" 我们在摩纳哥因两票之差失利，但 "9.23" 是一个更加值得纪念的日子。人们往往容易记住那些风风光光的辉煌瞬间，却容易忽视辉煌背后的艰苦奋斗、充满坎坷的过程。

今年，也是我们 "全球华人支持北京奥运会联合委员会" 成立 20 周年，也是一个值得纪念的日子。20 年前，我作为北京奥申委的官员，带团赴德国工作期间，在我国驻德大使馆的协助下，我亲手促成了这个联合会的成立。20 年来，联合会为北京奥运会的辉煌成功做出了积极的贡献。借此机会，我向对中国奥运的辉煌成功和北京成为 "双奥城市" 做出贡献的、生活在世界各地的 5000 多万华人、华侨，表示由衷的感谢！

再过 46 天，北京冬奥会就要开幕了。中国奥林匹克现象不仅对中国产生了巨大影响，也深刻地影响了世界的发展。中国 "双奥" 是来之不易的，是中华民族经过了百年期盼、几十年的努力奋斗、坚持不懈地与反对势力斗争并战胜了强大的对手才取得的。

中国一共申办过 6 次奥运会，3 次未果，3 次成功：北京 1991 年、1999 年两次申办夏奥会，第二次成功；哈尔滨 2001 年申办冬奥会未果，北京 2015 年申办冬奥会成功；哈尔滨 2008 年申办冬季青奥会未果，南京 2010 年申办夏季青奥会成功。所有的成功都要归功于包括在世界各地的 5000 多万华人、华侨在内的 14亿中华儿女的共同努力！

我还用翔实的数据阐述了人民群众在中国奥运现象中的重要作用，得到了与会者多次热烈鼓掌。

演讲后，一些来自世界各地的新、老朋友过来向我表示祝贺。

多年来，我与世界各地的一些华人、华侨保持着纯洁、高尚的友谊，他们也给我带来了不少荣誉。

2022 年 1 月笔者在北京奥林匹克塔参加全球华人支持北京冬奥会接力启动仪式

2020 年笔者获全球华人影响力人物大奖

2021 年 7 月获建党百年百人杰出贡献人物，颁奖大会在北京和香港两地视频
连线同时召开，香港报纸做了大篇幅的报道和介绍，左上第一人为孙大光

笔者所获奖章、纪念章

62 中国冬奥路上的闪光点

以北京 2022 年冬奥会为标志，北京成为世界上第一个"双奥城市"，在世界上引起了极大反响，国际体育界也对中国冬季运动项目寄予了更大期望。

但对于中国 1979 年重返国际奥林匹克大家庭后，国内外一些专家、学者和新闻媒体在研究和宣传报道上一直有个错误的认识，并且延续了许多年，至今仍有一些地方在继续——把中国代表团参加 1984 年洛杉矶奥运会，说成是中国重返国际奥林匹克大家庭后首次参加奥运会。其实这不是"首次"参加奥运会，可以说是首次参加夏季奥运会。因为首次是 1980 年中国代表团参加在美国普莱西德湖举行的第 13 届冬奥会。很多人都忽略了当年中国代表团参加了在美国普莱西德湖举行的第 13 届冬奥会。可见当时中国冬季体育项目还不太火热。

在筹备北京冬奥会过程中，为了更全面了解我国冬季体育运动情况，更好地推动冬季体育运动的发展，同时为了讲好"中国双奥故事"，我对1979年以来恢复在国际奥委会的合法席位，重返国际奥林匹克大家庭后，中国冬季奥林匹克的历程进行了梳理和研究，归纳出"中国冬奥路上的12个闪光点"，便于让民众更清晰地看到中国冬季奥林匹克运动的发展历程：

一、第一次亮相。1980年中国第一次参加冬奥会。这也是中国重返国际奥林匹克大家庭后首次参加的奥运会。时任国家体委主任李梦华担任团长，副主任何振梁担任副团长，来自黑龙江、吉林和解放军的6名教练员和28名运动员参加了速度滑冰、花样滑冰、越野滑雪、高山滑雪和现代冬季两项5个大项18个小项的比赛。尽管首次参赛的我国运动员与世界先进水平有较大差距，无一人进入前6名，但这是我国在冬奥会上的第一次亮相，这次的首秀意义非凡。

二、两岸同台。1984年海峡两岸中国选手第一次同时参加了冬奥会。1984年第14届冬奥会在萨拉热窝举行。这是中国代表团第二次参加冬奥会，共派出37名运动员参加26个单项比赛。虽然我们的运动员只在高山滑雪女子小回转比赛中，金雪飞和王桂珍分别名列第19和第20。但具有历史意义的是，中国台北队也有14名运动员参加本届冬奥会。这是海峡两岸的中国选手第一次同时参加冬奥会。

三、奖牌零的突破。1992年中国实现冬奥会"奖牌零的突破"。1992年在法国阿尔贝维尔举办的第16届冬季奥运会是最后一次与夏季奥运会在同一年举行的冬季奥运会。中国参加本届冬奥会比赛的选手有34人，涉及滑雪、滑冰、冬季两项等34个小项比赛。中国选手在这届比赛中获得3枚银牌，排在奖牌榜的第15位。女选手叶乔波在比赛中带伤上阵，夺得500米和1000米两项速滑的银牌。这是中国冬季体育项目具有重要意义的历史性突破。

四、金牌零的突破。2002年中国首次获得冬奥会金牌，实现了"金牌零的突破"。第19届冬奥会于2002年在美国犹他州的盐湖城举行，这届冬奥会共设78项比赛，是冬季奥运会史上比赛项目最多的一次。在这次冬奥会上，中国选手首次夺得金牌，改变了冬奥会上中国"零金牌"的历史。来自中国黑龙江的短道速滑运动员杨扬成为中国第一位夺得冬奥会金牌的运动员。中国队在本届比赛中一共获得2金、2银、4铜的好成绩，排在奖牌榜的第13位。

五、中国申办冬奥首秀。2002年中国哈尔滨第一次申办冬奥会，这是一个艰苦卓绝的奋斗经历。虽然未果，但为后来北京冬奥会申办成功打下了基础，积累了经验，具有重要的意义。

六、北京申办冬奥会成功。2015年7月31日，在马来西亚吉隆坡举办的国际奥委会第128次全会上，北京获得2022年第24届冬奥会举办权，开启了中国冬季体育运动的新篇章。

七、北京冬奥会创造了中国冬季体育运动成绩的辉煌。在北京2022年冬奥会上，中国体育健儿发扬为国争光、顽强拼搏、团结协作的体育精神，勇夺9枚金牌、4枚银牌、2枚铜牌，首次居金牌榜第3位，创造了我国参加冬奥会历史上的最好成绩，为祖国和人民赢得了荣誉。同时，在北京冬奥会上，我国运动员在总计109个项目中，参加了105个项目，实现了预定目标，有力促进了我国冬季竞技体育的发展，为"中国成为冰雪运动大国"做出了贡献。北京2022年第24届冬奥会也是历届冬奥会运动成绩最好的一次。各国体育健儿奋力拼搏、挑战极限、超越自我，刷新了2项世界纪录和17项冬奥会纪录。

八、北京成为"双奥之城"。北京冬奥会的举办标志着北京成为世界上第一个"双奥之城"。这是北京在世界上的一个新标签、新名片，世界上各个国家和地区的人民将更加了解北京，了解中国。这张新名片不仅是北京的，也是中国的。"双奥"的成功是我们国家战略层面的成功，对我们国家的发展有重大的现实意义和历史意义。"双奥"的成功是全国人民努力的结果，也是全国的一件大事。"双奥"更是中国"文化自信"的成功。北京"双奥"的成功不仅对我国具有深远的意义，对世界经济发展也有不可估量的影响。

九、"带动3亿人参与冰雪运动"。北京冬奥会创造了冬奥历史上普及冬奥知识，弘扬冬奥精神，推广冬季运动规模最大、人数最多、效果最好、史无前例的奥林匹克教育活动，并实现了带动3亿人参与冰雪运动的伟大目标。"带动三亿人参与冰雪运动"是中国向国际社会作出的郑重承诺。现在，冰雪运动正在成为中国老百姓的一种时尚生活方式。国家统计局正式宣布的调查结果显示，到2021年底，中国参与冰雪运动的人数达3.46亿。"这带动了冰雪产业发展，激发了广大青少年儿童参与冰雪运动的热情，并将极大地促进广大中国人民的身体和心理健康。"这是北京冬奥会的最大的贡献之一。

十、开启世界冬季奥林匹克运动新时代。北京冬奥会的成功，特别是实现了3亿多人"上冰雪"，深刻影响并且"改变了世界冰雪运动的格局"。国际奥委会主席巴赫这样评价："中国实现了超过 3 亿人参与冰雪运动的目标，这是前所未有的伟大成就，是本届冬奥会为中国人民和国际奥林匹克运动作出的重大贡献，也将从此开启全球冰雪运动的新时代。"

十一、北京冬奥会创造了诸多"第一"。第一次设项和金牌最多的冬奥会，第一次全部实现 100% 绿色供电的冬奥会，第一次有直通赛场高铁的冬奥会，是迄今为止收视率最高的一届冬奥会。在国际奥委会官方社交媒体上，超过 27 亿人参与北京冬奥会话题讨论，主转播商奥林匹克转播服务公司（OBS）制作视频时长超 6000 个小时，创下了冬奥会历史新纪录。北京冬奥会必将成为冬奥历史上一座无与伦比的丰碑，永远载入奥运史册。更难能可贵的是北京冬奥会是新冠病毒感染疫情发生以来首次如期举办的全球综合性体育盛会。

十二、北京冬奥会成为共同抗疫的标杆。在严峻的新冠病毒感染疫情挑战下，中国用"堪称完美"的组织工作，向世界交出了一份完美的答卷。从机场到奥运村、到赛场，从北京到张家口，统一实施科学周密的"双闭环"管理，全流程、全封闭、点对点的疫情防控体系，为运动员营造了安全、舒适、人性化的参赛环境与生活体验。北京冬奥会的成功举办为国际奥林匹克运动树立了新标杆。

北京冬奥会向世界展示了一个可信、可爱的中国，展示了中国人民友好善良、自信、包容的时代风貌。为此，国际奥委会决定，专门向中国人民颁发奥林匹克奖杯，表示对中国人民的感谢。这是国际奥委会第一次向主办国全体人民颁发奖杯。

63 讲好中国"双奥"故事

近几年，我本想静下心来过舒适安静的生活，听听音乐、弹弹钢琴、打打网球、种种蔬菜、写点东西，但一直没有真正静下心来。我客气地推掉了一些社会上有关组织担任领导的邀请和一些活动。因为按照上级规定，我不能在社会上兼职过多，并且不能拿报酬。原来规定可以有两个社会兼职，我选择了中国行政体制改革研究会文化委员会和中国体育科学学会。后来又规定只能有一个社会兼职，我就只保留了中国体育科学学会。

2022年7月12日，笔者在中国体育科学学会全国代表大会上作监事工作报告

　　我一直严格按照上级规定执行，没有在社会上兼职过多，但社会活动还是不少，并且越临近北京冬奥会社会活动就越多。为了支持北京冬奥会，也为了自己心中的奥林匹克情怀，同时也是为北京"双奥之城"和中国奥林匹克现象做点贡献，讲好"双奥故事"，所以我有选择地参加了一些有意义的社会活动。

　　2020年12月3日，我出席了由《人民日报》社举办的"第七届国家治理高峰论坛，新发展格局与北京冬奥峰会"。当日，《人民日报》"人民论坛"以《孙大光：对北京冬奥会的三点体会》为题目，做了报道并加了编者按，下面是摘要：

　　编者按：为深入学习党的十九届五中全会精神，贯彻落实习近平总书记关于做好2022年北京冬奥会、冬残奥会筹办工作系列重要讲话、重要论述精神，为冬奥会筹办和冬奥文化传播营造良好氛围，12月3日，由北京冬奥组委、《人民日报》社指导，《人民日报》社《人民论坛》杂志社、《人民日报》社《国家治理》周刊主办，北京北奥集团承办的第七届国家治理高峰论坛"新发展格局与北京冬奥"峰会在《人民日报》社举行。本届国家治理高峰论坛由五个单元组成。以下为北京京张冬奥研究中心首席研究员、国家体育总局体育文化发展中心原主任孙大光的发言摘要。

首先,这个会议立意非常好!把北京冬奥和新发展格局联系起来,放在了第七届国家治理高峰论坛的会议主旨上。说明我们对奥运会这件事的认识达到了一个更高的程度,认识到位了。奥运会在中国人的生活中已经不仅仅是一个奥运会或者体育的问题。要把奥运会这件事放在国家大的战略下面来认识,我一直认为"中国奥运现象"本身就是结合我国整个改革开放进程发展的。它在我国改革开放进程中的作用是特殊的,也是其他方面所不能替代的。而"中国奥运现象"或称之为"中国奥林匹克现象",其中有很多内涵,值得我们好好研究。

第二个体会,"办好北京冬奥会、冬残奥会,是党和国家的一件大事"。"举办北京冬奥会、冬残奥会来之不易、意义重大"。这两句话说得非常好、非常到位,我作为一个体育界多年从事奥运工作的人,认为这个"来之不易"说到我心里了,对此我有很深刻的体会,我觉得我们在这方面研究得还不够深、不够透,应加强研究、理解。从体育在社会当中的作用方面来讲,中国体育更有特殊性,从乒乓外交开始到申奥成功再到举办 2008 年奥运会和成功申办冬奥会,我的体会是,不要忌讳谈政治,体育的政治色彩比较淡,但是体育的政治功能很强。特别是在现在的形势下,在世界格局新变化、动荡不定的情况下,通过冬奥会的形式往往可以在很多方面取得更好的效果。

第三个体会,刚才大家都提到讲中国故事,我觉得中国体育故事是中国故事当中很重要的一个内容。中国体育故事也包括中国奥运故事,其中的内涵很丰富,包括中华体育精神、北京奥运精神、北京申奥精神等。当前还应该讲好中国冬奥故事,这也是中国奥运现象当中的一条主线。

在中国奥运故事里,我觉得有一个现象值得重视,我称之为"和商"。在中国奥运现象中,中国人民体现了很高的"和商"。我认为,中国人不仅有很高的智商、情商,而且有很高的"和商"。中国奥运现象是一个长时间的过程,从 1991 年第一次申办奥运会开始一直到现在。2008 年北京奥运会后,很多学者认为中国进入了后奥运时期,开始研究后奥运时期的中国了。但是没有想到我们又继续成功申办了冬奥会,现在还没有进入后奥运时期,也许冬奥会以后进入了,但是也不一定,这是一个过程,中国奥运现象的这一个过程非常值得研究。在这个过程里，不管是夏奥会还是冬奥会，中国人民体现的精神里面，"和"字都很重要。所以我认为应该加强对"和商"的研究。

2022年1月9日，我在"北京冬奥会：体育与中国、世界的未来"国际学术研讨会上，作为中方代表做了主旨演讲。这次会议影响较大，《光明日报》《中国经济报》等许多重要媒体都进行了报道。

下面是当时光明网的报道（摘要），题目是"专家学者共研讨'北京冬奥会：体育与中国、世界的未来'"：

1月9日，"北京冬奥会：体育与中国、世界的未来"国际学术研讨会在京召开。来自国内和国外的专家学者们通过线上和线下两种方式，以北京冬奥会为切入点，一起探讨人类面对的挑战和机遇，分析体育与中国、世界的未来。这次研讨会内容非常丰富，在上午的主旨发言中，美国密苏里大学圣路易斯分校人类学系教授苏珊·布劳内尔发表了《从2008年到2022年奥林匹克运动与中国》的演讲，国家体育总局体育文化发展中心原主任孙大光教授做了《中国"双奥"的历史意义》的主旨演讲。

专家学者们认为，这样的讨论能够碰撞火花、凝聚共识，有利于推动奥林匹克运动的可持续发展，有利于强化奥林匹克运动在世界上的重要意义，有利于弘扬奥林匹克价值，塑造人类更加美好的未来。

"在人类遭遇新冠病毒感染疫情重大考验、全球治理面临重大挑战、世界格局发生深刻变化的大背景下，2022年北京冬奥会的举办具有重大意义。它是中国使命、责任、担当的体现，也是人类韧性、团结和友谊的象征，进一步展现出中国致力于推动构建人类命运共同体的努力和信心。中国倡导的人类命运共同体理念与奥林匹克宗旨同向而行。当今世界需要全人类携手同行，团结合作。北京冬奥会将激起各方共克时艰的信心，汇聚世界应对不确定性的力量，探索世界携手'一起向未来'有效方案。"

北京冬奥会后，2022年3月11日，我应邀出席了在北京冬奥圣火欢迎仪式举办地——北京奥林匹克塔举办的，由中国国际文化交流中心主办，中国欧盟协会文化委员会协办，《文明》杂志社、中国外文局文化传播中心等多个单位共同承办的"绿色奥运·国际文化艺术交流展"系列活动。这次活动受到了国际奥委会主席巴赫先生的重视，专门发来贺电表示祝贺。我与国际奥委会副主席、北京2022年冬奥组委副主席于再清，联合国前副秘书长、国际欧亚科学院院士沙祖康，文化部原副部长、国家文物局原局长、中国文物保护基金会理事长励小捷等一起受邀在大会上做了主题发言。

2022 年 3 月笔者出席北京冬奥会高峰论坛

国际奥委会副主席于再清（左 2）、联合国原副秘书长沙祖康（左 4）、

文化部原副部长励小捷（右 4）、孙大光（右 3）、中国人民大学教授金元浦（右 2）

　　国际奥委会主席巴赫为此次会议发来贺信，他再次祝贺北京 2022 年冬季奥运会圆满成功，称北京冬奥会无与伦比，这标志着北京成为世界上首个既举办了夏季奥运会，又举办了冬季奥运会的"双奥"之城。

64　我的金陵青春梦

　　在中国奥运现象中，不要忘记还有一场朝气蓬勃的奥运会——南京 2014 年青奥会也很精彩。这是继北京 2008 年奥运会后，中国举办的第二次奥运赛事。

有 204 个国家和地区的 3787 名运动员参加比赛,是参赛国家和地区较多的体育大赛之一。多个国家和地区的元首、联合国秘书长潘基文等政要出席了开幕式,中华人民共和国主席习近平出席并宣布开幕。

2013 年初,在国际奥委会副主席、中国奥委会副主席于再清的推荐下,经过南京市委、市政府主要领导批准,我来到南京,受聘担任南京 2014 年青奥会组委会特聘专家。在南京住了一年半,参与了亚青会和青奥会的筹备、组织工作,为南京人民做了一点点贡献,为推动奥林匹克运动添砖加瓦,也为自己又充实了奥林匹克的实践经验并收获了难得的一段经历。

2013~2014 年笔者在南京青奥会担任组委会特聘专家,

在南京工作生活了一年半

青奥会是时任国际奥委会原主席罗格倡导的,致力于充分调动青少年参与奥林匹克的积极性,更好地发展青少年奥林匹克教育、文化,推广奥林匹克教育。第一届青奥会是 2010 年在新加坡举办的,开幕前一年,新加坡奥委会还专门请我去给他们做报告，介绍北京 2008 年奥运会的经验。

南京 2014 年青奥会的举办，为我国填补了举办奥运会的一个空白。南京市委、市政府非常重视，把举办青奥会作为提高南京声誉度和南京市民物质精神生活的有力抓手，市里的主要领导担任组委会的领导。

我很欣赏他们把青奥会组委会办公地点安排在绿博园里，在绿博园原来的两个大花房里，这两个大花房过去主要用作举办农展和农业嘉年华活动，经过简单的改造和装饰后，成为组委会的办公场所。2013 年 11 月，国际奥委会主席巴赫在参观青奥会组委会办公区时，竖起大拇指说："以前种下的是花，现在你们种下的是青奥的精神和理念。"大花房的一楼是各部门工作人员的办公区域。我的办公室就在大花房的二楼，办公室窗外是绿博园的广场，不远处还有篮球场，经常看见有年轻人到那里打篮球。有几次中间休息时，我也饶有兴趣地去跟几个年轻人一起投篮球。

青奥会的全称是青年奥林匹克运动会，英文是 The Youth Olympic Games，缩写为 YOG，中文简称为青奥。青奥会是专为 14~18 岁青少年所设的，也是每 4 年一届，也分为夏季青奥会和冬季青奥会，在两届奥运会举办年的中间举办。与奥运会不同的是，青奥会更强调"回归奥林匹克精神"和"文化教育生活和体育竞技同样重要"。因此要求运动员从开幕式到闭幕式都要参加体育竞赛和文化教育计划规定的各种活动，而不能离开青奥会。丰富多彩的文化交流活动遍布在南京市的各个区域，贯穿于整个青奥会。"体育实验室"为武术、攀岩、轮滑和滑板等接近奥运会的项目提供了很好的展示平台。令人眼前一亮的创新是从第一届青奥会就开始实行的"混合参赛模式"。在南京青奥会上，共有 15 个大项 17 个小项设置了混合混编团体赛，其中 12 个大项为跨国家和地区混编参赛，目的是淡化金牌，促进交流，实现共荣。

也许是身在青奥会的关系，我好像也"返老还童"了，我和那些孩子们一样很喜欢南京青奥会的吉祥物"砳砳"。我第一眼看到它就被"萌"到了。很多人不知道这两个字的发音，不知道它叫什么。他不叫"石石"，也不叫"拓拓"，它的发音是"乐乐"（lèlè），多么好听的名字！它的样子更可爱。"砳砳"以雨花石为创意源泉，雨花石形态奇丽，温润莹澈，人文底蕴深厚。作为一种古老的观赏石，它在中国乃至世界上都有较高的知名度，被誉为"天赐国宝"。选用雨花石作为吉祥物可以向世界展示南京作为现代化国际性人文绿都"亲近自然、绿色发展"的独特魅力，与青奥会"在全球青少年中倡导自然、健康生活方式"的主张高度契合。

2013 年 5 月，笔者在南京参加国际奥委会南京青奥会
协调会议期间，与国际奥委会体育主任菲利合影
多年的老朋友，当年的"小帅哥"都变成了"老帅哥"

南京青奥会组委会共聘了三位专家，除了我还有两位：一位是刘国珍老师，他是一位经验丰富的竞赛组织专家，还是湖南一所大学的教授，很长时间都被体育总局乒羽中心借调工作，后来参加了北京 2008 年奥运会羽毛球竞赛的组织工作，他对竞赛场馆的运营了如指掌，是名副其实的专家。那时在绿博园中间休息时，我俩经常到院里散步。但青奥会结束后再也没有见过他。另一位是江苏省体育局的原副局长，是一位有着丰富经验的体育专家。本来在我之前还有一位专家徐达，是北京 2008 奥申委办公室原副主任、北京奥组委总体部原部长。北京奥运会结束后，他去北京市委党校任副校长了。他为南京申办青奥会和组建青奥组委作出了不少贡献。他当时积极动员我来南京帮助工作，可是当我来到南京后没几天，他却因为一些其他原因离开南京青奥组委会回北京了。

我去南京帮助青奥会工作，一方面是因为领导的推荐，但最主要还是源自我对奥林匹克的这份情缘。这样"一北一南"，在中国举办的奥运赛事我都参加了。在南京期间，我为南京民众作过多次报告，去"南京大讲堂"、江宁区以及一些学校等作过演讲。那时，每次我都要讲中国的"双奥"（当时北京申办冬奥会还没有成功，所以还没有夏冬双奥之说）：北京奥运和南京青奥，"一北一南"两个"奥运城市"。我多次呼吁，建议南京市委、市政府充分利用青奥会这个大平台，做好、做足"南北双奥"和"奥运城市"这两篇大文章。奥林匹克是一个促进国家和城市发展最好的契机和平台，能否利用好这个契机和平台，是检验奥运城市领导水平最好的试金石。因为举办过青奥会，就永远是"奥运城市"。

我根据南京的情况，有针对性地对青奥会的"赛时指挥系统"等，对"青奥遗产工作""后青奥会效益""南京青奥博物馆建设工作""青少年奥林匹克教育工作"等，向组委会和南京市领导提出了多项书面建议。有的受到了重视，但也有的建议由于各种原因，没有受到应有的重视，比如，南京"奥运城市"的宣传和利用就很不够。

南京青奥会取得圆满成功，但也有很多遗憾。我在组委会工作一年半的时间里，看到和经历了很多不尽如人意的现象。所以，虽然南京青奥会闭幕多年了，但很多中国老百姓竟然都不知道南京举办过青年奥林匹克运动会，不能不说是个莫大的遗憾。

虽然存在些许遗憾和不足，但南京青奥会的成绩还是巨大的，获得了圆满成功。我也因参与南京青奥会的实际工作，收获满满。更重要的是我在中国奥林匹克的实践层面上又增加了这段难得的"直接经验"。

65 对"和商"的再研究

中国奥林匹克的辉煌和"双奥"的成功是来之不易的。中国人前赴后继，付出了多代人的心血，经历了百年梦想、几十年申奥的艰苦奋斗，战胜强大的对手和反对势力的攻击及捣乱，才取得申奥的胜利和"双奥"的成功。在中国"双奥"的成功和中国奥林匹克的辉煌中，我看到了中华民族的伟大和中华文化的强大力量。

在中国奥林匹克现象中有几个数据最令国人骄傲、令国际奥委会震惊，也是我最喜欢讲的几个数据。

第一个数据：14亿、4亿。这是中国在世界舞台上的基础数据。

中国有14亿人口，其中包括4亿青少年，这是任何人都不能忽视的。国际奥委会历来致力于向全世界特别是向青少年推广奥林匹克，但如果少了中国，特别是少了中国4亿青少年，它的目标就不可能实现。反过来，只有中国加入了奥林匹克大家庭，才能真正实现奥林匹克大家庭的目标。所以，这个数字是中国申办及举办北京2008年奥运会和2022年冬奥会的坚实基础。这是中国人在世界舞台上的份量，是中国的较大特点之一，也是我们做一切事情的出发点。

第二个数据：94.65%和94.9%。令国际奥委会和全世界感到震惊。

这两个数据是我们在申办北京奥运会时做的两次民调，是人民群众对北京奥运会的支持率。国际奥委会非常重视民众支持率。当时这两个数据报给国际奥委会后，一些外国人感到不理解，表示不可思议，甚至有的人怀疑数据的真实性。北京报的支持率竟然达到94.9%，他们不相信。

但没过多久，另一个数据彻底打消了他们的疑虑，让他们心服口服。

让我们来看第三个数据：96%。彻底征服了国际奥委会和国际社会。

为了核实中国人自己报的数据的可信度，国际奥委会独立委托了国际知名调查公司进行调查。结果令他们大吃一惊，竟然比中国人自己调查的数据还高，北京奥运会的支持率高达96%。他们彻底服气了。原来世界上真有这么一个强大到不可思议的国家和民族！我想，任何人看到这个数据后，都不会无动于衷，有这样完全发自内心的统一认识，有这样一个"上下同意"的国家和这样一个强大的民族，谁也不敢小视。

第四个数据：94.8%、91.8%、99.5%。再一次让国际奥委会彻底服气了。

这是北京2022年冬奥会的支持率。北京和张家口举办2022年冬奥会的民众支持率是94.8%。其中，北京的支持率是91.8%，张家口的支持率是99.5%。这组数据再一次彻底征服了国际奥委会和国际社会。对于这样一个人口大国而言，有这样的支持率，对国际上的那股反对势力来说，是多么可怕的一个数据！

第五个数据：3亿、3.46亿。开创了世界冬季奥林匹克运动的新纪元，让国际奥委会看到了世界奥林匹克运动的美好未来。

在申办2022年冬奥会的时候，中国承诺，举办冬奥会可以带动3亿人参与冰雪运动。这个数字的吸引力是巨大的。我注意到，世界媒体非常关注这个数字。国际奥委会主席巴赫更是经常提到这个数字。当时，我查了一下资料，据不完全统计，2017年全世界从事雪上运动的人数约为1.2亿，冰上人数约为1.7亿，一共也就是3亿人左右。所以我明白了，为什么巴赫那么重视这个数据——中国提出的3亿人参与冰雪运动的目标，对国际奥委会和各国际冬季运动项目协会是一个巨大的吸引力！

北京2022年冬奥会已经再次向世界呈现了"无与伦比"的辉煌。2022年1月，国家统计局正式宣布，到2021年底，中国参与冰雪运动的人数达3.46亿人！超出了预先的承诺。这是中国"双奥"的巨大成绩，也是世界奥林匹克运动的伟大成绩。

数据是最有力的语言，没有比这些实实在在的数据更令人激动和佩服的了。中国奥运现象充分证明了，一个符合民意的政府是最强大的政府，一个符合民意的大决策可以让亿万民众迸发出无限的能量。

所以，我在《中国奥运智慧——100个精彩启迪》一书中提出了"和商"的概念，并进行了分析论证。

在中国奥林匹克现象中，中国老百姓对奥林匹克的热情，以及中国民众与中央政府的高度一致令世界各国羡慕不已，中国政府已成为国际奥委会最信任的国家政府，中国人民已成为最让国际奥委会信任和喜欢的人民。中国奥林匹克现象不断证明，中华民族是一个团结的、坚不可摧的伟大民族，是一个具有高"和商"的民族。这是我多年在中国奥林匹克的实践和研究中的一个深刻体会。

北京2008年奥运会和北京2022年冬奥会取得辉煌的成功，其中蕴含着博大精深的中华文化的底蕴。这些深层次的东西需要我们认真总结、挖掘。为什么2001年"7.13"的夜晚，全国亿万群众自发上街庆祝，并形成全国人民同时迸发出来的、空前的、巨大的正能量洪流？北京2008申奥成功为什么能让全世界的炎黄子孙心灵震撼，并且迅速让"中国红"感染世界？北京奥运会、冬奥会为什么能取得如此辉煌成功？中国为什么能在14年内就实现了北京的"双奥之城"，在这么短时间内创造出令所有人不可思议的、震惊世界的奇迹？中国人到底有多大的潜能？中国人的骨子里到底有一种什么样的储备，并且能在同一时刻迸发出如此巨大的能量？等等。

很多专家、学者已经做了大量研究，也有不少论述和成果。但我总觉得不够，总觉得应该有更深刻的东西需要挖掘，总觉得还应该有更精髓的东西在发挥作用。所以，我经过多年的研究，认为这种东西是中华民族骨子里具有的一种强大的基因——我把它称为"和商"。这种"和商"的基因是根深蒂固的，是存在于每一位中华民族优秀儿女的每一个细胞里的优秀品质。这些优秀品质一旦有了适宜的条件，就会发生聚变，甚至会超能量发挥，像火山喷发，像核能量聚变，势不可当。在对中国奥运现象的研究中，我越来越强烈地感到，中华民族是一个具有很高"和商"的民族。也许这是中华民族与其他民族最大的区别所在。中华民族不仅是一个兼具高智商和高情商的民族，更是一个具有高"和商"的民族。

北京奥运会和冬奥会的辉煌成功是上百万志愿者的无私奉献、通力协作，以及全市、全国民众的大力支持的高"和商"的优秀表现结果；北京2008年奥运会96%的民众支持率和北京2022年冬奥会92%、99.5%的支持率是北京市人民、河北省人民和全国人民高"和商"的最有力的数据；"7.13"全国民众自发的空前庆祝活动，是中国人高"和商"的最直接体现；北京奥运会和冬奥会开幕式的精彩表演是千百人集体智慧的结晶，是中国人高"和商"的完美展现。历史上，中国共产党领导全国人民取得革命和建设的伟大胜利，关键因素也是人民群众的高"和商"；改革开放实现经济腾飞更离不开全国人民的高"和商"；"全民抗疫"中的每一个胜利都是全国人民高"和商"的结果，"和商"是取得"全民抗疫"最后决定性胜利的基础。

"和"是中国文化中重要的核心思想，是中华民族优秀传统品质的集中体现，是中国人处世哲学方法论的重要基础，也是中华民族世代追求的目标。"和"是人们生活中使用频率较高的字之一，也是中华文化思想宝库中的重要文字之一，与"和"字组成的词基本上都是美好、正义的词语。当然，"和商"不是众多"和"字的简单相加，而是"和"积累实现的从量变到质变的飞跃。中国人在关键时刻显示出空前的团结和强大无比的凝聚力，远远超出众多"和"字之和。团结起来攻难关、通力协作办大事，正是中国人高"和商"的表现。"和商"可以产生无限的"和能量"。"和商"体现了中国中华民族最优秀的品质，也是社会主义中国优越性的最重要体现。"和商"也是中国奥林匹克故事中最靓丽的闪光点。如果没有高"和商"，就不可能有北京奥运的"为国争光的爱国精神、艰苦奋斗的奉献精神、精益求精的敬业精神、勇攀高峰的创新精神、团结协作的团队精神"和"胸怀大局，自信开放、迎难而上、追求卓越、共创未来"北京冬奥精神。

"和商"是人类具有的一种高级的精神情感。"和商"存在于个体，作用于群体。"和商"突出表现在影响社会的重大事件上。只有高"和商"才能提高系统质量，才能实现系统"1 加 1 大于 2"的结果，才能形成社会凝聚力，才能实现系统的总目标。

"和商"是中国人在奥林匹克现象中体现出来的中华民族精神的最高境界。中国社会发展最需要的精神基础是"和商"。一个高"和商"的社会才有强大的生命力，没有"和商"的社会是没有希望的社会；没有"和商"的国家是没有希望的国家。

一个高"和商"的民族，是不可战胜的伟大民族！一个具有高"和商"的国家，是最强大的国家！

"和商"也必将是实现中华民族伟大复兴，构筑人类命运共同体的最重要的思想文化基础。

66 从"双奥之城"到"全奥之国"

国际奥委会前主席罗格先生说过一句话："一旦成为奥运城市，永远是奥运城市。"

这里我想说："一旦成为'双奥'城市，永远是'双奥'城市。"北京目前已是世界上唯一的"双奥之城"，并将永远是世界上第一个"双奥之城"。

我还想说："一旦成为'全奥之国'，将永远是'全奥之国'。"

我在《2016 京张冬奥报告》中曾提出了"大满贯"和"准大满贯"的概念。现在，北京冬奥会已圆满结束，北京已经成为世界上唯一的"双奥之城"，中国也实现了举办奥运会的"准大满贯"。我认为，下一步中国应该尽快实现

"大满贯",也就是中国应尽快成为举办所有奥运会的"全奥之国"。可以说,实现这一目标对中国来说,已经不存在大困难了。目前,任何国家都没有我们中国距"大满贯"的"全奥之国"这么近。下面我来具体分析:

我曾统计过,现在世界上带"奥"字头的运动会(国际奥委会主办和支持主办的奥运会)共有6个,我国已举办了5个,只剩1个冬青奥会还没办过。冬奥会我们已经办过了,所以办冬青奥会的各种条件是没问题的,我们离"全奥之国"只剩下这一小步,所以我将这称为"准大满贯"。只要再办一个冬青奥会,我们就可以实现"大满贯"了。

可以预测一下(因2024年冬青奥会已经确定由韩国的江原道举办),如果我们能承办2028年冬青奥会(现在申办还来得及,哈尔滨、长春、北京等都有条件申办),就可以在2028年实现中国举办奥运会的"大满贯",中国就可以成为世界上第一个举办过所有奥运会的"全奥之国"。所以,我们实现"全奥之国"的目标,最早的时间是2028年,或者是2032年、2036年……我主张趁热打铁,越快申办越好。

迄今为止,世界上既举办过夏奥会又举办过冬奥会的国家只有8个,由于中国还举办了2014年南京青奥会。所以,目前中国是最有条件第一个实现"大满贯"的国家。

中国已举办过的奥运会:

北京2008年奥运会

北京2008年残奥会

南京2014年青奥会

北京2022年冬奥会

北京2022年冬残奥会

只剩一个"冬青奥会"还没有举办。目前举办过这5个奥运会的国家只有中国。

既举办过夏季奥运会又举办过冬季奥运会的国家:

1. 法国:1900年、1924年夏奥会,1924年、1968年、1992年冬奥会,共5次;

2. 美国:1904年、1932年、1984年、1996年夏奥会,1932年、1960年、1980年、2002年冬奥会,共8次;

3. 德国：1936 年、1972 年夏奥会，1936 年冬奥会，共 3 次；

4. 意大利：1960 年夏奥会，1956 年、2006 年冬奥会，共 3 次；

5. 日本：1964 年、2020 年夏奥会，1972 年、1998 年冬奥会，共 4 次；

6. 加拿大：1976 年夏奥会，1988 年、2010 年冬奥会，共 3 次；

7. 韩国：1988 年夏奥会，2018 年冬奥会，共 2 次；

8. 中国：2008 年夏奥会，2022 年冬奥会，共 2 次。

举办过夏季青年奥林匹克运动会的国家：新加坡（2010）、中国（2014）、阿根廷（2018）和塞内加尔（2022）。

举办过和即将举办冬季青年奥林匹克运动会的国家：奥地利（2012）欧洲、挪威（2016）欧洲、瑞士（2020）欧洲和韩国（2024）亚洲。

可以说，目前我们已实现了举办奥运会的"两个唯一"：北京是唯一的"双奥城市"；中国是唯一的"准大满贯国家"。这"两个唯一"已经在世界上产生了很大影响。虽然现代奥运会已经有 120 多年的历史，并且大部分时间是在欧美国家举办，但至今还没有任何一个国家和城市实现这"两个唯一"。在这一点上，中国已经胜过了举办奥运会最多的欧美国家。中国对国际奥林匹克运动和世界文明做出了重要贡献，中国已经站在了世界奥林匹克运动的前沿。中国如果能早日实现"大满贯"，成为"全奥之国"，必将对世界奥林匹克运动起到更大的推动作用，并且对人类和平做出更大的贡献。

我有幸亲历了在中国举办的所有奥运会，如果在有生之年能够见证中国举办奥运会的"大满贯"，实现"全奥之国"，也是一件幸事。

奥林匹克对人类社会发展的影响之大，是难以想象的。古代奥运会竟然存在了一千多年，从公元前 776 年到公元 394 年，共举办了 293 届，经历了 1170 年！我深深地被奥林匹克的强大生命力所折服，被奥林匹克的魅力所吸引。现代奥运会从恢复到本书完稿之际刚好 127 年（1896 年从雅典开始）。我相信，奥林匹克将继续长期存在、发展并对人类社会产生更大的影响。

奥林匹克是人类社会发展史上的一个创举，是一个超越政治的神圣信仰，是人类追求美好生活的一种方式。奥运会的意义绝不仅仅是体育或比赛，承办奥运会的国家和城市，也绝不仅仅是为了体育或多拿几块金牌，举办奥运会的意义远远超出体育范畴。

奥林匹克是西方文化的代表作。奥运会虽然起源于欧洲，并长期被欧美所垄断，但从 2001 年北京成功申办奥运会开始，特别是北京 2008 年奥运会和 2022 年冬奥会之后，世界奥林匹克的重心开始向东方移动，奥林匹克发展长期东西方不平衡的状况得到了根本性改变。中国"双奥"开创了奥林匹克的新纪元，使奥林匹克的五环更加鲜艳夺目，这是国际奥林匹克运动史的一个里程碑。如果中国能够成为"全奥之国"，必将创造奥林匹克的一个新历史。

我曾在一次演讲中说过："冬奥会的规模比夏奥会小，参加国家、地区和人数比夏奥会少，相对影响力没有夏季奥运会大。但冬奥会在中国举办就大不一样了，就会让这届冬奥会的影响力超过以往的任何一届，甚至超过一些夏季奥运会。"北京冬奥会的成功举办已经证明这个说法是对的。北京 2022 年冬奥会和北京 2008 年夏季奥运会一样"无与伦比"，同样开启了奥林匹克的新篇章，世界冬季奥林匹克运动进入了一个新时代，其意义更加独特而深远。

第九章
践行系统科学与体育结合

67　开创奥运"总体部"

在中国，申办和举办北京 2008 年奥运会、南京 2014 年青奥会、北京 2022 年冬奥会，以及各种大型体育活动组委会的机构设置中，都有一个特殊的部门——总体部。说它特殊，一是因为它是中国人特有的，是典型的中国特色；二是因为它的职能、工作任务特殊，主要是当好高层领导的参谋、助手，协调各方面的关系，为领导决策服务。所以总体部也被称为"参谋部"。我有幸成为两届北京奥申委总体部门的负责人，为后来在国内举办大型国际体育赛事组委会总体部门的工作奠定了良好的基础。

1991 年 3 月，北京第一次申办奥运会，就首先成立了总体部（对内叫总体组），我被任命为北京 2000 年奥运会申办委员会总体部部长（同时兼任北京"远南"运动会组委会总体部部长），这是最早在申办奥运会和运动会组委会机构中设立的总体部门。从那以后，在国内组织各种大型体育活动和比赛的机构中都设立了总体部，这是中国人在奥林匹克运动中的一个创举。这个做法得到了国际奥委会的赞扬，并一直延续下来，同时也延伸到社会其他领域。

我是从北京亚运会组委会工作开始接触系统科学和总体概念的。1989 年底，北京亚运会在筹备过程中，在组委会办公室设立了一个总体处。那时我在国家体委政策法规司当副处长，自愿申请到总体处工作。后来，在总体处的基础上成立了北京亚运会组委会指挥室，我进入了指挥室并成为其中的重要成员。这为我后来成为北京奥申委总体部门负责人奠定了基础。

我能够成为中国最早参与申奥的工作人员并两次负责北京申奥的策划、规划，有主观和客观两方面因素。客观来讲，我能够遇到中国申办奥运会这个中国历史上的大事件是不易的，也是幸运的。人的一生能够遇到并且亲身参加影响国家发展的大事件的机会并不多。主观来讲，任何成功都是汗水浸泡的结果。在北体毕业后的多年里，我没有放松学习，付出了比别人多几倍的精力和汗水，以充实自己、武装自己，弥补自己"知识水桶"的短板，努力提高自己理论水平和实际工作能力。多年的汗水没有白流，正好遇到了中国举办奥运会的需要，自己的特长可以得到有效发挥。这是主客观结合的结果。

所以，北京亚运会结束后不久，1991年初，当听说中央批准北京申办奥运会的消息时，在国家体委政策法规司当处长的我第一反应是：我要迎接新的挑战了！只要中国申办奥运会，我必然要上阵，领导肯定要点我的将。因为我心里很清楚，申奥是中国面对全世界的一项大的系统工程，必须首先做好规划，确定目标、方针、任务、策略、步骤以及完成目标的具体措施、方法等。而我在北京亚运会工作中的成绩，已打下了较好的基础，责无旁贷。我必须做好准备，随时迎接新的挑战！

果然，没过多久，历史自然地把我推到了中国申奥的第一线。中国第一次申奥一开始，我就被任命为北京奥申委总体部部长，并最早开始了北京申奥的总体规划工作。但是，真正开始工作后才发现，申奥与办亚运不同，难度太大了。首先是因为中国是第一次申办奥运会，没有任何经验可借鉴；其次是中国改革开放时间不长，经济实力还不够强；最后是我们当时对世界的了解很不够，世界对中国的了解更少等。要申办奥运会就必须了解世界，与世界同行。在这样的情况下，我克服了难以想象的困难，开创性地完成了中国申奥的第一项重要工作，拟定了中国申奥的总体规划，包括目标、方针、任务，具体策略、步骤以及工作内容，并规划出中国申办奥运会需要完成的300多项重要工作。经主席办公会议通过后执行，为北京申奥工作开了一个好头，为各项工作的开展奠定了基础。

总体部门的工作特点：一是要有前瞻性、全局性、协调性、系统性；二是为高层决策服务，做好领导决策的参谋；三是成为决策者的"外脑"和智囊团。此外，总体部还要每月至少向奥申委高层领导报送一份北京申奥工作进展情况分析报告和下一步工作对策建议；不定期报送"申奥形势分析报告""对手城市动态报告""国际奥委会委员动态情况分析报告"等；对国际奥委会委员投票态势和投票规律进行分析并提出对策建议等；随着时间的推移和工作的深入，总体工作的份量越来越重，对高层领导的决策起到了重要的参谋作用。总体部还承担一些重要工作和大型活动的方案制定、组织协调等工作。比如，奥申委一些重要会议的准备工作、接待国际奥委会主席萨马兰奇工作方案的制定、接待国际奥委会考察团方案的制定并配合领导组织实施、编制《申奥报告》及有关的协调工作、参加决战的方案制定、起草北京申奥决战的陈述稿等，并协助组织落实。

虽然第一次申奥没有成功，但如果没有第一次申奥打下的基础，就没有第二次的胜利。应该说，第一次申奥工作完成得非常好，在那样不利的国际环境下，我们获得了 43∶45 票，两票之差的结果，轰动了世界。后来的事实已经证明，是澳大利亚人用几万美元贿赂了两个非洲委员，否则，投票结果刚好相反。虽然他们后来都受到了应有的处罚，但结果已经不能改变。不过现在回过头看，我们在 2008 年举办奥运会的时间更好，有利因素更多。可以说是天时、地利、人和都具备了，对国家改革开放和建设发展的促进作用更大。

第二次申奥时，我和总体部门的任务更加艰巨。一开始我就被任命为北京 2008 奥申委筹备组组长，带领人员组建奥申委。紧接着又任命我为北京奥申委副秘书长兼总体部部长，负责北京 2008 年奥运会申办工作总体规划。后来在确定部门名称时，伍绍祖主席提出把总体部改名为研究室，但任务性质不变。同时，研究室还增加了一些重要的综合性工作。比如收集、整理、分析国际奥委会委员、对手城市以及国内外各种信息；及时分析、研究、调整我国申奥策略；不定期向主席办公会、执委会报告申奥形势分析及对策建议；组织协调编写"小申奥报告"——回答 22 个问题等有关工作；组织编制《申奥报告》并承担总编室的全部任务；承担奥申委大部分陈述、方案、计划、总结、报告、宣传口径、答记者问、新闻稿、领导讲话等文字工作；等等。所以，研究室（总体部）的人员构成，是奥申委各部门中学历最高、职务最高、综合素质最强的部门。

总体部门在奥运会的申办、筹备和举办工作中都发挥了重要的、特殊的作用。这是中国人的创造，是典型的"中国式办奥"的特点，同时也为国际奥林匹克运动提供了"中国经验"。在后来的北京 2008 年奥运会组委会、南京 2014 年青奥会组委会和北京 2022 年冬奥会组委会等大型国际体育赛事的组织机构中，都设立了"总体部门"，并受到国际奥委会的赞许，也为社会各行各业积累了经验。

2001 年 8 月，北京 2008 年奥运会申办成功后，按照领导的要求，我带领研究室人员经过反复研究后提出了"北京 2008 年奥运会组委会组织机构设置方案"。其中有两个特点：一是在组委会继续设立总体部门，并将名称确定为"总体策划部"；二是将办公室改名为"秘书行政部"。办公室改为秘书行政部，这里有个小缘故：

按照国家有关规定，在组委会机构设置的综合部门，可以叫办公室，或叫综合部等，但不能叫办公厅，只有副省级以上机关（或省会城市和计划单列市的四大班子机关）的综合部门才能叫办公厅，其他都不能叫办公厅。但我们内部有的人一直不愿意叫办公室，所以，我们研究方案时，考虑到这个因素，就提出了一个折中的方案，根据办公室的职责，提出来叫秘书行政部。

在向领导汇报时，有的领导对这两个部门名称提出了疑问，经过我们说明后，领导同意了这个方案。所以，才有后来在北京 2008 奥运会、北京 2022 冬奥会、南京 2014 青奥会等大型活动的组织中，设立总体策划部和秘书行政部这两个部门，并且名称一直延续了下来，成为我们组织奥运会等大型活动组委会的特点之一。

68　在钱学森的指导下

在我国系统科学推广应用方面有一位大师，我们一定不能忘记他，他就是中国科学界的泰斗钱学森先生。钱老对我国体育界推广应用系统科学给予了非常大的支持和帮助。

北京亚运会后，钱老看到系统科学在北京亚运会中的应用，十分高兴。亚运会闭幕后的第三天，即 1990 年 10 月 10 日，钱老就写信给国家体委领导。信中这样写道："今天《人民日报》社论《北京亚运精神光耀神州》写得很好，北京亚运精神的确鼓舞了全国人民。但我认为还有一件更深层次的事，它对领导干部尤为重要，即是你们把周恩来总理和聂老总开创的组织领导'两弹一星'大规模科研的方法移植到亚运会工作上，这是件要大书特书的事！我建议您在总结报告中务必把它讲透，以唤起各级领导注意。请酌。"

此后，钱老一直关心这项工作的进展。在北京第一次申奥后，他专门派他的助手于景元教授、他的妹妹钱学敏教授和王教授，经常到国家体委来当面指导和帮助我们工作。当时，我作为国家体委系统科学推广工作领导小组办公室主任，每次都是我与他们对接。他们带来钱老的具体意见，有时就某个问题与我们进行深入探讨，有时跟我们一起研究下一步工作方案。那两年，我经常与他们一起研究、讨论，向他们请教，使我受益匪浅。

在钱老的支持和帮助下，国家体委推广系统科学工作取得了很大成绩，也在社会上产生了较大的影响。国内一些著名科学家也纷纷对我们的工作给予了大力支持。那几年，除于景元教授、王教授和钱学敏教授经常来国家体委指导工作外，中国社会科学院哲学所、经济所等一些国内知名的专家、学者也经常来国家体委指导工作、探讨问题。每次他们来都是自己乘车，到达后没有客套话，直接进入主题。大家工作愉快、畅所欲言、心情舒畅，但讨论认真、一丝不苟，且眼界高、理论深、科学性强，那是一般科学家所不能比拟的。那时也没有什么仪式，没有吃喝宴请，从来没有到外面饭店吃过饭。更没有什么礼物、劳务费，完事就走。每到中午，我们就一起在国家体委职工食堂吃工作餐。

那一年多，在他们的指导下，仅研讨会就开过十几次。其中，有两次由中国社会科学院和国家体委联合召开的"系统科学与体育"研讨会，吸引了不少社会著名专家、学者参加，在社会上产生了较大的影响。

能够得到钱老的直接关怀和支持，又受到多位国内顶级科学家、哲学家的青睐，这是中国体育界的荣幸。那是一段美好的时期；是体育管理与系统科学结合的蜜月期；是体育官员、学者与国家顶级科学家共同合作，携手践行现代科学管理的一次具有深远意义的探索。那段时间，也是我个人的一个偏得。我和于景元教授、钱学敏教授等顶级科学家结下了深厚的友谊，我从他们身上学到了很多在其他地方学不到的宝贵东西，增长了见识，丰富了知识，也使我在认识上有了一个飞跃，在世界观上得到了一次升华。我和他们中的一些人也成了朋友，有的至今还有联系，有时还请我参加一些活动和会议，交流、探讨一些问题。

社会在发展，时代在前进，科学且先进的思想和方法是不会被埋没的，迟早都会被人们所接受。值得欣慰的是，在系统科学推广方面有很多好的做法和经验在全国体育系统传承下来，并已常态化。比如，在北京奥运会、北京冬奥会组委会以及南京青奥会组委会和国内的全运会等大型体育活动中，用系统科学的方法制订工作计划，在组织机构中设立总体部门等，已经成为"规定动作"和惯例。

69　实践系统科学与体育结合的第一人

学习系统科学，把其运用到体育行政管理和大型体育活动中，是我多年工作的较大收获之一。系统科学于 20 世纪 60 年代在我国出现，主要应用于大型工程领域、军事系统和大型科研领域。把系统科学的思想和方法推广运用到大型社会活动中是从北京亚运会开始的，后来在北京两次申办奥运会和筹备组织 2008 年奥运会、南京 2014 年青奥会、北京 2022 年冬奥会中的运用都取得了非常好的效果。

体育界运用系统科学取得了显著的成绩，受到国内著名科学家的关注，并给予了高度评价。于景元教授和钱学敏教授称我是在社会大系统工程领域践行系统科学的第一人。我不敢接受这个评价，我只是在"高人"的指导下，做了一些实际的具体工作和探索，取得了一些成绩。

伍绍祖才是我国在大型社会系统工程中推广应用系统科学的第一人，我是在他的领导下进行工作的。我从伍绍祖身上学到的东西很多，他对我工作生涯的影响是很大的。可以说，伍绍祖是我认识的部长级领导人中，学识和工作水平都非常高的，他也是我在系统科学的学习和实践方面的启蒙老师。他作为国防科工委政委，亲身参加了国家"两弹一星"高科技研发的组织工作，他深刻理解钱学森同志的系统思想，也深深了解系统科学的思想和方法对国家大的工程建设和社会管理的重要意义。他对系统科学在体育界的推广运用情有独钟，十分重视。他上任国家体委主任并兼任北京亚运会组委会执行主席后，首先抓的第一项工作就是用系统科学的思维和方法筹备与组织北京亚运会，并且要求编制《北京亚运会筹备工作计划网络图》。恰好这时，我到了北京亚运会组委会总体处，接手并出色完成了几项其他人没有完成的工作，得到了伍绍祖的肯定，也受到中央高层领导的表扬。从那时开始，伍绍祖自然地让我承担了一些更重要的工作。

从 1990 年北京亚运会和两次申办奥运会工作，到 2000 年他离开体育总局，我大部分时间都是直接受伍绍祖同志的领导。我学习和实践系统科学思想、方法和理论也是直接受伍绍祖的熏陶和影响。所以，伍绍祖才是在我国在大型社会系统工程中推广应用系统科学的第一人。

伍绍祖的思想水平层次较高，现代科学管理意识很强，有独立见解，对体育工作的本质认识深刻，管理清晰。同时，他的思想活跃、平易近人、生活随意、愿意聊天，并能从日常生活和聊天中进行调查研究，得到启发。他是我所接触过和见到过的非常爱学习的部级领导，他参加会议，总是会认真听别人发言，并且认真做记录，然后发表自己的观点。

他经常和大家一起吃工作午餐，在北京亚运会指挥室时，有时还跟我们一起夜里值班睡地板，躺在地板上与我们促膝谈心。在我带领北京 2008 奥申委筹备组人员进驻北京新侨饭店后，他经常抽空到新侨饭店来，关心我们的工作进展情况并指导工作，中午与我们一起到新侨饭店职工餐厅就餐。

在我去广西挂职工作之前，他正式与我进行了一次长谈。每次我从广西出差回到北京时，他都要与我认真地谈一次，他非常关心地方工作情况，喜欢听地方老百姓的具体生活状况。他说，他也很想向中央打报告，申请到地方工作。每次与他谈话聊天，都对我有很大的帮助和启发，同时也给我传授了很多的科学知识和理论思想。在他领导下的那些年，是我工作最累、压力最大的时期，但也是干劲最足、效率最高、成绩和收获最大的时期。他的身上既继承了老一辈革命家的光荣传统，又具有现代的科学管理意识，有一种特殊的人格魅力。

他对我的工作十分信任，不断给我压重担，但在工作待遇上要求非常严格。他对我说："你只管做好自己的工作，不许向组织提要求，待遇和职级问题是组织部门考虑的事。"所以，第一次申奥一开始，我还是处长的时候，就被任命为北京奥申委总体部部长，而其他部室的领导都是由国家体委和北京市有资历的司长、局长担任。第一次申奥结束后不久，我就被任命为国家体委办公厅副主任。

1994 年，国家体委成立了"国家体委系统科学推广工作领导小组"，伍绍祖主任亲自负责，两位国家体委副主任担任组长、副组长，一些司局的主要领导和我是领导小组成员，我作为国家体委办公厅副主任负责日常工作，担任办公室主任。那几年，在伍绍祖的推动下，系统科学推广工作在全国体育系统如火如荼地开展。

但由于我受中组部委派，1997年初，去广西挂职工作，国家体委系统科学推广工作基本上停滞了。

1999年初，我在广西挂职工作即将期满，广西壮族自治区党委组织部徐部长专门来跟我谈话，并征求我的意见，是否愿意留在广西工作，并且明确说，留在广西换个地市任职，发展会更好、更快。但当时，因为伍绍祖同志事先已经给我透露了，中央很快就会批准北京申办2008年奥运会。所以，我明确向徐部长表态，虽然我很喜欢留在广西工作，继续为广西人民做贡献，并且在地方能够更好地锻炼自己，但为了国家申办2008年奥运会，我不得不忍痛割爱，回北京继续参加申奥。因为我知道，中国申奥更需要我，我还是舍不得这份奥林匹克情缘。我最后跟徐部长开了一句玩笑说："我还是按既定方针办吧。"徐部长接受了我的要求。随后，我毅然回到了北京，全身心投入到第二次申奥之中。

1999年9月6日，中国向世界宣布北京将申办2008年奥运会。第二天，我被任命为北京2008年奥运会申办委员会筹备组组长，随后就带领人员进驻北京新侨饭店组建北京2008奥申委。在伍绍祖和北京市主要领导的亲自领导下，北京第二次申奥工作正式启动，并从一开始就纳入正轨，一步一步走向辉煌。

可是，在距北京申奥成功还不到一年时，伍绍祖被调走了，这是北京申奥工作的一大遗憾，也是中国体育界的一大损失和遗憾。多年后，伍绍祖在中央国家机关党工委担任副书记时见到我，认真地对我说："北京奥运会的辉煌成功，你是立了大功的。中央组织部派你到广西挂职锻炼也是组织上对你的信任和培养。你没有辜负组织的培养和信任。相信你能够正确对待，中国体育事业需要你这样的人才，希望你继续为党和国家做出更大的贡献。"

可惜伍绍祖同志过早地离开了我们。2012年9月18日，他才73岁，就因病逝世。党和国家给予他很高的评价，是"中国体育复兴的奠基人。中国共产党的优秀党员，忠诚的共产主义战士，党的建设工作、国防科技工作、体育工作和青年工作的优秀领导干部"。

70　开拓体育系统信息化建设

信息化建设是推动系统科学的重要内容。20世纪90年代中期，我担任国家体委办公厅副主任，同时兼任国家体委信息化建设推广工作领导小组办公室负责人，具体落实国务院的部署和要求，大力推动体育系统信息化和办公自动化工作。那时，国务院对信息化和办公自动化工作很重视，并连续发文要求认真落实。但那时一些领导和工作人员的认识滞后，信息化工作开展的难度很大。机关很多工作人员常年习惯了传统的工作方式，安于现状，不愿意改变。伍绍祖是一位有远见的领导，作为国家体委的"一把手"，他对推动信息化和办公自动化工作非常重视。1989年初，他刚调到国家体委时，就对体育系统的广大干部提出两条要求：一要学会使用电脑；二要学会应用计划网络图。

那时，机关很多老同志都不会使用电脑，连打字都不会，司长、处长大都是手写起草文件，然后由打字员打印出来，再校对几遍后成文。多年来，国家体委机关一直有一个专门的打字室，五六个年轻女孩子，一天不停地为各司局打印文件，工作很忙，还要经常加班加点。因为每个文件都要校对两三遍，所以一般文件都需要至少两三天才能完成。司里的秘书大量时间都要来回跑打字室，打字室也成为机关最繁忙、热闹的地方。

我由于多年负责国家体委内刊编辑部工作，使用电脑也比较早。后来又较早进入北京亚运会组委会工作，所以在使用各种新的设备方面也是较早的。记得1990年在北京招待所（北京亚运会组委会）办公时，第一次看到刚刚进口来的两台彩色复印机时，我们都非常惊讶，它复印出来的东西竟然比原件还清晰、漂亮。但那时因为国内很少有彩色复印机，所以管理很严格，就连黑白的复印，也需要领导签字批准才能用。而彩色复印是不允许使用的，因为听说可以复印人民币。所以，那时复印机运来后，要把彩色墨盒拆掉，谁也不许用。出于编制亚运会工作计划网络图的需要，我很快掌握了电脑、复印机等功能。后来在第一次申办奥运会，我编制《北京2000年奥运会申办工作计划网络图》时，因为图太大，国内还没有能制图、晒图的地方。我全靠手工画图，用螺帽画圆圈，用尺子画线，用电脑打字，再用复印机放大或缩小字体复印，而后用剪刀剪裁、镊子拿取，用胶水将每个字一点点粘到纸上。最后把一张张的A4纸用胶水粘起来，大图就制作而成了。所以，我后来一直说那幅网络图是手工加电脑制作的。

我到办公厅工作后，对机关工作进行了一些研究，总结出一些机关工作规律性的东西。比如，文件运转是机关最基本的日常工作，办公厅是机关文件运转的中枢，而文件运转里面的"学问"很多。文件运转也是有规律的，即"一下一上"：请示件是从下往上运转；传阅文件是从上往下运转。主要的"学问"是在请示件的运转上。"从下往上"就是要按照领导级别和排位的高低，先从职务较低、排位靠后的分管领导开始，这位领导阅示后，再送下一位较高一级的领导，从下往上依次送阅。这样，直到最高领导批示后，这个文件才算是基本完成运转。

举例说，假如一共有从高到低 A、B、C、D、E 五位领导，请示件要先送给 E，E 批示后，再送给 D，依次再送 C、B，最后送给最高领导 A 批示，规律是 E—D—C—B—A，从下往上运转。而所谓机关工作效率不高，大都是在这个环节上。这是一个很难解决的矛盾。一个文件在每个领导那里停留一两天，五个领导都看完就要一周左右的时间。如果遇上哪位领导出差等情况，就可能需要更长时间。再加上有的机关领导数量多，文件也多，就更加麻烦。一个机关的工作效率如何，主要是取决于文件运转的效率。所以，要做好办公厅的工作，很重要的一项就是要研究文件运转的规律，理顺文件运转流程。

而在实际工作中，还会更复杂一些，会有很多具体问题。比如，E 领导作为分管领导，第一个批阅完文件后，文件就转给其他领导了。在这个过程中，E 领导看不到 D、C、B、A 领导批示的情况，想要知道其他领导批示的情况，需要不停地询问办公厅工作人员，一直要等到领导 A 最后批示后，文件转回来才能看到全部领导批示的情况。所以这种情况不改变就很难提高工作效率。我在办公厅工作多年，对此也想过很多办法，做过很多尝试。比如，D 领导批示后，复印一份送回 E 领导看一下，C 领导批示后，再复印送回 D、E 领导……这样，便于下一级领导及时了解上一级领导的批示情况。但在实际工作中增加了好几倍的工作量，并且有时会转乱了，很难坚持下去。后来，只能根据哪位领导提出需要时再去复印。所以在传统方式下，不可能从根本上解决问题。

而在信息化和办公自动化的情况下，这些问题就迎刃而解了。不管哪位领导，只要有需要，随时可以在电脑上看到每位领导的批示内容。这里只需要确定一个权限范围即可。所以信息化、办公自动化是解决这些问题，提高工作效率的有效手段。同时，信息化还大大地节约了开支，减少了大量消耗。

为此，我举办了多次培训班，推广体育系统的信息化建设，加强办公自动化。我还多次在全委系统的大会上和培训班上，结合这些问题和一些实例，向大家讲解、督促，并落实在实际工作中，取得了很好的效果，大大推动了全国体育系统的信息化建设和办公自动化工作。今天回过头看，似乎没有什么，现在都已经实现了办公自动化。但在二三十年前，这项工作推动起来难度还是很大的，特别是一些老同志习惯于多年的原始办公方式，不愿意改变，有的抵触情绪很大。需要配合大量的思想工作，同时，要积极创造条件让大家看到信息化建设的好处和发展趋势是不可阻挡的。

这期间，还有一件事对大家触动较大。1996年第26届奥运会在美国亚特兰大举办，我作为国家体委赴美国亚特兰大奥运会工作团副团长跟大家一起前去工作。在比赛过半后，我就提前回国了。因为，当时为了促进国家体委的信息化建设，我们联系了有关网络公司，要做一个开创性的试验——实现北京与在美国亚特兰大奥运会的中国体育代表团团部的网络视频。这在当时可是一个开天辟地的事。那天晚上，当我们坐在国家体委办公厅会议室里，通过电视屏看到在美国亚特兰大奥运村的中国体育代表团团部会议室里的同事们时，大家都兴奋地对着屏幕喊了起来。远隔千山万水的同事，就像坐在会议室的对面，还能对话，那是难以想象的。

那是国家体委第一次通过互联网络技术，实现了在北京大后方与在美国亚特兰大奥运会的前方代表团的网络视频，在国家体委留守的领导同志坐在会议室，就可以与在亚特兰大前方的中国代表团团部领导同志进行当面沟通、研究问题。虽然那时技术还不够先进，信号不稳，经常卡顿，声音和画面传输还有不小的延时等，但已经令我们兴奋不已了。

通过这样的实际演示，大大提高了各级领导的积极性。所以那几年，国家体委在信息化建设和办公自动化工作上取得了较大的成绩，有了一个飞跃的进步。当时，国家体委的信息化建设在国务院系统和各省区市中处于领先地位。国务院办公厅还组织各部委办公厅的同志来国家体委学习经验。在此基础上，我们还建立了一个由全国各省区市、计划单列城市、国家体委各直属单位等组成的全国体育信息网络系统，定期、不定期通报情况。此举，为全国体育系统的信息化建设打下了一个较好的基础。

71 规划国家体委全年工作

国家体委系统科学推广工作领导小组的成立，得到了全国体育系统的高度重视和支持。我作为日常工作的负责人，下了很大功夫，采取了很多方式，获得国家有关部门和专家的大力支持，调动了各省区市体育部门的积极性，取得了很好的成绩。学习系统科学，用系统科学的思想和方法指导体育工作，在全国体育系统形成共识。在那几年的全国体育工作会议上，各地体委领导纷纷表示"受益匪浅"。国家体委领导对我的工作也十分满意，给予了很大的支持。其中做得较大、影响较广的是 1996 年底，在委领导的指示和部署下，我组织全委系统规划了"1997 年国家体委系统全年工作"，并用计划网络图的方式编制工作计划，挂图上墙、汇图成册，形成了一整套的《国家体委 1997 年工作计划》。

此项工作受到国务院办公厅的重视，也受到中国社会科学院一些专家、学者的重视，特别是又得到了钱学森同志的重视和支持，并给予了很高的评价。于景元教授、钱学敏教授和一些社会著名专家、学者都给予了大力支持。

组织编制国家体委全年工作计划是一项庞大的社会系统工程。我组织全委几十个直属单位和机关各司局，用了两个多月的时间，完成了国家体委 1997年工作计划和全委 50 多个子系统的工作计划，共编制了 59 个计划网络图。其中一张大的《国家体委 1997 年工作计划网络图》涵盖了全委全年的重要工作，各司局和几十个直属单位都编制了本部门、单位的《1997 年工作计划网络图》。

这也是一项有难度的工作。按照系统科学的要求，首先需要各部门、单位制定出本部门、单位的准确的全年工作计划，但我们很多司局和单位的"重总结，轻计划"现象较严重。所以，最初要求各部门、单位做出较详细的全年工作计划时，遇到的阻力还是不小的。有的司长明确表示，计划不如变化快，我们的工作有特殊性，做不了准确的工作计划。但在我们耐心的工作下，特别是对各方面报上来的工作计划进行比较，对计划做得好的单位给予表扬，并将其重点工作作为全委的重要工作列入第二年全委的工作计划时各单位领导产生了互相攀比的心理，做得不好会丢面子。最后，在各部门和单位的积极配合下，我们顺利地、高质量地完成了国家体委 1997 年工作计划的制定。

我把 1997 年国家体委全年工作计划按照工作性质的不同，分为七大类共1191 项重要工作。其中，群众体育工作 98 项、竞赛工作 471 项（国内竞赛 277项、国际竞赛 194 项）、训练工作 200 项、涉外工作 164 项、保证性工作 101 项、支持性工作 52 项、保障性工作 105 项。同时，画了一张很大的网络图，把 1191

项工作全部上图，标明各项工作的内容和起止点，以及责任单位和配合单位（用箭杆表示在某个时间内完成，线上为工作名称、主管单位、配合单位及工作地点，线下为工作起止时间）。图上还有一些虚线，表示两项或多项工作之间的联系，箭头、箭尾各代表两项互相联系的工作序号等。这样，一目了然，整个国家体委全年工作都在掌控之中，做到了运筹帷幄，决胜千里。

在国家部委的管理工作中运用系统科学方法编制全年工作计划，这在全国是首创。

随后，我请示委领导批准，组织了一个"国家体委 1997 年工作计划展览"，60 多张国家体委机关和各直属单位的网络图，一张超大的《国家体委一九九七年工作计划网络图》，布置在大礼堂四周，很是壮观。正赶上那时在召开全国体育工作会议期间，全国各省区市体委主任专门带领各省区市体委工作人员前来参观。有的国家部委领导也带领人员来参观，中国社会科学院等全国著名专家、学者也来参观，这一展览在社会上引起了不小的反响，影响非常大。

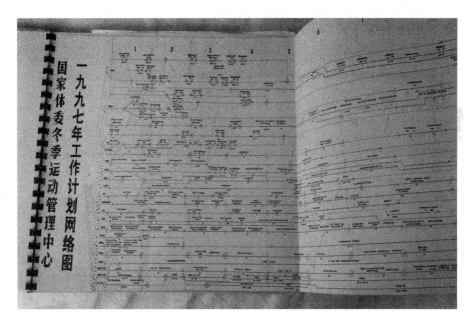

我们把 1997 年国家体委全委的工作计划网络图汇编成册，发给各司局和直属单位

　　这次国家体委编制全委工作计划网络图，是一次有深远意义的尝试，在社会和全国体育界引起了较强烈的反响。中国社会科学院的好几位著名专家、学者都来参观，并在现场召开座谈会。编制全委工作计划网络图的意义不仅仅在于挂在

墙上看，正像伍绍祖说的，国家体委编制全年工作计划网络图，是国家体委就全年工作对全国体育界和体育事业做出的"郑重承诺。"

国家体委领导在这个展览的序言中说："运用计划网络法进行管理、指挥、协调工作，是体育界在近年来形成的一个工作特色，也是体育界推广系统科学的突破口，具有重要的意义，国家体委和各地方体委运用这一科学管理方法都积累了一些经验。国家体委及机关各部门和直属单位编制 1997 年工作计划网络图，是国家体委及机关各司局和直属单位就今年的工作对全国体育界和体育事业做出的郑重承诺。系统科学的推广工作是一项长期的任务，我们需要坚持长流水、不断线的方针，努力工作，为体育事业做出更大的贡献。"

虽然这项工作只进行了一年，但在中国体育管理历史上留下了美妙的一笔，也为中国推广系统科学这项工作作出了重要的贡献，有着特殊的意义。

不巧的是，那时正赶上我受中央组织部委派，要去广西挂职工作，本应在1996 年底前到广西报到，因为要完成这项重要工作而向中组部请假，推迟到1997 年 1 月底，我才去广西报到。也因此，体育界系统科学推广工作也受到了一定的影响。

直到两年多后，我从广西回来，受命带领人员去组建北京 2008 奥申委，才又继续在体育工作中和北京 2008 年奥运会的申办、筹办及举办工作中运用系统科学进行规划、设计。

72　第一张国家大型赛事网络图

从 20 世纪 90 年代初期北京亚运会到北京两次申办奥运会，再到北京 2008年奥运会、2014 年南京青奥会、2022 年北京冬奥会，以及在国内举办的各种大型国际、国内运动会和大型活动，体育界运用系统科学和计划网络法进行科学规划、管理，已经成为较成熟的科学管理方式。30 多年过去了，我已从一个 30 多岁的青年，迈入了古稀之年。看到当初的一些做法已成为"约定俗成"的惯例，我感到很欣慰。

多年来，社会各界对在体育事业管理工作中运用系统科学也给予了较大关注。很多媒体做过报道和介绍。2010 年，《中华儿女》上有一篇署名"华南"的长篇报道，题目是《孙大光与第一张国家大型赛事网络图》，对系统科学的重要性及计划网络法在体育工作中的运用进行了介绍，并给予了我很高的评价。看得出，作者在这方面很专业，文章水平很高。下面摘要其中片段，与大家分享。

从 20 世纪 90 年代初我国成功举办第十一届亚运会，到我国两次申奥和举办北京 2008 年奥运会，系统工程网络图的成功应用功不可没。它们，均出自孙大光之手。

1990 年，第十一届亚运会在北京举办。这是中国第一次举办如此规模的大型运动会。北京亚组委专门设立了总体处，第一次将"系统工程"的概念引入大型活动的组织工作中。孙大光成为设计系统的核心，如火的北京亚运会筹备和举办，他的设计不仅确保了一次完美精彩的盛会顺利完成，更为后续的申奥、办奥运及更多大型活动留下了宝贵经验。

1990 年初，北京亚组委总体处工作人员孙大光为亚运会设计出《北京亚运会组织指挥系统图》，这是系统工程理论第一次用于国家大型赛事组织工作。《北京亚运会外来人员迎送工作网络流程图》，当年北京亚运会筹备工作中的经典之役，受到了党和国家最高领导人的高度赞扬。这张系统网络图也出自孙大光之手。

总体处是 1989 年底，在国家体委和北京亚运会组委会主要领导的倡导下成立的。"总体"一词，源于国家大型国防科研项目的组织实施中各部门之间的协作，也就是系统工程。总体部门已经设立，但如何用系统论、方法论规划工作并不是很清楚。这是中国第一次举办这么大规模的运动会，对内自上而下的组织结构，对外有国际奥委会、亚奥理事会和各个国际单项组织的外联工作，没有经验可借鉴，时间步步逼近，大家都很发愁。

当年三十多岁的孙大光走进北京亚组委总体处，参与到"亚运会的设计规划中"。经过几个月的痛苦思考和无数次的尝试，孙大光呈现出惊人的工作成果——《北京亚运会组织指挥系统图》《北京亚运会外来人员迎送工作网络流程图》《北京亚运会组委会指挥程序图》《北京亚运会开、闭幕式筹备工作计划网络图》……让组委会高层领导眼前一亮。这成为组委会指挥室的最大亮点。孙大光也成为北京亚运会指挥室的核心成员，成为组委会主要领导的得力助手和参谋。

1990年11月末，孙大光走出亚组委办公室，不久后又走进位于和平里北街的北京惠侨饭店，进驻中国奥申委，正式开始中国第一次申奥历程。

北京亚运会的经验为中国申奥打下了坚实的基础，而其中很重要的一项经验，就是孙大光的那些网络图和流程图。也因如此，奥申委一成立，就建立了总体部。"宣传先行，总体跟上"，孙大光责无旁贷。这时他被任命为奥申委总体部部长，并接受了规划北京申奥的重任。"这是一项比亚运会难得多的事。"经过两三个月的奋战，孙大光为北京申办2000年奥运会规划了365件重要工作，奠定了未来两年半申奥工作的坚实基础。第一次申奥虽然没有成功，但为第二次申奥积累了重要经验。

马不停蹄，勇挑重担。1999年第二次申奥，孙大光被任命为筹备组组长，带领人员组建了"北京2008年奥运会申办委员会"，并又设计了北京2008申奥计划，为北京申办2008年奥运会规划了286件重要工作。为中国成功申办2008年奥运会打响了第一枪，并打下了坚实的基础。

20年光阴滑过，翻开陈年往事，孙大光只将回忆留给自己，一切经验交给国家，为后续的大型赛事、活动提供借鉴。

看了这篇文章我很高兴。但其实我没有文章中说得那么重要，我只是踏踏实实地干，不放弃、不退缩；尽一切努力完成领导交办的任务；边学边干，在干中学，一边摸索，一边干，一步一步地往前走。更重要的是，我遇到了伍绍祖这样一位水平高、看得远，重视管理、善于管理的领导，并且敢于给我压担子，放手让我发挥主观能动性，创造性地去工作。特别是，还有钱学森这样世界顶级的大科学家支持和具体指导。所以，才使我在工作上取得了一点成绩。

计划网络法是美国1958年研制北极星导弹，即核潜艇装载水下发射导弹的一种方法。这种方法使美国北极星导弹的研制周期缩短了两年，取得了巨大的经济效益和军事效益。我国从20世纪五六十年代开始在组织"两弹一星"科研工作中应用。特别是党的十一届三中全会以后比较多地在我国采用，我国军事科研和一些大的工程，包括核电站的建设，都采用了这一方法。

伍绍祖曾说："体育界过去也用过很多系统科学方法，但是比较零散，不太自觉。1990年北京亚运会可以说是中国体育界第一次比较自觉地运用、借鉴系统工程的一些基本原理和方法，并取得成功。后来举办的一系列大型综合性运动会，包括北京奥运会，都自觉或不自觉地学习了亚运会的经验。"

伍绍祖还总结了应用系统科学的十种方法。我觉得，对今天各行各业，特别是高层领导机关的管理工作仍然有积极的借鉴意义。下面简列出标题，与大家分享：

一是照章办事。就是用法治不用人治。我们最大的章程，从国内来讲，就是党的基本路线、宪法。从体育来讲，就是国际奥委会、亚奥理事会和国际单项协会章程。一切按这个来办，有什么问题，去找章程。

二是程序决策。就是按照一定的程序去决策。凡是重大问题，均分别由各职能部门提出处理方案，按程序，集体研究决定。

三是计划网络图。

四是层次管理。通俗地讲就是"抓头头，头头抓"。各个层次各负其责。

五是目标管理。设置一个明确、合理的目标非常重要。如果目标选择错了，那就会产生重大错误。

六是矩阵管理。这是美国兰德公司的一种办法。通俗地说就是条条块块相结合。

七是流程图。计划网络图主要是用作宏观控制，作为领导要心中有数。对于每一项具体工作，一定要画流程图。伍绍祖多次在正式场合讲过："我个人感到最满意的一个流程图是北京亚运会迎送中心工作流程图。这也是受到党中央最高领导表扬的。本来是一个乱七八糟的东西，问题很多，后来被整理得条理很清晰。"

八是全区合练，即"热运行"。很多时候，各个部分分头单练时，彼此相安无事，但一合练，衔接、"争位"等矛盾就出来了。通过全区合练，对暴露的问题一一进行解决。

九是时间统一系统。一个大的系统工程，要同时协调，最权威的就是时间。具体来讲，一是"时间倒数法"。这是"二战"末期美国研发导弹核武器时发明的。二是大家都严格遵守时间，否则系统就可能混乱，降低效率。

十是类 C3I 系统。C3I 系统就是指挥、控制、通信、情报系统，就是利用现代化的通信手段和计算机，把整个系统工程变成有机体。

通过多年的实践，我认为系统科学是一个非常重要的综合性科学，社会越发展，就越需要系统科学。计划网络法的价值更在于它的思维意识和思维方法在具体实践中的应用，具有重要意义。有的人只看见一张图挂在墙上，其实它里面包含的东西很有学问，值得我们认真学习、研究和自觉地在实践中应用。

系统科学不仅提供了解决问题的科学的指导思想，也提供了科学的思维方式、方法。有时，在大政方针确定后，方式、方法能决定事情的成败。

第十章
体育·奥林匹克与文学

73　情系国家行政学院

我与国家行政学院的缘分，要追溯到 20 世纪 90 年代国家行政学院成立之初。可以说，我有幸用自己的方式陪伴和见证了国家行政学院从成立到完成其历史使命的全部过程。

1994 年下半年，国家行政学院成立后，我有幸成为其首届司局级领导干部培训班学员，号称是国家行政学院的"黄埔一期"，当时的国务院总理为我们做开学动员课。从此，我与国家行政学院结下了不解之缘。那时，国家行政学院刚刚成立，条件不太好，校园还没有建好，是借用空军指挥学院的校园开学的。但这次学习效果非常好，它使我在思想境界、视野格局以及个人素质方面有了一个飞跃的提高。

学习期间，我结合北京亚运会的组织工作和我国第一次申办奥运会的工作实践和经验，谈心得体会，受到老师和学员们的好评。后来，经过徐理明教授的举荐和院领导批准，我成为当时唯一的，也是国家行政学院第一个走上讲台的学员，为全院学员讲了一课。题目是"用系统科学的思想和方法指导北京亚运会和北京申奥工作"。其中，我也结合自己的体会和认识，对国家行政学院的办学方向、教学内容和培养目标提出了一些建议。

当时的几个院领导也参加了全程听课。结果，讲课引起了不小的轰动。

很多学员都说，没有想到，居然是体育部门的学员走上台讲课。大家开玩笑说："你可为体育界增光了！""今后，谁也不许再说体育没文化！"那天上午讲课结束后，大家都迟迟不肯离开大教室，纷纷到讲台前向我问这问那，院领导也站在后边没有离去。眼看快过饭点了，学院的方教育长过来跟大家说："大家先去吃饭吧，你们还有很多时间可以交流嘛。"这样大家才散了。这时，院领导才过来和我开玩笑说："我也一直想过来请教，但排不上队。"

国家行政学院

午饭后，我就回宿舍睡午觉了。为了备课，这几天也有点累，正好下午没有课，就想好好睡一觉。大约下午两点半，敲门声把我惊醒了。我赶快起来开门，原来是方教育长。他非常客气："打扰了，大光同志，休息得好吗？""谢谢教育长，休息得很好。""好啊，可是我们都没休息好。"听他这么说，我感到有点奇怪。方教育长是院领导班子成员，平时不怎么爱开玩笑。他中等身材，偏瘦，一看就是很精干的人，但为人很和善。坐下后，我给他倒了杯水，他继续认真地说："你今天的讲课让我们院领导很震惊，内容实在，既有理论高度又有实践经验，是一堂高水平的课。对我们国家行政学院的教学有很大的启发作用。你在讲课中提的建议，对如何办好国家行政学院很有意义。"他又说："午饭后领导们都没有休息，紧接着就召开了院务会议，专门进行了研究和讨论。会议决定，让我代表院领导向你表示感谢，并传达院务会议精神，让我再跟你聊聊，详细听听你的建议。这不，刚开完会我就来了，今天下午我不安排别的事，就是专门和你聊，主要是听你讲。"

听了方教育长的话，我有点受宠若惊，连忙表示："感谢院领导的重视。"那天，我们聊了很多。我毫无保留地谈了我的一些想法，还不时与他交流。我重点讲了对国家行政学院办学方向和授课内容的建议。我认为，国家行政学院刚刚成立，必须办出自己的特色。中央党校是党中央直属的，军队系统有国防大学，现在国家行政学院成立了，属于国务院系统，这样的"三足鼎立"，各有分工，是一个很好的结构。但现在的教学方式和内容与中央党校没有什么区别，没有特点，这样办下去是没有生命力的。如何办出自己的特色，确定办学方针很重要。我建议国家行政学院的办学方针和教学内容，应侧重在方法论上。中央党校侧重解决学员（国家高、中级领导干部）的指导思想、目标、方向问题；国家行政学院则应侧重解决学员（国家高、中级领导干部）的方法论问题。我认为，有些领导干部做不好工作，当不好领导，不会管理，甚至犯错误，不都是思想、方针或路线问题，其中也有很大的因素是方法论问题。正如毛泽东同志讲的，过河有很多种方法，可以游泳过河、划船过河（买船、造船或租船）、架桥过河等，但在许多种方式中会有一两种是最合适的。而在实际工作中，很多领导干部不会选择最合适的方式方法。我认为，长期以来，我们的各级领导干部缺少方法论的学习和研究。现在国家行政学院成立了，应该在加强我们各级领导干部的方法论学习和运用上探索出一条新的路子。我还分析了当时给我们上课的教材，基本上与中央党校的教材一样，上下两册，共 500 多页，讲方法论的只占其中 3 页多，不到 4 页，我算了一下，还不到全书的 1%，大概只占 0.7%。我认为，我们在方法论方面的研究和学习重视还不够，应借国家行政学院成立之际，带动全国加强重视方法论的学习和研究。

那天，方教育长和我谈得很愉快，他听得也很认真，还不停地在笔记本上记着。不知不觉就到了晚饭时间。那是我在国家行政学院度过的最开心的一天。过了两天，学院专门发了一期简报，题目是"学员上讲台，取得轰动性效果"。

那时，国家行政学院刚建立，全院只有 4 个正教授。负责我们班的徐理明教授，原来是中国政法大学的著名教授，作为教学骨干被调入国家行政学院。他对我非常器重，经常找我探讨、交流问题。后来几年也一直保持联系，并邀请我和他一起合作编教材，但不幸的是，他得了重病，教材还没编好，他就过早地离开了我们。

张德信教授是一位德高望重的学术权威，讲课风趣而深刻。十几年后，当我第二次作为学员进入国家行政学院学习时，第一天就是张德信教授给我们上课。没想到，他走进教室坐在讲台上，第一句话就说："我看了你们的名单，我只认识一个人，他在我们国家行政学院可是大名人，他就是你们班的学员，国家体育总局的孙大光。"我一点也没有思想准备。紧接着，他就开始讲起十几年前我在国家行政学院的事，足足讲了十几分钟。他说："那时，国家行政学院刚成立，院领导都是刚刚上任不久，我们几个教授也是刚从各方面调来，经验都不多，大光同学作为首届学员的优秀代表，给我们上了一课。他提出的一些建议，对确立国家行政学院的办学方向、指导方针、教学内容起到了非常好的作用。我们很感谢大光同志，也非常欢迎大光同志再次来母校，和我们一起学习、交流。"他的这一番"开场白"，让我感到有点不好意思，但同学们反应较热烈，下课后，纷纷向我表示"祝贺"。

多年来，我一直没有和国家行政学院断了这份情缘。徐理明教授在世时，因为他请我一同编写教材，所以，我经常会去学院参加研讨会，他去世后，合编教材就"流产"了。但学院多次邀请我去为学员讲课或参加一些会议。我去讲课的内容有："中国体育发展概论""北京奥运会的文化思考""系统科学在大型社会系统工程中的应用""中国奥运现象的启示"等。

在这个过程中，国家行政学院还多次推荐我到各地讲课、参加一些会议。后来，我在讲课中又结识了李兴国教授，他是中国公共关系协会的常务副主席，也是一位多才多艺的教授，还是位书法家。几次邀请我去讲课，参加有关活动。

2014年，挂靠在国家行政学院的中国行政体制改革研究会推选我为"中国行政体制改革研究会文化委员会"理事，我成为这个研究会唯一的体育界代表。

2011 年笔者在国家行政学院讲课，课后大家意犹未尽，纷纷围拢过来继续探讨
右 2 为中央党校（国家行政学院）李兴国教授

2019 年 5 月，国家行政学院出版社出版了我的第二部有关奥林匹克的专著，30 多万字的《中国奥运智慧——100 个精彩启迪》，在全国新华书店发行。这是中国首部关于奥运现象与中国社会发展的专著。出版后，很快就在社会上产生了很好的影响，对正在筹备的北京冬奥会工作起到了很好的作用。紧接着我就收到了于 2019 年 8 月在北京国际展览馆举办的"第二十六届北京国际图书博览会暨第十七届北京国际图书节"组委会的邀请函，请我到现场为《中国奥运智慧——100 个精彩启迪》一书做签售活动，并为现场出席国际图书节的读者作报告。能受到这样大型图书博览会的邀请，我很高兴。那天到现场一看，在现场作报告的，都是国内的著名作家、学者，我感到很荣幸。

2018 年 3 月，根据中共中央《深化党和国家机构改革方案》，将中央党校和国家行政学院的职责整合，组建新的中央党校（国家行政学院），实行一个机构两块牌子，作为党中央直属事业单位。中华人民共和国国家行政学院是于 1988 年开始筹建，1994 年 9 月正式成立的。院长由国务院领导兼任，是培训高、中级

2019 年 8 月，笔者受邀在第二十六届北京国际图书博览会暨第十七届
北京国际图书节上，与一些著名作家一起签名售书，并做现场演讲

国家公务员的新型学府和培养高层次行政管理及政策研究人才的重要基地。当
时，国家行政学院已经走过了自己 24 年的路，开始进入一个新的历史时期。

　　我作为国家行政学院的首届学员，见证了它的建立、成长、发展，并为它的
建设尽过自己的微薄之力，所以对其有着很深的感情。我对国家行政学院充满敬
意和怀念，它带给我人生道路上的那些美好瞬间，深深地留在了我的心里；它给
予我的滋养，使我终身受益。

2012 年，笔者在中国社会科学院，被中国社会科学院和
河南大学联合办的研究生培养基地聘为教授、博士生导师

74 "熬"出来的奥林匹克文学精品

　　我写书不仅是为了文学创作，更是为了抒发一段情感和履行生命的价值与意义。我不追求多么华丽的词句，只是给读者掏出我的心窝，发出我的真实心声。事实上，我只是一个文学爱好者。我从小就喜欢写作文，在小学就显现了一点文学天赋，我五年级写的那篇作文"国庆之夜"居然感动了老师，"破天荒"给我打了一百分，还在全年级传阅。要知道那时我的同学从来没有作文得过一百分的。当时我兴奋了好几天，并且终生难忘。也许是从那时开始，在我的潜意识里就种下了一颗文学的种子。没想到这颗种子在几十年后遇到中国奥运现象的土壤和温度之后，发了芽、开了花、结了果——我登上了中国报告文学大奖的领奖台，那可是多少作家梦寐以求的殊荣。其实我自己从未把写书当作写作，只是好像有一种力量在推动着我，让我把发生在自己身上的故事和体会，变成文字展现出来，献给世人。

　　我写书，其实也有一些机缘。

　　惊心动魄的北京申奥成功后，我被很多人称为中国的申奥功臣。但当我凯旋回到原工作岗位后，领导并没有给我续写"辉煌"的机会，而是让我去接受一项新的、我并不是很熟悉的任务。按当时领导的说法"是组织上对我的重点培养和高度信任及磨炼"。我没有任何犹豫地接受了新岗位的挑战，并且克服了许多困难，用了不长的时间，高质量完成了任务——把原来两个正司局级单位整合为一个新的单位，并取得了显著的成绩。而后，不知道为什么，紧接着我又两次被调换单位。我成了体育总局轮岗最多的正司级的"一把手"。

　　经过几番折腾，我反而冷静下来思考了一些问题。那时很多人，包括体育界的著名专家和几位领导都建议我，要把两次申奥的经历写一写，他们都说："你不写太可惜了，没有人有你这么丰富的申奥经历。"但我起初并没有动笔写作的想法。一是信心不足，我一直认为文学是很神圣的领域，写书是很难的事，我虽然也被称为体育总局的"笔杆子"，但机关公文与文学是有很大区别的。二是时间和精力有限，每天8小时坐班，自己又是单位的主要领导，不可能在上班时间写作，等退休以后再写吧。直到有一天，我的好友任海专程来到我的办公室动员我，并半开玩笑地对我说了一句话，触动了我，让我开始认真思考写书的事情。

任海是国内首屈一指的体育理论专家，他是北体大的教授，曾担任过国家体育总局科研所首席专家。他是国内第一个研究奥林匹克的学者，1988 年他在加拿大获得博士学位后回国。1991 年北京开始申奥时，任海找领导要求参加奥申委工作。领导征求我的意见，我说好，就来总体部吧。我对任海说："欢迎你这个大学者，你放心，具体的杂事你不用做，你就安心搞研究，想做什么、需要什么资料尽管告诉我，我对你'大开绿灯'，时间你自己灵活掌握，不用每天 8 小时坐班。"他非常高兴！那段时间在奥申委，他每天安心自己的研究，并用了大量的时间收集有关资料。那时电脑还不太普及，还没有 U 盘、光盘，只有那种方块的软盘存资料，存储量很小也很慢。他在那段时间收集、整理了不少资料。所以，他对我在中国申奥方面的工作情况比较了解。

2005 年的一天上午，任海突然来到了我的办公室。他当时在北体大，要上课还要带研究生，工作很忙，我没想到他会来。他认真地对我说："我专门来看你，并且建议你把申奥的过程好好写一写，中国申奥经历了这么多年，最后获得了胜利，是很不容易的，这是中国的一件大事，你是真正经历了中国申奥全过程的人，所以，你一定要写，你不写，没有任何人能写。"

那天，围绕这个话题我们聊得很深入。快到中午了，他说下午还有课，就不吃午饭了。他认真地说："大光，你一定要写，需要人手，我可以让我的助手来给你当助手。你不写，这段历史可能就流失了。"临出门时，他又半认真、半开玩笑地说："你不写就是失职。"任海并不是很喜欢开玩笑的人。看着他离去的背影，我很感动。从北体大到国家体育总局来回 70 多千米，他专门用半天的时间自己开车跑来，又不吃午饭，饿着肚子赶回去上下午的课。"你不写就是失职。"这句话深深地触动了我，激发了我的责任心和使命感。

就这样，在任海等人的鼓励和督促下，我下决心准备写作。但下决心难，真正动笔更难。

这期间，还有过一段小插曲。有搞文学的朋友对我说，你自己不用动笔，我找几个专业写手，你动嘴就行，让他们动笔。我想这样也挺好，就同意了。晚上大家一起吃饭，一边吃一边听我讲申奥的故事，大家都听得津津有味。回去他们就动笔写。但试过两次后，我果断终止了。因为他们拿出来的初稿，我越看越

"害怕"。他们的文学功底确实好，书稿写得又快又专业，词句华丽而顺畅，远远高于我的文学水平。但是，我越看越不像是我的思路，越看越不是我所想要的作品。他们写的东西有两个特点我不能接受：一是他们的联想太丰富，我跟他们讲的是"一"，他们可以写出来"二""三"，甚至更多，内容多是虚构的。感觉他们看问题的角度、深度和我相差较大。而我不想写成虚构类小说，我要写实。二是他们太热衷于明星花边等事情的描写。比如，我在给他们讲的过程中，提到了在莫斯科决战期间我担任北京申奥工作团团长，在我这个工作团里有一些文艺界、体育界的大牌明星，我们有时会一起吃早餐等。而在他们写出的书稿中，竟然用了好几页纸描写我和一位大牌国际明星吃饭的过程，还生动地叙述了我与这位大明星聊天的具体内容，并且其中有的谈话内容是虚构的。不可否认的是，他们写得非常精彩，绝对可以称得上是完美的文学作品，绝对能够吸引读者的眼球，但这完全脱离了我的写作初衷。

所以，看到这个初稿后，我想，这要是写完整个书稿，恐怕就面目全非了。虽然那样可能会成为更受欢迎的畅销小说，但那不是我的初衷，也不是我想要的结果。我必须坚持自己的想法，写非虚构类的、纪实性的文学作品。作为影响中华民族的这样一个重要历史事件的亲历者，我要坚守自己的底线，我要保证我写出来的作品的每个细节，每一句话，每个标点符号都是真实的。我要为后人留下真实的历史瞬间，哪怕这个瞬间写得不那么文艺，不那么浪漫。我不需要让别人随便去锦上添花，那些花可能很漂亮、绚丽多彩，但我对中国申奥认识的深度和高度，他们是无论如何也达不到的。我一定要写真实的我，真实的他，真实的事，真实的人，真实的感想，真实的表现。一句话，要写我经历的真实的中国申奥！

我下决心，不用别人写，自己写！

后来此书出版后，有一位著名文学评论家非常理解我撰写这本书的初衷，他专门发表了一篇评论文章，其中说："《中国申奥亲历记》对作者而言，主要不是一种文字的制作，而是为了完成一段融入生命深处的关于个人、关于祖国精神史的存活。"我在网上看到他的这篇文章时很激动，因为看得出来，他很理解我。虽然我们至今还不认识，但我看到了一位真正的高水平文学评论家的思想高度和对文学的深刻理解。

经过上面的小插曲，促使我最后下决心自己写！一定要自己写！再苦再累我也要履行这个"职责"。从那时开始，我白天正常上班，领导单位的全面工作，没有耽误一天工作。晚饭后就一个人坐在家里书桌前打开电脑，一边一个字一个字地敲，一边整理思路。每天晚上刚坐下的时候，脑子是转不动的，需要强迫自己反复思考，多角度回忆，前后对照等，才能渐入佳境。每天到夜里一两点，是思路最清晰、效率最高的时候。但最晚不能超过凌晨三点，必须停笔睡觉了，因为白天单位的一堆工作还在等着我，早上必须按时上班。

我每天这样反复地煎熬着、熬着……

那两年，我进入了一种"超人"的工作状态，每天白天和夜晚需要转换大脑。白天上班必须考虑单位的事，领导、协调各项工作。因为当时正处在筹备北京奥运会期间，大量涉及北京奥运会的工作都是重中之重的事情，不能有半点马虎。晚上回到家，脑子就开始转换到写书上面，很多事情要靠回忆和联想。我很多年都没有写日记了，但我有记工作笔记的习惯，这对我写书起了重要的作用，翻看当时的工作记录，就可以联想到当时的一些工作细节和其他有关工作。有时写着写着，就会想起几乎已经忘掉的东西，很是兴奋，就越写越深入，脑子越来越活跃，认识也会更深刻。有时，会达到一个极佳状态，脑子清晰，手在键盘上游动，不愿收笔，有一种想一气呵成的冲动。可是没办法，天已经快亮了。每到这时，我就要对自己说："同志呀，这样不行啊，白天还有许多事情等着你呢！必须停笔了，明天再继续吧。"但等到第二天晚上刚坐下来时，头一天晚上的那种状态已经无影无踪了，还要重新启动，重新酝酿，慢慢"熬"出状态。有时，"熬"了一晚上，状态也没出来；还有时，好不容易状态要上来了，一看表，已是凌晨了，不得不"收兵"了。

我属于那种越是遇到困难越要顶上去，不顶出个结果不罢休的"死心眼儿"。还好，我的身体和精神都经住了这个考验，这种"超人"的工作状态没有"熬"垮我，反而让我有一种浴火重生的感觉。我从"煎熬"中体会到了乐趣，也得到了思想上的升华。我体会到，成功和胜利往往是"熬"出来的，"熬"是走向成功和胜利的基础。只有"熬"才能提高分析事物的能力；只有"熬"才能深刻认识事物的本质，找出事物的规律；只有"熬"才能对自己的经历从感性认识上升到理性认识；只有"熬"才能"既看到树木，又看到森林"，才能"登高望远""一览众山小"，才能"欲穷千里目，更上一层楼"。

正如醇香的美酒在于它的精酿，醍醐的难得在于它的精炼。人类的许多精华，都是千锤百炼的结晶，中华文化的精髓都是历史沉淀的结果。许多人类的伟大实践是需要有人坐下来，静静地思考，反复地提炼，才能从中总结出规律性的东西，成为永远传承的博大精深的中华文化。实践、认识，再实践、再认识……不断反复，才能不断提高。这应该是人类永恒的真理。

经过两年的努力，我终于"熬"出了35万字的《中国申奥亲历记——两次申奥背后的故事》。当我打完最后一个标点符号的时候，我充满了自信，自我感觉良好，我确信这个书稿成功了。

75 登上全国文学大奖台

书稿拿出来后，多家出版社都抢着要，甚至有两个书商也找到我，都开出了不小的优厚条件，并允诺要打造一本轰动中国的畅销书。我没有出版书籍这方面的经验，加之自己的思想比较保守，当时对"打造""包装"这些概念还不习惯，所以没有给书商。经过与有关专家和朋友咨询，我最后决定给文学出版界的老大——人民文学出版社，并且一点也没有谈条件，无条件地交给了他们。

潘凯雄社长和《当代》的洪清波主编（后来作为我那本书的责编）请我吃饭，还不断地叮嘱我："感谢孙秘书长，能为你这位中国申奥功臣出书是我们的荣幸，你就把书稿交给我们吧，我们给你最高的版税，配最好的责任编辑，你放心，一定给你出好，你一定不要把书稿给别的出版社了。"潘社长是文学界的名人，也是著名的文学评论家。后来他担任了中国出版集团的领导。书出版后，他还专门写了一篇评论发表在报刊上，对这本书给予了很高的评价。洪清波主编和杨新岚亲自做责任编辑。

《中国申奥亲历记——两次申奥背后的故事》出版后，虽然没有做任何包装、宣传，但收到了出奇的好效果，在国内外都产生了很大影响。在国内几大图书销售排行榜上连续很长时间排在前三名，有几周排在第一名。《人民日报》《光明日报》等重要报刊以及全国各省区市的报刊都有转载，全国有20多家的报社进行连载。北京、山西等几个地方电台还作为长篇连续广播，每天黄金时段广播半个小时，至今网上还有音频在售。中央电视台等各种媒体纷纷要求采访、做节目。《当代》《新华文摘》《纵横》《中华儿女》等许多重要刊物纷纷刊登摘编。有的省区市把这本书列为青少年必读书。2007 年该书获《当代》文学拉力赛冠军……

《中国申奥亲历记——两次申奥背后的故事》封面

　　为了突出北京奥运的意义，书的编辑和设计者特意把封面设计成"中国红"，上方的时间轴突出了中国申奥的 3 个重要时间节点，下方的倒计时牌更有深刻含义：距 2008 奥运会开幕还有 392 天，那正是北京 2008 年奥运会申办成功的纪念日——"7.13"。

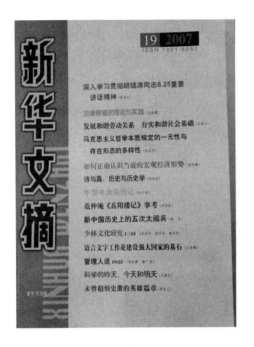

《中国申奥亲历记——两次申奥背后的故事》出版后，国内许多重要刊物都纷纷转载、摘发

2008 年上半年的一天，中国报告文学学会副会长、秘书长傅溪鹏先生来到我的办公室，高兴地对我说："谢谢你，大光同志！你的《中国申奥亲历记》太好了！对于中国报告文学的发展做出了重要的贡献，中国文联的领导也很高兴，让我转达对你的感谢。"而后他又说："今年马上要评选'第五届全国报告文学大奖'，你的《中国申奥亲历记》肯定能够获得大奖。"他向我要了几本书作为评奖用。后来又有几位中国文联和中国报告文学学会的领导及专家给我打电话，提前祝贺我获得全国报告文学大奖，并鼓励我要继续写作。获得这个全国报告文学大奖是我没有想到的。当时并没有当成大事，直到领奖那天，我一看，文学界的大咖云集，并且是全国政协副主席孙家正来颁奖，阵容很强大。原来这是中国文学界的一个著名大奖，在文学界的份量是很重的。很多搞文学创作的人，一辈子也不一定能得到这个奖，而且中华人民共和国成立以来只评选了五届。

颁奖大会是在全国政协礼堂召开的，那天，国内近百名文学界著名专家、学者参加了颁奖大会，时任全国政协副主席孙家正为我颁奖，何振梁陪同颁奖。我代表获奖者发言。会上，《中国申奥亲历记》被誉为中国文学奥林匹克的金牌，这次获奖引起了国内文学界的轰动。大会主持人说："北京奥运会是中国历史上的一个大事件，然而，我们的专业作家们并没有写出与之相匹配的、有影响力的文学作品，正是在这个意义上，《中国申奥亲历记》更显出它的重要意义和地位。我们要感谢作者为中国文学事业作出的重要贡献！"

那天的颁奖大会，出席的大都是国内文学界一流的专家、学者，体育界只有我和何振梁。何振梁在大会上说："大光同志为中国体育界争了大光！他不仅为中国申奥成功和北京奥运会的举办立下了重要功劳，现在又为中国文化事业作出了重要贡献，这是很了不起的成绩！我做了多年国际奥委会文化委员会主席，为他的成绩感到由衷的高兴！"会后，何振梁又握着我的手，激动地说："大光啊，你是体育界的骄傲，你这个奖是中国体育人获得的最高的文学奖，这是我们体育界的莫大荣誉！中国体育需要你这样的人才。"何振梁是一位严谨的、不轻易表扬人的领导，他的话是很诚恳的。这已经是他多次公开表扬和感谢我了，我很珍惜他对我的真心和信任。会后，他多次向我要书，送给他国内外的朋友们。

2008 年在全国政协礼堂，中国报告文学学会召开第五届全国报告文学
大奖颁奖大会，《中国申奥亲历记——两次申奥背后的故事》被评为唯一的特别奖

我的奥林匹克情缘故事

因当时正处在北京2008年奥运会开幕前夕，工作很忙，社会各方面和各种媒体找我的很多，所以当时我对这个奖项重视不够，也没有留下照片。事后才知道这个奖项的份量很重。上面这张图片，是我后来在网上下载的，我坐在左边靠近主席台的位置。

《中国申奥亲历记——两次申奥背后的故事》出版后，各种媒体争相报道、转载，全国读者反映强烈，一些著名的专家、学者也撰文写评论，网上的评论更是多达几万条，很多文章和评论我是含着眼泪看的。无论是专家撰文，还是网友评论，都对《中国申奥亲历记》给予了高度赞扬，至今还没有看到一个负面的评论或一句负面的言语。

一位叫"夜宴"的作者在网上发表了题目为《那抹深深的宫墙红——读中国申奥亲历记》的文章中写道：当在讲桌上看到这本书的时候，便有了一种视觉性的震撼。这种凝重的红，使我瞬间想到了皇宫围墙的颜色，深邃、沉稳而悠远。

我想，我的人生，将会因为这本书而重新认识，而我的灵魂，也将会因为这抹红而重新洗涤升华。

这抹红，将成为我一生的激励！

合上书本的那一刻，又一次看见了那抹沉重的宫墙红。想起书中说到的话："我喜欢红色，因为她是人身体里的鲜血颜色；我喜欢宫墙红，因为她是许多鲜血凝聚在一起的颜色，它代表尊严且使人亢奋。"是啊，宫墙红是典型的中国红，更是激励我们一直向前，永不放弃的颜色。

当时，"豆瓣读书"排在第一位的"sandy对《中国申奥亲历记》的笔记"中说：阅读孙大光同志著的《中国申奥亲历记——两次申奥背后的故事》，主要是学习、借鉴打赢申奥这场硬仗的成功经验，同时也向为国争光的申奥功臣们致敬。申奥工作是一场只有冠军没有亚军的残酷较量，是一场国际政治、经济舞台上的激烈斗争。申奥成功给我们留下了宝贵的工作经验，值得我们继承和发扬。

有一篇题目是《读孙大光的〈中国申奥背后的故事〉》的文章，其中描述道：一个月里，只读了孙大光先生写的《中国两次申奥背后的故事》，还留了一点点尾巴。不是写得不好，读不下去，只是不想从他那种精神与气氛中走出来，我被一种全中国人的奥运感染着。书中的每一真实的情节都渗透着一种闪光的精神。我真想搞到这本"宫墙红"收藏。在这里真诚谢谢"孙大光"先生们，他们所做的努力，正是莎士比亚所说的"绿叶"。但是奥运开放的红花正是在绿叶的衬托下才会更艳！他们忙得太有历史价值了！

　　一位新浪网友在留言中说：我也正在看这本书，是在王府井书店无意发现买的，书名是《中国申奥亲历记——两次申奥背后的故事》，作者孙大光先生写得感人至深，我难以放下，我为书中表现的伟大中华民族精神所感动，我们的社会太需要这种东西了！市场经济了，可人的精神不能都被市场化了！

　　《文艺报》2007 年 8 月 28 日刊登了一篇文学评论家丁晓原的文章《嵌入民族心魂的精神史志——孙大光中国申奥亲历记》，看得我流出了眼泪。他在文中说：无疑，中国申奥是一个非同寻常的重大题材，正如序言中所说："申奥已成为中国历史上的重要事件之一，并将永远铭刻在历史的丰碑上"，"中国申奥成功是世界瞩目的大事"（《中国申奥亲历记·序》）。但是，对于这样的题材，报告文学作家并没有写出能与这一题材具有某种匹配性的、体量足够、感奋读者的"大"作品。在我看来，这是新世纪中国报告文学的一个不应有的缺憾。正是在这里，人民文学出版社新近出版的《中国申奥亲历记——两次申奥背后的故事》，显示出其特别的价值。在举国沉浸在北京奥运会倒计时一周年庆欢乐氛围中，我们阅读这样的作品，别有一番情味在心头。申奥、迎奥和办奥"三部曲"，构成了完整的中国奥运的宏大交响。但我认为，比之于迎奥和办奥，申奥的历程更令人刻骨铭心，更动人心魄，更凸显中华民族的精神品格。中国申奥，是一段已经嵌入民族心魂的应予大写的历史。

　　《中国申奥亲历记》的作者孙大光，并不是我们所熟悉的作家，在写作此篇之前大约没有多少文学创作的经验。但作为一种非虚构的文体，报告文学不同于其他的文学样式，其价值生成主要取决于题材本身的价值含量和作者对于题材质料选择的眼光以及对生活原型真实呈现的水平。文学性是参与其价值增值的一种要素。从《中国申奥亲历记》这一作品言之，作品的意义由其题目作了标示，即作者是以其个人的方式对一个宏大的题材进行细致的叙写。"亲历"对于报告文学的写作是一个极为利好的条件。作者是以一个实际工作者的身份写作的。作为两次申奥的组织者和参与者，作者经历了从失落到成功的深度体验，申奥成为与其生命的历程不可分离的重要段落。因此，申奥叙事对孙大光而言，主要不是一种文字的制作，而是为了完成一段融入生命深处的关于个人、关于祖国精神史的存活。

报告文学在还原生活中的人与事时，讲究能再现现场实感，以使作品增强真切感和必要的信度。在这方面孙大光因其具有"亲历"的在场者之便，无须借助他人描述以想象重现现场，而能直接将如在目前的场景推至读者眼前。如"下意识"的动作一节，以特写镜头表现充满期待而瞬间跌入失落之谷的中国申奥人反应的文字，就有强烈的视觉感。当萨马兰奇宣布悉尼获得2000年奥运会举办权时，"突然，一个非常细微的，又是那样整齐的一个动作，却是令我惊奇的一个场面，钻进我的眼里……像有人指挥一样，都下意识地把手里举着的国旗、北京申奥的旗子放了下来，放到胸前、放到腿上，越放越低、越放越低"。这是一种慢镜头的处理方法，将人物内心的失落和痛苦表现得十分能见可感。另外，作者注意以细节叙事，也使作品所再现的人物和事情更为具象显形。

有一篇文章，作者是一位著名作家，题目是《有一种感觉叫脸红》，落款是黔人，文章说：做宣传工作多年，与人见面总免不了主动介绍，自我"推销"，这似乎已成习惯。但有一个场合，我变得异乎寻常的低调。不但不像平时那般"张扬"，而且生怕别人注意到自己的存在。

那是一次全国性的报告文学大奖颁奖大会。

那是一种真真切切地叫作脸红的感觉。

说起来，这次颁奖大会的规格还挺高的。主要体现为"三大"：一是会议排场大。会议安排在全国政协礼堂举行，这可是讨论国家大事的地方，平时若非重要活动是很难进去的。二是到会官员大。全国政协副主席、中国文联主席孙家正，原国际奥委会副主席、中国奥组委主席何振梁，全国人大代表、中国作协党组书记金炳华等亲临大会，这在以往举行的同类文学活动中是不多见的。三是出席大会的作家名气大。像全国政协常委、原中国作协党组书记、中华民族文化促进会主席高占祥，中国作协副主席高洪波，中国作协名誉副主席邓友梅、张锲、张炯等，都是中国当代文学史上赫赫有名的作家。他们于我，可谓如雷贯耳；我于他们，真正是"名不见经传"。

平心而论，我与文字结缘已有二十来年。尽管也断断续续出了五六本书，尽管名片上也多了些"作协会员""签约作家"之类的头衔，但论文学成就，论在文化界的影响力，确实不值一提。

也许是沾了大会的光，我在出席会议的"著名作家"名单里赫然在目。主持人逐一介绍与会嘉宾。念到我的时候，心里一阵紧张，感觉耳根发热，脸也红得烫乎乎的。别人当然不会注意到我的表情，照样热烈鼓掌。只是我感觉，这掌声似乎与我无关。

掌声应该是给真正的"著名作家"们的，还有一类并非"著名"的作家当之无愧。在这次颁奖大会上，有两个作品和它们的作者引起了与会者的重视。自称从未正式写过文学作品的孙大光，因为亲身经历了中国两次申办奥运会的过程而触发了他的创作灵感，他写的《中国申奥亲历记》，"有幸"获得了特别奖。自谦为报告文学"白丁"的满妹，则以饱含深情的报告文学作品《思念依然无尽——回忆父亲胡耀邦》获得了本届报告文学大奖。中国作协名誉副主席、中国报告文学学会会长张锲说，他已是75岁高龄的老人，但在读这本书的时候，一次又一次被感动得老泪纵横。

还有一些专家撰文，以"一曲和平年代的英雄交响乐""报告文学的春天""超越体育的国家公关——记北京奥申委总体部部长孙大光"等为标题，给予了《中国申奥亲历记——两次申奥背后的故事》非常高的评价。

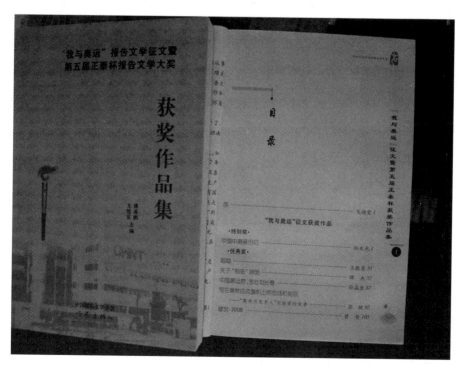

《中国申奥亲历记——两次申奥背后的故事》获得第五届全国报告文学大奖中唯一的特别奖，在获奖作品集中单列为第一篇

　　颁奖大会后，中国报告文学学会出版了第五届全国报告文学大奖获奖作品集，《中国申奥亲历记——两次申奥背后的故事》作为唯一的特别奖，单独排在了最前面，并在书的序言中做了重点介绍。

　　2007年夏日的一天，体育总局一位领导急匆匆地来到我办公室，见面就说："大光你太厉害了！中央三个常委找你要书呢。"接着又说："中央领导正在北戴河开会，一位领导（常委）说，你们回去告诉大光同志，让他尽快带几本《中国申奥亲历记——两次申奥背后的故事》给我们，我们几个老家伙这几天每天等着看《北京青年报》的连载，不过瘾，正着急呢。"听后我很高兴："太好了！要几本都行，随要随送。"第二天总局领导就把我的书带到北戴河交给了几位常委。过了两天回来的人又带回口信说："中央领导特意要我向你转达，感谢大光同志写了这样一本好书。"

　　海外华人的反馈也让我感动万分。北京奥运会开幕前夕，正是奥运会工作最忙的时候。有一天，办公室主任告诉我，有一位来自加拿大的华人打电话来，说无论如何都要拜访一下我。第二天，按照约定，一位中年男子来到我的办公室。见面后，他激动地流着眼泪拉着我的手："终于见到你了，我是代表加拿大温哥华的华人来拜见你，问候你。你的《中国申奥亲历记——两次申奥背后的故事》感动了我们很多在加拿大的华人。你的胃病好些了吗？他们让我给你带来了一些补品，对你的胃有好处，希望你一定保重，身体健康！"然后，他从包里拿出来一本翻得很旧的、纸都膨胀起来的、厚厚的《中国申奥亲历记——两次申奥背后的故事》："我们只有这一本，大家争着轮流看，看成了这个样子，很对不住啊！"看到这本书，我感动的眼泪在眼眶里打转，握着他的手，不知说什么好："谢谢你！谢谢你们海外华人对北京奥运会的支持！谢谢你们对我的关心！我一定继续努力做好工作。请代我向他们表示我真诚的谢意。"他又说："我们在国外生活更加体会到国家的重要，特别是北京申奥成功太不容易了，你给我们在国外的华人增了光，让我们在国外生活从来没这样扬眉吐气过。"他又从包里拿出来几包药，说："我从心里感谢你，佩服你，你为国家立了大功，我们海外的华人不会忘记你。我是个中医，看到你书里说到胃不好，我给你带了几包药，你试试，好用的话，我回去再给你寄，保证给你治好。你一定要保重身体！"

　　这位华人中医的到来，一直激励着我，但因工作忙等原因，我一直没有跟他联系。记得他好像姓王。我很惦记他，很想知道他们的现状，不知道现在他过得怎样。遗憾的是，由于当时北京奥运会临近开幕，工作十分紧张，我竟然没有留他的联系方式，也没有把他那本翻得厚厚的、很旧的《中国申奥亲历记》留下来。这成了我后来的一个遗憾。我从心里感激这位华人，希望在有生之年能够再见到他，我一定会向他道歉，一定要再送他几本我的新书，并把那本翻得厚厚的《中国申奥亲历记——两次申奥背后的故事》要下来保存好，永远鞭策自己。

2010 年 12 月，中国现代文学馆托人联系到我说，经过严格的评审程序，《中国申奥亲历记——两次申奥背后的故事》将被中国现代文学馆收藏，并作为中国文学的精品永久收藏，现征求我的意见。我愉快地接受了。后来我才知道，这是个莫大的荣誉，中国现代文学馆是当代中国文学的最高殿堂，在这里永久收藏的作品，是要流芳百世的。多少专业作家用尽一生的精力也未必能有作品进入这个殿堂。

中国现代文学馆入藏证书

中国现代文学馆给我颁发的入藏证书里是这样写的：

孙大光先生：

您捐赠的《中国申奥亲历记——两次申奥背后的故事》，已由我馆珍藏，将传之永世。感谢您为丰富我馆馆藏，为中国文学千秋事业所做的贡献。特立此状，以为纪念。

中国现代文学馆 2011 年 1 月 21 日

下面是证书中的评语：

字里行间的深情　力透纸背的思想　掷地如金的语言　永远在放射的能量曾被灰烬沉埋的火种曾被浮云遮掩的星光

引来茫茫九派百川水　汇成浩淼的文学海洋　采来奠基石与栋梁木　筑此不朽的精神厅堂　不磨的足迹瑰丽的篇章　音容的宝库翰墨的画廊

有声的无声的呼唤　心灵会把心灵叩响　一座活动着的火山　一个生长着的矿藏　向世界向未来我们展示　20 世纪中国文明的敦煌

看到这些文字，我受宠若惊。这么高的评价，我实在不敢受之。但我会永远把这些评语和广大读者的评论当作激励自己继续奋斗的动力。

76　站上中央党校的讲台

我与中央党校的情缘比与国家行政学院的要早十多年。20 世纪 80 年代初，我还在北体大教哲学课时，就经常去中央党校查资料、买书、听辅导等。1986 年，我放弃了被保送上中央党校研究生的机会，调到国家体委工作后与中央党校联系就少了。直到 2010 年，我受委派作为学员进入中央党校春季班学习，聆听了党和国家领导人的讲课，并获得中央领导人签发的毕业证书。我还荣幸地成为学员里的佼佼者，登上了讲台，为全体学员讲课。毕业后还多次受邀去讲过课。

当时中央党校提倡改进作风，提高效率，树立新风。开学典礼后，校领导及各部室都严格按照中央领导的要求，开会不拖拖拉拉，提高工作效率和学习质量。我们班自始至终没有开过长会，老师、学员发言都简明扼要，不许讲空话、大话、废话，文风、会风、作风明显好转。

　　班里的学员有中央和国家各部委办的司局长、省区市党委宣传部领导、地市领导、省文化厅领导等，都是正厅级领导干部，可谓精英荟萃、人才济济。既有理论水平又有丰富的实际工作经验。在学习讨论中，个个都是口若悬河、出口成章。当然，其中也有我不太喜欢的个别人空洞的夸夸其谈。

中共中央党校

　　我到中央党校学习，有一个现象与当年我去国家行政学院学习时一样。一开始，很多学员对国家体育总局（国家体委）不了解，认为体育就是打打球、跑跑步，没有什么深奥的东西，只能当当体育委员。但当他们听了我的几次发言后，都竖起了"大拇哥"，有的说："没想到体育包含这么多东西，看来原来对体育的认识太肤浅。"有的说："谁说体育没文化，体育里的文化比很多行业都深。"还有的说："还是你们体育总局有号召力，你看，申办、举办奥运会时，你们召集开会，我们各行业都积极参加。我们单位就没有这样的机会。"

开学不久，班主任操老师通知我，说领导研究决定让我为学员讲一课，征求一下我的意见。我说："非常感谢领导的重视，我愿意。"

在中央党校，能被学校选为给学员讲课是件非常荣幸的事，同学们也都为我高兴。我讲的题目是"中国奥运现象的文化思考"。中国奥运现象充分体现了中华文化的博大精深和当代中国人的大智慧。纵观奥运历史，世界上没有哪个国家能像中国这样，把利用奥林匹克对国家发展的影响力发挥得如此淋漓尽致。中国奥运现象是一笔弥足珍贵的中华文化财富。中国奥运现象源于体育，但它的意义和影响远远超出体育，它的很多经验值得各领域借鉴。这些丰硕成果和经验、优秀的思想观念以及科学的方法论等，为全社会提供了丰富的、有价值的借鉴。我的讲课也受到了学员们的一致好评。课后很多学员主动和我交流，有的说要多买几本我的书，寄给省里的领导；有的还约定，等回到省里后一定要请我去讲课；很多学员因此和我成了好朋友。

有一天，操老师又找我说："校领导让我征求你的意见，中共中央党校文库想收藏你的《中国申奥亲历记——两次申奥背后的故事》一书。这是很大的荣誉，很多人都争取想让中央党校收藏自己的书，但都达不到要求，而你的书学校领导一致同意，并且是永久收藏。学校会发给你收藏证书。"我当然同意，高兴地说："没问题，这是我的莫大荣誉。"

2010年7月13日，这是个有纪念意义的日子，中央党校在大礼堂全校开大会期间，特意为我举办了一个赠书仪式。我的《中国申奥亲历记——两次申奥背后的故事》一书以及我领导主编的《北京2008年奥运会申办报告》被中央党校文库永久收藏。中央党校副校长亲自接受我的赠书，并在仪式上讲话："你讲的课非常好，有理论、有实际。北京奥运会是我国改革开放以来的一个重大的历史事件，也是中国历史上的一个重大事件。但我们的很多专家、学者对此研究不够，不得不说这是一个莫大的遗憾。而你在这方面所做的工作和你的《中国申奥亲历记——两次申奥背后的故事》一书，弥补了这个缺憾。你所做的工作是了不起的，你的贡献是重大的。我们要感谢你！"

中央党校领导在大会上为我颁发了《中共中央党校文库赠书纪念证》，并宣读了纪念证书：

2010 年 7 月 13 日，中国申奥成功的纪念日，中共中央党校在大礼堂为笔者举办赠书仪式，
《中国申奥亲历记——两次申奥背后的故事》被中央党校文库永久收藏

精理为文，秀气成采，情系当世，学富山海。

孙大光先生：

承蒙惠赠大作，本文库当永久珍藏，令其惠被当代，泽流后世，特颁此证，以志铭感。

中共中央党校文库 2010 年 7 月 13 日

我感谢中央党校对我的厚爱，不仅让我站上这个中央党校的讲台，而且在"7.13"这个重要的纪念日里，为我举办赠书仪式，为我颁发"中共中央党校文库赠书纪念证"。

现在，在中共中央党校文库、中国现代文学馆、国家图书馆等中华文化殿堂永久收藏的精品中，都有一本 35 万字平装的"小红书"——《中国申奥亲历记——两次申奥背后的故事》，它那醒目的"中国红"封面，将永远在那里点缀着博大精深的中华文化。

我在中央党校的学习不仅收获满满，也为体育界争了一次光，我载着荣誉，以优异的成绩获得"中共中央党校毕业证书"。

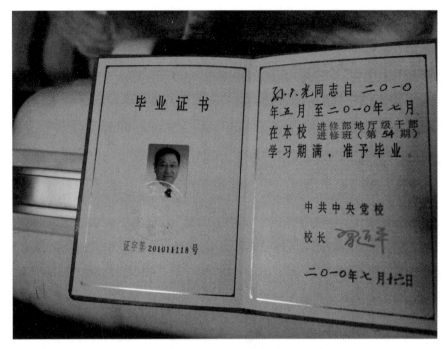

中共中央党校毕业证书

笔者多年来获得的各种毕业证书

77　体育：呼唤生命的哲学

　　从城市到农村，从北大荒到首都；从外语到体育，从体育到奥林匹克。在我人生追求的路上曲曲折折，坎坎坷坷，充满酸甜苦辣；有过迷茫，也有过精彩；有过幸运，也有过遗憾和无奈。比如，两次与北京大学失之交臂，两次与北京外国语大学擦肩而过，两次主动放弃了读博士、戴博士帽的机会，放弃保送读中央党校研究生的机会等。但最让我感到遗憾的是，少年时期就读的外交官摇篮"哈尔滨外国语学校"的解散。

　　虽然在这所学校学习的时间并不长，但每每想起心里就会感到一丝丝的痛楚，那是我终生的遗憾。那样一所国家投入大量资金建立的、从全国各地调来几十名优秀教师、在成千上万名学生中选拔出来96个"宝贝疙瘩"的"贵族"学校，就那样轻易被解散了，不能不说是哈尔滨教育历史上的一大憾事，也是中国教育史的一大遗憾，更是我们96名学生和30多位教师的莫大遗憾。

　　多年来我都没有从这个遗憾中走出来。其实，让我遗憾和留恋的，不是能否实现外交官的理想，而是那所学校的氛围，是十几名学生坐在小班教室里聆听老师讲课、汲取知识的那种氛围和快乐时光，是和同学、老师们一起生活、一起学习、一起成长的过程……

　　由于历史动荡，让我在16岁时被迫中断了学业，离开了家乡，到了"北大荒"。艰苦曲折的北大荒生活和坎坷离奇的经历，使我提前接受了人生的"成人礼"。但艰苦的生活和繁重的体力劳动没有压垮我还未成熟的腰背，却锻炼了我稚嫩的臂膀，让我从此不再惧怕任何困难，勇于承担生活和事业中的千斤重担；北大荒肥沃的黑土地为我一生勇往直前的追求铺垫了坚实的基础；北大荒辽阔的天空让我对宇宙产生无限遐想，让我比城里的年轻人更早形成了明确的、坚韧不拔的世界观，并立志做一个对社会有用的人。无论是扎根北大荒还是回到大城市，无论是做农工还是上大学，不管做什么，我都要把它当作自己生命的交响曲去精心演奏。

　　后来，命运让我阴差阳错地"误入"体育事业，也使我一度遗憾，但经过一番曲折，特别是与奥林匹克的结缘，给我生命的旅途开启了另一扇大门，让我从一个新的视角去认识世界，从更高的层面去看到世界的未来。从这个意义上说，我是幸运的。以前，我从未想过，体育会成为我一生的事业，更没有想到我会与奥林匹克结缘，是奥林匹克让我从思想上抚平了那些遗憾和不甘。

坎坷的经历可以演绎更精彩的生活，生活的逆流才能彰显英雄本色。生活的浪花教会我面对逆境要从容、冷静和思考，要透过现象看到事物的本质。我慢慢认识到，外交官和体育工作者没有高低贵贱之分；学外语专业和学体育专业是平等的；只不过前者是人类发展到一定历史阶段所需要的必要工具，后者是人类发展永远需要的、是探索生命本源、呼唤生命的永恒的哲学。

生命存在的意义就是探知生命、探知世界。世界充满无限奥秘，无时不在引诱我们用有限的生命去不停地探索。所以，越是学习，就越觉得知识不够；学习越多，越觉得人生短暂；学习越多，遗憾也就越多。一个人的生命只有 3 万天左右，所经历、看到的世界是有限的，对世界的认识也是有限的。在人生的路上，当我偶尔回头时，能够清晰看到自己走过的那一步一步、踏踏实实的脚印，就足够了。

2021 年建党 100 周年，笔者的经历被中央国家机关工委评为 100 位老党员故事优秀奖

保尔·柯察金在《钢铁是怎样炼成的》一书中，有一段话对我影响较深："人最宝贵的东西是生命，生命对于我们只有一次。人的一生应当这样度过：当他回首往事的时候，不因虚度年华而悔恨，也不因碌碌无为而羞愧。"所以，我从小就养成了自己的性格：不追求轰轰烈烈，不追求荣华富贵，只需要坚定自己的信念，踏踏实实，一步一个脚印往前走，不停步。

78　一切为了娃儿们

在书稿接近尾声的时候，我收到了一份特殊的礼物。

一天黄昏，晚霞映红了西边的天空。我坐在北京龙潭西湖边家里的窗前，打开笔记本，抬头望见窗外远处方庄的高楼和近处龙潭街道上偶尔来往的人与车辆。新冠病毒感染疫情还没有过去，北京还没有恢复以往的繁荣。但与以前不同的是，人们的脸上多了些自信和冷静，社会也显得更加理性和从容。

突然，电脑"滴"的一声，微信群里跳出一段文字映入我的眼帘："祝贺孙爷爷老师的文章被选入'全国中学生语文教材'！这是您的骄傲，也是我们大山里娃儿们的骄傲！我们为有您这样一位好爷爷、好老师感到无比自豪！——您永远的'广西山娃'。"

我的心一动，眼睛盯着屏幕看了片刻。"孙爷爷老师""广西山娃"，多么亲切而熟悉的称呼和名字！我的眼前立刻浮现出那遥远的大深山里的"崖上人家"和木板小学孩子们那一双双水汪汪、天真无邪的大眼睛……

那是 20 多年前的事了。

1997~1999 年，我受中央组织部委派，到广西挂职任梧州地区行署副专员。这是我人生中一段难得的经历，做了两年多的"地方官"，让我更加深刻地看到了真实的中国社会，了解了最基层的人民生活。那两年多，也是我人生中的又一段闪光时刻，对于我获取生活的直接经验是十分珍贵的。如有可能，我一定要再写一本书，来回忆、纪念那段特殊的经历，以及它对我的人生启迪。

那时，我在梧州地区（后改为贺州地区，现为贺州市）行署领导分工中，分管两条战线的 22 个部门的工作，为当地民众做了一些工作，留下了许多难忘的镜头。比如，协助解决了"村村通电视"；帮助梧州、贺州两地实现了通火车的历史性大事；担任过公安部统一部署的"打假司令"，并获得"全胜"；担任过两年多全地区禁毒工作总指挥；完美解决了几十年来湘桂离奇的边界纠纷；带病坚持在第一线，代表地区四大班子领导指挥了全地区 1998 年的抗洪抢险工作；等等。可谓收获颇多，体会极深。

但在那些复杂又充满挑战的工作经历中，有一天的经历，对我触动很大，也让我一直"放不下"，那是广西大山里的一所特殊"学校"和大山里那几个孩子水灵灵的大眼睛及清澈的"眼神"。

那两年，我走遍了梧州地区所有市、县的乡镇，到过很多村寨。由于地理因素，广西的很多村寨都在大山里。有一次，我选择了一个最远、最偏僻的村寨，由富川县委覃副书记陪我去调研。那天清晨，我们一行 4 人很早就从县招待所出发了。

富川是瑶族自治县，许多瑶族人民祖祖辈辈常年生活在大山里。我们先是坐汽车到了乡政府，把汽车停在乡政府大院里，然后由李乡长带我们换坐拖拉机进山。广西山水闻名天下，大山里鸟语花香，风景如画，我们边走边欣赏。拖拉机开了大约 50 分钟停了下来，因为前面没有路了，拖拉机开不进去，只能下来步行。大家走了一阵子就顾不上看风景了，一个个满头大汗，全身湿漉漉的，再加上蚊虫捣乱，越来越难受。这让我想起了北大荒的"三宝"——蚊子、瞎蠓加小咬。大约走了一个小时，县委覃副书记气喘吁吁地问李乡长："还有多远？我看咱们别再往里走了。"前面带路的李乡长说："没多远了，很快就到了。"他一边走，一边用手里的砍刀拨开挡在前面的树枝，为我们开路。我说："大家坚持一下，一定要到达目的地。"我们又继续跟着李乡长，踏着他的脚印，往前走。

大约又走了 30 分钟，我们来到大山深处的一个小悬崖下面停了下来，前面已经无路可走了。李乡长一边擦着汗水，一边说："到了。"我们看了看四周，什么也没有，连人走过的印记都没有，只有挡在面前的一道七八米高的悬崖。看到我们都很惊讶，李乡长说："你们等一会，我去叫老村长。"说着只见他走到悬崖边上，抓住一根藤条，脚踩着悬崖上的石缝，像攀岩一样，慢慢地爬了上去。过了一会，就听见上面传来了说话声："这可咋办，这可咋办！"随后，只见一个人像猴子一样灵活地从崖上顺着藤条下来了，李乡长也下来了，对我说："他是老村长，就住在悬崖上面。"我这才看清楚，站在我面前的是一位六七十岁的老人。老村长激动地说："这可咋办，也没个地方坐。"我笑着说："老哥哥，你不邀请我到你家里坐坐吗？"他憨厚地说："那咋上去呀？有失体统，有失体统。"我说："你们都能上我怎么不能上啊？我跟着你学，你教我就行。"老村长高兴得像个孩子似的，连声说："好，好，好！"然后，他手把手教我，我跟着他，手抓住藤条，脚踩着他指点的悬崖的缝，一点一点往上爬，虽然费了一点事，但还算是顺利上去了。除了覃副书记因为是位女同志费了一点周折外，司机和秘书也都顺利上去了。这是我第一次攀登悬崖，别有一番感觉。

上到崖顶后，我大吃一惊！崖上竟是一片有七八百平方米的开阔地，四周都是悬崖，中间有两间连在一起的房子，是用那种灰白色的大块泡沫砖砌起来的房子，虽然没有什么外立面的装饰，但看着也很漂亮。靠近崖边的地方，有一处围栏，里面有两头猪，外边散养着二三十只鸡、鸭、鹅，也不用管它们，反正也跑不出去，周围都是悬崖，不需要围栏。往天上看，蓝天白云；往远处看，四周都是大山谷，在周围葱绿色的深山环抱下，云雾缭绕，这里真像是住在天上云间，如入仙境。

崖上人家的一切让我大开眼界。老村长两口子高兴地杀鸡、炒腊肉为我们准备午饭。我坐在厨房的小板凳上，一边帮着择菜，一边听着老村长饶有兴趣地讲他们的"光荣历史"。他们已经在这里生活好几代了，原来一直都是木板房，直到前些年，在朋友们的帮助下，凡是来访的人都帮着背一块泡沫砖上来，还花钱买了一些请人背上来，用了几年的时间，终于盖成了现在的房子。

女主人是典型的能干的广西妇女，瘦小而精干，她点着大锅灶下面的火，我看见厨房的屋顶上有一个像脸盆大的洞，正对着锅灶，做饭的烟气就直接从大洞口飞向天空，不需要烟筒。有意思的是，在锅灶和大洞之间吊着很多腊肉，被烟气熏得黑乎乎、硬邦邦、油汪汪的。望着缕缕青烟从屋子里飘向蓝天，看着女主人高兴地忙个不停，屋子里充满着南方乡村的一股股腊肉和菜的香味。我感觉仿佛时光在倒流，像是生活在电影的古装戏里。

厨房也是餐厅，小方桌放在地上，大家围着小方桌，坐在小板凳上聊家常，气氛融洽。老村长动情地对我说："我们这里已经住了好几代人，连县官都没来过，最大的官就是他李乡长也只来过一次，今天是第二次来。你是来到这里的最大的官。"覃副书记对我说："是呀，要不是跟着您，我可能也没有机会来这里，今天我收获太大了，我也开了眼啦。"

老两口在这里过着无忧无虑的生活，很少下山。女主人说，就是儿女不在身边有点挂念。她告诉我，她一个女儿在广州工作，一个儿子在深圳工作。我问她："为啥不去广东和儿女一起生活？"她说："不习惯，在山里生活惯了，哪都不想去。这里没有人打扰，安静。"

这个村一共只有二十几户人家，说是村寨，其实每户人家都在不同的山上，之间相隔的直线距离不一定很远，有的大声喊就可以听见，但见一次面不容易，要走到谷底，再爬上另一座山，最少要三四十分钟。

老村长那天给我讲了很多关于"崖上人家"的故事。这样的生活不愁吃穿，倒也轻松。但最大的问题是孩子的教育。下午下山时，我提出，绕道去看一下这里唯一的小学。李乡长说："好，那是一所很有意思的大山里的小学，还没有地区领导去看过呢。"

我们跟着他翻过一座山，走过两道谷，来到另一座山下。李乡长指着山上说，爬上那座山就到了。大约一个小时后，我们爬到了上面，看到了一小片平地，还没有老村长家的那个悬崖上的大呢。说是学校，其实只有一个很小的、破旧的、四处透风的木板房，怎么也看不出这是一所学校。在木板房侧面墙上，挂着一个用粗铁丝弯成的简易的篮球筐，这可能是"学校"唯一的"体育器材"了。旁边贴着一张带有五环的北京申奥时的宣传画，已经被阳光晒得发黄了。

有七八个孩子正在一位男老师的带领下做操，给这块山顶平地带来了些许生机，也使这个地方看起来似乎像个"学校"。他们做操的动作认真，并且整齐、标准，这让我对这些孩子产生了好感。

看到我们来，他们停止了做操，那位老师说："同学们，让我们热烈欢迎领导前来指导工作。"只见这些孩子整齐地站队，大声地说："欢迎领导前来指导工作！"这时的我，突然感到有点紧张和不自在，在这个大山中，在这所"学校"里，在这些孩子面前，"领导""指导"听起来真的很不舒服，我甚至感觉到有点脸红。

然后，老师又指挥孩子们练了一段武术。让我很惊讶，这些孩子身体素质都很好，虽然动作不是很标准，但个个精神抖擞、两眼有神、声音洪亮。那稚嫩的童声响彻在山谷，带着回音传向远方。

我定眼仔细看了看，突然好像产生了一种错觉，在这深山老林里，竟然有这样一群朝气蓬勃的孩子。他们的皮肤都是白白的，都有一双水汪汪的大眼睛，长得都很漂亮，真不相信他们是大山里的孩子。不像在南宁、梧州等城市里，由于日照较多，人们的皮肤都有些发黑，很少能见到皮肤这么好的孩子。而这些孩子个个都长得水灵灵的，好看又可爱。特别是他们说话时那种直视你的眼神，淳朴自然、大大方方的表情和那双清澈的、天真无邪的大眼睛，会让你感到心里一动，我不由得想起一个词——"圣洁"。

这时，我注意到一个细节：他们的衣服和身上、脸上都很干净，但手和脚却有些粗糙，特别是脚下的鞋子有点"不配套"——都是那种很旧的塑料凉鞋，有的还用针线缝过。看着孩子们的手脚，我从心里产生了心疼的感觉。

孩子们走进木板房，整齐地坐在用木板搭起来的几张长条的"课桌"前。我们也走了进去。屋内很简陋，地面就是土地，四周的木板墙都是透亮的，估计下雨时肯定会进雨水，但屋内却打扫得很干净。我看见老师的"讲台"上，有好几本课本，一字排开，摆在"讲台"上。

老师给我们简单介绍了学生的情况。这些孩子从未走出过大山，没有到大城市去过，个别孩子到过县城，他们都没有见过火车，有的孩子连汽车都没见过。但他们都很聪明好学，并且能吃苦耐劳，身体素质好。目前一共有十几名学生，从小学一年级到六年级都有。都是附近村寨的山里娃，他们每天都要走一个小时左右的山路才能到学校。几十年来，这所学校已教出了数十名学生。但是这里学习条件十分简陋，只有一个老师，要同时给几个不同年级的学生上课，教学质量无法跟山外的学校比，所以虽然他们天资很好，聪明伶俐，但最后只有极少数的学生可以在进入县中学学习后，再努力考入大学，考入中专的也不多，多数孩子最后只能去外地打工。

我对这位老师肃然起敬。他要同时教六个年级的所有课程，既要教数学、语文，又要教体育、音乐、美术等，他既是老师又是校长，他既当保姆又当工人。他是我见过的最了不起的老师。他姓何，听乡长说他是中专师范学校毕业的，为了照顾体弱的父亲，自愿回乡当老师，在这所特殊的学校，一干就是二十多年。

何老师对学生们说："今天是我们学校有史以来，来的最大的领导，连县长都得听他的，下面，我们请孙专员给我们讲话。"学生和我们随行的人都鼓起掌来。

说心里话，我当时真的有点不好意思。工作大半辈子了，讲了多少次话，见过的大场面也不少，可是，当我在这大山里的这个四面透风的木板房子里，站在这位老师和这些"圣洁"的孩子们面前，我真的感觉自己很愧疚。

我连忙有些激动地对孩子们说："同学们，千万不能叫我领导，今天，我不是以一个领导者的身份来的。"

何老师看到我的真诚，紧接着说："那大家就叫孙爷爷吧。"孩子们高兴地一起喊道："孙爷爷好！"

我马上摆手，笑着说："你们把我叫老了，我好像还没有那么老吧？"大家都笑了。我说："这样吧，我以前当过十年的老师，你们就叫我老师吧。我就以一个老教师的身份和同学们说几句心里话。"大家又鼓起掌来。

这时，突然一个稚嫩又悦耳的声音从一个大眼睛的小姑娘嘴里传出来："孙爷爷老师，您给我们讲讲北京，讲讲奥运会吧。"

一句话让大家哄堂大笑。那是一个还不到十岁的可爱的小女孩，一边说，一边忽闪着两只大眼睛看着我。一看就是一个聪明、机灵的小家伙。她竟然反应这么快，把"爷爷"和"老师"放到了一起，一下子活跃了气氛。

何老师马上说："好，好，就叫孙爷爷老师吧。"同学们高兴地齐声喊道："孙爷爷老师好！"

这时，我的心里好像有一股清泉流进来，我感到格外亲切。

我说："今天来到这座大山里看到你们这所学校，我很受教育，看到你们这样优秀的学生和老师，我很感动。你们应该感谢何老师，是他日日夜夜辛苦操劳，把你们培养得这么好。我要向你们全体学生和何老师致敬。"我又说："我刚才在外边看到墙上贴着一张带有五环的宣传画。大家知道那张宣传画是什么意思吗？"

"知道。"孩子们异口同声地说："那是北京申办奥运会的画。"

"好，今天我就给你们讲讲北京，讲讲奥运会的故事。"

我给孩子们简单讲了讲首都北京的发展变化，又讲了讲奥运五环的含义等。然后我说："用不了几年，北京肯定会继续申办奥运会。你们现在好好学习，锻炼身体，到时候你们都长大了，就可以到北京看奥运会，还可以当奥运会志愿者。"

大家高兴地鼓起掌来。那个大眼睛的小姑娘两手使劲地鼓掌，那两只像是会说话的大眼睛里充满了无限希望和憧憬。

多么好的孩子们啊！如果能有正常的教育环境，我相信，他们中的大多数都会进入更好的学校，受到更好的教育，会有更加精彩的人生，为社会作出更大的贡献！

这次到大山里，对我是一次心灵的洗礼，是这些"山里人"给我上了一堂永生难忘的课。如果只是坐在北京的办公室里，我是无法想象出世世代代住在山崖上的老村长一家，更想不到在大山里有这样一所"木板小学"和那些可爱的孩子们。这里没有城里重点学校那种强烈的、有些过分的学习氛围，却有一种根植于大地、扎实的原始生命力的真实！这里的孩子，没有城里孩子那种超常的聪明和早熟，却有着一种自然的、干净的人类灵魂的显现。

我好像突然明白了一个道理，我们所做的一切不都是为了孩子们吗？一个社会是否进步发展，人类社会是否能一代一代传承，不就是要靠孩子们吗？我们的责任不就是要保护孩子们的身心健康，让他们茁壮成长，并给予他们美好的憧憬和希望吗？

可是，我不止一次地责问自己：我这个所谓的"父母官"能为他们做些什么？我能改变他们学校的状况吗？我能为他们提供更好的教育条件吗？我拿什么奉献给他们……

多年来，只要提到大山，或者闻到腊肉味，我就会自然地想起那大山里悬崖上的瑶族老村长一家和木板小学孩子们那一双双清澈的大眼睛。

现在我很少听到那些孩子的消息，他们都已经长大了。听说那个大眼睛小女孩，一直刻苦努力学习，后来考上了一所师范专科学校，毕业后自愿到一个山区当了一名小学老师。上面的那个"广西山娃"就是她，可惜，我还一直不知道她的名字。

79 回归：一条鱼儿的启示

我慢慢冷静下来。看着窗外夕阳照耀下的城市，美丽的晚霞挂在天空上……

这时，我不自觉地想到了另外一个故事——关于鱼的故事。

有一种鱼，是我在北大荒时吃过的鱼，那是我这一生吃过的最好吃的鱼，肉质细腻、味道鲜美，营养价值丰富，并且吃后"神爽力足"。据说，当年清太祖努尔哈赤统治黑龙江流域时，有一次被敌军围困了多日，眼看军队断了给养，人饥马饿，在要全军覆没的万分紧急关头，从呼玛河里突然跳出来很多又肥又大的鱼。这种大鱼味道鲜美，并且吃后"神爽力足"，就连马儿也喜欢吃。就是这种大鱼解决了他们的给养问题，使他们兵强马壮，不久就突破了敌军的围困，取得了战斗的全面胜利。打那以后，人们就把这种连马都爱吃的大鱼叫作"大马哈鱼"。

但后来，当我无意中了解到这种鱼的生活习性后，就再也不忍心吃它了，以至于每当我再看到这种鱼时，都会从心里产生一种敬意，甚至有一种敬畏感。

关于大马哈鱼的传说有很多，但真正打动我的，不是那些传说，而是大马哈鱼那奇特的洄游生活习性。

大马哈鱼（学名：Oncorhynchus keta）是鲑科，是一种冷水性溯河产卵洄游鱼类，它是在淡水河中出生后，游到海洋里，一般在海洋中生活 3~5 年，到了 4 岁左右，长到性成熟时，成群的大马哈鱼为了传宗接代，会再洄游到淡水河的上游，完成产卵，终此一生。在我国，大马哈鱼主要分布在黑龙江、乌苏里江和松花江。

从海洋中逆流而上，回到河流中，这对于一般的鱼类来说，是一件不可能完成的事情，更何况要跨越几千千米，更是难于"上青天"。对大马哈鱼来说，这个过程也要经历"九死一生"。

首先，大马哈鱼要经历从海水到淡水的转换。我们知道，淡水鱼类和海洋鱼类基本上是没有可能共同生存的，因为，海水和淡水的渗透压差可以高达一万倍。

如果一条海洋鱼类进入到淡水中，因为海鱼中的盐分高，水通过渗透，水分就会迅速进入海鱼体内，海鱼会迅速膨胀而死。相反，如果一条淡水鱼类进入海洋中，海水盐分高，那淡水鱼很快就会因为脱水而亡。而大马哈鱼必须适应这两种水质的转换才行。

同时，逆流而上的恶劣自然环境，对于一条鱼来说，是多么不可想象啊。而这一路的洄游过程，它们是不进食的。

更不可想象的是，逆流而上是要越过瀑布的，为了越过那些高高的瀑布，大马哈鱼必须使尽全身的力气，扭动它们的身体，纵身一跃，但要想一次就能越过飞流直下的瀑布是极其困难的，更多的大马哈鱼需要经过一次又一次地纵身而跃，直到筋疲力尽，浑身是伤，可能等待它们的还是失败。据专家统计，有近一半的大马哈鱼会在这里丧生，这对它们来说，无异于一场生与死的搏斗。而就算能够跃过瀑布，站在瀑布上面等待它的，也许就是大马哈鱼的最大天敌——棕熊。

"每当大马哈鱼洄游的季节，就是棕熊收获的季节。这个时候的棕熊就靠这一顿，积累足够的脂肪来过冬。棕熊只要站在瀑布的顶端，一抬头，一张嘴，一口一条，天知道，这些大马哈鱼，费了多大的劲，才能从瀑布底端一跃而上，却可能直接进了棕熊的血盆大口。"

据统计，经历了一路的坎坷，能够有幸重新回到家乡的大马哈鱼不到 1%。这 1% 可以说是大马哈鱼中精英的精英，也是大马哈鱼得以繁衍的希望所在。

而回到家乡的大马哈鱼，它们也没有喘息的机会，为了繁衍后代，它们会在这片熟悉的、静好的水域中，很快完成交配、产卵。这时，雄性大马哈鱼会在一旁紧紧地保护雌性产卵，以免受到第三者的攻击。

更为震撼的是，它们的一生只产卵一次，产卵量为 3000~5000 粒。而产卵后，它们并不能安静地等待幼鱼的出生，然后和孩子一起幸福地重新回到海洋中生活，而是会在两周内死去，它们死后，也成了幼鱼生长的食物来源。

这就是大马哈鱼悲壮的回家之路，悲壮得有点不可思议的一生。我深深地被大马哈鱼这种悲壮而感动，为它们这种顽强拼搏的精神所打动。

为此，有人把大马哈鱼称为一条顽强之鱼、爱子之鱼、乡恋之鱼。我觉得，它更是一条榜样之鱼、一条敬畏之鱼。

遗憾的是，我在查阅资料中发现，所有词条主要把大马哈鱼作为人类餐桌上的"美味佳肴"来介绍，并分析它的肉质如何鲜美，营养如何丰富。很少有专家从生态平衡、生物链或者进化论等角度进行分析、研究。我很担心，按照人类先进的捕鱼技术以及现代化建设的速度，很可能给大马哈鱼带来灭顶之灾，大马哈鱼可能会遭受"中华鲟"一样的厄运。

好在，我欣喜地看到了一个资料：2007 年 12 月 12 日，我国已将大马哈鱼列入《国家重点保护经济水生动植物资源名录（第一批）》。这似乎令人看到了大马哈鱼未来生存的一线曙光。

一条鱼儿尚且如此，那我们人类呢？

人生似乎也是一场逆流而上的洄游，只不过人类洄游的路线更远，时间更长，艰难险阻更多，追求的目标更高。"更快、更高、更强、更团结"的奥林匹克格言，似乎在这里也很适用。人的一生也会遇到瀑布和各种艰难险阻，有时也需要跳跃瀑布，也会筋疲力尽、遍体鳞伤，甚至献出生命。有多少人能够像洄游的鱼儿一样，逆流几千千米，克服艰难险阻，到达目的地？有多少人会在人生"瀑布"前面"望瀑兴叹"，无奈止步？又有多少人能够继承先辈的遗志，将"洄游"精神传承下去？

跟洄游的鱼儿一样，我们每个人都是"洄游"长征大部队的一员，都肩负着"洄游"的神圣使命。为了子孙后代的幸福，为了心中的那个"思乡目标"，为了给后代创造一个空气更好、水质更清、环境更美的"洄游目的地"，我们人类要向鱼儿学习，用"更快、更高、更强、更团结"的精神激励自己，顽强奋斗，不懈努力，不断克服"洄游"路上的艰难险阻，越过"洄游"路上的一个个障碍，最后到达人生美好的彼岸。

尾　声

我倚在窗前，看着黄昏的街道上，偶尔驶过的汽车都开得很快，忙碌了一天的人们似乎都赶着回家，去享受家庭的温暖时光。远处天边的傍晚，霞光绚丽，"火烧云"像一幅彩色的画卷挂在天上，格外美丽，预示着明天会更好。

我回过身，看着电脑上还在显示的"广西山娃"的微信，眼前又浮起大山里小学校墙上那似乎不怎么标准的五环，还有孩子们那一张张天真的笑脸和一双双忽闪忽闪的大眼睛，脑子里还在被大马哈鱼儿的"洄游"精神所打动……我似乎领悟到了什么，我好像更加清晰地明白了自己的初心和使命！

多年来，那些山里的娃儿们和这个鱼儿的故事一直在我心里放不下，也一直激励着我。

与此相比，那些奖杯、奖状、证书、荣誉、称号，还有职务、职称、学位、社会地位……，似乎都没那么重要了。

笔者初到北大荒时

2008 年，笔者重访北大荒，在"知青林"前留影

尾 声

在运动中体味人生

在"母亲"的怀抱里找回宁静、踏实

《中国申奥亲历记——两次申奥背后的故事》，2007 年 7 月人民文学出版社出版（右）
《中国奥运智慧——100 个精彩启迪》，2019 年 5 月国家行政学院出版社出版（左）

后　记

　　经过几年的努力，在大家的帮助下，这本《我的奥林匹克情缘故事》终于出版了。本书是在前两本书的基础上，对我"误入"体育事业，结缘奥林匹克的历程和人生感悟做了一个梳理。我要感谢对本书出版给予帮助的每个人，是你们的鼓励和帮助给了我勇气和力量，才让本书呈现在读者面前。

　　感谢北大荒的战友们多年来对我的支持和鼓励；感谢我中学时期哈尔滨外国语学校的老师和同学们对本书的喜爱和支持；感谢北京体育大学、南开大学、中国人民大学的老师和同学们多年对我的关心及帮助；感谢中央党校（国家行政学院）的教授和同学们的厚爱；感谢国家体育总局的同事们多年来对我工作的大力支持；感谢我工作、生活过的广西人民给我的滋养。特别感谢从 1990 年北京亚运会到北京两次申奥以及筹备、举办北京 2008 年奥运会、北京 2022 年冬奥会，以及在南京青奥会与我一同奋斗的战友们……还要感谢经济管理出版社为本书的顺利出版所做的工作。你们的支持和帮助是我最大的动力，有了你们的支持和帮助，才有了《我的奥林匹克情缘故事》的问世。我也会继续努力，争取多做一些力所能及的事，来回报大家对我的厚爱。

　　我们正置身于一个伟大的时代，正在经历一段特殊的、充满挑战与希望的历史岁月，这是一段值得认真大书特书的历史。中国奥林匹克现象源于体育，但其意义远远超出体育。它是一个伟大时代孕育的一个特殊的伟大现象。它充分体现了中国人的伟大智慧和中华文化的博大精深，它是值得我们认真研究、探讨的一个大课题。

　　我也愿意随时与有共鸣的读者一起对事业、社会和人生做一些探讨。

　　生命有限，一个人对世界的认识更是有限的。本书肯定有不当的地方，但它是我的心声，是我经历的真实故事和有感而发，也是我一个字一个字敲出来的，我对书中的每个字、每个标点符号负责。文责自负。

孙大光

2023 年冬

于北京龙潭西湖畔